Carsten Berg

DAS HERZ, DER KREIS UND DER TOD

Aachen-Krimi

KBV

MIX
Papier | Fördert
gute Waldnutzung
FSC® C083411

Originalausgabe

www.kbv-verlag.de
E-Mail: info@kbv-verlag.de
Telefon: 0 65 93 - 998 96-0
Umschlaggestaltung: Ralf Kramp unter Verwendung
© michelesambiagio - adobe.stock.com
Lektorat: Nicola Härms, Rheinbach
Druck: CPI books, Ebner & Spiegel GmbH, Ulm
Printed in Germany
ISBN 978-3-95441-609-7

Für Lotte, Janne und Vera
Meine drei Musen

Vorab

Einige der hier zitierten Orte sind nicht immer derart,
wie ich sie beschreibe.
Sie entspringen meiner freien Fantasie.
Alles Übrige eigentlich auch.

PROLOG

Irgendwo im Hohen Venn/Hautes Fagnes

Das war doch kein Zufall, dass die am liebsten mit Hasen zusammen war. Die rannte auch verdammt so wie eins von diesen langohrigen Viechern in dem unwegsamen Gelände. Er umklammerte ihren albernen Stoffhasen noch fester.

»Gib mir Herrn Müller wieder!«

Aber er kletterte lautlos unter dem durchgerosteten Zaun durch und rannte weiter auf das Gelände, das die Natur von den Menschen zurückerobert hatte.

»Andi, warte auf mich!«

Von wegen, dachte er. Ihre Stimme klang ganz nah. Zu nah. Er hörte, wie Lisas Sandalen auf dem Boden knirschten. Einen Wimpernschlag war es vollkommen still. Dann schrie ein Kuckuck. Andreas ließ vor Schreck den Hasen fallen und sprang auf der Suche nach einem Versteck in einen verkrüppelten Busch. Es krachte, als morsches Holz unter ihm barst und den alten Schacht preisgab.

»Andiiieee?«

Weit weg klang die Stimme. Wie aus seinem Walkie Talkie. Mühsam richtete der Junge den Oberkörper auf und öffnete vorsichtig die Augen. Kohlrabenschwarze Finsternis schloss ihn ein. Wo bin ich nur runtergeknallt? Er drehte den Kopf schnell nach links und dann nach rechts. Wieso ist es hier so dunkel? Er atmete hastig ein und versuchte, sein Schluchzen herunterzuschlucken, aber es blieb ihm im Hals stecken. Er würgte, und als er den Kopf in den Nacken warf, um Luft zu bekommen, schwebte weit oben über ihm ein heller Kreis. Wie ein voller Mond leuchtete er ihn an. Er versuchte, sich mit seiner rechten Hand aufzustützen, aber sofort schoss ein Stechen in seinen Arm, und er sackte auf die Seite. Als er die Augen wieder öffnete, lag etwas vor seiner Nase, das aussah wie eine Hand. Eine Hand ohne Haut. Bleich. Ohne Fleisch.

»LISA!!!«

Er sprang auf, etwas unter ihm knackte.

»Lisa! Ich bin hier! Hier unten!«

Über ihm schob sich etwas vor die Öffnung. »Das hast du jetzt davon, du gemeiner Dieb. Jetzt kannst du gucken, wie du da wieder rauskommst.« Ihr Wuschelkopf verschwand aus der Öffnung, und ihre Stimme entfernte sich.

»LISA!!!«

Er sprang in die Höhe und ruderte verzweifelt mit dem einen Arm, wie ein Vogel, der aus dem Nest gefallen war. »Du kannst mich doch hier nicht allein lassen … bitte.« Jetzt konnte er das Schluchzen nicht mehr aufhalten.

»Jetzt bin ich auch fast in das Loch gefallen.« Lisas Kopf war wieder da. »Da hättest du schön doof geguckt.« Ihr Umriss entfernte sich langsam. »Ich hol Mama.«

»Lass mich nicht allein!«

»Herr Müller bleibt bei dir. Pass ja auf ihn auf!« Etwas segelte durch die Luft, und schon landete der Stoffhase auf Andreas' Kopf.

MARIE – 1996. Sommer.

Es gab Dinge, die waren eigentlich schon immer da: ihr Fotoapparat, ihr Freund ... Letzterer war noch unten am Bulli seines Chefs und räumte gerade alles auf die Bismarckstraße, als Marie Schornstein die Tür aufschloss und als Erstes ein Foto ihrer ersten eigenen Wohnung schoss. Eigentlich war alles wie immer: Sie guckte, beobachtete, nahm alles mit den Augen auf und hielt es mit ihrem dritten fest.

Und es war natürlich ein Mittwoch. Es war immer ein Mittwoch, wenn etwas in ihrem Leben passierte. Das hatte mit ihrer Geburt begonnen.

So war das schon immer gewesen: Sie guckte, ihr Freund machte. Manche Dinge waren einfach so. So wie sie selbst immer in der Eifel gewesen war. Aber das änderte sich gerade. Das änderte sie gerade. Das Abitur war das Ticket zum Auszug in die Welt. Die Welt war vielleicht etwas hoch gegriffen, denn es war ja nur Aachen. Aber Aachen war für viele Eifeler schon Großstadt, Moloch, Sündenpfuhl, Hort des Verbrechens und der Unmoral in einem. Und gerne betonten sie, wie arrogant die Aachener seien. Vor allem im Umgang mit den Eifelern, die immer noch unter all den Vorurteilen litten und gleichzeitig stolz darauf waren, vollkommen unterschätzt und für rückständig, aber bodenständig gehalten zu werden.

Marie strich sich eine ihrer widerspenstigen dunklen Locken hinters Ohr und legte ihre Kamera auf das Fensterbrett. Für diesen Blick auf den Park liebte sie die Wohnung schon jetzt. Zwischen den Bäumen hindurch sah sie die Mauern der legendären Burg Frankenberg, wo einst angeblich niemand anders als man befand sich schließlich in Aquis Granum – Karl der Große einer gewissen Fastrada, seiner jungen geliebten Frau, die am Hofe heftig intrigiert und an Zahnschmerzen gelitten hatte, nachgetrauert haben sollte, was natürlich eine der vielen Legenden war, mit denen die Aachener sich bei jeder Gelegenheit wichtigmachten. Immer im Namen und Schatten ihres großen Ahnen, der quasi das erfolgreichste Produkt der Stadt war. Immerhin aber schlummerte eine echte Mumie in der Burg, die sogar noch älter und dabei weitaus realer als Karl war, so hatte Marie es gelesen.

Sie hängte ihren Kalender am Fenstergriff auf und riss das letzte Blatt ab.

28. August 1996 stand unter dem Bild aus dem Hohen Venn. Es war ein Foto, das sie bei einem ihrer unzähligen Spaziergänge durch die karge Landschaft ihrer Kindheit und Jugend gemacht hatte. Ihr Freund hatte ihr zum Abschied diesen Kalender gebastelt. Als Erinnerung, wie er sagte, aber vor allem, um ihr Heimweh zu füttern und sie zurück in ihre Heimat und in seine Arme zu treiben.

Aber sie würde es ihm schon zeigen, denn eigentlich brauchte sie das alles nicht. Kein Mützenich. Keinen Leif Ericson. Kein Elternhaus. Sie war ausgezogen, um ihre ... etwas ... zu finden.

»Und das ist also jetzt deine ...« Leif ließ mit einem Rumms zwei Kisten auf den alten Dielenboden fallen. Und sah sich betont abschätzend um. »Deine ... Heimat?«

»Das weiß ich doch noch nicht. Das werde ich noch rausfinden. Dazu bin ich ja hier.«

»Ich dachte, zum Studieren«, entrüstete er sich.

Marie ging nicht darauf ein.

»Du müsstest das doch als Erster verstehen.« Sie sah ihm in seine blauen Augen. »Leif – was ist das für ein Name? Leif Ericson, und das mitten in der Eifel! Das hört sich an, als seiest du von Außerirdischen entführt worden, gerade an den Platz, der am wenigsten Zugang zu deinem Element hat.«

»Ach, was ist denn mein Element?«

»Das musst du schon selber rausfinden, mein Wikinger.« Marie grinste ihn an. »Aber vielleicht holzt du deshalb die Eifel ab, um daraus Boote zu schreinern für deine Heimfahrt.«

»Glaubst du wirklich, du findest hier deine Heimat? Mitten unter den Aachenern?«

Da war er wieder, der Eifeler Sturkopf in Reinkultur. Marie rollte ihre grünen Augen, drehte sich um und ging runter zum Bulli auf die Bismarckstraße. Ihr Wikinger war heute wieder mit einem besonders dicken Holzkopf gesegnet. Sie musste ihn unbedingt loswerden, bevor er es sich in ihrem Bett bequem machte und das erste Bier kippte.

Nun war er also da, ihr erster Abend in ihrer ersten eigenen Wohnung. Und sie war ganz allein. Einen winzigen Augenblick bereute sie den unromantischen Abschied, wie Leif sich mokiert hatte, aber schließlich musste der Bulli am Morgen sowieso wieder vor der Schreinerwerkstatt stehen, so hatte sie es ihm verklickert. Nicht umsonst kannte sie ihn seit einigen Ewigkeiten, da wusste sie, welche Knöpfe sie zu drücken hatte.

Das Fenster stand weit offen. Der Verkehr unten beruhigte sich zusehends, und Marie lauschte auf die neuen Geräusche, beobachtete die neuen Lichter, die Dunkelheit der Stadt, die mit der in der Eifel so gar nichts gemein hatte.

Raue Stimmen klangen aus dem Park herüber, und sie hörte das Zischen, wenn eine Büchse oder Flasche geöffnet wurde. Schemenhafte Gestalten bewegten sich zwischen den Büschen, schwankten mit schweren Schritten über die Wiese. Bisweilen klirrte es, wenn einer der Parkbewohner mit Tüten voller Nachschub eintrudelte.

Marie trank nichts, nur Wasser. Sie rauchte ab und zu eine Zigarette und blies den Rauch aus dem Fenster. Sie wollte einen klaren Kopf behalten, damit sie sich erinnerte, was sie in der ersten Nacht träumte. Das nämlich, so sagte ihre Oma, ginge dann in Erfüllung.

Maries Augen schweiften über die Dächer der Häuser links und rechts gegenüber, die den Park und die Natur in ihre architektonischen Schranken verwiesen. Einen Moment glaubte sie, der schwarze Kamin auf dem Eckhaus zur Rechten habe sich bewegt. Sie fixierte ihn eine Weile, aber natürlich blieb der Kamin auf dem Dach und verzichtete auf Ausflüge.

Für einen Wimpernschlag zu lang ließ sie die Lider auf ihren grünen Augen ruhen, und augenblicklich hörte sie eine sanfte Melodie ... ein Akkordeon spielte ... wie damals während der Klassenfahrt auf der Treppe hoch zu Sacré-Cœur. Stundenlang hätte sie der Frau in dem bunten Hippiekleid zuhören können, sie zwinkerte ihr auch bereits zu, aber dann zeterte Frau Jarczyk, ihre Französischlehrerin, auch schon rum, und sie mussten weiter, andere mit einem Mal komplett uninteressante Sehenswürdigkeiten abhaken.

Ihr Opa hatte angeblich auch Akkordeon gespielt, hatte ihre Oma mal gesagt, bevor sie sich mit der Hand auf den Mund geschlagen und wieder zu dem Thema geschwiegen hatte, wie alle in der Familie, wie alle in ihrem Dorf, wie alle in der Eifel.

Jetzt verstaubte das Akkordeon bei ihrer Mutter in einem grauen, unansehnlichen Pappkoffer. Spielen konnte ihre Mutter es nicht. Sprechen darüber konnte sie auch nicht. Aber wenn einer versucht hätte, es wegzunehmen - sie hätte es mit ihrem Leben verteidigt.

Als Marie erwachte, konnte sie sich nicht an ihren Traum erinnern. Den Traum der ersten Nacht. Er war kein Albtraum gewesen, so viel konnte sie sagen. Und das war doch schon mal ein guter Anfang.

Sie machte sich einen Milchkaffee und ging damit zurück ins Bett. An die Wand gelehnt, ein Kissen im Rücken, schaute sie hinaus in den Himmel. Ihre Augen folgten träge ein paar zierlichen weißen Wattebällen, die in unendlicher Gelassenheit über den makellosen blauen Himmel zogen. Es würde ein schöner Tag werden. Es regnete also nicht immer in Aachen.

Es war einfach wunderbar in ihrer Wohnung. Die perfekte Stille. Kein Telefon konnte klingeln, da sie es erst in einer Woche bekommen würde. Klingeln konnte es auch an der Haustür nicht, da kein Mensch wusste, dass sie jetzt hier lebte, jedenfalls die Aachener nicht.

Ihr neues Leben begann gerade. Sie war wieder ein unbeschriebenes Blatt. Keiner hatte irgendeine Erwartung an sie. Sie konnte alles tun. Sie musste nichts tun.

Eine Reise, hatte sie mal gelesen, ist gut, wenn man nicht weiß, wohin man fährt. Noch besser aber ist sie, wenn man nicht mehr weiß, woher man kommt.

War dies das Ziel ihrer Reise? Marie war ein wenig erschrocken, sie drückte die Zigarette aus und stand auf. Für einen Moment schwankte die Welt. Nur für einen Moment. Nur ein wenig. Dann machte Marie ein Foto. Hielt den Moment fest. Hielt sich fest.

Beim Frühstück blätterte sie in einem bunten, alternativ aussehenden Stadtmagazin namens Klenkes und blieb an einer Ankündigung für eine Veranstaltung hängen. Seltsamé Dienstagé. Von einem gewissen Charlie H. in einem gewissen Hauptquartier veranstaltet. Warum nicht? Mal sehen.

KAPITEL 1

20. Juli 2019 – Mittwoch
Niederlande, Texel, Den Hoorn, Paal 13

Die Wahrheit über den Fall Kees Popinga.
Der Arzt sah erstaunt auf und schien sich zu fragen,
warum sein Patient nicht mehr geschrieben hatte.
Da fühlte sich Popinga veranlasst,
mit einem gezwungenen Lächeln zu murmeln:
»Es gibt keine Wahrheit, oder?«

Georges Simenon
Der Mann, der den Zügen nachsah

Der Wind strich sanft über die letzte Seite des Buches, und der Mann in dem bordeauxroten Trikot mit dem Rückenaufdruck *Figo* hob den Kopf. Seine Augen folgten einer segelnden Möwe, die am Himmel als weißer, ständig schrumpfender Punkt mit dem Blau des Meeres und dem des Firmaments verschmolz. Aus seinem rechten Augenwinkel tauchte ein orangefarbener Blitz auf, der schnell Konturen annahm. Zwei braun gebrannte Männer jagten mit dem Schlauchboot der Rettungswacht parallel zum Strand auf den seichten Wellen entlang und verschwanden mit schäumender Heckwelle Richtung Paal 11.

»NEIN!«

Ein Kinderschrei riss ihn aus seiner Betrachtung.

»PAPRIKA!«

Libuda warf den Kopf herum. Eine Möwe hatte die handtellergroße Puppe des kleinen Mädchens im Schnabel und hob damit soeben ab. Das Buch fiel in den Sand, als Libuda aufsprang und auf das räuberische Vieh zustürzte. Die Möwe aber drehte mit tief hängendem Kopf ab nach rechts.

»Hey, du Mistvieh! Lass los!« Der Sand bremste seinen Antritt. Er versuchte es mit einem imponierenden Sprung. Die Möwe trat die Flucht an Richtung offenes Meer. Er stoppte, denn wenn der geflügelte Strandräuber die Puppe über dem Meer fallen ließ, war alles verloren. Offensichtlich aber war der Möwe das Plastikwesen mit dem bunten Kleidchen in ihrem Schnabel zu schwer, denn sie kam zurück. Da aber hatte sie Libuda wohl unterschätzt. Er war nämlich punktgenau zu der Stelle am Strand gestartet, welche die Möwe anvisierte. Und nun kam ihm die Gier ihrer Artgenossinnen zu Hilfe. Sein Interesse an der Beute hatte ihren Instinkt geweckt, und sie versuchten nun, ihrer gefiederten Schwester mit Gekrächze die Puppe in der Luft abzujagen. Die Möwe konnte sich gegen die Schnabelhiebe nicht verteidigen, also ließ sie die Beute los. Sie fiel genau vor Libudas Füße. Er packte sie und rannte los, nun die gesamte krächzende, flatternde Meute im Nacken. Mit einem Satz landete er neben der grün-roten Strandmuschel und zog den Kopf ein.

Da aber sprang ihm schon Frauke, mit dem Sonnenschirm bewaffnet, zu Hilfe.

»Ksch! Ksch!« Ganz die zu allem entschlossene Mutter, verscheuchte sie die weißen Räuber der Lüfte. Die krähten noch ein paarmal beleidigt und drehten dann ab.

Die kleine Puppenmutter wischte sich schnell noch ein paar Tränen ab, dann strahlte sie Libuda an. Ihm lagen schon Worte der Bescheidenheit auf der Zunge, wonach es doch selbstverständlich gewesen sei und er gerne für sie seine

Haut riskiert habe, da aber streckte sie nur fordernd eine Hand aus. Immerhin lächelte sie ihn an.

»Marie! Du könntest dich wenigstens bei deinem Patenonkel bedanken!«, mahnte Frauke, die soeben den Sonnenschirm neu justierte.

»Danke, Patenonkel«, nuschelte Marie.

»Du sollst doch nicht immer Onkel zu mir sagen! Außerdem habe ich das doch …«

»Okay, dann is' ja gut, Libuda.« Und damit hatte Marie sich bereits weggedreht und tauchte wieder in die Welt ihrer Puppen ein. Aufgrund ihrer Vielzahl waren bereits alle vertrauten Vornamen vergeben, darum waren jetzt, nach dem Obst, eben die Gemüsenamen dran. So war die gerade wieder aus der Entführung befreite »Paprika« die beste Freundin von »Gurke« und »Tomate«.

»Dafür gebe ich unserem Helden jetzt einen Kaffee aus«, säuselte Frauke und streckte ihr schwarzes Bikinioberteil hervor. Libuda verfing sich einen Augenblick zu lang in ihrem Ausschnitt, und Frauke grinste zufrieden. Matteo, ihr Mann, hatte mal nach ungefähr fünf großen Bier gesagt, dass sie es liebe, Libuda ein wenig zu verunsichern.

»Matteo, gibst du mir mal das Geld?«

Matteo D. Buck, kurz MdB, Maries Vater und Libudas bester Freund, runzelte die buschigen Augenbrauen, wandte den Blick aber nicht von seinem Buch ab. Immerhin legte er den obligatorischen Stift aus der Hand, schraubte ihn zu und wühlte dann blind in der Tasche neben sich nach dem Baren.

»Wenn ihr euch noch fünf Minuten geduldet«, murmelte er, ohne das Buch aus den Augen zu lassen, »komme ich mit in den Strandpavillon. Es sei denn, ihr möchtet lieber ohne mich sein …« Er ließ den Satz im Nichts versanden, sodass man sich das Satzzeichen dazu denken musste: War es eine Frage, eine Feststellung, eine Aufforderung, eine Kritik?

»Na, ich freue mich doch immer, wenn mein Mann das soziale Umfeld mal über seine heilige Literatur stellt!« Frauke gab ihm einen Kuss auf die von einem Urlaubsbart bewachsene Wange.

Libuda ließ sich also noch einmal in den Sand plumpsen. Leider mit dem Gesicht zuerst. Sofort wurde der Sand wie von einem Magneten angezogen, nämlich von seinem schweißverklebten Gesicht. Und schon stach etwas in seinem rechten Auge.

Gerade hatte er ein Sandkorn aus dem Auge befördert, genauer gesagt: mithilfe einiger Tränen unter seiner Kontaktlinse hinausgeschwemmt, da flog eine neue Ladung in seine Richtung.

»Stopp!« Abwehrend hob er die Arme.

»MARIE!« Vorsichtig blinzelte er in die Sonne, die nun von einem Schatten verdunkelt wurde.

»Ja, meneer? Ik ben da.« Sie hatte einen grünen Bikini an, in dessen Oberteil er jetzt, auf den Knien auf seinem Badelaken hockend, einen direkten (sehr unverhohlenen) Einblick hatte. Seine Augen irrten für einen Moment zu lange in dem sonnengebräunten Canyon herum, dann riss er den Kopf hoch.

»Alstublieft«, stammelte er, »mag ik duits praten?« Wie oft hatte er gemeinsam mit anderen Grenzlandbewohnern geklagt, es sei eine Schande, immer noch kein Niederländisch gelernt zu haben, und dass es nun aber höchste Eisenbahn sei und dergleichen mehr, wohl wissend, dass spätestens bei der Rückkehr alles beim Alten blieb.

»Das wäre mir auch sehr recht.« Grüne Augen blitzten ihn an. »Also meneer, woher kennen Sie meinen Namen?«

»Libuda, wer ist die Frau mit dem zu kleinen Badeanzug?«

»Oh, darf ich vorstellen? Marie, mein Patenkind. Marie, das ist …«

»Du hast aber einen schönen Namen!« Und damit streckte sie der fünfjährigen Göre mit der Sandschaufel die Hand entgegen. »Auch Marie …«

»Du aber auch!« Marie strahlte. »Cool, dann kannst du ja jetzt mit uns ins Meer gehen. Libuda ist es nämlich viel zu kalt. Der traut sich nicht.« Und damit zerrte sie an ihm und seiner antiquierten Badehose. Instinktiv zog er ein wenig den Bauch ein. »Kommt, wir rennen zusammen rein!«

Einige Dezimeter weiter rechts unterdrückte ein sehr unrasierter Mann ein Lachen und täuschte sehr dilettantisch vor, immer noch in den Titel von der *ZEIT*-Bestsellerliste vertieft zu sein.

Direkt neben dem Eingang zum Strandpavillon Paal 12 stand die Staffelei mit dem Bild vom Meer, und gerade tupfte Peter van der Ploeg, der Maler, wieder einen dieser charakteristischen blau-grün-weißen Tupfen dazu, während er mit schief gelegtem Kopf gierig an der selbst gedrehten Zigarette zog. Seine grauen Haare standen wirr ab und starrten vor Salz oder Filz oder beidem. Als Marie behutsam an ihm vorbeihuschen wollte, hielt er sie leicht an der Schulter zurück und drehte sie sanft zu sich herum. Durch seine runde Nickelbrille schaute er ihr direkt in die Augen, dann hielt er den Pinsel hoch, bis er auf gleicher Höhe war, und verglich den Farbton. Ein Lächeln breitete sich auf seinem Gesicht aus, er verbeugte sich leicht und legte die Hand mit dem Pinsel auf sein Herz.

Marie tat es ihm gleich und ging dann rasch weiter ins schattige Innere des Pavillons. Draußen fläzten sich die Touristen in der Sonnenglut, aber Marie wählte drinnen einen Platz neben dem Ofen, der nun, im Sommer, wie ein Fremdkörper im Raum stand, als warte er auf den Winter.

Sie waren ganz allein in dem mit viel Holz, vor allem Treibholz, gemütlich und dabei modern eingerichteten Strandhaus. An den Wänden hingen Bilder des Malers und großformatige Fotografien. Nur ab und zu wieselten junge Frauen und Männer in schwarzen T-Shirts mit der weißen Aufschrift *Paal 12* mit leeren Tabletts herein, um kurz darauf mit vollen wieder zu verschwinden. Leise plätscherte ein wenig brasilianische Musik durch die offenen Türen. Ansonsten herrschte wohlige Stille in der ehemaligen Hippiekneipe.

»Ach ja ... das hatte ich auch mal werden wollen«, seufzte sie. Libuda musste ein ziemlich dummes Gesicht gemacht haben, denn jetzt lächelte sie und erklärte: »Malerin.«

Libuda nickte. »Und was bist du stattdessen geworden?«

»Eine Illusionistin.«

Libuda guckte wieder wie eins der Schafe auf dem Deich. Marie lächelte jetzt nicht mehr, als sie flüsterte: »Eine Betrügerin.«

Libuda wollte etwas sagen, fragen, da aber stand der Kellner an ihrem Tisch. »Alstublieft?«

Marie hatte Milchkaffee bestellt und dazu Apfelstrudel mit Eis. Libuda war erstaunt, als er sich sagen hörte: »Ik ook.«

Später gingen sie dann, wenn auch nur kurz, aber sehr zu Libudas Leidwesen, zu prickelnden Schampusgetränken über, was den Abend immer mehr in einem wohligen Nebel versinken ließ ...

Morgens, pünktlich zum Frühstück, erschien Libuda wieder in seinem portugiesischen Trikot am Zelt – allerdings ohne Hose, dafür mit ihm nicht bekannten Flipflops, seinen Boxershorts und dazu einem Sack voller Fragen auf dem Rücken beziehungsweise der Seele.

»Libuda, bist du von Piraten überfallen worden?«

Der Gefragte räusperte sich, sah verwirrt an sich herunter und dann sein Patenkind an.

»Und wo ist Marie?«, fragte Marie.

Libuda schloss die Augen. Einen Moment sah er so aus, als würde er schreien, dann raunte er heiser: »Vier Lippen. Zwei Münder. Ein Kuss. Schluss.« Libuda schloss den Mund, dafür öffnete er die Augen wieder.

»Ist das von dir?« Buck hatte bereits den Stift und sein Moleskine in der Hand.

»Das ist von ihr ...« Libuda verstummte abrupt. »Das hat Marie im ...« Er legte einen Finger zwischen seine Lippen und kaute darauf. »Nein, das war später im ... Wo war das denn nur?«

»Ja genau, wo warst du denn nur?«

»Wenn ich das nur wüsste.«

Frauke trat aus dem Zelt und sah die beiden Männer missbilligend an. »Um elf Uhr müssen wir hier verschwunden sein. Ob mit oder ohne Hose. Die Nachfolger warten schon.« Sie deutete mit dem Kopf auf eine Familie, die gerade ihren Bulli entlud.

Libuda stand da. Offen wie sein Mund. Es war ein alter Wellblechbus von Citroën, der legendäre Typ H. Bevor das Déjà-vu ihn überrollte, schloss er die Augen und verschwand in seinem Zelt.

MATTEO – 1996. Sommer.

Mit einem Ruck saß er aufrecht. Die Bronchien rasselten, als sei er gerannt. Er wischte sich über die Stirn und zog angeekelt die Finger zurück, die augenblicklich voller Schweiß klebten. Er zwang sich, einmal tief auszuatmen, bevor er die Augen öffnete. Nichts. Er konnte nichts sehen. Für einen Augenblick ergriff ihn ein eisiger Schauer. Erneut versuchte er, sich auf seinen Atem zu konzentrieren. Er hechelte mit nach hinten gezogenen Schultern. Schweiß rann ihm in die Augen. Mit erfrorenen Fingern wischte er ihn weg. In den Schläfen hämmerte das Blut wie die dicke Trommel. Die Brust krampfte sich zusammen. Fühlte sich so ein Herzinfarkt an? Wo war er? Und warum? Er versuchte zu schlucken, aber der Kehlkopf schwoll plötzlich zu einer fetten Kröte an und drohte ihn zu ersticken. Erneut schloss er die Augen. Er traute sich kaum, es überhaupt zu denken, aber in diesem Augenblick wusste er nicht einmal …

Wer, zum Teufel, bin ich?

Wer?

Bin?

Ich?

Ich, der sich in diesem schwarzen Augenblick ausschließlich darauf konzentriert, nicht in Panik zu geraten? Panikattacke, formulierte sein Sprachzentrum. Das Wort immerhin kam ihm vertraut vor.

Wieso lag er in diesem Bett? War das sein Bett? Lag er vielleicht immer darin?

Ich sollte nicht so viel saufen! Dieser Satz hing mit einem Mal mitten in seinem Kopf – wie ein Transparent. Und da sah er sich wieder: Mit einem großen Glas Bier in der kalten Hand, gierig an einer Zigarette zwischen den Lippen saugend, irgendwo unten am Ponttor erst. Ein diffuses Licht draußen an der Molkerei. Dann wahrscheinlich im Hauptquartier... oder im Aoxomoxoa ... Es begann Tag zu werden, als er nach Hause geschwankt war. Wieder um bestimmt zwanzig Mark und einige Illusionen ärmer auf sein Schlafpodest gefallen war. Allein. Es war draußen jetzt sicher bereits taghell, aber er hatte die Rollos noch runtergezogen. Es musste Mittag sein. Mittag im Leben des ...

Er schloss noch einmal die Augen und rekapitulierte mit einem Mal mühelos seine Mission: Matteo D. Buck, Ende zwanzig, gerade noch, ledig, kein Kind, Ex-Student, Ex-Referendar, Ex-Beamter auf Probe, ohne Zweites Staatsexamen, immerhin noch Besitzer eines rostigen Citroën AK 400, seine Kastenente, momentan wieder defekt, er daher pleite ... 104826. Beim Gedanken an seine Matrikelnummer perlte ein feines Lächeln über seine trockenen Lippen. Er öffnete die Augen und seufzte erbärmlich.

Er seufzte erneut, diesmal bereits melodischer, und richtete sich mühsam ein wenig im Bett auf. Sein Kopf schwoll an und drohte augenblicklich zu platzen. Und wofür stand er nun jeden Tag auf? Was war seine Mission? Sein Werk? Aber dafür wollte er nicht aufstehen. Nicht wirklich. Eigentlich. Denn eigentlich war er ja etwas gänzlich anderes ... Eigentlich, Matteos Lieblingswort. Aber ihm fehlte der Rest des Satzes dazu. Matteo suchte stets nach dem einen Satz, dem einen, der sein Leben veränderte, umlenkte, auf die Bahn brachte. Mit einem Schlag. Wie ein Kōan. Mit dem Klatschen einer Hand. PAFF! – Und du bist erleuchtet. Matteo richtete sich abrupt im Bett auf. Er schaute noch einmal nach rechts – da, wo niemand lag. Niemand mehr. Nachdem er sich ans Waschbecken geschleppt hatte, öffnete er den Wasserhahn und ließ sich einen Moment eiskaltes Wasser ins Gesicht laufen. Er trocknete sich ab und betrachtete dabei seine blauen Augen im Spiegel. Sie waren gerötet, und Matteo musste unwillkürlich husten. Er beschloss, an diesem Tag nicht zu rauchen, und atmete frohen Mutes durch.

Matteo liebte gute Vorsätze. Er hatte dann stets das Gefühl, sein Leben noch einmal ändern zu können. Schnell schlüpfte er in die Kleidung des Vortages, den zäh darin hausierenden Zigarettenqualm ignorierend, und flanierte an seiner Bücherwand entlang. Vor der dritten Abteilung verharrte er in der zweitobersten Reihe, sein Zeigefinger strich sanft über die Buchrücken, dem Alphabet folgend. Bei Schnitzler, Arthur hielt er inne. Matteo zog den antiquarischen Band hervor, klappte ihn auf und schloss die Augen. Der schwere Duft, der seit Jahrzehnten in dem Papier haftete und es mit dem Atem fremder Finger getränkt hatte, umhüllte Matteo, und er fand sich inmitten eines Kaffeehauses im Wien des Fin de Siècle wieder. Arthur Schnitzler war eigentlich Arzt gewesen. Eigentlich hatte er sogar die Psychoanalyse vor Freud entdeckt. Aber eigentlich war er Schriftsteller gewesen. Die Fingerkuppen streichelten das Papier, und augenblicklich trippelte eine Horde winziger Gänse über Matteos Rücken hinauf, bis sie sich in den feinen Härchen in seinem Nacken vor Wonne wälzten. Matteo klappte das Buch sanft zu und schob es zurück zu seinen Nachbarn. Noch exakt einen Wimpernschlag gönnte er den verblichenen Buchstaben auf dem zerfledderten Leinenrücken. Seine Staatsarbeit hatte er darüber geschrieben. Die erste … *Der Weg ins Freie.*

Den Blick auf die vernehmlich tickende Uhr vermied er nach wie vor, als er sich gerade auf dem alten Teppich in Position stellte. Er schloss die Augen, atmete tief ein und aus, dann vollzog er seine morgendliche Gymnastik in exakter Zahl und Form, wenngleich es in seinem Schädel bedrohlich hämmerte. Matteo trank, am Fenster stehend – das Rollo war hochgezogen, und draußen, unten auf der Bismarckstraße, fuhren Autos vorbei, darinnen Menschen, die offenbar einen Plan hatten, ein Ziel –, ein Glas warmes Wasser und spülte damit den üblen Nachgeschmack von Nikotin und Alkohol herunter. Angeblich machten es die Yogis nicht anders. Außer natürlich mit den Drogen, und sie lasen auch keinen Spruch des Tages dazu auf dem Kalender.

Die Menschen verwechseln Dabeisein mit Erleben. Max Frisch.

Nach dem Wasser war das Müsli an der Reihe. Matteo öffnete die alte Blechdose und schüttete seine Mischung in eine alte angeschlagene Schale, die ihm seine Eltern vor Jahren mal aus einem Urlaub im Süden mitgebracht hatten.

Bevor er sich setzen konnte, war noch der Tee an der Reihe. Assam im Beutel in der Tasse, die ihm seine letzte Freundin mal geschenkt hatte, kurz bevor sie ihn verließ, um als Au Pair in Süditalien etwas mehr zu erleben. Während der Tee zog, ging Matteo hinunter zum Briefkasten im muffigen Hausflur und holte die *Aachener Nachrichten.* Danach war der Tee exakt zweieinhalb Minuten gezogen, wurde noch mit einem Tropfen Milch gekrönt und neben die Müslischale auf den wackeligen Tisch gestellt. Matteo schlug die Zeitung auf und las zuerst die Wetterprognose für den Tag. Wenig Temperaturveränderungen, dafür viel Wechsel zwischen Sonne und Regen. Danach wechselte er zur *Kultur.* Da hatte doch wieder einer eine Idee bei ihm geklaut; genau darüber hatte er auch gerade schreiben wollen ... Verbrannt! Ein anderer Literat war bereits gestorben. Noch vor seinem großen Durchbruch. Immerhin war er eine kleine Zeitungsmeldung wert gewesen. Seine Welt. Die Welt der Literaten und Künstler.

Ganz bis zum Schluss sparte er sich den Spruch des Tages auf.

Matteos Blick traute sich erstmalig zur Küchenuhr. Elf Uhr fünfundvierzig. Er faltete die Zeitung säuberlich zusammen, stellte Müslischüssel und Teetasse ins Spülbecken und löschte das kleine Licht darüber.

KAPITEL 2

2019, zwei Wochen später, Anfang August, Montag, später Abend
Belgien, hinter der deutsch-belgischen Grenze,
Campingplatz, Libudas Caravan

Libuda starrte auf das über vierzig Jahre alte Foto. Die Sonne war mittlerweile untergegangen, und in dem alten Caravan waren keine Farben mehr zu sehen. Je diffuser die Gestalten auf dem Bild wurden, desto lebendiger kamen sie rüber. Für einen Wimpernschlag hörte Libuda die Stimme der Frau mit der seltsamen Frisur. Warm, voll und ein bisschen heiser vom Rauchen. Auf dem Bild hielt sie auch eine Zigarette in der Hand, ebenso wie der bärtige Mann neben ihr mit den langen Haaren, der auch am Steuer des alten Wellblech-Citroën mit den aufgeschobenen Seitenfenstern grinste. Sie sahen aus, als führen sie in den Urlaub, überall Taschen und Zeug und mittendrin ein kleiner Kopf mit einem Grinsen wie sein Vater.

Libuda blätterte weiter in dem alten Fotoalbum. Immer wieder die Menschen aus dem Auto, besonders oft war die Frau auf den alten Abzügen. Noch häufiger aber ein kleiner Junge. Mal in einem Meer aus Sonnenblumen, dann an einem richtigen Meer am Strand mit Muscheln um sich herum und mit einem Sonnenhut aus Stroh mit einem blauen Band an der Krempe. Und immer lachten alle, ob vor dem Meer oder einem weißen Haus mit einer blauen Tür oder vor der Statue Cristo Rei, deren größeres Pendant Cristo Redentor in Rio de Janeiro unweit des Zuckerhutes berühmt geworden war (dort, wo Libuda in Rente zu gehen gedachte – wenn er denn eine Rente bekäme oder wenn er bis dahin noch lebte).

Libuda glaubte das Lachen zu hören. Ein männliches. Ein weibliches. Im Duett. Und er erinnerte sich, dass er dieses Album bereits angesehen hatte. Früher. Vor Jahren. Vor Jahrzehnten. Als er selber ein bisschen älter geworden war als der Junge auf den Fotos. Und dann war es irgendwann weg gewesen, das Album. Er hatte seine Eltern danach gefragt, als er alt genug war, seine Fragen in Sprache zu kleiden. Aber sie hatten nur geseufzt und getan, als wüssten sie nicht, wonach er suchte, und dabei hatten ihre Augen traurig weggeschaut.

Aber er hatte mit den Jahren aufgehört, daran zu denken, danach zu suchen. Nur noch selten hatte er davon geträumt, diese Menschen wiederzufinden, mit denen der kleine Junge auf den Fotos irgendwann in den Siebzigerjahren in den Urlaub nach Portugal aufgebrochen war.

Bis jetzt … bis seine Eltern gestorben waren. Abgestürzt mit ihrem Urlaubsflieger, irgendwo vor der Küste Brasiliens unweit von Cristo Redentor.

Und da war es wieder aufgetaucht. In einer verborgenen Ecke im Schreibtisch seines Vaters hatte er das Album entdeckt. Gesucht hatte er den Schlüssel für den kleinen Tresor, den sich die Eltern angeschafft hatten, um dort alle Papiere für den Fall der Fälle aufzubewahren. Sein Vater hatte immer wieder neue Verstecke ausprobiert, und stets hatte er dazu kryptische Botschaften auf oder in dem Schreibtisch hinterlassen. Den Schlüssel hatte Libuda tatsächlich nicht gefunden – dafür das Album.

Und jetzt war ihm klar, wer der kleine Junge war. Und wer der Mann und die Frau waren. Er erinnerte sich auch, dass es geheißen hatte, sie seien sein Patenonkel und seine Patentante. Genau umgekehrt war es gewesen: Seine Eltern waren die Paten gewesen. Und sie hatten die Patenschaft angenommen, nämlich im Falle des Falles die Stelle der Eltern anzutreten, zu übernehmen, auszufüllen.

Und sie hatten es ihm nie gesagt.

Sie hatten es, wurde Libuda jetzt klar, immer mal wieder zaghaft versucht. Er konnte sich an ernste Mienen und ernste Abende erinnern, an denen er zuerst dachte, er hätte etwas ausgefressen. Immer hatten sie mit dem Satz begonnen: »Kai, wir müssen mal mit dir reden ...« Und dann hatten sie alle zugleich drauflosgeredet. Er hatte sich entschuldigt für Dinge, die er vielleicht verbockt, kaputt- oder falsch gemacht hatte, und sie hatten seltsam rumgedruckst und waren dann lieber auf seine Entschuldigungen und Geschichten eingegangen und hatten sich am Ende unter Tränen für die Missverständnisse entschuldigt.

Und immer hatte genau dieses Fotoalbum dabei auf dem geerbten Eichentisch in der Küche gelegen. Stets hatte er nur den Einband gesehen, aber einmal, daran erinnerte er sich, hatte es aufgeklappt dagelegen. Aber als er neugierig einen Blick auf den bärtigen Mann und die lachende Frau in dem alten Auto hatte werfen wollen, war seine Schwester in den Raum gestürzt, völlig aufgelöst, und seine Mutter hatte blitzschnell das Album zugeklappt.

Seitdem war das Album nicht mehr auf den Tisch gekommen. Seine Schwester Meike hatte damals, daran erinnerte er sich gut, einen hochdramatischen Auftritt hingelegt und eine Geschichte zum Besten gegeben, die mit dem Satz endete: »Dann bring ich mich eben um!«, womit sie dann ihre Bühne verlassen hatte, um sich die Türe knallend in ihrem Zimmer zu verbarrikadieren. Bis unten hatte Libuda hören können, dass Dinge abrupt ihren Ort wechselten und teilweise von der Tür oder einer Wand jäh gestoppt wurden, untermalt durch hysterische Schreie, die er sich damals als normal in einer geschlossenen Anstalt vorstellte.

Sofort hatte sie natürlich die uneingeschränkte Aufmerksamkeit ihrer Eltern auf sich gezogen wie ein Magnet die heruntergefallenen Stecknadeln in einem Babybett. Dabei war Libuda eigentlich derjenige, der mit unerklärlichen Krankheiten immer mal wieder darniederlag.

Kurze Zeit später hatte er den Unfall gehabt, als er mit dem Moped unfreiwillig versucht hatte, einen Bus der roten Flotte abzudrängen, indem er sich, auf den regennassen Straßenbahnschienen mit dem Hinterrad weggerutscht, quer davorgelegt hatte. Er hatte danach in einem künstlichen Koma gelegen, und als er erwachte, war für ihn immer noch Montag, der Kalender aber zeigte bereits Freitag, und Libuda hatte keine Erinnerung an diese Tage, und das war das Seltsamste für ihn, dass da etwas gänzlich ohne sein Dabeisein mit ihm passiert war, dass er einen Blackout von mehreren Tagen hatte.

Danach hatten seine Eltern das Thema nie wieder angesprochen, geschweige denn das Album noch einmal auf den Tisch gelegt.

Jetzt also war es wieder da. Es lag vor ihm, und er konnte es anschauen, sooft er wollte und wann er wollte. Aber es war zu spät. Er konnte niemandem mehr seine Fragen stellen. Die Antworten hatten sie mit in ihr nasses Grab genommen. Seine Eltern. Seine Paten.

Meine Schwester, kam es ihm in den Sinn. Meike. Sie muss doch auch etwas darüber wissen. Schließlich hat sie mich schon immer wie ihren Stiefbruder behandelt. Sie hatte es schon immer gewusst. Sie wusste es.

Libuda zog noch einmal an der im Aschenbecher verglimmenden Selbstgedrehten. Der Rauch stieg ihm in die Augen, die in dem spärlichen Licht der Abendsonne glänzten. Hastig atmete Libuda den Rauch aus, und bevor er husten musste, trank er gierig einen langen Schluck aus dem Glas mit den Eiswürfeln. Während die Flüssigkeit langsam seine Kehle hinunterbrannte, schloss er für einen Moment die Augen.

PATRIZIA – 1996. Sommer.

Das Rattern der metallenen Räder auf den Gleisen und das Schaukeln des Waggons steigerten sich, bis der InterRegio 2646 (von Cottbus nach Aachen) seine Reisegeschwindigkeit erreicht hatte und fast lautlos dahinglitt.

Der jungen Frau am Fensterplatz in Fahrtrichtung fielen gerade die Augen zu, als die Schiebetür mit einem Quietschen aufgeschoben wurde und ein junger Mann mit langen Haaren, Bart und Rucksack über die Schwelle trat und dort verharrte, alldieweil seine Augen in die sanfte Schlucht schlichen, die der Ausschnitt der jungen Frau feilbot.

Durch die plötzliche Stille augenscheinlich irritiert, öffnete sie ihre Augen, die nun wie Kastanien in der Sonne blinkten. Der junge Mann, sich offenbar ertappt fühlend, riss den Blick hoch, räusperte sich und murmelte: »Entschuldigung, ich bin Boris. Ist hier noch frei?«

»Aber sicher doch«, und damit deutete sie huldvoll auf den Platz ihr vis-à-vis.

Er lächelte verkrampft, nahm vorsichtig Platz und bückte sich sogleich. Vom Boden des Abteils hob er ein gebundenes Buch auf. Vorsichtig drehte er es um und sah jetzt erstmalig der Frau gegenüber direkt in die Augen. Seine Stimme war angenehm voll und tief.

»Dostojewskij ... Fjodor Iwanowitsch ...«

»Oh, merci beaucoup!« Sie nahm es ihm vorsichtig aus der Hand, wobei sich ihre Fingerspitzen für einen Moment streiften, und wischte, ohne ihn aus den Augen zu lassen, imaginären Staub von dem abgegriffenen Einband.

»Ich bin übrigens Patrizia.«

Sie griff in die Tasche, die neben ihr auf dem Sitz stand.

»Möchtest du auch?« Und sie klappte eine blaue Schachtel Nil auf und bot sie ihrem möglicherweise zukünftigen Liebhaber an.

Boris gab ihr Feuer, und dann sahen sie sich durch den blauen Dunst hindurch in die Augen.

Für Patrizia Mangold gab es schon immer »Die drei Dinge«: Lesen, Lieben, Reisen.

Sie hatte schon früh mit allem begonnen und war allem treu geblieben. Und sie hatte alle drei Leidenschaften stets als Amateurin ausgeübt. Sie war ein sehr verschmustes kleines Mädchen gewesen, das auf pummeligen Beinchen durch die elterliche Wohnung stakste und Bücher mit sich herumschleppte, aufklappte, durchblätterte, beschnüffelte und sortierte - erst nach Größen, dann nach Farben der Rücken, schließlich nach Systemen, die sich nur ihr erschlossen.

Ihr Vater las ihr jeden Abend vor, wenn sie im Bett lag, und sie schwor sich, wenn sie je Kinder haben sollte, dies auch zu tun.

Sie liebte die Literatur, hatte aber nie die Ambition, ihren eigenen Namen auf dem Einband eines Buches zu lesen. Sie las lieber fremde Gedanken, andere Ideen, unbekannte Schicksale, beflügelnde Lebensgeschichten und hielt sie in Händen, beschnüffelte sie und tauchte in fremde Gedankenwelten ein.

Später würde sie von ihren Freunden gehasst werden bei ihren vielen Umzügen.

»Du und deine hunderttausend Bücher! Du hast die doch sowieso schon alle gelesen, oder?«

Egal wie klein die Wohnung war – ihre hundert Bücherkisten mussten da rein. Und meist mindestens vier Treppen hoch. Es waren natürlich nicht hundert Kisten, aber sie fühlten sich an wie hundert Kilo, spätestens bei der hundertsten Stufe. Und bei jeder weiteren, als sei auch noch eine Waschmaschine drin versteckt.

Patrizia Mangold blies den Rauch aus und lächelte Boris an.

»Bist du schon mal mit der *Transsib* gefahren?«

Er hustete kurz, dann lächelte er. »Leider nicht.« Er sah sie schmachtend an. »Bisher noch nicht jedenfalls.«

Patrizia lächelte, schloss die Augen und zitierte dann: »Der Mensch bereist die Welt auf der Suche nach dem, was ihm fehlt. Und er kehrt nach Hause zurück, um es zu finden.«

»Dostojewski?«

»Njet. George Moore, wenn ich mich recht erinnere.«

Jetzt lächelte Boris: »Und Erich Kästner sagte: Der verborgene Sinn des Reisens ist es, Heimweh zu haben.«

»Und ich sage, wir werden noch viel Spaß miteinander haben …«, seufzte Patrizia und lehnte sich zurück.

ZWEITER TAG

KAPITEL 3

Dienstag, 5:15 Uhr
Aachen, Bachstraße

Mit einem Ruck saß Buck aufrecht. Dann spürte er seinen Rücken. Und seine Bronchien. Er zwang sich, einmal tief auszuatmen, bevor er die Augen öffnete. Nichts. Er konnte nichts sehen. Für einen Augenblick ergriff ihn ein eisiger Schauer. Erneut versuchte er, sich auf seinen Atem zu konzentrieren. Er hechelte mit nach hinten gezogenen Schultern. In seinen Schläfen trommelte das Blut ohrenbetäubend. Seine Brust krampfte sich zusammen. Fühlte sich so ein Herzinfarkt an?

Wo war er? Und warum? Er versuchte zu schlucken, aber sein Kehlkopf schwoll plötzlich zu einer fetten Kröte an und drohte ihn zu ersticken. Erneut schloss er die Augen. Er traute sich kaum, es überhaupt zu denken, aber in diesem Augenblick wusste er nicht einmal, wo er war.

Wo bin ich? Ich, Matteo Buck, der sich in diesem schwarzen Moment ausschließlich darauf konzentriert, nicht in Panik zu geraten?

Rechts neben sich hörte er jetzt ein Geräusch. Jemand seufzte, dann schnarchte neben ihm eine verstopfte Nase. Das kam ihm bekannt vor, aber noch immer öffnete sich nicht der Schleier, der über seiner Erinnerung lag.

Wieso lag er in diesem Bett? War das sein Bett? Lag er vielleicht immer darin?

Er fühlte neben sich lange Haare mit dicken Locken, zweifellos die einer Frau. Seiner Frau?

Und wenn sie jetzt erwachte und ihn freundlich begrüßte, so als sei er ihr Mann, er sie aber gar nicht kannte? Wenn der Schleier nicht zerriss, wenn es nicht Klick machte?

Ich sollte nicht so viel saufen! Dieser Satz hing mit einem Mal mitten in seinem Kopf – wie ein Transparent. Und da sah er sich wieder: mit einer Flasche Bier in der kalten Hand, gierig an einer Zigarette zwischen den Lippen saugend, auf einem der neuen Teak-Stühle hinter dem Haus sitzend. Die Kirchturmuhr hatte sehr oft geschlagen. Er hatte versucht, es zu überhören, aber es waren zwölf Schläge gewesen.

Er drehte den Kopf zur linken Seite und schaute, obwohl das gänzlich unnötig war, auf die rot leuchtenden Ziffern des Weckers. Fünf Uhr dreißig. Er war wie immer das akademische Viertelstündchen vor der Zeit in den Tag zurückgekehrt.

Er schloss noch einmal die Augen und rekapitulierte jetzt mühelos seine Mission: Matteo Buck, Ende vierzig, verheiratet, ein Kind, Lehrer beim D.O.F.T., mittelgroßer Bildungsträger, Dienstbeginn sieben Uhr dreißig ... 104826. Beim Gedanken an seine ehemalige Matrikelnummer perlte ein feines Lächeln über seine trockenen Lippen. Er öffnete die Augen und seufzte. Entschuldigend drehte er sich schnell zur Seite, aber Frauke, ja, so hieß die Frau, seine Frau, schlief seelenruhig weiter, als sei nichts passiert. Sie schnarchte leicht, und die Luft pfiff durch ihre vollen Lippen.

Er seufzte erneut, diesmal zuvorkommend leise, und setzte sich im Bett auf. Stützlehrer. Lehrer zweiter Klasse. Dafür stand er nun also jeden Morgen auf. Um seine Familie zu ernähren, wie es sich für einen Familienvater gehört.

Buck schaute noch einmal nach rechts auf die schlafende Frau, seine Frau, seine junge Frau. Seine Hand wollte über die blonden Locken streichen, aber er hielt auf halbem Wege inne und stieß sich stattdessen von der Matratze ab. Nachdem er sich auf Zehenspitzen ins Bad geschlichen und die Tür behutsam geschlossen hatte, öffnete Buck den Wasserhahn und ließ sich einen Moment eiskaltes Wasser ins Gesicht laufen. Er trocknete sich ab und betrachtete dabei seine blauen Augen im Spiegel. Sie waren wieder ein bisschen gerötet. Er beschloss, heute nicht zu rauchen. Er liebte gute Vorsätze. Er hatte dann stets das Gefühl, sein Leben noch einmal ändern zu können. Schnell schlüpfte er in die Kleidung und flanierte auf dem Weg durch das Wohnzimmer an seiner Bücherwand entlang.

Um sechs Uhr fünf betrat Buck die Küche. Er vollzog seine morgendlichen Übungen in exakter Zahl und Form, wenngleich es in seinem Schädel bei den Liegestützen bedrohlich hämmerte. Buck trank, am Fenster stehend, ein Glas warmes Wasser und spülte damit den üblen Nachgeschmack von Nikotin und Alkohol runter. Er las den Spruch des Tages dazu auf dem Kalender.

Haben wir das Gefühl, unsere Zeit nicht zu verschwenden, dann haben wir allen Grund zur Freude. Dalai Lama.

Den Kalender des Dalai Lama hatte Frauke eingeführt. Buck wartete aber noch immer auf die Erleuchtung. Auf den Satz, der ihm das Tor öffnete in seiner Seele.

Nach dem Wasser war das Frühstück an der Reihe. Er öffnete die braune Papiertüte mit der Aufschrift *Peter's Bio Landbrot.* Gerade mal eine Nanosekunde lang regte sich sein Groll gegen den Apostroph, welchen irgendein Mensch in der typischen Anthroposophen-Schrift darauf verzapft hatte. Dann schnitt er mit dem Brotmesser zwei in der Dicke identische Scheiben ab. Aus dem Kühlschrank holte er eine Packung Bio-Quark und bestrich beide Scheiben damit. Auf die eine

Schicht des angeblich die Leber regenerierenden Quarks ließ er mit einem Löffel Holundermarmelade, von einer von Fraukes ländlichen Freundinnen selbst gemacht, klecksen. Auf die andere ließ er in sämigen, goldigen Fäden Honig fließen, den Herbert, der Hausmeister des D.O.F.T., geimkert hatte. Bevor Buck sich setzen konnte, war noch der Tee an der Reihe. Assam im Beutel in der angeschlagenen bretonischen Schale, die Frauke ihm zum Vierzigsten geschenkt hatte. Während der Tee zog, ging Buck zum Briefkasten und holte die Zeitung. Danach war der Tee exakt zweieinhalb Minuten gezogen, wurde noch mit einem Tropfen Milch gekrönt und neben das Frühstücksbrett mit den Broten auf den alten Holztisch gestellt. Buck schlug die Zeitung auf und las zuerst die Wetterprognose für den Tag.

Ganz bis zum Schluss, direkt nach dem Wetter für die Woche (wenig Temperaturänderungen, dafür viel Sonne und vielleicht noch mal Regen), sparte er sich einen weiteren Spruch des Tages auf.

Bucks Blick wanderte zur Küchenuhr. Sechs Uhr fünfundvierzig. Er faltete die Zeitung säuberlich zusammen, stellte Brettchen und Teetasse ins Spülbecken und löschte das Licht in der Küche.

Als Buck den Zündschlüssel drehte, zeigte die Uhr im Armaturenbrett seines Kleinwagens sechs Uhr einundfünfzig. Vier Reifen brachten Buck seinem eigentlichen Metier näher.

KAPITEL 4

Dienstag, 7:35 Uhr
Belgien, hinter der deutsch-belgischen Grenze,
Campingplatz, Libudas Caravan

Er rennt bis zur Ecke des Hochhauses, bremst und beugt sich vorsichtig nach vorne zur Dachkante. Sein Herz hämmert im Hals. Er kann kaum schlucken. Seine Zunge klebt am ausgedörrten Gaumen fest. Vorsichtig sieht er hinunter, und sofort schlagen ihm die Abgase ins Gesicht. Ihm wird einen Moment schwindelig. Wie Spielzeugschnecken bewegen sich die Autos auf der vierspurigen Straße. Alle mit Wohnwagen hintendran. Das blaue Licht eines Polizeiwagens flackert über die Wände der Wolkenkratzer. Er schließt die Augen. Seltsam, dass er gar keine Sirene hört – aber da ist hinter ihm das Stampfen der Schuhe auf dem Kies. Sie haben ihn entdeckt! Er hört, wie sie näher kommen und ihre Waffen entsichern. Das Klicken in seinen Ohren schwillt an wie ein Echo, von dem er aufgesaugt wird.

Er hat keine Wahl. Ohne sich umzusehen, springt er mit geschlossenen Augen über die Dachkante. Er hebt dabei die gestreckten Arme langsam hoch, breitet die Handflächen aus, und augenblicklich spürt er, wie sein freier Fall sanft gebremst wird. Er fällt nicht mehr. Er schwebt. Und dann bewegt er die Arme in einer Wellenbewegung sanft nach oben, und sofort fliegt er in der Horizontalen zwischen den Hochhäusern dahin, legt sich in die Kurve wie auf einer Bobbahn und verschwindet um die nächste Ecke. In Augenhöhe mit dem siebten Stock, wo eben einem Fensterputzer die Zigarette aus dem Mund fällt. Er lächelt und verschmilzt mit dem Himmel. Er ist nun vollends in seinem Element. Hinten kann er schon den Volvo sehen.

Mit einem Mal knallt es um ihn herum. Verfügen seine Verfolger über Helikopter? Er versucht sich umzudrehen, dabei bohrt sich das Geräusch tiefer in ihn hinein. Seine rechte Hand wird von einem Treffer herumgerissen. Sie wird schlagartig eiskalt, und die Kugeln fliegen scheppernd um seine Füße herum, die nun ebenfalls zu gefrieren drohen …

Mit letzter Kraft riss er die Augen auf. Er räusperte sich, dann pulte er das Telefon aus dem Glas mit den Eiswürfeln.

»Yes.«

»Herr Libuda?«, fragte eine männliche Stimme. »Es tut mir leid. Es ist sehr früh, ich weiß, aber ich … « Er ließ das »ch« einen Moment kratzend, so als käme er aus der Schweiz, im Raum stehen. »Aber Sie sind doch Detektiv.«

»Richtig, aber wie kommen Sie gerade auf mich? Ich meine, um diese Zeit?« Libuda räusperte sich und schielte auf dem Display nach der Nummer und der Uhrzeit. »Aber sagen Sie mir doch zuerst einmal, was passiert ist und wie ich Ihnen helfen kann.«

»Meine Schwester ist verschwunden.«

»Ja, wie konnte so öppis passieren?« Libuda übernahm instinktiv das Schwyzerdeutsch.

Auf der anderen Seite wurde heftig ausgeatmet. »Mein Name ist Schornstein. Til Schornstein.«

»Bitte keine Namen«, unterbrach Libuda den Anrufer, »und keine Details am Telefon!«

Der andere schwieg, offenbar beeindruckt von Libudas James-Bond-Gehabe.

»Sagen Sie nur ganz knapp, was Ihr Anliegen ist.«

»Es ist jemand verschwunden. Es handelt sich dabei …«

»Nicht jetzt! Können Sie um«, Libuda schielte auf die Uhr, »elf Uhr heute im Café Van Den Daele sein?«

»Äh ja, aber …«, die Stimme hatte mit einem Mal eine seltsame Farbe. »Treffen wir uns denn nicht in Ihrem Büro?«

»Sonst immer gern, aber ich habe leider die Handwerker im Hause.«

Libuda sah sich vorsichtig im Halbdunkel um. Seine vier Wände sahen zumindest so aus, als hätten sie ein paar Handwerker nötig.

»Ich verstehe«, krächzte sein Auftraggeber.

»Mein Herr, ich danke für Ihren Anruf. Bis um elf also.«

»Ja, aber wie erkenne ich Sie?«

»Ich erkenne Sie. Uf Wiederluege.«

Er sah auf den Wecker, dann auf das Glas mit der Pfütze, die einmal Eiswürfel gewesen waren. Der Morgen musste noch eine Weile ohne ihn auskommen.

Er drehte sich um und schlief augenblicklich wieder ein. Wenig später von einem Sägen begleitet, als seien die Handwerker bereits am Werk.

Später am Morgen schlug Libuda die Augen auf, schlüpfte behutsam in seine dunkle Hose mit den chinesischen Zeichen in Sonnengelb, band die Bänder zu und stellte sich in Position. Er rekapitulierte die Sätze von Bruce Lee.

> *Leere deinen Geist, sei formlos, ohne Gestalt, wie Wasser. | Wenn du Wasser in eine Tasse gibst, wird es zur Tasse. | Füllst du Wasser in eine Flasche, wird es zur Flasche. | Wenn du es in eine Teekanne gibst, dann wird es zur Teekanne. | Wasser kann ruhig fließen oder es kann zerstören. | Sei Wasser, mein Freund.*

Libuda atmete tief in den Bauch ein. Augenblicklich begann sein Schädel zu dröhnen. Er wagte einen Blick in den Spiegel. Ein wirrer Kopf und Ränder unter den geröteten Augen starrten ihn an. Er wollte die Nase hochziehen, aber die Bartstoppeln stachen ihn unsanft.

Libuda wandte den Blick ab und schloss die Augen. Er presste sie wie in einem Schraubstock zusammen und fletschte dabei die Zähne. Dann riss er die Augen für ein paar Sekunden weit auf, um sie direkt wieder zusammenzupressen. Zehnmal hintereinander. Wütende Augen. Die erste Übung der Shaolin-Mönche.

Dann zog er seinen rechten Arm angewinkelt unter die rechte Achsel und streckte den linken langsam mit geballter Faust nach vorne. Er ging sanft in die Knie, wippte leicht auf und ab, bis es in den Oberschenkeln schmerzte. Für einen Wimpernschlag verharrte er mit zusammengekniffenen Augen.

Mit einem herausgeschrienen »KIAEI!« explodierte seine Rechte aus der Hüfte heraus und schoss nach vorne, während die Linke im gleichen Atemzug unter der Achsel eintauchte.

Libuda wiederholte diese Übung abwechselnd links und rechts so lange, bis er den westlichen Dualismus mitsamt seinem Kater aus sich herausgeprügelt hatte. Alles war wieder eins geworden. Die Trennung von Körper und Geist aufgehoben. Wenigstens für den Moment. Schwitzend und keuchend trottete er wenig später zu den Duschkabinen und versank im warmen Regen.

In einem abgewetzten schwarz-gelben Bademantel sank er an den Frühstückstisch und frönte einer weiteren Leidenschaft: Croissants mit beinah fingerdickem Schokoladenaufstrich. Dem dunklen von Côte d'Or. Bevor er hineinbeißen konnte, strich ihm etwas um die Beine. Orca, sein Kater und Mitbewohner. Sein Schnurren war auf dem ganzen Platz zu hören.

RUTH – 1996. Sommer.

Das Wetter war wie bestellt für eine Lesung unter freiem Abendhimmel. Open Air. Ruth Gerresheim beobachtete die Szenerie auf dem gut bevölkerten Lousberg. In bestimmt sieben Reihen verharrten die Menschen auf ihren Stühlen, Bänken und Decken und lauschten andächtig den Silben, Worten und Sätzen, die durch die warme Luft schwebten.

Einzig eine Frau mit wilden, dunklen Locken, sie musste ungefähr so alt sein wie Ruth, war in Bewegung. Sie machte Fotos und kritzelte dann etwas auf einen Block.

Ruth entwarf mit wenigen Strichen in ihr Moleskine-Skizzenbuch, das ihr ihr Vater zum Auszug geschenkt hatte, das Stillleben zwischen den weißen Säulen: den Mann, der sich immer wieder die Haare hinter das linke Ohr strich, während er mit der Rechten die Blätter hochhielt, von denen er mit tief brummender Stimme las. Zu seiner Rechten hockte ein Mann mit einem sehr alten, originell verzierten goldenen Akkordeon, der die Augenbrauen zusammenzog, als zweifle er als Einziger an, was sein Nachbar, der Autor, da zum Besten gab. Ruth hatte besonderen Spaß an der bunten Kappe, die der Musiker schräg auf dem Kopf trug. Jetzt senkte der Vorleser seine Stimme, machte eine dramatische Pause, und der Musiker zog sein Instrument auseinander, bis es ein Seufzen von sich gab. Dann drückte er ein paar weiße und schwarze Tasten, und ein langsamer Walzer wogte über den Lousberg und untermalte den Titel der Veranstaltung, die das Plakat an einer der weißen Säulen verkündete:

Leselust am Lousberg
heute
mit
SilbenTasten

»Vielleicht sollten wir lieber deine Bilder bei der Zeitung einreichen«, flüsterte mit einem Mal eine Stimme hinter Ruth. Die Fotografin grinste sie an. »Super gezeichnet. Bist du Profi?«

»Danke, aber ich bin vollkommener Amateur.« Ruth lächelte. »Vor allem vollkommen.«

»So wie ich!«

»Du siehst aber auch sehr professionell aus mit deiner Kamera«, raunte Ruth.

»Wir können uns ja zusammentun.« Sie streckte ihr die Hand entgegen. »Ich bin Marie.«

»Und ich bin Ruth.« Sie schüttelte Maries schmale Hand.

»Und du hast eine schöne Stimme, Ruth. So schön dunkel und warm.«

»Danke.« Verlegen wischte sie sich eine Strähne ihrer langen schwarzen Haare hinters Ohr.

»Machst du etwas damit?« Marie ließ nicht locker.

»Ich versuche es ...« Dann straffte sie sich etwas, räusperte sich und fügte hinzu: »Ich bin Sängerin.« Dabei grinste sie und zeigte ein makelloses Gebiss.

»Wow!«

»Und du bist Pressefotografin?«

Marie grinste. »Schön wär's. Ich bin freie Mitarbeiterin bei den *Aachener Nachrichten.* Zeilenschinderin. Zwanzig Pfennig die Zeile, und wenn ich Glück habe und sie ein Foto nehmen, noch ein paar Mark als Bonus dazu, gerade genug für Tabak aus Belgien«, lachte sie. »Ansonsten bin ich Studentin. Erstsemester.«

»Willkommen im Sommersemester 1996, verehrte Kommilitonin!«

»Auch hier an der RWTH?«

»Du auch?«

»Ja, aber ich wechsle vielleicht ...« Einen Moment zögerte Marie, als überdenke sie diesen Schritt gerade. »Vielleicht gehe ich auch nach Maastricht.«

»Ach, genau das hatte ich auch überlegt. Und warum willst du nach Maastricht?«

»Da kann ich vielleicht das studieren, was ich eigentlich ...« Marie verstummte, mit geöffnetem Mund, denn Ruth sah sie mit einem Mal nicht mehr an, sondern an ihr vorbei, und ihr Blick glich dem einer Katze, die etwas erspäht oder eine Vision hat. Ihr Mund öffnete sich in dem Maße, in dem sich ihre Augen verengten.

Ruth öffnete, ohne hinzusehen, ihr Skizzenbuch und setzte den Stift an.

Mit einem ebenso schnellen wie feinen Strich entstand eine wunderbar perfekte Kugel, die nach ein paar weiteren Strichen zu einer Frau wurde, die sehr real in der dritten Reihe am Rand saß.

»Siebter Monat?«, schätzte Marie.

Aber Ruth hörte sie gar nicht mehr, derart fasziniert schien sie vom Objekt ihrer künstlerischen Begierde zu sein.

»Hallo?« Marie grinste, und ihre grünen Augen leuchteten. »Ich kann dir ja mal meine Nummer geben. Seit vorgestern habe ich nämlich Telefon. Und irgendwie kennt mich ja hier noch kaum wer.«

»Geht mir genauso«, brummte Ruth und strahlte dann zurück. »Hier ist meine Nummer.« Sie griff nach Maries Hand. »Handsigniert.«

KAPITEL 5

11:00 Uhr
Aachen, Ecke Normaluhr, Landeszentralbank

FUCK YOU! Ich blas der Puppe das Gehirn an die Wand, wenn ihr nicht sofort eure Eier hier wegschaukelt! … ABER EIN BISSCHEN PLÖTZLICH!«

Nervös fingerte der maskierte Mann am Abzug der Handfeuerwaffe. Er näherte seinen Mund dem Kopf der Geisel. Mit der Zunge leckte er ihr die blutroten Locken vom Ohr, während die Frau voller Ekel versuchte, sich aus seinem gnadenlosen Griff zu winden.

»Das nützt dir gar nichts, Schätzchen«, flüsterte er ihr ins Ohr. »Gleich gibt es nur noch uns beide … pardon«, korrigierte er sich, »uns drei …« Die Frau starrte ihm irritiert in die Pupillen. »Meine Freundin ist ja auch mit von der Partie … und sie ist mächtig eifersüchtig, Schatz.« Zärtlich streichelte er den todbringenden Stahl in seiner behandschuhten Hand. »Also lass dir was einfallen, sonst … sonst …« Er blickte voller Bedauern herab in die weit aufgerissenen Augen. »Sie ist nicht so sanft wie ich.«

Kreischend schoss eine dunkle Limousine um die Ecke an der Normaluhr. Geradewegs auf den abgesperrten Platz vor der Landeszentralbank. Nur noch zehn Meter bis zur Sicherheitsschleuse der Trutzburg.

Ein vermummter Polizist beugt sich aus dem heranrasenden Fahrzeug, die Maschinenpistole bereits im Anschlag. Der Geiselgangster aber reißt die Waffe hoch. Ein winziger Blitz entweicht dem metallenen Rohr in seiner Hand. Ein kurzer Feuerstoß, und der Polizist sackt zusammen. Seine Seele flüchtet durch ein unscheinbares kleines Loch auf seiner Stirn. Noch einmal blitzt es kurz auf. Der gepanzerte Mercedes rast mit zerschossener Frontscheibe in die Ilex-Hecke und kommt erst an der uneinnehmbaren Wand der Bank zum Stillstand. Bevor er in Flammen aufgeht. Ohnmächtig beobachten die Kollegen die Feuersbrunst. Wenn der Kollege Glück hat, ist er bereits tot. Helfen kann ihm nun keiner mehr. Der Geiselnehmer beherrscht die Szenerie. Kalt lächelnd hinter seiner Maske.

Zwei zu null für das Böse!

Aber als wäre das noch nicht genug, holt er nun seelenruhig etwas aus seiner Jacke. Unter anderen Umständen könnte man eine Christbaumkugel oder ein Osterei vermuten. Als er es aber der Geisel in den gewaltsam geöffneten Mund schiebt, eingerahmt von den flammenden Locken, bricht nicht nur dem Einsatzleiter des Sonderkommandos der Schweiß aus …

»WELCHER BAUER LATSCHT DENN DA MITTEN DURCHS BILD???!!!«

Libuda blieb wie angewurzelt stehen. Wie ein Kanonenrohr richtete sich das Auge der Kamera auf ihn.

»Okay, Kinder! Das reicht!« Der Regisseur klatschte kurz in die Hände, um sich dann die Haare zu raufen. »Provinzbanausen …«, murmelte er noch. Und mit einem Mal erschallte von vielen weiteren schweißnassen Händen hinter den Absperrungen erlösender Applaus.

Das Team von *Rums Drei* hatte nicht vor, eine staubtrockene Dokumentation zu drehen. Das sollten ruhig die Öffentlich-Rechtlichen machen. Die kannten sich schließlich aus mit derart verschnarchten Beiträgen. Hier ging es nicht um »die Wahrheit«, sondern um Unterhaltung – Action!

In den guten grauen Vorzeiten des Films hatte man sich noch der Ironie bedient und damit Filmtitel kreiert und garniert: *Eddie liebt nur blaue Bohnen* war so einer. Viel zu schlapp für das dritte Jahrtausend! Das taugte ja kaum noch für das Nachmittagsprogramm.

Im Tresorraum geschändet durch den Pumpgun-Schlitzer.

Als programmatischer Arbeitstitel immerhin eine Herausforderung für den Aachener Dreh. Echte Medienstädte hätten sicher abgewunken, aber Aachen war erst auf dem Weg dahin. Wie immer lag es am Rande, außen vor, und durfte sich mit den Brosamen begnügen, die vom Kölner oder Düsseldorfer Tisch fielen und im Westzipfel liegen blieben.

Libuda hielt die Hände noch immer entschuldigend in die Höhe, und die Umstehenden lachten, während ihm der Regen über das Gesicht rann und seinen Blick durch die Brillengläser verschwimmen ließ. Die Fotografen hinter der Presseabsperrung drückten ein paarmal auf die Auslöser, dann flüchteten sie ins Trockene.

Libuda grinste in sich hinein. Er hatte nur einen kleinen Abstecher gemacht und war zufällig gleich in einen Dreh geraten. Und der Rest der Welt hatte ihn nicht erkannt. Für die Journalisten war er jemand anders. Dabei hatten sie noch vor wenigen Tagen nach der Premiere des neuen Stückes seiner Improvisationstheater-Truppe ein Interview mit ihm gebracht.

Eigentlich musste hier nach ein paar Jahren jeder jeden kennen. Könnte man doch beinahe alle Öcher bei einem Heimspiel im Maracanã-Stadion von Rio de Janeiro unterbringen. Ob Brasilien nun Weltmeister wurde oder Alemannia Aachen.

Libuda grinste trotz des künstlichen Regens, der langsam durch die Hosenbeine auf seine Unterschenkel kroch. Natürlich musste es regnen. Das Klischee von Aachen musste bedient werden. Auch wenn sich seit zwei Wochen kein

Tropfen vom Himmel erbarmt hatte. Libuda strich sich seine nassen Locken zurück in Position und hätte sich selbst für einen Bankangestellten gehalten. Aber ein privater Ermittler, den jeder auf einen Kilometer erkannte, konnte auch gleich einpacken.

11:05 Uhr
Aachen, Am Büchel, Café Van Den Daele

Das Bakhauv blieb ruhig auf seinem Brunnen sitzen, als Libuda es passierte, und er meinte sogar, es zwinkere ihm komplizenhaft zu.

Libuda blickte kurz in den Gastraum des Cafés, da sah er ihn auch schon. Er konnte ihm fast direkt von oben auf die Kopfhaut schauen, so durchsichtig war das Haar des Mannes, wenngleich er sich offenbar Mühe gab, dies zu verbergen, und an den Seiten die Locken sprießen ließ. Das Gesicht darunter hatte eine gesunde Farbe und wirkte ein wenig behäbig, auch wenn die Augen unstet hin und her wanderten. Jetzt streiften sie Libuda kurz, aber der drehte sich mit seiner Intellektuellenbrille und seinem Bart geschickt zur Seite, offenbar auf der Suche nach einem freien Tisch.

Den hatte er jedoch bereits Sekunden zuvor erblickt, nämlich direkt im Rücken seines Auftraggebers, wo er einige Augenblicke später Platz nahm, als sein Nachbar gerade nach seinem Begehr gefragt wurde.

»Danke schön, aber ich bin verabredet und möchte gerne warten.«

»Selbstverständlich, der Herr. Endlich einmal ein Mensch, der das Warten zu schätzen weiß«, murmelte der Kellner, der in wenigen Minuten zu seiner nächsten Schicht aufbrechen würde, in die Bibliothek des Philosophischen Institutes.

Libuda bekam wenig später einen Milchkaffee und genoss ihn sehr, während der Mann in seinem Rücken zusehends unruhiger wurde und immer wieder den Ärmel seiner Jacke zurückschob, um auf seine Fliegeruhr zu schauen. Ansonsten saß er nur da und wartete. Er rief niemanden an, niemand rief ihn an, und auch niemand im Raum hatte eine wie immer geartete Verbindung oder Kontakt zu ihm.

Libuda hielt die Zeit daher für gekommen. Er zückte kurz sein Handy und drückte auf SENDEN.

Die Botschaft verließ flugs den Raum, wurde ins Weltall katapultiert, vom richtigen Satelliten weitergeleitet, und schon wenige kosmische Augenblicke später kam aus der Jacke des Mannes in Libudas Rücken eine hübsche Melodie, der Jingle aus James Bond. Der Mann fingerte sein Handy heraus und las die SMS, die Libuda für ihn vorbereitet hatte.

»Pardon, aber ein anderer Einsatz/Auftrag kollidiert mit unserem Termin! Bitte kommen Sie doch in mein Büro in der Lousbergstraße, Ecke Ludwigsallee. Ich erwarte Sie. Libuda.«

Der Mann in seinem Rücken schnaufte, dann hörte Libuda ihn noch murmeln: »Na warte, dafür drücke ich dich im Preis, du Angeber.« Bis er sein Handy verstaut und sich auf den Weg gemacht hatte, war Libuda mithilfe seiner Abkürzung schon fast in seinem Büro angelangt, bereits ohne Brille und Vollbart, dafür mit Fahrrad.

In seinem Büro legte er die Füße auf den Tisch, schob die obligatorische Whiskyflasche ein wenig aus dem Blickfeld, sodass sie authentischer rüberkam, und wartete auf seine Kundschaft. Diesen Moment liebte er fast am allerinnigsten an seinem Beruf.

ELLI – 1996. Sommer.

ELLI schrieb sie mit einem dicken blauen Edding in Druckschrift auf das Stück Tesakrepp und pappte es sich an ihr sonnengelbes T-Shirt, gerade über die Stelle, an der das Herz stets verortet wird und die sich bei ihr deutlich anhob. Sie nutzte die Höhe des Klebebandes komplett aus. Die anderen Begleiter der Kinderfreizeit, in der Elli ihr Praktikum absolvierte, schrieben mit geschwungener Schönschrift zierliche lange Namen, die einen Kurzsichtigen dazu zwangen, in ihre Intimsphäre einzudringen.

Sie freute sich schon auf die laute Bande, mit der sie gleich den Tag verbringen konnte. Kinder – herrlich. Und dazu jede Menge davon. Sie war immer mit vielen Kindern zusammen gewesen. Elli Stork war die Mittlere von fünf Geschwistern. Das jüngste war ein Bruder geworden, danach hatten ihre Eltern aufgehört. Vielleicht hatten sie Angst, dass jetzt nur noch Jungs kamen. Und nebenan in ihrer Straße hatten noch etliche Kinder gewohnt. Insgesamt siebzehn waren sie gewesen. Das war schon zu viel für eine einzige Bande. Sie hatten gleich drei gehabt, vielleicht aber auch mehr, denn auch ihre Bande war geheim gewesen, und keiner durfte davon wissen, nicht mal ihre Schwestern. Getroffen hatten sie sich zuerst immer auf einem Ansitz im Wald. Aber da war Sommer gewesen, und sie hatten oben gesessen, Kuchen gegessen, mit ihren Puppen gespielt und Hasen und Rehe beobachtet und sich unglaublich clever gefühlt. Später, als sie älter und damit größer geworden waren, war es oben zu eng zu viert. Da hatten sie sich heimlich im Geräteschuppen an der Schule getroffen. Sie hatten den Ersatzschlüssel des Hausmeisters zufällig gefunden und irgendwie ganz vergessen, ihm den zurückzugeben.

Elli liebte also Kinder und konnte gar nicht ohne sie leben, aber nachher musste sie ganz dringend zur Apotheke, um einen B-Test zu holen. Das war alles irgendwie etwas aus dem Ruder gelaufen ... Denn was sie neben Kindern noch liebte, war das, was quasi davor kam. Also Männer und das, was man oder besser: frau, mit ihnen anstellen konnte. Es war fast ein bisschen zu einfach, seit ihr Körper mit vierzehn diese dramatische Wandlung durchlaufen hatte, und zwar im Sauseschritt. Sie war als dürre Bohnenstange, quasi als Twiggy, ins Bett gegangen - und hatte sich als Brigitte Bardot aus den Laken geschält.

»Machst du auch hier ein Praktikum?« Ein Jüngling mit echtem Sozialpädagogen-Outfit wie aus dem Lehrbuch stand vor ihr und grinste sie dümmlich an. Er versuchte, sich ganz cool eine zu drehen.

»Nein, ich leite die Einrichtung, und ich finde es nicht in Ordnung«, und dabei sah sie ihn streng an, stolz auf ihre Schauspielkunst, »dass du hier vor den Kindern rauchen willst.«

Da fiel ihm der Tabak glatt in den Sand, und er begann eine Entschuldigung zu stottern. Aber da musste Elli gehen, denn sie konnte ihr Grinsen nicht länger im Zaum halten. Da war doch tatsächlich schon der nächste zukünftige Ex-Freund.

Aber sie brauchte jetzt dringender ein paar Mädels. Am besten gleich eine ganze Bande. Die aus ihrem Dorf bei Aurich hoch oben in Friesland hatten sich nach dem Abi in alle Winde oder eher: Städte, deutschlandweit zerstreut - so wie Elli.

Sie hatte auch weggewollt. Sie wollte mal raus. In eine Stadt. Nicht zu groß, aber doch fünfmal größer als Aurich.

Das Meer ... ja, das fehlte natürlich. Nicht mal einen Fluss gab es hier in der Stadt. Dafür Wälder, Hügel, Berge. Und ihre Oma hatte hier gelebt. Und sie war schon immer in deren Gartenlaube verliebt gewesen. Wie viele Sommer hatte sie als Kind dort verbracht.

Sonst wäre Elli wahrscheinlich nie darauf gekommen.

Vielleicht hatte sie deshalb auch später den Vorschlag gemacht.

KAPITEL 6

12:00 Uhr
Büro Detektei Libuda, Lousbergstraße, Ecke Ludwigsallee

Der Mann aus dem Café Van Den Daele war gar nicht außer Atem, so wie die anderen Kunden, die selten genug den Weg in das Büro fanden, im dritten Stock, ohne Fahrstuhl.

»Ich wollte immer mal sehen, wie es bei einem richtigen Detektiv aussieht«, sagte der Mann mit seltsam hoher, heiserer Stimme, als er die Räumlichkeiten betrat und sich neugierig umsah.

»Meine Sekretärin hat heute ihren freien Tag.« Libuda lächelte. »Sie arbeitet ihre Überstunden ab.«

»Überstunden, verstehe.« Der Kunde sah sich, mit leicht hochgezogenem Mundwinkel, weiter ungeniert um.

»Sonst könnte ich Ihnen einen Kaffee anbieten.«

»Ich mach mir nicht viel aus Kaffee ... und Cafés im Allgemeinen.«

»Umso besser! Darf ich Ihnen einen Tee anbieten?« Der Detektiv stellte eine schimmernde Teeschale auf die Kante des Schreibtisches und schenkte die goldene Flüssigkeit aus einer silbrigen Thermoskanne ein. Mit dem aufsteigenden Dampf verbreitete sich der Duft von Kardamom und anderen asiatischen Gewürzen.

Sein Besucher aber hatte sich mit dem Blick an der Wand neben dem Schreibtisch festgesaugt. Ohne das gerahmte Schwarz-Weiß-Foto, das einen Fußballspieler im historischen Schalker Trikot an der Seitenlinie tänzelnd zeigte, aus den Augen zu lassen, fragte er: »Ist das wirklich ...?«

»Ja, ist er.«

»Stan Libuda«, hauchte der Besucher und sah den Detektiv an.

»Eigentlich hieß er ja Reinhard. Stan war nur sein Ehrenname nach Sir Stanley Matthews, seit er damals die Engländer schwindlig gespielt hat.«

»Ich weiß, ich weiß!«, beeilte sich der Mann zu versichern. »Aber er hat das selbst signiert, ja?«

»Sonst macht es ja keinen Sinn, wenn es nicht selbst signiert ist.«

»Für Kai … das sind Sie, ja?«

Der Detektiv nickte und verzog den Mund, als sei es ihm peinlich.

»Und Sie sind … Sie sind sein …«

Libuda sah in seinen Tee und schien darin zu versinken. Der Mann widmete sich wieder dem Foto, zog vorsichtig die Schrift mit dem Zeigefinger nach, als handele es sich um eine mittelalterliche Handschrift.

»Er selbst, ja?«, flüsterte er mehr zu sich selbst. »Das muss ja ein Vermögen wert sein … ich meine, bei den richtigen Leuten.« Dabei sah er Libuda fragend an.

Der Detektiv nickte erneut. Es war ja nicht gelogen. Er selbst hatte das Foto signiert. Und er hieß zufällig nun auch Libuda – wenn auch nicht Reinhard. Dafür lebte er noch.

»Aber Sie sind jetzt nicht wegen der Ahnenforschung gekommen, zumal meiner, nehme ich an? Oder, Herr Schornstein?«

»Oh pardon, natürlich nicht!« Der Besucher hüstelte. »Es ist wegen meiner Schwester, die ist verschwunden.«

»Seit wann?«

»Das weiß ich nicht genau, aber ich erreiche sie seit bestimmt … einer … ein paar Wochen nicht mehr.«

»Und zuvor hatten Sie regelmäßig Kontakt?«

»Sie ist schließlich meine Schwester.«

»Ich habe auch eine Schwester. Also, wie oft?«

»Na ja …«

»Täglich? Alle zwei Tage? Alle drei? Wöchentlich? Monatlich?«

»Na ja …«

»Haben Sie etwas Bestimmtes mit Ihrer Schwester zu besprechen?«

»Na ja …«

»Haben Sie ein Bild von ihr? Name, Adresse, Telefonnummer, Autokennzeichen? Alles!«

Schornstein kramte in seiner Jack-Wolfskin-Jacke.

»Ach ja, was ist denn mit Ihren Eltern?«

Schornstein guckte irritiert. »Wieso? Was soll mit denen sein?«

»Wissen die nicht, wo ihre Tochter steckt? Mütter wissen so etwas ganz gerne, habe ich mir sagen lassen.«

»Die sind tot.«

»Ihre Mutter?«

»Beide. Mein Vater auch.«

»Das tut mir leid. Schreiben Sie mir bitte trotzdem Namen und Adresse hier auf?«

Libuda beugte sich zur Rechten, öffnete eine Schublade, der er ein Blatt entnahm, und legte dieses exakt mittig auf seinem blitzblanken Schreibtisch ab: das Raster für einen selbst konstruierten Steckbrief. Libuda liebte es, Formulare zu entwerfen, es verlieh seinem Job etwas Geordnetes, bürokratisch Anständiges – und es beeindruckte die Kunden, wirkte es doch wie in einer deutschen Behörde, wo alles seinen Gang ging und unausweichlich zu einem Abschluss kam.

Sein Auftraggeber nickte und kritzelte etwas auf die Formulare, ebenso wie auf den Vertrag über den Ermittlungsauftrag.

Dann legte Schornstein ein Foto auf den Schreibtisch.

»Sie wohnt auf der … wie heißt das noch? Die Straße, die von der Dingsallee abgeht, wo links … wie heißt das noch? Sie müssten das doch … Herr Libuda? Herr Libuda!«

»Bitte? Was?« Libuda tauchte wie aus einem Zelttunnel auf. Er ließ das Foto auf den Schreibtisch sinken.

»Sie ist ganz hübsch, meine Schwester, oder?« Schornstein grinste.

»Haben Sie einen Schlüssel für die Wohnung?« Libudas Stimme klang mit einem Mal heiser und hart.

Schornstein hatte gerade die Tür hinter sich geschlossen, da schraubte Libuda langsam die Flasche auf. Während er weiter unverwandt auf das Foto starrte. Da waren ihre Locken noch länger, aber die kurzen standen ihr viel besser, ließen ihre Sommersprossen leuchten, ihr Lachen perlen, ihre Augen glühen … Libuda sah Marie so deutlich vor sich, dass er jeden Moment glaubte, ihr Lachen wieder zu hören. Er drehte sich eine Zigarette und steckte sie langsam an. Sie hatten viel geraucht und gelacht an diesem letzten Abend auf der Insel. Libuda goss sich ein Glas ein und trank es halb leer. Und sie hatten viel getrunken, viel, viel zu viel und vor allem dieses perlende Kribbelwasser, das Libuda noch nie vertragen hatte. Sein Körper schon, der konnte es eimerweise aufsaugen, wie ein Schwamm, aber sein Gehirn, das wischte damit alles weg wie früher bei der Tafel in der Schule, bis alles blitzblank und feucht glänzte, strahlend sauber, aber alles gelöscht, mit jedem weiteren Eimer Kribbelwasser einen kompletten Film aus dem Archiv, bis Libuda am nächsten Morgen froh sein konnte, wenn er noch wusste, wie sein Gegenüber hieß. Und das konnte Libuda selbst sein, wenn er sich danach im Spiegel gegenüberstand.

Natürlich hatte er sie am letzten Abend kennengelernt. Da hatte er ein Händchen für, die entscheidenden, die wahrhaft existenziellen Momente quasi kurz vor Abfahren des Zuges, des Fliegers, Ablegen der Fähre präsentiert zu bekommen.

Er wusste nur, dass sie in seinem Lieblingsort auf der Insel, in Den Hoorn, mit dem Kaffee begonnen hatten, dort aber war auch der erste Champagner fällig gewesen, denn sie wollte mit ihm feiern. Was, das war Libuda entfallen, war ausgewischt. Er erinnerte sich dafür an einen Kuss. Das war in den Dünen gewesen, mit einem umwerfenden Sonnenuntergang im Rücken. Irgendwann hatte er sich morgens vor dem Zelt wiedergefunden, mit zerrissenem portugiesischen Trikot, ohne Schuhe, nur noch mit Boxershorts untenrum.

Auf der Rückfahrt im Auto hatte er trotz des ununterbrochenen Gebrabbels seines Patenkindes, der besorgten Fragen seines Freundes Matteo und der amüsierten Blicke Fraukes in einem komatösen Zustand mehr oder weniger geschlafen und dabei die restlichen Mosaikteilchen der Erinnerung begraben, sodass er sich bei der Ankunft in Aachen an rein gar nichts mehr erinnerte. Bis eben. Vor einer kleinen Ewigkeit, als dieses Foto auf seinem Schreibtisch aufschlug.

Er hatte also einen Auftrag.

Er sollte jemanden suchen, den er selbst vielleicht als letzter Mensch gesehen hatte.

Libuda drehte sich eine neue Zigarette. Bevor er sie ansteckte, goss er sich erneut ein Glas ein. Er nahm einen großen Schluck, dann einen tiefen Zug. Während er den Rauch aus seinen Lungen entließ und in sein Büro blies, schloss er die Augen und sammelte kurz die Informationen in seinem aufgewühlten Hirn.

Dann beugte er sich zur Rechten und öffnete erneut die Schublade, der er wieder ein Blatt entnahm, welches er exakt neben die von seinem Auftraggeber ausgefüllten Formulare legte. Dann übertrug Libuda die Daten in sauberer Schrift und ergänzte diese.

Zum Beispiel um den Grund der Suche seines Auftraggebers, des Bruders Til Schornstein. Der gab an, seine Schwester wegen der lebensgefährlichen Erkrankung einer Verwandten (Nichte) zu suchen, da die Gesuchte dem sterbenskranken Kind vermutlich als Einzige Stammzellen oder so spenden konnte.

Viel mehr hatte sein Auftraggeber nicht sagen können. Marie wohnte in der Försterstraße und verdiente die Miete dafür in der Werbeagentur Pracht & Pradanz als Grafik-Designerin, Fotografin und Illustratorin.

Eigentlich wusste er sehr wenig über seine Schwester – dafür, dass er angeblich so ein gutes Verhältnis zu ihr hatte.

Das hatte Libuda ihm natürlich nicht gesagt. Zudem fragte er sich, ob er selbst in einem Steckbrief zu seiner Schwester mehr hätte schreiben können. Und die war nicht mal verschwunden, sondern lebte im gleichen Ort, nur eben in einem Paralleluniversum. Vielleicht zu den »harten Fakten«, aber das, was einen Menschen ausmachte, seine innere Antriebsfeder, was ihn morgens dazu brachte aufzustehen – all das stand auf einem anderen Blatt.

Das wussten die Freunde, die Freundinnen, vielleicht nur die beste Freundin, nicht einmal der Ehemann, der Geliebte, der Liebhaber, der schon gar nicht.

Hatte sie einen? All das wusste Maries Bruder nicht. Libuda wusste Dinge, die in keinem Steckbrief erwähnt wurden: ihr heiseres, kehliges Lachen, ihre Sommersprossen, dass sie Filter in ihre Zigaretten drehte, ständig Wolken fotografierte, saufen konnte wie ein Matrose bei Landgang, dass sie ein winziges Tattoo hatte, dass sie irgendetwas mit ihm feierte und mit all den harten Fakten von zuvor nichts mehr zu tun haben wollte und dass sie irgendwie auf der Insel bleiben wollte. Vielleicht. Eigentlich.

All das hatte er ihrem Bruder nicht gesagt, ihn stattdessen seinen Vertrag unterschreiben lassen und die ersten vierhundert Euro in der kleinen Blechdose im Schreibtisch verschwinden lassen.

Damit durfte er das Büro mit dem schmucken glänzenden Messingschild an der Tür einen Monat länger behalten.

LIBUDA & CO.
Private Ermittlungen
Termine nur nach Absprache
49 157.60.22.751
///
Mitglied im Bund der Detektive (BUDD)

Den »BUDD« hatte Libuda selbst gegründet, man konnte auch sagen: erfunden.

KAPITEL 7

Försterstraße

Sein neuer Auftraggeber hatte keinen Schlüssel zur Wohnung der vermissten Schwester, die er, so hatte er gesagt, seit Kindesbeinen so heiß und innig liebte wie sie ihn. So innig konnte es nicht gewesen sein, dachte Libuda, behielt das aber für sich und spielte stattdessen den einfältigen Tropf, eine seiner Paraderollen.

Die Adresse am Lousberg immerhin hatte Schornstein, und er wollte mit. Nach Libudas Standardabhandlung über die Rolle der Polizei und die der Strafrechtsparagrafen, die das Betreten einer fremden Wohnung ohne Erlaubnis und Schlüssel thematisierten, wollte der Bruder nicht mehr.

Die Hausfassade strahlte frisch renoviert, und der Hausflur roch noch nach Farbe. Der Mietpreis dieser Villa von der vorigen Jahrhundertwende spielte für die Kinder der Hartz-IV-Empfänger, die Libudas Freund Matteo bei seinem Bildungsträger unterrichtete, wohl in einem Zahlenraum, den sie wahrscheinlich niemals in ihrem Leben betreten würden. Aber Madame tummelte sich ja in der Kreativbranche, und das wohl gerne und erfolgreich.

Libuda hatte Glück, denn ein Handwerker der Heizungsfirma, deren Lieferwagen dekorativ vor der Tür im Parkverbot parkte, hatte die Haustür offen stehen lassen. Eine Minute später hatte er die Lage im Haus geklärt: Alle schienen heute Morgen zur Arbeit ausgeflogen. Aber alle waren offensichtlich vergangene Nacht zurückgekehrt, denn an keiner Wohnungstür hing mehr diese Werbung des neuen Asia-Imbisses Bin Jib.

Nur an der, hinter welcher sich Libuda die Antwort auf einige Fragen erhoffte. Er warf einen kurzen Blick auf den bunten Werbezettel an der Klinke der Wohnung ganz oben im dritten Stock. Der sah genauso aus wie der, den er nach seiner Rückkehr von Texel an der Tür seines Büros gefunden hatte. Er überlegte, ob er ihn abnehmen sollte, entschied sich aber dagegen, auch, um nicht unnötig auf seinen Besuch hinzuweisen.

Eine weitere Minute war kaum rum, da schnippte der Türriegel, rechts von der Klingel, auf der akkurat und im gleichen Corporate Design wie an den anderen Türen *M. SCHORNSTEIN* zu lesen stand, mit einem dezenten Klicken zurück und machte den Weg frei in die Gemächer der Vermissten.

Dezent schwebte noch ein Hauch von Zigaretten in der Wohnung. Ansonsten wirkte sie, als habe eine ganze Putzkolonne gerade erst die Gemächer verlassen. In dem großzügigen, lichten Flur hing nichts an der Garderobe. Nicht einmal ein Regenschirm.

Libuda schob sich vorsichtig weiter vor, jeden Wimpernschlag auf eine böse Überraschung gefasst. Behutsam stieß er die nächste Tür auf, die offenbar zum Wohnzimmer führte. Ein riesiges Bild beherrschte den Raum. Orange und Rot dominierten. Zwei Figuren waren zu erkennen, wobei ihm nicht klar war, um welches Geschlecht es sich dabei handelte. Ihre Münder weit aufgerissen, als lachten sie. Oder schrien sie? Oder sangen sie gar? Zu der Einrichtung hätte Bossa Nova oder Samba gepasst. Südlich die Farbgebung, dabei kühl und sachlich, kein Fitzel zu viel. Überhaupt stand nichts rum, rein gar nichts. Nicht mal eine Schale oder Vase, kein Stift oder Buch auf dem schweren Naturholztisch, der direkt aus einer brasilianischen Fischerkneipe in den Raum gefallen zu sein schien.

Einzig auf dem Boden lag eine große, bauchige, bunte Vase auf einer ausgebreiteten Zeitung, in mehreren Teilen; sie war offensichtlich gefallen, und ihre Besitzerin hatte sich noch nicht von den Relikten trennen können.

Vom Wohnzimmer führte eine Glastür auf eine sonnendurchflutete Dachterrasse. Libuda trat auf fachmännisch geölte Holzplanken und blieb augenblicklich stehen. Aachen lag ihm quasi zu Füßen. Besser konnte der Blick selbst vom Belvedere kaum sein. Frau Schornstein bekam wirklich etwas geboten für ihre Miete.

Libuda ließ sich in einen der üppig gepolsterten Teak-Sessel fallen, und sofort spendete eines der in Kübel gepflanzten exotischen Gewächse ein wenig Schatten. Die Blätter waren von einem beinahe irischen Grün, kein Hauch von Trockenheit. Seine Finger krümelten die lockere, feuchte Erde im Kübel. Seit beinahe zwei Wochen hatte kein Aachener einen Regentropfen gesehen, aber hier oben fand er sich offensichtlich im tropischen Regenwald wieder.

Libuda ging wieder in die Wohnung und schaute sich um. Es gab kein Festnetztelefon, dessen Anrufbeantworter er hätte abhören können. Alles sah aus, als sei jemand verreist.

Kein schmutziges Geschirr. Nichts stand oder lag herum. Kein Anhaltspunkt. Kein Hinweis auf Marie Schornstein, die ja eigentlich hier wohnte. So sagte es der Bruder. Und so stand es oben an der Tür und unten an der Klingel. Da stand Libuda jetzt wieder und zog die Haustür nicht ins Schloss. Er musste noch mal ins Büro. Er hatte die Papiere zur Zielperson liegen lassen, weil sein Auftraggeber so hartnäckig an seinen Fersen geklebt hatte und um ein Haar mitgekommen wäre.

MARTA – 1996. Sommer.

Nachdem Marta Knopp die ersten Kilometer auf der Bundesstraße B258 zwischen Eifel und Aachen überlebt hatte, fuhr sie bei Roetgen auf einen Parkplatz und blieb eine ganze Weile vollkommen reglos hinter dem Lenkrad ihrer Ente sitzen. Das musste sein. Unbedingt. Wäre sie weitergefahren, hätte es eine Katastrophe gegeben. Mindestens. Wenn nicht zwei oder mehr.

Marta konnte ja vieles gleichzeitig, aber Autofahren und sich die Seele aus dem Leib heulen - das war zu viel. Zudem war sie stets bemüht, nur eine Sache, die aber mit ihrer ganzen Seele, zu verrichten. Und im Moment war ihre Seele kaum noch vorhanden, und der letzte kümmerliche Fetzen stellte gerade die entscheidende Frage: Willst du gleich ins Nirwana? In die ewigen Jagdgründe? Oder in die Hölle? Oder willst du vorher noch irgendwo anders ankommen?

Ich, Marta Knopp, habe noch andere Ziele, antwortete sie. Ich möchte noch leben. Weiterleben. Auch wenn ich gerade verdammt noch mal nicht weiß, wie das gehen soll. Trotzdem. Trotz allem. Trotz dieser Sache. Trotz der Tatsache, dass ich ja alles schuld bin. Ich allein.

Eine Minute aber, bevor zum Glück der Parkplatz aus dem Nebel, der sich vor ihre Augen gelegt hatte, aufgetaucht war, hätte sie die Frage noch anders beantwortet. Sie würde später, so beschloss sie es in diesem Moment, in dem ihr Puls raste, in diesem Augenblick, in welchem ihr Herz von einer eisernen Faust zusammengequetscht wurde, in diesem Wimpernschlag, mehr unbewusst als bei Bewusstsein, da schwor sie sich, jedes Jahr an diesem schicksalhaften Tag genau hier eine Kerze anzuzünden. Weil sie durch diese Rast quasi wieder im Leben eingerastet war, ihr Schicksal eine Wendung genommen hatte. Denn eben noch hatte sie mit einem ganz anderen Gedanken geliebäugelt, dem des Ausstiegs, der Flucht vor dem, was sie getan hatte, vor dem, was nun kommen würde, vor dem, was sie auf sich geladen hatte, vor dem, was sie zerstört hatte, vor dem, den sie da eben, vor nicht mal einer Stunde, zugrunde gerichtet hatte.

Er war am Boden zerstört gewesen. In den letzten Minuten ihres Gespräches hatte er nur stumm dagesessen. Erstarrt. Mit diesem Blick. Wie ein Tier, das durch den Pfeil des Jägers gelähmt, festgenagelt ist und instinktiv weiß, dass es jetzt zu Ende geht. Zu Ende ist.

Mit diesem Blick, dieser Frage: warum? Warum tust du das? Warum tust du mir das an? Was habe ich dir getan? Wir lieben uns doch ... Ja, sie liebte ihn. Oder hatte ihn geliebt. Irgendwie. Er war so erfrischend unbeschwert und jugendlich optimistisch gewesen. Und so verliebt. Das hatte sie geliebt. Geliebt zu werden. Bedingungslos. Bewundert zu werden. Weil sie älter war als er, eine Klasse über ihm. Sie war die Erste, die er geküsst hatte. Richtig geküsst. Nicht diese Kleinmädchenküsse von irgendwelchen verliebten Dingern, die ihn angehimmelt hatten. Und mit ihr hatte er auch das erste Mal geschlafen, auch wenn er behauptete, er hätte schon mal ... Das hatte sie sofort gespürt.

Sie pulte eine Zigarette aus der zerdrückten Packung. Gauloises Disque Bleu. Die Zigarette zitterte zwischen den Fingern derart, dass das weiße Stäbchen kaum zwischen die Lippen passte. Zähne bissen auf den weißen Filter. Mechanisch drückte der Finger auf das Feuerzeug, das die linke Hand irgendwo hervorgekramt hatte. Mehrfach verfehlte die Zigarette die Flamme. Dann knisterte das Papier. Sie inhalierte tief. Hustete im gleichen Atemzug. Jetzt ein Bier! Direkt an den Hals mit der Flasche und runter damit. Wie an dem Tümpel, an dem sie sich immer getroffen hatten. Heimlich. Ihretwegen hatte er angefangen zu rauchen, er, der Sportler, der Läufer, der Kletterer. Erst hatte er nur gepafft, wollte ja Sportabi machen. Sie hatte ihm beigebracht, wie man auf Lunge raucht. Und wenn ihnen dann schwindelig war, hatten sie sich geküsst, waren in das feuchte Gras gesunken. Sie hatte gezittert, und er hatte ihr seine dünne Windjacke, in Gauloisebleu, um die Schultern gelegt.

Nun war es vorbei.

Es hatte sich ausgeküsst.

Sie war weg.

Er konnte nicht mitkommen. Er musste seine Schule zu Ende machen. Als ob er weiter zur Schule gehen würde. Eher ging er in den Tümpel ... Köttkesbusch ... Ihr magischer Ort, ihre Oase der Zweisamkeit, ihr geheimer Sehnsuchtsort. Er hatte ihr sogar ein Gedicht geschrieben.

Weil sie Gedichte liebte. Songs von Leonard Cohen. Dunkel. Schwermütig. Songs from a room ... poem ...

I heard of a man
who says words so beautifully
that if he only speaks their name
women give themselves to him.

If I am dumb beside your body
while silence blossoms like rumors on our lips
it is because I heard a man climb stairs
and clear his throat outside our door.

Ich hörte von einem Mann
der Worte so schön sagt
dass, spricht er nur ihren Namen aus
Frauen sich ihm hingeben.

Wenn ich stumm bin neben deinem Körper
und das Schweigen wie Geschwüre auf unseren Lippen blüht
so ist es, weil ich einen Mann Treppen steigen
und sich räuspern höre vor unsrer Tür.

Und so war es gewesen.

Sie hatte diese Stimme gehört.

Diesen anderen. Seine Stimme war die eines Mannes. Tief. Schwer. Und er hatte diesen Blick. Wenn er seine Geschichten las. Die Mädels waren alle hin und weg gewesen.

Und sie jetzt auch.

Weg nach Aachen.

Auch wenn es vielleicht nur seine Stimme war und der dazugehörige Mann gar nicht der war, den sie in ihm sah. Sie sah und hörte: Da gab es noch etwas anderes. Da gab es noch mehr. Da gab es Dinge, von denen sie bisher nichts gewusst hatte. Aber sie wollte sie kennenlernen. Alle. Dieses andere Leben, von dem sie den Hauch einer Ahnung erhascht hatte. Es reichte ihr schon, um das alte Leben hinter sich zu lassen. Sie konnte nicht einfach weiterleben, als wisse sie von nichts. Diese heilige Tür hatte sich einen schmalen Spalt geöffnet und würde gleich wieder zuschlagen, aber sie hatte den Fuß beinahe drin, es tat weh, aber sie würde nicht lockerlassen, bis sie ganz drin war, und wenn es sie den Fuß kostete. Oder ihren Verstand. Es ging um ihre Seele, das stand für sie fest.

Entscheide dich für den Weg, der später mal den besten Stoff zum Erzählen verspricht. Das hatte sie mal irgendwo gehört. Sie war auf dem besten Weg.

KAPITEL 8

Alsdorf, Alfred-Brehm-Straße, Bildungsträger D.O.F.T.

Das offizielle morgendliche Ritual hatte Buck bereits hinter sich gebracht. Er hatte die eine Hälfte seiner Auszubildenden als anwesend in die mit der Arbeitsagentur vernetzte Datenbank im Computer eingepflegt, hinter der anderen Hälfte hatte er her telefoniert.

Zwei wollten gerade zum Arzt gehen, die anderen vier waren aber bereits zu schwach, um das Telefonat anzunehmen. All dies trug Buck gewissenhaft mit dem passenden Kürzel in die dafür vorgesehenen Felder ein: »uF«.

Dann folgte das inoffizielle Ritual. Buck schloss die Tür zu seinem Büro und loggte sich bei Facebook ein.

Er hatte es nicht alleine versucht. Alle Kollegen hatten es versucht. Einzeln und als Gruppe. Immer wieder hatten sie es gepredigt: Stellt nicht alles ins Netz! Macht nicht alles öffentlich! Denkt daran, dass jeder potenzielle künftige Arbeitgeber auch da reinguckt. Da kann eine Bewerbung noch so schön das Blaue vom Himmel versprechen, wenn dann ein paar Bilder im Netz stehen vom letzten Koma-Saufen, dann wird der potenzielle künftige Chef plötzlich ganz komisch.

Aber irgendwie verhallten ihre Worte völlig ungehört bei den zu beschulenden Auszubildenden. Vielleicht auch, weil sie nie da waren. So wie zum Beispiel bei Jaqueline. »Das schreibt man ohne c«, hatte sie Buck bei der Anmeldung gemaßregelt. Jaqueline hatte wieder Neuigkeiten aus ihrem kleinen Leben für die große Welt.

War'n geiles Wochenende, ihr Süßen. Voll Party gemacht bis zum Umfallen. Heute, Montagmorgen erst mal ausschlafen, dann gemütlich zum Arzt, dann schön an den Blausteinsee. Sollen die Opfer doch auf Arbeit gehen.

Es klopfte an der Tür. Buck klickte die Seite blitzschnell weg, und schon schallte es in den Raum: »Chef, kann ich mal was fragen?«

»Du fragst ja schon.«

»Nee, ich wollte …«

»Hatte ich eigentlich ›Herein‹ gesagt?«

»Keine Ahnung.«

»Weil du schon mitten im Zimmer standest und losgeredet hast.«

»Ich hab ja auch 'ne Frage.«

»Und ich habe jetzt keine Zeit. Und aus Prinzip werde ich jetzt auch nichts beantworten, solange die einfachsten Regeln nicht eingehalten werden, und deshalb …« Und schon wies er zur Tür.

»Herr Buck, kann ich Sie mal was fragen?«

Und schon stand der nächste ungebetene Gast im Büro. Buck zeigte nur noch zur Tür. »Schreiben!«

»Oh nee, Chef!«

»Einhundertmal.«

»Oh nee, wirklich, Chef!«

»Ab!«

»Und was ist jetzt mit meiner Frage?«

»Sind wir hier beim Quiz oder was? Raus jetzt! Alle beide! Und Tür zu!«

Buck klickte wieder auf Facebook.

Und wenn einer meint, er muss über mich Dinge erzählen, die wo gar nicht wahr sind. Ich bin auch ein Mensch und ich hab auch Gefühle und auf den muss man nicht noch rumtreten, wenn der am Boden liegt. Ich bin auch ein Mensch. Und ihr werdet euch noch umgucken, aber dann ist es zu spät. Ich werde meine große Rache an euch nehmen und dann lacht ihr nicht mehr. Und wenn Sascha sein Ding durchgezogen hat, dann könnt ihr uns alle mal, ihr verdammten Opfer, die ihr doch nur neidisch auf die seit, die wo echte Gefühle haben und ihr nicht, und meine Rache wird an euch kommen.

Sein Handy erlöste Buck. Seltsam, sein Diensttelefon blieb wie immer stumm. Er freute sich, die Stimme seiner Frau zu hören, allerdings nur, bis das Begrüßungsgeplänkel vorüber war.

»Ich muss ja heute die Feier vorbereiten, und deshalb habe ich gar keine Zeit und komme gar nicht zum Einkaufen.« Sie seufzte in Aachen laut und vernehmlich in den Hörer, sodass Buck es noch in den Außenbezirken der Städteregion vernahm. »Und dann müsstest du, wenn du auf dem Rückweg in der Stadt am Supermarkt vorbeikommst …«

»Ich fahre auf dem Rückweg nicht durch die Stadt.«

»Nicht?«

»Ich fahre zurück über die Autobahn, weil es in der Stadt um die Zeit viel zu voll ist.«

»Seit wann fährst du nicht mehr durch die Stadt?«

»Erst seit vier Jahren.«

»Na, dann fährst du heute eben mal wieder durch die Stadt.«

»So wie letzte Woche.«

»Na, siehst du!« Sie lachte herzlich am anderen Ende des Kreisgebietes. »Es ist gar nicht gut, wenn du immer das Gleiche machst.«

Eines Tages, so schwor sich Buck, würde auch er seine schöne Rache nehmen.

Zwei Schulstunden später saß Matteo D. Buck im ausrangierten Flügel des Berufskollegs an einem grauen Resopaltisch, der ihm als Schreibtisch diente, und korrigierte die Tests, die er eben ein Stockwerk tiefer in Mathematik, speziell im »Umrechnen von Einheiten«, hatte schreiben lassen.

Seine Gedanken wollten gerade in angenehmere Gefilde abschweifen, und Buck überlegte, ob er sie ziehen lassen durfte. Nach der im vorletzten Jahr erfolgten Einführung des Haustarifes, dem unter anderem sowohl das Weihnachts- als auch das Urlaubsgeld sämtlicher Mitarbeiter des Bildungsträgers zum Opfer gefallen waren, beschloss jetzt der Stützlehrer Buck, durfte er sich getrost ein paar extra Minuten auf Kosten seines Arbeitgebers leisten. Weg von der Armut des Trägers. Raus aus der sozialen Wüste.

»Herr Buck?«

Ihm fiel beinahe der Rotstift aus der Hand. In der Türfüllung lümmelte einer seiner Azubis.

»Ahmed, hallo, was ist denn?«

»Ich wollte Sie nur was fragen.«

»Fragen sind immer gut, Ahmed! Und gerade Lehrer lieben Fragen über alles. Also, nur zu!«

»Sie haben doch Abitur, ne?«

»Ja.«

»Und studiert haben Sie auch, ne?«

»Ja.«

»Und Sie sagen doch immer: Bildung lohnt sich und dass wir uns deshalb anstrengen sollen und all diese Sachen, ne?«

»Ja, Ahmed, das kann schon sein.«

»Und das da draußen, unten vor der Tür, also, das ist doch Ihr Auto, ne?«

»Das rote mit dem Faltdach, ja. Warum? Ist was damit?«

Buck stand auf, ging zum Fenster und sah hinunter. Der Auszubildende stand jetzt neben ihm.

»Was ist das? Ein Mazda?« Ahmed konnte sich ein Grinsen nicht verkneifen. »Der ist schon ziemlich klein für 'nen Mann, ne? Und ziemlich alt, ne? Ist das Dach denn noch dicht?«

»Doch, schon …«

»Sehen Sie den Wagen daneben?«

»Den schwarzen Mercedes?«

»Genau den! Das ist meiner! Tiefergelegt, Dreilochfelgen … na, was man halt so braucht.« Der Auszubildende grinste sichtlich zufrieden mit seiner Performance. »Also, Herr Buck, wenn Sie mal 'nen Wagen brauchen, also ich meine, einen richtigen Wagen«, er schaute verschwörerisch, »dann fragen Sie einfach mich, ne?«

Mit breitem Grinsen und Kreuz verließ er das spartanische Büro, um sich dann noch mal umzudrehen. »Darf ich noch was fragen?«

»Fragen kostet nix.«

»Was bedeutet eigentlich Stützlehrer?«

»Das sind Lehrer, die selber kurz vor der Stütze stehen.«

»Stütze?« Ahmed runzelte die Stirn. »Kenn ich nicht. Was geht?«

Damit zog er die Filterzigarette hinter seinem Ohr hervor und schickte sich an, in dem düsteren Flur zu verschwinden. »Ist ja noch Pause, ne?«

»Kann ich dich auch mal was fragen?«

»Klar doch. Ich freue mich, wenn ich helfen kann.«

»Sag mal, Ahmed, ich dachte immer, deine Eltern bekommen Geld von der Arbeitsagentur.« Buck zog die Augenbrauen hoch und lächelte seinen Schüler an. »Wie geht dann das mit dem Mercedes?«

»Ach so«, Ahmed zeigte ein Krokodillächeln, »der Wagen ist ja von meinem Onkel, verstehen Sie? Jetzt muss ich aber los, sonst verpasse ich noch meine Pause. Und die ist ja Vorschrift von der Gewerkschaft, da haben die für gekämpft, haben Sie uns doch beigebracht, ne?«

Sie lächelten einander an.

KAPITEL 9

Försterstraße

Libuda betrat wieder die Wohnung im dritten Stock. Etwas an dem Foto, das dort im Wohnzimmer hing, hatte ihn irritiert, sodass er immer wieder daran hatte denken müssen.

Schon beim Eintreten bemerkte er es: Die Luft hatte sich verändert. Es roch anders. War Marie zurückgekehrt? War jemand hier? Auf Zehenspitzen schlich Libuda, die Hände abwehrbereit in Brusthöhe, durch den Flur zum Wohnzimmer. Das Foto war weg, das sah Libuda als Erstes. Die Stelle an der Wand war verwaist. Gerade wollte er »Marie?« rufen, da registrierte er, dass die Tür zur Dachterrasse einen Spalt weit offen stand. Mit einem lautlosen Satz war Libuda an der Tür und spähte nach draußen. Hatte er sie eben nicht geschlossen?

Die Dachterrasse war leer wie beim letzten Mal, nur das asiatische Windspiel bewegte sich fast unmerklich, gab jedoch keinen Ton von sich.

Libuda ließ seinen Blick über die Dächer links und rechts schweifen, sah in der Nähe die Kuppel des Doms, in der Ferne die Himmelsleiter via Eifel, so glaubte er zumindest, und atmete endlich wieder tief durch. Er beneidete Marie um diesen Blick, den sie offenbar für etwas noch Besseres eingetauscht oder aufgegeben hatte. Libuda ließ sich in einen der Teak-Sessel fallen und drehte sich eine Zigarette.

Als der Rauch aufstieg, versuchte er, sich an das Foto zu erinnern. Es hatte fünf Köpfe gezeigt. Einer davon gehörte Marie, die anderen vier allesamt ihm fremden Frauen. Das musste schon vor längerer Zeit gemacht worden sein, hatte Libuda bereits beim ersten Betrachten gedacht. Die Frisuren und Klamotten hatten schwer nach Neunzigerjahren ausgesehen. Sein erster Gedanke war gewesen: typisch PH. Aber die Pädagogische Hochschule in Aachen, die PH, war schon Ende der Achtzigerjahre geschlossen worden, was damals zu eklatanten Verschiebungen des Geschlechterverhältnisses geführt und viele Maschinenbaustudenten von der RWTH vertrieben hatte.

Vielleicht waren es auch Geistes- oder Sozialwissenschaftlerinnen gewesen, überlegte Libuda, oder gar FH-Studentinnen? Sahen sie nicht alle damals so aus?

Wenn er nur das Foto direkt mitgenommen oder wenigstens ein Bild davon gemacht hätte! Aber wer sonst konnte ein Interesse daran haben? Wer war hier gewesen, direkt nach ihm? Und wie war derjenige reingekommen? Offensichtlich über die Dachterrasse. Libuda sah von dort aus auf die umliegenden Dächer und dann nach unten auf die Straße. Sofort erfasste ihn ein Schwindel. Er schüttelte sich, kniff die Augen kurz zu. Egal, es half nichts zu lamentieren.

Da musste er eben anders vorgehen: die Perspektive wechseln.

Wer konnte die anderen Frauen kennen? Wer kannte Marie? Ihr Bruder schon mal nicht. Aber sie hatte ja auch eine Arbeitsstelle und damit Kollegen, die ihm vielleicht weiterhelfen konnten. Fraglich war nur, ob die das auch wollten.

Folglich musste eine Geschichte her.

KAPITEL 10

Die Haustür war nur angelehnt. An der Wohnungstür im zweiten Stock hing ein Werbezettel eines Asia-Imbisses. Niemand hatte ihn abgenommen, denn niemand war zu Hause.

Zur Sicherheit klingelte er noch dreimal. Stille breitete sich erneut im Treppenhaus aus. Wenig später öffnete er das Flurfenster, hockte sich auf das Fensterbrett und schwang sich geschmeidig hinaus, bis seine Füße auf dem schmalen Sims, der das Jahrhundertwendehaus umfasste, Halt fanden.

Schritt für Schritt schob er sich auf dem schmalen Grat an der Hauswand entlang, unter sich den Hinterhof mit grauen Mülltonnen und einem kleinen Stück grünem Rasen, bis er das erste Fenster erreichte. Es war, wie er von unten gesehen hatte, nur angelehnt, und er brauchte keine halbe Minute, um in die Wohnung einzusteigen.

Er verharrte eine Minute mit geschlossenen Augen in der Hocke, um die neuen Geräusche in sich aufzunehmen. Etwas brummte, und eine Uhr tickte – ansonsten Stille.

Jetzt öffnete er die Augen, und für einige Wimpernschläge flimmerte es rings um sein Gesichtsfeld in bizarren blitzenden Formen. Er schloss die Augen erneut und drückte seine Nasenwurzel mit den Fingern zusammen.

Vorsichtig öffnete er sie wieder und ließ seinen Blick schweifen. Er war in der Küche gelandet. Auf dem schmalen Esstisch stand eine Vase mit gelben Rosen.

Er durchquerte die Küche auf leisen Sohlen wie ein Panther und betrat das Wohnzimmer. In einem großen Aquarium schwammen leuchtend bunte Fische, träge bewegten sie ihre glitzernden Flossen.

Auf dem kleinen Tisch lag eine Kette aus Jade, deren Schnur gerissen war. Das also würde seine Aufgabe sein, sein Tribut für seinen Aufenthalt in einem fremden Zuhause. Er würde sie reparieren. Das war seine Aufgabe an diesem Abend. Das war seine Mission. Etwas in Ordnung bringen in einem fremden Leben. Ungefragt. Er hatte das mal in einem Film gesehen.

KAPITEL 11

Lousberg, Drehturm Belvedere, zweiter Stock,
Werbeagentur Pracht & Pradanz (P&P)

Libuda nahm in dem kleinen Besprechungszimmer, in das ihn der Teamassistent mit einem beachtlichen Hüftschwung geführt hatte, in einem sehr funktionalen Designerstuhl Platz. Die Einrichtung minimalistisch, aber nobel, ringsum Glas.

»Darf ich etwas bringen?«, säuselte er Libuda an. »Vielleicht einen kleinen Espresso, Latte macchiato oder einfach ein Wässerchen?«

Libuda schlug einfach nur die Augen kurz nieder und lächelte. Der Assistent bekam rote Ohren und entfernte sich rückwärtsgehend.

»Frau Pradanz kommt jeden Augenblick.«

»Das wäre ganz reizend.«

Und tatsächlich, schon wenige Minuten später erschien eine Mittvierzigerin mit wilden Locken und einem Handy am Ohr vor der Glasfront, lächelte ihm schon mal zu und beendete nach einem kurzen Wortschwall das Telefonat.

»Herr Libuda, entschuldigen Sie bitte, aber …« Sie seufzte und zog die Schultern hoch. »Ich habe, ehrlich gesagt, nicht genau verstanden, was ich für Sie tun kann. Es geht um meine Mitarbeiterin Marie Schornstein?«

»Exakt, Frau Pradanz, ich bin im Auftrag meiner Mandantschaft, des Bruders von Frau Schornstein, hier, um einige Dinge in puncto einer Erbschaftsangelegenheit zu ermitteln.«

Libuda öffnete dabei einen beeindruckenden Dokumentenkoffer und entnahm ihm eine dicke Akte. »Wenn Sie, gnädige Frau, bitte schön einmal hier schauen wollen.«

»Ach, Herr Libuda, sagen Sie mir einfach, was Sie wissen möchten, und vergessen Sie diesen Papierkram! Was glauben Sie, was ich hier täglich lesen muss?« Sie seufzte und strich sich eine Locke aus der Stirn. »Und das mit der gnädigen Frau …« Sie schlug die Augen weit auf. »Das gefällt mir! Nur weiter so!« Sie lächelte huldvoll.

Libuda verbeugte sich dezent, bevor er begann: »Frau Schornstein ist Begünstigte in einer Erbschaftsangelegenheit, allerdings stellte sich dies erst kurzfristig heraus, und es ist daher von geradezu prekärer Brisanz, sie schnellstmöglich in die zuständige Kanzlei zu expedieren, da ansonsten …« Er ließ den Satz im Nichts versanden.

»… ansonsten das Erbe weg ist?« Die Firmenchefin runzelte die Stirn.

Libuda nickte mit Leidensmiene.

»Aber Marie, Frau Schornstein, hat sich vor drei Wochen Urlaub genommen, ganz plötzlich, unbezahlt noch dazu.«

»Für wie lange?«

»Sie hat gesagt, sie meldet sich.«

»Und? Hat Frau Schornstein sich gemeldet?«

»Bisher nicht.«

»Haben Sie eine Ahnung, gnädige Frau, wo sich Frau Schornstein aufhalten könnte?«

Die Agenturchefin schüttelte die Locken und sah angestrengt an die Decke. »Sie hat mal etwas von der See erzählt, von der Küste.«

»Welche bitte schön? Die holländische, die belgische, die französische, die deutsche?«

Frau Pradanz schüttelte den Kopf. »Moment!« Sie griff zum

Telefon und tippte zwei Ziffern ein. »Ja, grüß dich, ich wollte eigentlich … Ach … hat auch Urlaub, stimmt. Okay, danke.« Sie legte das Telefon behutsam auf den Tisch. »Frau Sieben, die Kollegin, mit der sie befreundet ist, hat auch Urlaub, ich vergaß.« Sie drückte einen Moment ihre Nasenwurzel, dann war das Lächeln wieder zurück. »Tut mir leid.«

»Woran hat Frau Schornstein denn zuletzt gearbeitet? Gab es da bestimmte Auftraggeber?«

Die Agenturchefin zog die Augenbrauen hoch und sah ihn tadelnd an.

»Herr Libuda, ich muss mich doch sehr wundern.« Sie strahlte ihn mit ihren perlweißen Zähnen an. »Unsere Branche ist sicherlich extrovertierter als die Ihre und gibt sich gern geschwätzig bis großmäulig. Aber Sie dürfen sich nicht täuschen lassen. Diskretion wird bei uns noch größer geschrieben als alles andere. Vor allem, wenn es um einen dicken Etat geht und die Konkurrenz gerne mal einen Blick auf die Ideen werfen würde.« Ihr Lächeln hatte etwas von seinem Glanz eingebüßt. »Der Kunde genießt quasi das Beichtgeheimnis.«

Libuda lächelte nun seinerseits. »Da sind unsere Branchen ja nah beieinander. Keine Namen. Keine Zahlen. Nur Schweigen. Aber ansonsten tanzen alle im Land des Lächelns.«

Er setzte ein ebensolches auf.

»Aber hat denn Ihre Mitarbeiterin nur für Sie gearbeitet oder hatte sie vielleicht noch freie Aufträge, für die sie womöglich unterwegs sein könnte?«

»Das hat sie mit Sicherheit, aber dazu könnte Ihnen Frau Sieben mehr sagen, die aber, wie gesagt, auch in Urlaub ist.«

Enttäuschung breitete sich bereits auf Libudas Gesucht aus, da flötete die Agenturchefin: »Aber nur heute noch. Morgen sollte sie wieder da sein.«

»Darf ich denn vielleicht das Büro von Frau Schornstein sehen? Eventuell ergeben sich da Anhaltspunkte für ihren Aufenthaltsort.«

Die Chefin runzelte kurz die Stirn. »Wer sagt mir, dass Sie nicht doch von der Konkurrenz kommen?«

»Wer ist denn die Konkurrenz?«

»Betriebsgeheimnis!« Sie entfernte sich ein paar Schritte. »Warten Sie bitte hier. Ich werde sehen, ob keine bahnbrechenden Ideen offen herumliegen.« Sie verschwand hinter einer Tür und schloss sie sorgfältig hinter sich. Wenig später öffnete sie dieselbe wieder und strahlte Libuda an. »Alles sauber. Sie dürfen einen Blick in das Büro werfen. Aber ich bleibe bei Ihnen. Kein Blick in die Schränke. Kein Blick in den Computer. Okay?«

»Okay.«

Libuda trat ein. An der Wand über dem Schreibtisch stach ihm sofort ein Bild ins Auge: die fünf Frauen. Das alte Foto. »Können Sie mir sagen, wer das ist?«

»Das ist Marie, also Frau Schornstein. Die andere da vorne habe ich auch schon mal hier gesehen, die hat sie, glaube ich, mal abgeholt. Die anderen … sorry.«

»Darf ich das abfotografieren? Vielleicht können die Damen mir in der Erbschaftsangelegenheit weiterhelfen.«

KAPITEL 12

Försterstraße, gegenüber der Wohnung von Marie

Libuda hatte die Brillengläser minutenlang akkurat geputzt, ohne davon aufzusehen, sodass der Rentner aus dem Haus gegenüber von Maries Wohnung in der Zwischenzeit unauffällig den Sitz seines weißen, schütteren Haares hatte kontrollieren können. Das schwarze Horngestell mit dem markanten Logo an der Seite unterstrich das dezente Auftreten Libudas als Sachwalter eines nicht unerheblichen Nachlasses.

»Herr Doktor Klawitter, ich bitte die Störung zu entschuldigen.« Libuda verbeugte sich steif wie ein Trauerredner, um dann in seinem schleppenden Wiener Schmäh à la Hans Moser fortzufahren: »Es ist gewiss nicht Usus in unserer Kanzlei«, damit überreichte er seinem Gegenüber eine beeindruckende Visitenkarte, an der außer der Telefonnummer, nämlich der von Libudas Büro, nichts korrekt war, »unsere Mandantschaft ohne vorherige schriftliche Ankündigung aufzusuchen. Jedoch gebietet es die Singularität dieser Angelegenheit, andere Wege zu beschreiten.«

Er hob die Handflächen gen Himmel.

»Wenn's verstehen, Herr Doktor, es pressiert, und darum bin ich gleich zu Ihnen gekommen.«

»Aber ich bin gar kein Doktor«, versuchte Gregor Klawitter sich herauszuwinden, »und außerdem weiß ich wirklich nicht …«

»Ganz der Gentleman, der Herr Doktor. Ihr Understatement ehrt Sie!« Libuda drückte dem alten Herrn die Hand und klopfte mit der anderen beschwichtigend darauf. »Darum frage ich ja auch nur Sie als einen Mann von exzellentem Verstand und realistischer Einschätzung nach Ihren Erkenntnissen. Darf ich?«

Klawitter sah Libuda völlig perplex an, als dieser an ihm vorbei durch seine Wohnung schritt und vor dem Fenster stehen blieb. Er zeigte nach gegenüber.

»Dort, wissen's, hat ja die junge Dame gewohnt, die ich nun wegen des Nachlasses ihres verstorbenen Herrn Großonkel suche.«

»Nachlass?«

»Verstehen's bittschön, dass ich nicht autorisiert bin, über die Höhe ...«, Libuda machte eine entschuldigende Geste, »aber ich denke, sagen zu dürfen, es geht nicht nur um sechsstellige Beträge.«

»Natürlich nicht ...« Klawitter wischte sich die Hände unauffällig an der Hose trocken.

»Und da es dergestalt pressiert, hat unsere Kanzlei für Mitbürger, welche uns sachdienliche Hilfe angedeihen lassen, eine stattliche Summe ausgelobt, die sich im vierstelligen Bereich bewegen dürfte.«

Klawitters Kiefer schien eine Sperre zu haben, und seine Hände fuhren unablässig die Hosenbeine rauf und runter, als sei er bei einer Massage.

»Ich bin sicher, Sie sind ein exzellenter Beobachter, Herr Doktor, der aufgrund seiner Lebenserfahrung die nötigen Schlüsse zu ziehen in der Lage ist.«

Nur fünfzehn Minuten später wusste Libuda, dass Klawitter nicht nur wegen der fehlenden Vorhänge einen exzellenten Blick in Maries Wohnung hatte, sondern auch mangels anderer Belustigungen und wegen eines Beinleidens, das ihn mehr oder weniger ans Haus fesselte, wie er es beschrieb, akribisch Buch über die Bewohnerin gegenüber und ihr so aufregendes Leben geführt hatte.

ELLI – 1996. Sommer.

Schöne bunte Blumen, handgemalt, offenbar mit Buntstift, zierten den Zettel am Schwarzen Brett im Kármán-Forum der RWTH unweit der Cafeteria.

LUST AUF GARTEN?
Keine Lust mehr, immer nur im Park rumzuhängen?

Darunter eine Telefonnummer mit Aachener Vorwahl, gleich zehnmal zum Abreißen.

Warum nicht?, dachte Marie Schornstein.

Früher war sie immer draußen gewesen. Das fehlte ihr langsam ein wenig. Immer nur Stadt, Häuser, Straßen, Autos, dazwischen eingepflastert ein kümmerlicher Baum, wie ein Alibi.

Sie riss einen der kleinen vorgeschnittenen Zettel ab und packte ihn vorsichtig in ihr Portemonnaie.

Nur eine Stunde später riss Patrizia Mangold eine Telefonnummer ab. Offenbar war sie die dritte Interessentin, zwei Zettel fehlten schon.

Immer nur im Café zu sitzen, um zu lesen und zu rauchen, wurde auf Dauer teuer, dachte sie. Ein Garten wäre mal eine Abwechslung, dazu noch mit frischer Luft. Denn im Park, das hatte sie jetzt oft genug in ihrem Leben als Erstsemester erlebt, flog einem ständig ein Ball an den Kopf oder zumindest vor das Buch oder Kinder schrien oder tobten oder beides oder irgendwelche Proleten hörten höllisch schlechte Musik aus ihren Ghettoblastern oder irgendwelche anderen Proleten meinten, sie müssten einen auf die plumpeste Art anmachen, weil eine Frau sicher einzig aus dem Grund im Park saß, um einen schon am helllichten Tag angetrunkenen Spinner kennenzulernen, oder aber sie brachten gar kein Wort heraus und waren keine Spinner, sondern Spanner und hockten hinter irgendeinem Busch zwischen dem Unrat der letzten illegalen Party im Park.

Boris hatte natürlich auch keinen Garten. Ansonsten ... ja, was war mit Boris? Boris Kaminski, der Mann aus dem Zug. Er war ein romantischer Mann, sehr aufmerksam und ein bisschen altmodisch, wie sie selbst. Schenkte ihr Blumen vom Markt. Und Bücher natürlich. Vielleicht ein bisschen zu lieb ... Nur wenn er getrunken hatte, wurde er zum Draufgänger. Leider nur für ungefähr eine Stunde, dann hatte er zu viel Alkohol, und sie hatte ihn am Hals und fühlte sich beinahe wie die große Schwester.

Aber sie waren jung und er vielleicht irgendwann Geschichte, eine schöne Geschichte, die sie später hoffentlich ihren Enkeln erzählen konnte.

Und Boris hatte definitiv keinen Garten. Er war also nicht der Prinz, der sie aus dem Park mit all den Unholden befreien konnte. Also hieß es: Selbst ist die Frau. Um all das im Park nicht mehr zu haben, war sie sogar bereit, ein wenig Unkraut zu zupfen. Ab und zu. Vielleicht einmal pro Woche. Bei schönem Wetter. Aber sonst ging man ja auch nicht in den Garten.

Am nächsten Morgen riss ein Student der Germanistik im fünften Semester den kompletten Zettel vom Schwarzen Brett ab. Erstens hatte er gerade Schluss mit seiner Freundin, und zweitens hasste er deshalb jeden Anflug von Idylle, und drittens war ihm die Lust gehörig vergangen, egal auf was, und viertens hatte er die Frage damit beantwortet. *NEIN*, kritzelte er mit einem Kuli von der Stadtsparkasse auf den Zettel und warf ihn in den Papierkorb zu einigen Plastikbechern, die dort auch fehl am Platz waren.

KAPITEL 13

In der Nähe des Bahnhofs

Matteo D. Buck schnaufte ein wenig, als er ganz oben an der Tür ankam, und seine Hand zitterte ein wenig, als er den Schlüssel ins Schloss stecken wollte. Es war eine Melange aus schlechter Kondition, Raucherlunge, schlechtem Gewissen und einer gehörigen Portion Vorfreude, die ihn vibrieren ließ.

Als die Tür mit einem metallenen Klicken ins Schloss fiel, saß er bereits auf dem Stuhl und blickte hinunter auf die Bahngleise und die roten Haltesignale.

Der Stuhl, der einzige im Raum, schaukelte unmerklich vor und zurück, während der Intercity aus Köln einrollte.

Buck saß in seinem »Bau«, wie er ihn nannte. Es gab da eine Geschichte von Franz Kafka mit diesem Titel. Er hatte sie früher mal mit viel Elan gemeinsam mit einem Kommilitonen interpretiert und ein Lob des Professors dafür bekommen. Jetzt konnte er sich nicht mal mehr grob an den Inhalt erinnern. Die Wissenschaft hatte ihm schon vor Jahrzehnten ihre Tür vor der Nase geschlossen. Damals, da hatte er keine Sekunde daran gezweifelt, dass die Literatur ihn eines Tages ernähre, ob nun als Primär- oder Sekundärliteratur. Er hörte noch einmal seine Schritte, die sich behutsam über den Boden der Bibliothek vorwärtstasteten, während sein schräg gelegter Kopf die Buchrücken in den Metallregalen studierte, immer auf der Suche nach dem einen Buch, exakt dem, das sein Leben verändern würde, der geheimen Anweisung für sein Leben, die es doch irgendwo geben musste, die doch irgendwo existieren musste, sei es im Germanistischen oder Philosophischen Institut.

Ein Pfeifton riss Buck aus seinen Tagträumen, seinem geheimen Feierabendtraum. Unten schob sich langsam die bordeauxrote Schlange, der TGV, in den Aachener Hauptbahnhof. Buck drehte sich eine Zigarette und steckte sie an. Hier durfte er das wenigstens noch. Wie wenig man doch wirklich braucht, dachte er, während er den Inhalt der kleinen Tasche in seinem Bau verstaute. Ein paar Dosen Thunfisch, den zu Hause niemand mochte, Espressobohnen, die er später mit der Handmühle für die kleine silbrige Kanne mahlen würde, ein Fladenbrot, Frühlingszwiebeln, eingelegte Tomaten, zwei Geschirrtücher, von denen er, wenn er sie in die heimische Wäsche steckte, sagen würde, sie seien aus seinem Büro in Alsdorf, ein neues kleines Notizbuch in DIN A5, das ab jetzt sein Tagebuch sein würde, ein neues Moleskine für seine Musenküsse und ein Fässchen Tinte für seinen alten Kolbenfüllfederhalter.

Sonst brauchte er nichts.

Der kleine Tisch, den er ans Fenster gestellt hatte, war vollkommen leer.

Keine Rechnungen, die ihn bei seiner Rückkehr mahnten, noch mehr und effektiver zu arbeiten. Keine Werbung. Keine Flyer und Mitteilungen der Gemeinde, der kulturellen, religiösen, politischen und sonstigen Vereine. Kein schmutziges Geschirr. Kein Kinderspielzeug. Kein Beweis anderen Lebens außer dem seines eigenen.

Es war wie Urlaub. Wenn alle unnützen zehntausend Dinge fern von einem sind und einen nicht bestürmen konnten. Es gab einfach nichts, das sich wichtigmachte. Es gab nicht die zehntausend Dinge, die früher auf Lao-Tse und jetzt auf Matteo D. Buck lauerten, sondern nur die zehn Dinge … na ja, vielleicht doch hundert. Aber immerhin. Die Reduktion lebte. Die Einfachheit ließ Buck aufatmen.

Und so hatte er auch einfach seine Stelle reduziert. Glatt um die Hälfte. Und das hatte er vollkommen für sich behalten. Ebenso wie den kleinen Lottogewinn. Frauke interessierte sich sowieso nicht für seine Arbeit. Die hatte ihn noch nie dort auf dem Festnetz angerufen, hatte nicht mal seine Durchwahl, schickte ihm die Einkaufslisten immer aufs Handy. Und er würde stets pünktlich wie immer mit den Einkäufen zum Feierabend nach Hause kommen.

Er klappte das Moleskine auf und wartete auf die Muse.

KAPITEL 14

Nachmittags
Belgien, hinter der deutsch-belgischen Grenze,
Campingplatz, Libudas Caravan

Libuda wischte sich den Schweiß von der Stirn. Das Thermometer draußen an seinem Caravan zeigte achtundzwanzig Grad. Es hing nicht mal in der Sonne.

»Es gibt einfach keinen normalen Sommer mehr«, ächzte er, während er Eiswürfel in ein Glas plumpsen ließ.

»Herrlich«, gurrte Frauke, wobei sie offenließ, ob sich das auf die tropischen Temperaturen oder die Vorfreude auf den Drink bezog.

Sie zog ihr Top über den Kopf und offenbarte ein Bikinioberteil in den brasilianischen Farben.

»Das stört dich doch nicht, oder, Herr Patenonkel?« Sie grinste, als sie Libudas Blick erwischte. »Aber wenn ich zu dir komme, ist das für mich wie Urlaub.« Sie schaute sich verträumt um. »Wohnwagen, Zelte …«

»Aber kein Meer weit und breit«, entgegnete Libuda.

»Aber Belgien. Das reicht mir.«

Sie schlürfte an dem bunten Cocktail. Dann wechselte sie abrupt den Gesichtsausdruck und das Thema: »Du willst doch wissen, wer auf dem verschwundenen Bild in Maries Wohnung zu sehen ist oder besser war, n'est-ce pas? Du hast am Telefon von einem Foto mit fünf Frauen gesprochen, das in Maries Wohnung hing und nun verschwunden ist.« Frauke schwenkte versonnen ihr Glas. »Ich denke, das kann nur ein Bild sein. Und das kenne ich.«

»Das wäre superb.« Libuda strahlte sie an. »Aber by the way, ich habe es mittlerweile auch wieder, das heißt, ein Foto vom Foto.«

»Ach ja? Und du weißt jetzt, wer drauf ist? Dann kann ich ja gehen.« Sie zog eine beleidigte Schnute und griff nach ihrem Oberteil, und Libuda fiel darauf herein und bemitleidete gleichzeitig seinen Freund Matteo.

»Nein, nein, ich bitte dich. Ich hab keinen Schimmer.« Er kratzte sich am Kopf. »Aber ich dachte, weil Aachen doch so ein Dorf ist und du doch auch damals eine Zeit lang bei den paar spärlichen Geisteswissenschaftlern ein und aus gegangen bist. Und die Frauen sehen mir sehr nach Geisteswissenschaftlerinnen aus.« Dabei berührte er sie leicht am Arm.

Was augenblicklich ihr Lächeln zurückzauberte.

Libuda starrte die halb nackte Frau seines besten Freundes ungläubig an.

»Und du, du weißt, wer das ist? Wieso das?«

»Weil ich dabei war?«

»Wie jetzt, dabei?«

»Du müsstest dein Gesicht mal sehen!« Sie grinste einen Moment, dann zogen sich ihre Mundwinkel wieder nach unten. Sie kramte in ihrer Tasche und legte einen Umschlag auf den Tisch.

Libuda starrte ihn an, als enthalte er die Auflösung des Mordes an Olof Palme, dann riss er den Blick los und blickte in Fraukes Augen.

»Nun mach ihn schon auf.« Sie klopfte mit den Fingerspitzen darauf. »Da siehst du noch ein paar Fotos von den Damen.«

Da klingelte Libudas Handy. Es zeigte die Nummer seines Auftraggebers. Libuda zögerte einen Wimpernschlag, dann nahm er den Anruf an.

»Ich höre...«

»Ja, Schornstein hier. Herr Libuda? Tut mir leid, dass ich vielleicht störe, aber ich wollte hören, ob Sie schon etwas herausgefunden haben und ob Sie schon wissen, wo ...«

»Ich bin dran! Und es fördert die Sache nicht, wenn Sie ständig nachfragen. Sie bekommen selbstverständlich einen Bericht. Das hatte ich Ihnen ja erklärt. Und jetzt bin ich quasi auf dem Sprung.«

Libuda verdrehte die Augen, während sein Auftraggeber sich wortreich entschuldigte. Libuda steckte das Handy weg und stand auf.

»Frauke, tut mir leid. Aber ich muss leider. Die Pflicht ruft. Du kannst aber gerne weiter hier Urlaub machen.« Er sah sie von oben über seine Sonnenbrille herab an. »Aber denk dran: Du musst ja noch fahren.«

Und damit machte sich Libuda auf den Weg zum Eingang des Campingplatzes, zu seinem über vierzig Jahre alten Volvo P1800 ES, aufgrund seiner rahmenlosen Glasheckklappe auch »Schneewittchensarg« genannt.

KAPITEL 15

Försterstraße

Libuda hatte wie beim letzten Mal wenig Mühe, in Maries Wohnung zu gelangen. Dr. Klawitter, der allwissende Nachbar, war, so hatte er es zuvor angedeutet, zu einem Ausflug mit der Kulturgemeinde unterwegs und konnte ihm also nicht in die Quere kommen.

Libuda ließ sich an dem kleinen Tisch in der Küche nieder und schaute auf die immer noch sonnenbeschienene Dachterrasse hinaus. Er legte das Foto von Marie auf die abgewetzte Holzplatte und seufzte. Wenn er die Augen schloss, hörte er ihr perlendes Lachen und spürte den warmen Wind des Meeres auf seiner Haut. Er seufzte erneut, und jetzt spürte er ihre Lippen auf den seinen, seltsam kühl und weich … Er riss die Augen auf. Wieso, zum Teufel, kam sie nicht zurück? Gut, er wäre jetzt auch lieber auf der Insel, aber er musste ja seine Brötchen verdienen. Und sie verdiente ihre ja offensichtlich zumeist im Drehturm. Wieso also kam sie nicht zurück? Woher überhaupt? War sie denn wirklich auf Texel? Hatte er sie wirklich dort getroffen? War das wirklich Marie gewesen? Was war überhaupt wirklich? Was war überhaupt?

Libuda ließ seinen Blick erneut durch die Wohnung schweifen. Das Bild in der Küche hing schief. Er nahm es von der Wand und drehte es um. Er war sicher, dass es vorher nicht so gehangen hatte. Er schweifte barfuß durch die Zimmer, ließ sich auf die Couch sinken, fühlte instinktiv in die Ritze zwischen den dicken roten Kissen. Da bekamen seine Finger Papier zu fassen. Ein paar Blätter. Handgeschrieben. Grünliches Papier. War das Maries Handschrift? Wohl kaum, denn in der ersten Zeile wurde die Gesuchte direkt angesprochen.

Liebe Marie!
Ich habe lange überlegt, ob ich dir schreiben soll …

Libuda untersuchte die Blätter von allen Seiten, dann faltete er den Brief akkurat zusammen und legte ihn auf den kleinen Tisch vor der Couch. Jetzt hatte er immerhin einen Vornamen und eine vage Ahnung, dass es um viel Geld gegangen war, zumindest für die Absenderin des Briefes, und dass deren Mann oder Freund offenbar nichts davon wusste, noch nicht. Und dass sie es gerne zurückhaben wollte. Zurückhaben musste, da sie es unbedingt brauchte für eine lebenswichtige Sache und dass sie es dafür auch eigentlich nur riskiert habe, weil sie weitaus mehr brauchte für eine Sache, über die sie nur mit Marie persönlich sprechen wollte.

Libuda hätte auch gerne mit dieser Frau gesprochen. Vielleicht wusste sie, wo Marie geblieben war. Vielleicht hatte sie diese sogar getroffen. Hatte sie ihr Geld zurückbekommen? Oder hatte Marie sich geweigert? War das der Grund für ihr Verschwinden? War sie geflüchtet oder konnte sie das gar nicht mehr? Der Brief hatte kein Datum gehabt. War Marie danach auf Texel gewesen oder davor?

Libuda streifte erneut durch die kleine sonnendurchflutete Wohnung, den Blick auf den Boden geheftet. Er kam sich vor wie ein Indianer, der einer Spur folgte. Nur, er hatte gar keine. In der Küche, neben der Spüle, fand er eine kleine Kiste mit alten Zeitungen. Er wühlte ein wenig darin. Offenbar war das Maries Altpapiersammlung. Es war wie eine archäologische Grabung. Libuda drang in immer tiefere, fernere Zivilisationsschichten vor. Obenauf hatte die jüngste Zeitung gelegen. Offenbar hatte Marie sich meist am Wochenende die Zeitung gegönnt, diese aber augenscheinlich von vorne bis hinten studiert, denn die einzelnen Teile waren anders einsortiert und teilweise aufgefaltet.

In der mittleren Papierschicht, also der jüngeren bis mittelalten Vergangenheit, fand Libuda einen Briefumschlag, dessen handgeschriebene Adresse ihm sofort ins Auge stach: *Marie Schornstein/Försterstraße/52062 Aachen.*

Zweifelsohne die gleiche Tinte und die gleiche Schrift wie in dem Brief. Und ganz oben links ganz akkurat der Absender: *Cathy Schmitz/Schnickersbend/52159 Roetgen.*

KAPITEL 16

Roetgen, Eifel

Das Haus war neu, zumindest wurde es neu gemacht. Überall standen Relikte von Bauarbeiten.

Schon kurz nach dem ersten Klingeln wurde die Tür geöffnet. Eine junge Frau stand barfuß da, die Haare hochgesteckt, und sah Libuda erstaunt an.

»Ich hatte gedacht …«

»Frau Schmitz?« Libuda zauberte sein gewinnendstes Lächeln ins Gesicht. »Mein Name ist Libuda.« Dabei hielt er einen Augenblick einen Ausweis hoch. »Ich komme zu Ihnen, da ich in einer dringlichen Erbschaftsangelegenheit auf der Suche nach Frau Marie Schornstein bin.« Er räusperte sich und wechselte seine beeindruckende lederne Dokumentenmappe von der rechten in die linke Hand und nestelte dann ein wenig an seinem Krawattenknoten.

»Wieso? Ist Marie denn immer noch weg?«

»Ja eben …«

»Und wieso kommen Sie da zu mir?«

»Ich muss alle befragen, die Frau Schornstein kennen oder«, er räusperte sich dezent, »oder kannten, denn, wie gesagt, es pressiert. Leider, Frau Schmitz.«

»Wieso ›kannten‹? Ist sie denn …?« Die Frau wippte von einem Fuß auf den anderen, als friere sie. Libuda hob beschwichtigend die Arme.

»Pardon, aber so viel darf ich verraten, es geht um Geld, viel Geld, und daher bin ich befugt, Ihnen und allen, die zur Auffindung der Gesuchten beitragen, im Namen meiner

Mandantschaft eine finanzielle Entschädigung in Aussicht zu stellen.«

Libuda sah sein grübelndes Gegenüber nicht an, sondern beobachtete demonstrativ die Arbeiter, die am Haus bauten und sich gerade etwas auf Polnisch zuriefen.

»Ist sicher auch in der Eifel nicht ganz billig, nicht wahr?«, fragte er mit seinem scheinheiligsten Blick und sah ihr nun direkt in die Augen. »Der Hausbau frisst einen auf«, er seufzte. »Ich kenn das.«

»Ich habe Marie über ein Glücksspiel kennengelernt.« Sie lachte kurz auf. »Na ja, mir hat es ja kein Glück gebracht.«

»Ein Glücksspiel?« Libuda blickte die blonde Frau erwartungsvoll an, aber die kaute auf ihren Lippen herum und sah angestrengt aus dem Fenster in den noch nicht abbezahlten Garten.

»Ich meine, haben Sie zusammen Lotto gespielt oder auf Pferde gewettet oder wie darf ich mir das vorstellen, Frau Schmitz?«

»Na, das ist ja jetzt eh schon egal«, sie drehte sich energisch um, als habe sie einen Entschluss gefasst. »Das Materielle stand nicht im Vordergrund.« Sie lächelte für einen Wimpernschlag versonnen, schnaubte dann und schüttelte den Kopf. »Das habe ich naive Kuh jedenfalls geglaubt. Aber darum hat es ja auch so gut funktioniert. Es war so wundervoll esoterisch, irgendwie geheimnisvoll, nur Frauen, eine verschworene Gemeinschaft, und niemand durfte etwas von alldem wissen. Wir kamen uns vor wie … wie auserwählt.«

Sie schnaubte wieder verächtlich. Dann sah sie Libuda an und lächelte ein wenig. »Sie verstehen nur Bahnhof, oder?«

»Ich fürchte ja.«

»Es kam wohl ursprünglich aus Köln, und es war nur für Frauen. Weil Frauen ja nicht so materialistisch eingestellt sind«, sie schnaubte wieder und schüttelte sich kurz. Dann sah sie Libuda wieder an, und einen Moment lang fürchtete er, sie würde anfangen zu weinen. Sie drehte sich aber um und packte den Griff der Haustüre von innen.

»Es gibt«, beeilte sich Libuda zu sagen, »ich hoffe, das erwähnt zu haben, eine Entschädigung für diejenigen, die bei der Auffindung von Frau Schornstein …«

»Wie viel?«, fragte sie ganz unverhohlen, während sie sich abrupt wieder zu ihm umdrehte.

»Das darf ich jetzt noch nicht sagen, darf aber wohl andeuten, dass die Summe nicht ganz unbeträchtlich sein dürfte.«

»Aber ich weiß doch gar nicht, wo sie ist.«

»Sie wissen aber etwas, das uns helfen könnte. Dieses … Glücksspiel«, Libuda sah ihr direkt in die Augen, »Frau Schmitz, Sie haben Geld verloren und hätten es gerne zurück.« Er räusperte sich und biss sich auf die Lippe, aber sie sprang direkt darauf an.

»Ich habe ihr sogar einen Brief geschrieben.«

»Ich weiß … Ihre Offenheit zu schätzen«, bekam Libuda gerade noch die Kurve. »Aber wie fing das denn eigentlich an?«

»Also von vorne.« Sie nickte. »Gute Idee. Also: Da war eine Frau, die ich gut kenne, und die arbeitet in Aachen, und die fragte mich.« Sie drehte eine Haarsträhne und sah an Libuda vorbei. »Möchten Sie eine Tasse Tee?« Sie lächelte sehr mädchenhaft. »Normalerweise bitte ich ja keine fremden Männer in mein Haus, aber es ist ja sowieso schon voller Handwerker.«

Sie führte ihn in eine hochmoderne Küche, holte aus einem glänzenden Hängeschrank zwei Tassen, die sie auf einem Tisch absetzte, dessen Oberfläche so edel wirkte, als sei sie aus nicht bezahlbarem zertifizierten Tropenholz. Nachdem sie Wasser in einen Kocher gefüllt hatte, öffnete sie einen anderen Schrank, dem augenblicklich ein würziger Duft entströmte.

»Welchen Tee hätten Sie gerne?«

Vor Libudas Augen eröffnete sich eine bunte Palette von Dosen und Schachteln, dazwischen auch Teeurnen aus Porzellan mit chinesischen Schriftzeichen, fein säuberlich nebeneinander drapiert.

»Welchen nehmen Sie?«, sagte er spontan und hoffte, es würde kein grüner Tee.

»Ich denke, ein Darjeeling wäre jetzt angebracht, First Flush Lingnin. Ist das in Ordnung?«

»Ausgezeichnet.«

In den folgenden Minuten schwiegen beide. Ab und zu lächelte sie ihn an, während sie mit geübten Handgriffen den Tee zubereitete und diesen schließlich in einer mit Ornamenten übersäten Kanne, die Libuda für eine Antiquität hielt, kredenzte. »Von meiner Oma«, erläuterte sie.

Nach einem ersten vorsichtigen Schlürfen zog Libuda anerkennend seine Augenbrauen hoch und begann, wie er es mal in seinem Leben als Journalist gelernt hatte, behutsam seine Fragen zu stellen, die in seinem Kopf zu sammeln er ja nun Zeit genug gehabt hatte.

»Sie sprachen von mehreren Frauen, die mitgewirkt haben bei diesem Glücksspiel. Wie viele Frauen waren denn beteiligt und warum nur Frauen?«

»Weil Männer ja keinen Sinn dafür haben«, lächelte sie.

»Für das Glück?«

»Männer wollen schnell zum Ziel kommen. Und sie hätten einerseits nicht den geringsten Sinn für den Weg und andererseits ein gänzlich anderes Ziel, nämlich nur das Geld. Aber das ist nicht vorrangig. Es ging vielmehr um das Geben und Nehmen. Wer nicht gut geben kann, hat auch am Nehmen keine wirkliche Freude.«

Sie führte die Teetasse an den Mund. Libuda nutzte die Pause.

»Aber es ging schon um Geld?«

»Es ging um das Geben. Das Schenken.«

»Ich fasse mal kurz zusammen: Ein paar Frauen treffen sich und beschenken sich gegenseitig, richtig?«

»Im Prinzip ja. Aber es wurde immer nur eine Frau beschenkt, von allen anderen – und das auch erst nach mehreren Sitzungen.«

»Hört sich nach Therapie an.«

»Ja, es hatte durchaus eine Art heilenden, befreienden Charakter.« Sie versenkte sich wieder in die Teetasse. »Ich denke, ich muss anders anfangen.«

Libuda kratzte sich am Kopf. »Wie hat das denn exakt angefangen mit diesen Sitzungen?«

»Es war ein Dienstag. Ich weiß es so genau, denn Paula, mein Patenkind, hatte tags zuvor ihren Geburtstag gefeiert, da besuchte mich Elli, die kenne ich von einem Kindergeburtstag, die macht die immer so nett.« Einen Moment lächelte sie versonnen, dann räusperte sie sich. »Na ja, und Elli fragte mich, ob ich nicht beim Herzkreis mitmachen wollte.«

»Herzkreis?«

»Tut mir leid. Sie verstehen immer noch nur Bahnhof, oder?« Der Ausdruck gefiel ihr offenbar, und sie kicherte. Vielleicht wollte sie einfach nur raus aus all dem, was um sie herum jetzt ihr Leben sein sollte. »Aber kommen Sie mit. Ich habe, glaube ich, noch ein paar Papiere von unseren Treffen verwahrt. Ich hatte ja immer noch die Hoffnung nicht ganz aufgegeben, dass auch ich noch von dem warmen Regen profitiere und beschenkt werde … zur Sterntalerin werde.«

Kopfschüttelnd und lachend, aber mit einem bitteren Ton in ihrer sonst so hellen Stimme, ging sie voraus und öffnete die Tür zu einem sonnendurchfluteten Raum, offensichtlich das Schlafzimmer.

Libuda blieb auf der Schwelle stehen und räusperte sich. Sie schaute sich irritiert um, lächelte dann und schüttelte leicht den Kopf. »Nein, nein, ich wollte Ihnen nur etwas zeigen, das ich hier …« Sie öffnete eine große, antik aussehende Truhe, hob Bettwäsche heraus, die sie säuberlich aufs frisch gemachte Bett drapierte, um dann von ganz unten aus der Truhe einen braunen DIN-A4-Umschlag zu zaubern. »Das hier suchte ich.« Triumphierend schwenkte sie den Umschlag und ging wieder zurück in die Küche.

Aus dem Umschlag zog sie eine Mappe, warf erst noch einen sehnsuchtsvollen Blick darauf, bevor sie sie auf den Tisch, haarscharf neben die Teetasse, knallte. »Wenn ich es jetzt lese, denke ich: Ich muss bescheuert gewesen sein.« Sie schnaubte wieder. »Aber lesen Sie selbst.« Dann seufzte sie und murmelte: »Wenn mein Mann das je findet … Nehmen Sie den Mist am besten mit!«

Libuda warf einen Blick auf das esoterisch anmutende Cover mit einem güldenen Stern umgeben von einer Aura in einer Farbabstufung von Gold zu Blau, darunter die ersten Zeilen:

In den Kreisen kommen wir zueinander
Wir hören verwundert zu
Und ich gewinne mein eigenes Lied zurück

Libuda räusperte sich nun seinerseits. »Ich darf mal, ja?« Sie nickte nur und wischte an der Spüle herum, als sei es eine von überquellenden Biergläsern wimmelnde Theke in einer Gastwirtschaft.

»Blättern Sie es ruhig durch. Wenn ich nur einen Euro wiederbekomme, bin ich heilfroh.« Sie warf den Spülschwamm an die geflieste Wand. »Ich dumme Gans!«

»Ich bitte Sie! Ich habe auch durchaus schon Investitionen getätigt, die letzten Endes nicht wirklich lukrativ waren und bei denen ich, wie soll ich sagen …«

»Am Ende der Dumme waren?«

»Sie nehmen mir die Worte aus dem Mund, Gnädigste.«

»Noch einen Tee?«

»Gerne.«

Dann konnte Libuda in Ruhe blättern. Und lesen. Und sich wundern.

HERZKREIS
WOMEN'S GIFTING CIRCLE

eine neue Art von & für Frauen
miteinander zu teilen
alles, was es zu teilen gibt
sich gegenseitig zu unterstützen
andere Sichtweisen zu entwickeln
in Dein Vertrauen zu wachsen &
den Reichtum Deiner Seele erblühen zu lassen.

Libuda blies die Luft aus den Backen und blätterte weiter. Nach fünf, sechs Seiten, die sogar Nelson Mandela zitierten und offenbar dazu dienten, die Frauen weichzuspülen, ging es dann endlich zur Sache. So funktionierte der Women's Gifting Circle:

Zuerst eine süße Grafik oder Zeichnung mit Herzen: Oben acht Herzen (»Geberin«), darunter vier (»Unterstützerin«), zwei Herzen (»Lehrling«) rahmten quasi das unterste Herz (»Empfängerin«) ein – dann endlich der Text:

Der äußere Ablauf ist einfach, einleuchtend und effektiv. Eine Gruppe von sieben Frauen, bestehend aus vier Un-

terstützerinnen, zwei Lehrlingen und einer Empfängerin, begeistert jeweils Frauen, die bereit sind, der Empfängerin ***5050 Euro*** *zu schenken.*

Wenn sich acht Frauen für die obere Reihe (Geberinnen) gefunden und bezahlt haben, wird die Sterntalerin mit ***40400 Euro*** *beschenkt. Dann gibt sie das Signal zur Teilung der Gruppe. Sie selbst zieht sich zurück – so entstehen jetzt zwei Gruppen mit jeweils sieben Frauen, die wiederum für ihre jeweilige Gruppe acht neue Geberinnen finden, die der neuen Empfängerin jeweils 5050 Euro geben. Nach der dritten Teilung sind die ursprünglichen Geberinnen in der Empfängerinnenposition.*

Die jeweilige Empfängerin übernimmt die Koordination innerhalb der eigenen Gruppe. Sie koordiniert die Herzkreis-Treffen, die in regelmäßigen Abständen stattfinden (circa alle vierzehn Tage).

Libuda bekam eine neue Tasse Tee eingeschenkt. Er blickte auf und sah, dass sie auf seinen Kommentar wartete.

»Das … ähm … das hört sich ja erst mal ganz … ähm … nett an.« Er nahm einen Schluck Tee. Aber sie starrte ihn weiter an. »Also eigentlich ganz logisch und gut durchdacht, als könnte nichts schiefgehen, und hier …«, er blätterte zurück, »steht ja auch etwas von der energetischen Struktur und Dynamik, wodurch es sich von Kettenbriefen oder Pyramidenspielen unterscheidet.«

Die Frau schnaubte wieder.

»Haben Sie das denn auch erfahren? Hier ist von neuen Freundschaften die Rede, von Solidarität, und Geld sei nur der Motor.«

»Tja, kaum war das Geld weg, das heißt, kaum hatte die Sterntalerin die ganze Kohle, war von den tollen Freundinnen und der Solidarität plötzlich nichts mehr zu sehen und zu hören, sogar die Handynummern waren tot.«

Sie stand auf und schüttete ihren Tee in die Spüle.

»Können Sie mir denn vielleicht verraten, ob es gerade noch einen aktiven Herzkreis gibt, den ich mir mal anschauen beziehungsweise befragen könnte?«

Sie lachte kurz auf. »Da werden Sie kein Glück haben.«

»Wieso nicht, bitte schön?«

»Weil Sie ein Mann sind?« Sie zog das Satzende in die Höhe und dabei die Augenbrauen hoch.

»Ja stimmt, ich vergaß.« Libuda grinste. »Aber eine Adresse, eine Telefonnummer, bitte. Wie gesagt, Frau Schmitz, ich werde auch grade von meinem Hausbau oder besser: von meiner Hausbank, aufgefressen, und ich bekomme eine Prämie, wenn ich Frau Schornstein finde … und Sie eine Belohnung, ich erwähnte es, nicht wahr?«

»Okay.« Sie holte ein kleines Büchlein aus ihrer Handtasche und blätterte darin herum. »Ich bin nicht so digitalisiert«, murmelte sie. »Da ist es ja. Patrizia Mangold, Bismarckstraße 107, Telefon, ach, das ist ja tot.«

Libuda starrte sie an.

»Ist etwas?« Jetzt starrte sie ihn an.

»Nein, nein, ich habe nur Tee in den Hals bekommen.« Er hustete und kniff die Augen zusammen.

KAPITEL 17

Libuda ließ sich wieder in seinen Schneewittchensarg fallen und klappte die Tür zu.

Das war das Gute an diesem Job: Wenn man eine Spur hatte, ging es immer weiter. Ohne Pause. Keine Zeit zum Nachdenken. Nur über den fremden Fall, nie über den eigenen. Da trat er auf der Stelle. Bei sich. Bei anderen rannte er. Bloß nicht stehen bleiben. Bloß nicht in das schwarze Loch fallen.

Auf zum nächsten Teil im Puzzle.

Die Nummer 107 in der Bismarckstraße war genau das Nachbarhaus seiner geheimen Partnerin Ani Tram. Sie war das »& Co.« auf seinem Firmenschild. Ihr verdankte er das Büro und manchmal auch noch viel mehr. Und da Ani fast jeden auf der Welt kannte, da sie diese ständig bereiste, war es geradezu unwahrscheinlich, dass sie ausgerechnet diese Frau aus dem Nachbarhaus nicht kannte. Ani war extrem neugierig, also zappelte die Frau quasi schon am Haken. Sie nannte es natürlich nicht »neugierig«, sondern den »Anfängergeist«. Und mit dem reiste sie gerne durch die Welt und tickerte dann ihre fein gesponnenen Eindrücke und Gedanken in wunderbare Zeichen in ihr Laptop und dann raus in die Welt 2.0, die virtuelle Welt. Sie lebte vom Internet und war freie Unternehmerin, etwas, wozu Libuda im Grunde seines Herzens der Mut fehlte. Und deshalb auch oft die Freiheit.

Er drehte den Zündschlüssel.

Libuda fuhr die Himmelsleiter wieder hinunter zurück nach Aachen zu seinem Büro. Er nahm sich fest vor, einen

Parkplatz in der Lousbergstraße zu finden. Und fand ihn unmittelbar vor seinem Büro. Das hatte ihm Ani beigebracht. Als er die Tür aufschloss, strich er kurz mit der Hand über das glänzende Messingschild LIBUDA & CO. Und verharrte kurz auf dem CO. Dabei sah er quasi ihre mandelförmigen dunklen Augen vor sich, darunter ihren leicht spöttischen Blick.

Er ließ sich in seinen Bürostuhl fallen, rollte ein, zwei Bahnen hinter dem Schreibtisch auf und ab und angelte dann nach dem Telefon.

»Pronto.«

»Hier ist Libuda.«

»Das sehe ich. Und jetzt höre ich es.«

»Was machst du gerade?«

»Das Wasser in der Wanne ist heiß. Aber ich schwimme.«

»Lass mich raten: Lao-Tse oder Konfuzius?«

»Dein Patenkind Marie«, prustete Ani jetzt los. »An dir ist wirklich ein Detektiv verloren gegangen, aber darum bist du ja einer geworden.« Ihr dröhnendes Lachen ging ihm auf die Nerven.

»Ich weiß, und du wolltest ja immer schon mal einen kennenlernen.«

»Und darum unterstütze ich dich, Undankbarer.«

»Apropos: Du könntest mich tatsächlich unterstützen.« Libuda hustete, um sich zu konzentrieren.

Das Rauschen wurde immer lauter. Libuda meinte, Ani summen zu hören.

»Bevor du in deiner Eselsmilch versinkst«, er presste den Hörer ans Ohr und lauschte. »Hörst du mich noch?«

»Laut und unangenehm deutlich«, murmelte Ani. »Also schrei mich nicht an!«

»Pardon, aber sagt dir der Name Mangold etwas? Patrizia Mangold?«

»Oui.«

»Und was bitte schön?«

»Ist meine Nachbarin zur Linken … oder Rechten, je nachdem wo du stehst.«

»So weit bin ich auch schon«, grummelte Libuda ungeduldig, denn das Plätschern übertönte beinahe alles. »Aber kennst du sie?«

»Oui.«

»Mon dieu! Nun lass dir doch nicht alles aus der Nase ziehen. Kennst du sie gut?«

»Sag doch einfach, was du wissen willst. Kontostand? Familienstand?«

»Zockt sie?«

»Pardon?«

»Ob sie spielt. Ob sie Geld verzockt.« Libuda räusperte sich. »Ich präzisiere: Sie spielt. Aber weißt du …«

»…«

»Hättest du Interesse mitzuspielen?« Libuda räusperte sich erneut. Das Plätschern des Badewassers am anderen Ende hatte aufgehört. »Es ist ein Spiel nur für Frauen.«

»Ein Lesbentreff? Mon dieu, im Moment …«

»Nein, nein. Es ist eher … eher esoterisch, ich denke, alle haben anderes im Sinn als erotische Spielchen.«

»Schade, jetzt wäre mir grade so danach.« Es plätscherte sehr laut. »Ich bin jetzt gleich auf Tauchfahrt. Du hast noch zehn Sekunden.«

»Es geht um esoterische Euros.«

»Um was?«

»Auflösung in einer Stunde in meinem Büro, pardon, unserem, Kompagnon.«

Libuda beendete das Gespräch.

Er nahm ein leeres Blatt aus dem Drucker, einen Kugelschreiber in die Rechte und begann nachzudenken, während er immer wieder die Mine rein und raus klicken ließ. Wie ein Metronom gab dies seinen Gedanken Takt und Geschwindigkeit. Dann warf er die ersten Zeichen auf den Zettel.

Welche Hypothesen sind bei der Suche nach der Zielperson denkbar?

→ *Sie ist verschwunden – freiwillig (vielleicht untergetaucht?).*
→ *Sie ist verschwunden – aber nicht ganz freiwillig (vielleicht ist sie vor etwas geflüchtet, vielleicht aus Angst?).*
→ *Sie ist verschwunden – aber ganz und gar nicht freiwillig (sondern vielleicht durch eine andere Person, also quasi entführt?).*
→ *Sie ist nicht mehr am Leben.*

Die letzte Zeile strich Libuda wieder. Dann schrieb er über diesen ersten Block die fette Überschrift **Zielperson lebt noch,** darunter begann er einen neuen Block mit der Headline **Zielperson ist tot/lebt nicht mehr.**

→ *Sie hatte einen Unfall (der offenbar bisher nicht entdeckt wurde, da ihr Bruder als Angehöriger nicht darüber verständigt wurde).*
→ *Sie ist auf der Flucht irgendwo verschwunden (hat sich quasi zu gut versteckt).*
→ *Sie ist ermordet worden. Ihre Leiche wurde offenbar nicht gefunden (s. o.).*

Libuda nahm einen zweiten Zettel und schrieb zuoberst:

Welche Wege/Spuren lassen sich verfolgen?
Wo wurde die Zielperson zuletzt gesehen?

Er sah aus dem Fenster. Unter dem Luna Park leuchteten die Dächer der Stadt in der Sonne und gaben ihr etwas Mediterranes. Fast glaubte er, das Meer rauschen zu hören. Wie aus einem Nebel tauchte sie wieder auf. Zuerst ihr Mund. Er öffnete sich. Ihre Zähne blitzten heraus. Dann ihr Lachen. Es perlte. Libuda versuchte, sich an ihre Augen zu erinnern. Es gelang ihm nicht, sosehr er sich auch mühte. Überhaupt, er konnte diese Frau nur in Bruchstücken vor sein inneres Auge rufen. Das war ihm lange nicht mehr passiert – aber ein untrügliches Zeichen. Je weniger von ihrem Bild greifbar war, desto mehr war auf einer anderen Ebene von ihr in ihm, so als könne sein Gehirn nicht mehr Kapazitäten freisetzen.

Er riss sich los, klickte mit dem Kugelschreiber und setzte erneut an:

→ *Wer sonst hatte sie zuletzt gesehen?*
- Ihr Nachbar: Dr. Klawitter
- Ihre Chefin: Frau Pradanz
- Ihre Kollegin: Klara Sieben
- Ihr Bruder: Til Schornstein
- Cathy Schmitz aus Roetgen
- Was ist mit ihren Freundinnen?
- …

»Was ist jetzt mit den esoterischen Euros? Ich höre!«

Da stand sie: Ani Tram.

In voller Größe und Pracht. Ihre schwarzen Haare wehten noch um sie, und ihre mandelförmigen Augen glühten. Ihre Lippen verharrten leicht geöffnet, bereit, ihn zu verschlingen, wenn er nicht im nächsten Wimpernschlag eine Antwort ausspuckte.

»Ich freue mich auch, dich zu sehen.« Libuda strahlte sie an. »Es geht doch nichts über eine solide europäische Begrüßungskultur.«

Er stand auf, machte sich kerzengerade, nahm die Arme in die Waagerechte, hob seine rechte Faust unendlich langsam und sanft an die Innenfläche der linken Hand und verbeugte sich vor seinem Gast. »Ani San.« Er verbeugte sich noch tiefer, »ehrwürdige Meisterin.«

Dann legte er einen sonnengelben Zettel auf den leeren Schreibtisch.

»Voilà, meine Liebe! Das ist die Philosophie des esoterischen Euros. Das Spiel nennt sich Herzkreis. Und es dürfen nur Frauen teilnehmen, weil Männer ja nur ans Materielle denken, so die reine Lehre.«

Ani wollte nach dem Blatt greifen, aber Libuda zog es blitzschnell weg. »Bist du dabei?«

»Mal sehen …«

»Dann wirst du nichts mehr sehen und hören von mir und dem geheimen Kreis der Sterntalerinnen.«

»Der was?« Anis Augen begannen zu glühen.

»…«

»Sterntalerinnen?«

»…«

»Okay«, stieß sie zwischen den Zähnen hervor. »Ich mach es.« Sie zog die Augenbrauen ruckartig hoch. »Was jetzt? Soll ich schwören, auf die Knie gehen, oder was wird das jetzt? Geht's mal weiter?«

»Wohlan.« Libuda legte das Blatt wieder auf den Schreibtisch und strich es glatt.

ELLI – 1996. Sommer.

Marie war ein bisschen spät dran. Ohne Ruth, die sie begleitete, wäre es sicher noch später geworden. Aber die hatte sie einfach mal angerufen, schließlich hatte sie ja noch immer nicht gerade viele Telefonnummern in Aachen. Außerdem sagten die Leute: In Aachen triffst du sowieso alle wieder, irgendwann. Das ist hier ja nicht Berlin. Da brauchst du nicht beim ersten Mal gleich deine Telefonnummer auf den Bierdeckel zu kritzeln. Irgendwie hatte Marie jedoch das Gefühl, dass man immer nur die Leute wiedertraf, die man nicht unbedingt wiedersehen wollte. Die Interessanten dagegen umhüllten sich mit einer geheimnisvollen Aura und verschwanden dann.

So wie Marta. Die war auch immer wie vom Erdboden verschluckt. Und mit einem Mal tauchte sie wieder auf wie Kai aus der Kiste.

So wie jetzt. Marie hatte Marta angerufen, schließlich kannten sie sich ja seit der Schule und waren nun beide in Aachen gelandet, und Marta hatte gesagt: »Mal sehen«, was auch wieder typisch für sie war. Bloß nicht festlegen. Bloß nicht nach der Pfeife von irgendjemand tanzen. Immer schön die Zügel selbst in der Hand halten.

Und jetzt ... Ruth öffnete gerade das quietschende Gartentor – da sprang Marta hinter einem Busch hervor und strahlte Marie an: »Damit hast du nicht gerechnet, oder?«

Sie umarmten sich, dann stellte Marie Marta gerade Ruth vor, als eine blonde Frau aus der Gartenlaube trat.

»Hi! Ich bin Elli. Willkommen in der Laube meiner Oma!« Und sie breitete einladend die Arme aus. Da tauchte hinter ihr ein Rotschopf auf, den Blick gesenkt.

»Und das ist Patrizia«, stellte Elli vor, während sie sich zur Seite drehte, und die Frau hinter ihr hob erstaunt den Blick von einem Buch, das sie aufgeschlagen in Händen hielt.

»Interessant, was deine Oma so gelesen hat«, murmelte sie.

»Das ist von mir«, korrigierte Elli.

»Zeig mal her!« Und schon hatte Marta Patrizia das Buch entrissen und las den Titel vor. *»Ein paar Leute suchen das Glück und lachen sich tot …«* Marta lachte kurz auf. »Woher kennt die uns?«

Aber da schwebte Elli schon mit Ruth durch den Garten und zeigte ihr dies und jenes, als wären sie seit Jahren miteinander vertraut und wären sich nicht in diesem Wimpernschlag zum ersten Mal in ihrem jungen Leben begegnet.

Die drei anderen sahen ihnen mit einem Grinsen nach.

»Das kann ja heiter werden.« Marta schüttelte leicht den Kopf und schaute dabei Marie an. »Hattest du sie nicht mitgebracht?«

Aber die lächelte nur. »Ist doch schön …«

Marie, Marta und Patrizia sahen sich um und entdeckten vor der Laube eine alte Bank, deren ursprünglich blauer Anstrich im Lauf der Jahre abgeblättert war. Wie auf Kommando nahmen sie nebeneinander darauf Platz, Patrizia rechts, Marta links, Marie in der Mitte, und seufzten wohlig und synchron. Dann schauten sie hoch. Die Sonne stand neben der Laube, schräg hinter ihnen.

»Schade«, murmelte Patrizia. »Die Bank steht im Schatten.«

»Aber die Sonne kommt gleich rum, da haben wir Glück … du sogar zuallererst«, frohlockte Marie.

»Darauf warte ich bestimmt nicht!« Marta sprang auf. »Los, Mädels, wir stellen das Ding da rüber in die Sonne, und basta!«

Und schon hob Marta die Bank an. Patrizia und Marie sprangen erschrocken auf.

Sekunden später herrschte wieder Frieden auf der Bank, und noch ein wenig später breitete sich schon die erste Rötung auf den Gesichtern aus.

Idylle pur. Sonnenbrand im Schrebergarten.

Es dauerte nicht lange, vielleicht drei Tassen Kaffee und einen ersten kleinen Aufgesetzten aus Omas Beständen, da knallte Marta einen Packen Karten auf den Tisch.

»Könnt ihr Doppelkopf, Mädels?« Sie schaute reihum in leuchtend rote Gesichter. »Oder wie sollen wir sonst unsere trostlosen Abende verbringen?«

In das schallende Gelächter füllte Elli erneut die Gläser, und Marie machte noch ein Foto für die Ewigkeit. Sie freute sich schon auf die Abzüge.

KAPITEL 18

Abend
Frankenberger Viertel

Der Weg auf das Dach war dem Schatten, der mit den grauen Mauern eins wurde, um ein Haar verwehrt geblieben, denn der Speicher in dem Haus gegenüber wurde gerade renoviert, und es war beinahe unmöglich, die Dachfenster zu öffnen.

Es war zudem ein bewölkter Abend, als kaum hörbare Schritte über das Dach schlichen.

Schräg gegenüber saßen die Menschen beim Abendbrot, ein Vater las seiner Tochter eine Gute-Nacht-Geschichte vor, eine Frau deckte den Tisch und zündete gerade die Kerzen für einen romantischen Abend an. Die Schritte gegenüber schlichen weiter, und die Blicke wanderten mit. Dann tappten leise Sohlen über die Dachterrasse, umkurvten die Blumenkübel mit dem meterhohen Bambus und verharrten dahinter, knapp vor dem maroden Geländer an der steil abfallenden Kante zum Hinterhof, der sich wie ein schwarzer Schlund auftat.

Im dritten Stock der Nummer 107 ging eine Frau in einem großen Raum auf und ab. Dann und wann fuhr sie sich mit der Hand durch die roten Locken, und ihre Gesichtszüge wurden starr. Eine Frau mit langen dunklen Haaren saß auf dem Boden in dem leeren Raum und hielt ihr Handy ans Ohr. Ihr Mund bewegte sich nicht, dann ließ sie das Gerät sinken. Die andere Frau blieb vor ihr stehen und schaute sie an, und die mit dem Handy schüttelte den Kopf und tippte erneut auf die Tastatur ein, während die andere auf die Uhr an ihrem Handgelenk starrte und in die andere Richtung marschierte. Mit einem Mal rissen beide die Köpfe herum und starrten in die gleiche Richtung. Dann verschwanden sie sehr schnell aus dem Blickfeld, um wenig später mit einer blonden Frau zurückzukehren. Kaum standen die drei im Raum, rissen alle fast gleichzeitig die Münder auf und schienen sich anzubrüllen, bis die mit den Locken sich wieder in die Frisur fuhr und den Kopf schüttelte.

Wenig später begannen die Frauen, gemeinsam einige Dinge in den Raum zu tragen und etwas aufzubauen. Es sah aus wie ein Kreis aus mindestens einem Dutzend Kissen und niedrigen Kisten. Davor, wie in einen inneren Zirkel, stellte die blonde Frau jeweils eine kleine Schale. Ganz in die Mitte stellte die Lockige ein silbriges Tablett mit einer ebenso glänzenden Kanne und einigen dazu passenden kleinen Gefäßen. Überall wurden von den drei Frauen Kerzen entzündet. Dann betrachteten sie das Arrangement, wechselten offenbar ein paar Worte miteinander, denn sie begannen an mehreren Punkten den Kreis zu verändern, bis aus dem Kreis ein Herz geworden war.

Erneut betrachteten sie ihr Werk, sahen sich diesmal nur kurz an, wobei die mit den Locken am deutlichsten den Kopf schüttelte, und versetzten alles in die ursprüngliche Form zurück.

Laute Stimmen, viele und alle durcheinander, ließen den Schatten nach unten zur Straße spähen. Mit einem Mal wuselten da vielleicht ein Dutzend Frauen vor der Haustür herum, bevor sie vom dunklen Hausflur verschluckt wurden. Der Blick des Schattens flatterte, und ein heiseres Räuspern kroch aus seiner Kehle. Da füllte sich oben auch schon der Raum. Es wurde sich umarmt und geküsst, bevor alle auf den

Kissen Platz nahmen. Der Schatten schnaufte. Erst gingen die Köpfe gegenüber noch hektisch hin und her, dann aber drehten sich alle in Richtung der Frau mit den roten Locken und lauschten ihr offenbar.

Es dauerte ewig.

Der Schatten hatte Zeit.

Viel später löschten die Frauen gegenüber die Kerzen wieder und standen kurz noch alle mit einem Glas in der Hand da. Dann umarmten sich schon wieder alle, und endlich wurde es oben leerer. Fast alle Frauen verließen zusammen das Haus und verschwanden aus dem Blickfeld des Schattens.

Oben fummelte die Dunkelhaarige schon wieder am Handy herum, die Rothaarige fuhr sich durch die Locken, während die Blonde auf ihre Uhr schaute und dann ihre Jacke anzog. Wenig später kam sie gemeinsam mit der Dunkelhaarigen unten aus dem Haus, stieg in einen betagten Van und fuhr los.

DRITTER TAG

KAPITEL 19

Mittwoch, morgens
Irgendwo auf Texel

Vor dem Fenster mit dem vor langer Zeit mal blau gestrichenen, jetzt in der Seeluft abblätternden Rahmen segelte kreischend eine Möwe vorbei, und sie sah ihr eine Weile nach, bis sie nicht mehr zu sehen war.

Dann schüttete sie den kleinen blauen Rucksack über dem Tisch aus. Geldscheine flatterten heraus, manche segelten gemächlich wie die Möwe durch die schon jetzt warme Luft, andere sackten schnell ab, stürzten aus der Heimat ihrer letzten Tage, als seien sie auf der Flucht. Manche waren noch in der Form, in die sie vor Wochen gefaltet worden waren. Andere hatten nur noch akkurate Knickstellen. Geeint waren sie in ihrer strahlenden Sauberkeit. Die Farben leuchteten, als kämen die Scheine frisch aus der Druckerei. Oder gar aus der Reinigung. Geld musste nicht schmutzig sein.

Es war müßig, sie zu zählen. Das hatte sie oft genug getan. Sie kannte die Zahl genau. Sie war nicht astronomisch hoch, aber hoch genug, um ihr schlechtes Gewissen mit jedem Tag weiter wachsen zu lassen.

Das war wohl auch der Grund dafür, dass sie bisher keinen einzigen Schein ausgegeben hatte. Sie hielt ihr schlechtes Gewissen in Schach, und solange sie alle Scheine beisammenhielt, konnte sie die Stellung behaupten.

Ihren Traum vom Glück hatte sie aufgegeben, denn sie

wollte ihn nicht auf das Unglück anderer bauen. Am Anfang hatte es ihr geholfen, sich immer wieder zu sagen, dass alle freiwillig mitgemacht und am Ende gerne gegeben, ja fast spirituell beseelt alles hergeschenkt hatten. Dass sich manche Frau das mitnichten hatte leisten können, das musste sie nicht beschäftigen. Schließlich waren alle erwachsen, hatten ihr sogar schriftlich gegeben, dass sie es freiwillig taten, im Vollbesitz ihrer geistigen Kräfte. Die hätten doch nur mal nachdenken müssen. Aber dazu waren sie gar nicht bereit gewesen. Die einen hatten nur Dollarzeichen in den Augen gehabt, und die anderen hatten sich bei jeder Sitzung mehr in irgendetwas Mystisch-Weiblich-Spirituelles reingesteigert, manche auch nur, weil sie den Männern zeigen wollten, dass Frauen viel besser mit Geld umgehen konnten, per se ein relaxteres Verhältnis zu jedweder Form von Materie hatten und von daher das Geld, das sie zuvor oft nicht mal eigenhändig verdient hatten, viel lieber zu ihnen kam, da sie ihm ja nicht hinterherliefen. Gerechnet jedenfalls – einfach mal x hoch x – das hatte keine. Dabei war selbst eine Naturwissenschaftlerin dabei gewesen, die lächelnd erzählte, dass ihr Mann diese abendlichen Treffen und das sinnlose Verrinnen der Zeit nicht nachvollziehen konnte. Er hatte gemeint, Männer würden einfach per Mail die Kontonummern austauschen, und schon wäre die »Schenkung« vollzogen. Und alle Frauen hatten lange und herzhaft und sehr überlegen gelacht. Männer verstanden eben nie, um was es eigentlich ging. Ums Geben – doch nicht ums Nehmen.

Also hätte sie jetzt die Scheine nehmen und damit verschwinden sollen. Hatte sie ja auch getan. Nur gab sie jetzt nichts aus. Für das geplante neue Leben. Sondern saß immer noch fest im alten. Aber sie hatte sich verliebt … in einen Kerl, der betrogenen Ehemännern und -frauen lieber nicht die Wahrheit erzählte, um ihnen nicht die Illusion zu rauben, sondern ihnen dadurch ein kleines bisschen Glück sicherte, vor allem den gemeinsamen Kindern, wenigstens für eine Weile noch. Ein Idealist, oh nein! Ausgerechnet in so einen. Sie hatte es wohl nicht anders verdient.

KAPITEL 20

Gegen Mittag
Aachen, Restaurant Limeri,
Ecke Ludwigsallee (gegenüber Büro Libuda & Co.)

Sie hatte dieses typische Lächeln, als sie sich hoheitsvoll auf den gepolsterten Stuhl sinken ließ, den ihr der Kellner zurechtschob.

»Du glaubst nicht, wen ich getroffen habe.«

Libuda tat nun das, was sie wünschte: Er hing an ihren Lippen. Mit seinen Augen. Sie aber klappte die schwere Speisekarte auf.

»Ich höre.«

»Ich denke, ein kleiner Pastis vorab würde unserem Festessen gut zu Gesicht stehen, n'est-ce pas, compagnon?«

Libuda stöhnte: »Ani, bitte!«

»Was denn?« Sie sah ihn mit erstaunt hochgezogenen Augenbrauen an. »Ihr Europäer habt einfach keinen Sinn für den richtigen Moment.«

»Och nee, jetzt komm mir nicht wieder mit deinem asiatischen Hokuspokus!«

»Wenn die Lotosblüte über dem Milchkaffee kreist, apropos«, sie ließ die Karte sinken. »Sollten wir nicht erst einen schönen ebensolchen im Hof zu uns nehmen?«

Libuda verdrehte die Augen.

»Oder lieber erst später?« Sie sah ihn unschuldig aus ihren schwarzen Augen an wie ein japanisches Schulmädchen. »Es gab übrigens auch guten Kaffee gestern Abend. Ich hatte ja befürchtet, es gebe grünen Tee.«

»Gestern Abend, genau«, Libuda leckte sich über die Lippen, »genau darum sind wir hier.« Er sah sie an. Als sie schwieg, räusperte er sich und fuhr fort: »Du hast also jemanden getroffen. Und?« Er trommelte mit den Fingerspitzen auf den Tisch.

Ani zog die Augenbrauen hoch und machte wieder große Augen. »Und du wirst überrascht sein zu hören ...« Sie machte erneut eine kunstvolle, theatralische Pause.

»Es war kein Mann.«

Libuda atmete geräuschvoll aus, während Ani in ihrer Tasche zu kramen begann.

»Sollen wir noch draußen schnell eine rauchen gehen?«

»Wenn du nicht möchtest, dass du noch vor dem ersten Gang an der Speisekarte erstickst, spuckst du es jetzt aus!«

Libuda griff unsanft nach der Karte, und Ani lächelte süß.

»Darf ich?«, fragte sie, nahm ihm vorsichtig die Karte aus den Händen, schlug diese auf und versenkte ihren Blick darin.

»Ich denke, es ist auch ein Hors d'œuvre drin. Frauke war übrigens auch da. Ich nehme die Nummer 23 und du?«

»Frauke war da?« Libuda starrte sein Gegenüber dümmlich an. »Aber wieso?«

»Vielleicht braucht sie Geld? Es war ihr jedenfalls mächtig unangenehm, mich dort zu sehen.« Ani grinste. »Aber ich habe ihr den Gefallen getan, sie gar nicht zu kennen. Ich denke, das spielt dir in die Karten? Sie gehört quasi dir.«

MARTA – 1996. Herbst.

Es war eine Schnapsidee, entstanden beim Doppelkopfabend, einem der vielen Abende am Boxgraben, an denen die fünf Frauen an dem runden Tisch in Martas Wohnung im dritten Stock zockten und soffen und qualmten, bis keine mehr wusste, wer eigentlich mit wem gespielt hatte.

»Wer hatte noch mal die Kreuz-Dame?«, nuschelte Elli, während Ruth versuchte, die Punkte zu zählen.

»Egal, wir haben auf jeden Fall gewonnen, Schätzelein!«

»Ich denke, ich habe mit Ruth gespielt«, protestierte Marie und legte den Arm um Ruth, die nur mit Mühe den Kartenstapel festhalten konnte.

»Quatsch! Gewonnen gegen die Alten.«

»Selber Quatsch! Ihr wart die Alten.«

»Ruth! Waren schon die Kreuz-Damen im Stapel?«

»Jetzt hast du mich wieder rausgebracht!« Ruth riss die Augen auf, um sie gleich darauf wieder zusammenzukneifen. Sie blickte durch den Qualm zum Fenster, sah aber nur tiefschwarze Nacht dahinter lauern. Instinktiv zog sie die Schultern hoch, als würde sie frösteln.

»Mädels, wir müssen mal lüften. Das ist ja wie in einer Pokerhöhle in Las Vegas.«

Sie wollte die Karten weiterreichen, aber dann glitten sie ihr aus der Hand und segelten ins Dunkle auf den Dielenboden. Ruth ließ den Kopf theatralisch nach unten sinken, und ihre Freundinnen johlten auf vor Lachen.

Marta kam, zurück vom Nikolaus Grill, gerade die Treppen wieder hoch und schloss schnaufend die Tür, während die voluminöse Tragetasche an ihrer Hand bedrohlich schwankte.

»Mädels …«, begann sie, während sie sich wie ein nasser Hund schüttelte, aber keine hörte ihr zu.

»Meine Damen!« Sie ließ die Flaschen in der Tasche aneinanderklirren. Augenblicklich kehrte Ruhe ein.

»Meine Damen, ich habe da eine Idee.«

Und Marta war es, die zuerst diese Idee aussprach, wenngleich später immer alle behaupteten, das seien sie alle gewesen. Noch später wollte gar keine mehr etwas damit zu tun gehabt haben, im Gegenteil sogar dagegen gewesen sein.

Marta aber hatte damals stets die verrücktesten Ideen gehabt, denn sie suchte nach der einen Sache, die genau für sie gedacht war auf der Welt. Genau ihr Ding. Martas Ding. Martas Masterplan. Aber es waren eben immer verrückte Sachen. Ideen, mit denen man nur leben konnte, wenn der Retsina oder der Vinho Verde einem den Wahnsinn ins Gehirn geträufelt hatte. Ideen, Sachen, Irrsinn, der nicht realisierbar war, nichts für das banale Leben taugte. Marta wollte das meist nicht wahrhaben und verteidigte dann stur ihre Ausgeburten. Eigentlich aber war sie darüber auch verzweifelt, tief im Innersten, aber das merkte keine, sollte keine merken. Noch nicht, und später war es dann zu spät.

Aber sie waren damals so voller Überschwang, Hormone, Ideale, Leidenschaft, was auch immer, wie das eben so ist mit gerade erreichter Volljährigkeit, wenn man erwachsen ist, aber nichts anderes zu tun hat, als allen zu zeigen, dass man nie erwachsen werden, nie dazugehören will. Darum kriegten sie das gar nicht mit. Das, was da in Marta brodelte.

Dazu waren sie ja eigentlich alle immer noch und viel zu sehr auf der Suche, auch wenn sie alle studierten – und damit offiziell ein Ziel für ihr zukünftiges Leben angegeben hatten. Ob Diplom oder Magister oder Staatsexamen.

Marie ... Marta ... Ruth ... Elli ... Patrizia ... Ob an der Uni oder am Leben – alle studierten. Marta vielleicht besonders, denn sie hatte diese Idee. Der erste Schritt zu ihrem Masterplan.

KAPITEL 21

Irgendwo auf Texel

Ein Blöken vom Deich war der einzige Laut, der zu hören war.

Gleich darauf fiel das zweite, dann das dritte Schaf ein.

Eine Möwe landete elegant zwischen ihnen auf der schrägen Grasfläche.

Seltsam verloren zog der einsame Mast eines Segelschiffes wie in Zeitlupe vorbei.

Dafür hatte die Frau aber keinen Blick. Sie strich sich eine Haarsträhne hinters Ohr und starrte auf eine Karte, die sie auf ihren Knien ausgebreitet hatte. Mit dem Finger fuhr sie den Deich entlang, bis zu der Stelle, wo der alte Bunker eingezeichnet war.

Hier musste es ungefähr gewesen sein.

Irgendwo mitten auf dieser oder einer der anderen Schafswiesen.

Vor sechsundsiebzig Jahren.

Sie schlug das alte Buch auf.

Het oranje dagboek.

Mijn lieve kind,

ich schreibe diese Zeilen für Dich auf, weil ich nicht weiß, ob ich es Dir eines Tages erzählen kann. Es ist alles derart unsicher. Was mit uns wird, aus uns wird, aus Dir wird. Noch leben wir alle …

Womit fange ich an?

Womit es alles anfing …

Es war der 10. Januar 1945. Es war ein Mittwoch. An dem Tag sind die neuen Hilfstruppen angekommen: Georgier. Die Ablösung für die Kaukasier. Manche hatten noch die Uniformen der Roten Armee am ausgemergelten Leib, andere waren bereits in deutsche Wehrmachtsuniformen gesteckt worden. Allen gemeinsam war ihre Herkunft: Georgien, die Heimat Stalins, des großen Widersachers des größenwahnsinnigen Führers der Moffen, dessen Unglücksstern mit jedem Tag weitersank. Und schneller. Leider nicht schnell genug. Nicht für unser Texel. Nicht für die Menschen, die auf unserer Insel lebten, ob freiwillig oder gezwungen.

Ich war neunzehn Jahre alt, und es hieß, der Krieg sei bald zu Ende. Auf unserer Insel hatten wir nicht allzu viel davon mitbekommen. Der Krieg, also das, was ihn eigentlich ausmacht, nämlich das unselige Schießen, Morden und Töten, war fast spurlos an Texel vorbeigezogen wie die Regenwolken, die sich meist lieber auf dem Festland austoben. Unser Land, het Koninkrijk der Nederlanden, hatte schon vor langer Zeit kapituliert, und dann waren die Deutschen irgendwann auch zu uns auf die westlichste aller friesischen Inseln gekommen. Der erste Deutsche hatte, so erzählten es die älteren Insulaner, fünf Jahre zuvor seine Füße in den dicken Stiefeln auf unsere Insel gestellt, sie in Augenschein genommen und offenbar für gut befunden. Wenig später waren die anderen einmarschiert in ihren Uniformen. Es waren ein paar ältere Männer, vor allem aber ganz viele sehr junge, blasse Kerle, die, so sagten es unsere Leute, noch nie einen Schuss an der Front abgefeuert hatten. Und die Front war ja nun beinahe überall.

Kurz darauf begannen sie zu bauen. Die ganze Küste entlang, vor allem oben am Leuchtturm und unten gegenüber vom Festland bei Den Helder, befestigten sie die Dünen. Meterdicke Mauern zementierten sie dort hinein. Metertief gruben sie ihre Kanonen, ihre Geschützbatterien in den Sand. Offenbar befürchteten sie, dass ihre Gegner, die sich mittlerweile verbündet hatten, von der See aus ihr untergehendes Reich angriffen und die besetzten Länder zurückeroberten. Von tausend Jahren war schon lange nicht mehr die Rede. Es hieß, es könnte schon in ein paar Wochen vorbei sein, aber sie bauten Wände, Decken und Böden so dick wie für die Ewigkeit.

Und in diesen Bunkern verschanzten sie sich und horteten Waffen, Munition und Sprengstoff. Ab und zu übten sie, marschierten, salutierten, gruben sich im Sand ein. Die meiste Zeit aber hatten sie nichts zu tun, und aus lauter Langeweile machten sie das, was jungen Kerlen eben einfällt, meist Unfug. Manche machten Musik, die anderen Sport, und da wir auf einer Insel mitten im Meer waren, machten sie Wassersport. Der Wildeste unter ihnen fuhr sogar Wasserski. Auf einem abgesägten Rotorblatt einer abgeschossenen englischen Spitfire, so hieß es, stand er und raste über die Wellen. Er sah wirklich elegant aus, muss ich zugeben.

Meine Eltern hatten mich natürlich immer gewarnt vor den Deutschen. Sie waren ja unsere Feinde. Aber diese jungen Kerle, sie hatten ja nie auf einen von uns geschossen. Die meisten von ihnen hatten wohl überhaupt noch nie auf irgendetwas geschossen. Höchstens auf leere Dosen, wenn sie übten. Und irgendwie waren sie auch jung und allein. So wie wir. So wie ich. Manchmal saß ich stundenlang an unserem alten Klavier, das in einer Ecke in der Kneipe stand, und spielte. Ich klimperte irgendetwas und vergaß die Zeit dabei, ich vergaß alles, saß nur da, meine Finger bewegten sich, und ich träumte. Oft spielte ich wohl etwas von Bach, das hatte ich kurz vor Ausbruch des Krieges gelernt. Eigentlich wollten wir keine Musik machen, solange die Besatzer auf Texel waren, und Bach war schließlich auch ein Deutscher. Aber mein Vater hörte mich gerne spielen, besonders Bach, und also sagte er nichts. Nur einmal hörte ich, wie Hollerbeek, unser Nachbar, zu ihm sagte: »Marie sollte in diesen Zeiten keine Musik spielen! Schon gar nicht diesen Bach!« – »Warum, Piet? Glaubst du, Bach war auch ein Nazi?«

Eines Tages, ich hatte wieder ein Präludium geklimpert, da stand plötzlich dieser Deutsche im Raum, nur einen Meter hinter mir. Ich hatte ihn nicht kommen hören. Ich drehte mich erschrocken um, aber er machte große Augen, hob entschuldigend die Hände und ging zwei Schritte zurück. Dann legte er einen Finger an seinen Mund und bat mich mit einer sehr eleganten Geste und Verbeugung, die ich mal in einer Illustrierten über Fürstenhäuser gesehen hatte, weiterzuspielen. Als ich zunächst zaghaft, dann immer lebhafter zurück in das Stück fand, hörte ich plötzlich seltsame Töne hinter mir. Ich drehte mich langsam in seine Richtung, spielte dabei weiter und sah, dass er mit geschlossenen Augen Mundharmonika blies und sich dabei leicht mit dem Oberkörper im Takt wiegte.

Glaube mir, mein Kind, in genau diesem Augenblick verliebte ich mich in ihn. Du magst es lächerlich, vielleicht auch kitschig finden, aber genau so war es.

Ich verliebte mich in einen von unseren Feinden.

Wir konnten ja nicht ahnen, dass noch Schreckliches passieren sollte.

Wir konnten ja nicht ahnen, dass der Krieg ausgerechnet bei uns länger dauerte als auf der übrigen Welt.

Wir konnten ja nicht ahnen, dass noch derart viel Blut in den sandigen Boden fließen sollte in unserer kleinen Welt.

KAPITEL 22

Nachmittag
Aachen, Bachstraße, Wohnung von Matteo und Frauke Buck

Als sie die Tür öffnete, trug sie ein labbriges T-Shirt und konnte nicht verbergen, dass sie nicht wirklich überrascht war, ihn zu sehen.

»Ist Matteo da?«, fragte Libuda mit Unschuldsmiene.

»Der ist arbeiten.« Frauke Buck verdrehte die Augen.

»Ach, stimmt ja ... die werktätige Bevölkerung.« Libuda grinste. »Und mein Patenkind?«

»Auch Marie ist außer Haus.«

»Okay.« Libuda räusperte sich umständlich. »Du weißt schon, warum ich hier bin?«

»Konnte Ani, die alte Klatschbase, also wieder nichts für sich behalten.« Frauke schnaubte. »Schweigen ist Gold – den Spruch gibt's wohl nicht bei den Schlitzaugen, oder was?«

»Wer pokert, darf nicht nur auf die Karten in der eigenen Hand schauen, oder? Sagt das nicht eine alte asiatische Weisheit?«

»Ganz toll, muss ich mir merken.« Frauke drehte sich um und schlurfte ins Haus. »Sag schon: Was willst du?«, fragte sie über die Schulter, bevor sie kurz ins Bad verschwand.

»Informationen. Ein guter Ermittler will immer nur Informationen.«

»Und wenn ich keine habe«, kam ihre Stimme durch die angelehnte Tür, »oder sie dir nicht gebe?«

»Dann müsste ich deinen Mann fragen, ob ihr geerbt habt oder ob er weiß, dass seine Frau das Haushaltsgeld verzockt.«

»Ich arbeite auch«, schnaubte Frauke aus dem Bad.

»Und das Geschäft mit den Kindergeburtstagen brummt derart, dass du 5050 Euro übrig hast?« Libuda lehnte sich auf dem Stuhl zurück, der ihm nicht angeboten worden war.

»Das nennt man Erpressung, oder, du Sittenwächter?« Sie erschien wieder in einem anderen Shirt, jetzt allerdings ohne BH drunter. Ihre Nippel lachten Libuda formvollendet an durch den dünnen Stoff, der ihre Rundungen überdeutlich abzeichnete, und dann lächelte sie ihn unschuldig an. »Hier sind meine Augen, Officer.«

»Sag mal …«, räusperte sich Libuda.

»Warst du nicht Matteos Trauzeuge und der Pate unseres Kindes, des Kindes deines besten Freundes?« Frauke atmete tief in ihre oberen Regionen ein. »Also tu mal nicht so! Sonst kümmere ich mich mal um deine dunklen Geheimnisse.«

Libuda öffnete den Mund.

»Kaffee?«, kam ihm Frauke zuvor. »Oder gleich 'n Bier? Ist ja schon beinahe dunkel.«

Beide sahen kurz nach draußen in die Sonne. Dann lachten sie sich an.

»Zu meinen Geheimnissen kannst du mir gerne etwas erzählen, aber das müssen wir leider verschieben.« Libuda setzte ein ernstes Gesicht auf. »Jetzt bin ich in einer anderen Mission hier.«

»Ist ja schon gut. Also Kaffee.« Frauke machte sich an der Maschine zu schaffen. »Was willst du wissen?«

»Das Übliche: Wer? Was? Wann? Wo? Wie und warum?«

Frauke knallte ihm eine Tasse vor die Nase und drehte wieder ab.

»Okay. Seit wann läuft der Herzkreis?«

»Seit … keine Ahnung mehr, seit Ewigkeiten treffen wir uns mal hier, mal da, nur nicht hier«, Frauke seufzte bei der Erinnerung. »Aber nun kommt ja bald der große Tag.«

Libuda sah sie verständnislos an.

»Die Schenkung!« Frauke betonte jede Silbe. »Die Sterntaler werden ausgeschüttet, und die Sterntalerin wird, wie ich hörte, etwas geradezu Göttliches für uns kochen.«

»Na ja, für 5050 Euro darf man schon einen Zweigänger erwarten, oder?«

»Das genau ist es!« Frauke schnaubte verächtlich. »Typisch Mann: immer nur auf das Materielle fixiert, Gewinnoptimierung, Profitstreben. Dabei geht es nicht um das Nehmen. Das Geben, das ist es. Darum dreht sich alles.«

»Ach, du hast also doch die 5050 übrig und weißt nicht, wohin damit? Und die Sterntalerin unterstützt damit später Greenpeace oder die kurdischen Freiheitskämpferinnen, oder was?«

»…«

»Kommen wir noch mal zum ›Wer?‹ Wer ist denn nun alles dabei? Und wenn's geht, mit bürgerlichem Namen, also keine esoterischen Pseudonyme oder ähnlichen Chichi, wenn's beliebt.«

»Vielleicht auch gleich die Telefonnummern?«

»Das wäre sehr charmant.«

»Machst du auch noch was selber, du Ermittler?«

»Das obliegt leider meiner Schweigepflicht.« Libuda trank seinen Kaffee aus und entnahm seiner Tasche einen Block nebst Stift. »Ich wäre dann so weit.«

»Ani kennst du ja, die war als Gast mit, nämlich von ihrer Nachbarin Patrizia. Wo die wohnt, weißt du ja sicher.« Frauke schenkte sich Kaffee nach, ohne Libuda etwas anzubieten. »Dann hätten wir da noch Ruth Gerresheim, Elli Stork und eben die Neuen.«

Libuda nickte ihr auffordernd zu. »Die da heißen?«

»Antje, Sabine, Cathleen, Susanne, Slavica, Aline«, Frauke machte eine Pause, »und die anderen hießen, glaube ich, Andrea und Claudia.« Sie strahlte Libuda triumphierend an.

»Haben sie auch Nachnamen?«

»Aber sicher doch, Herr Wachtmeister: Muschal, Stahl, Jansen und Pollmann. Wenn ich mich nicht irre. An die anderen kann ich mich beim besten Willen nicht erinnern, kenne sie vielleicht auch gar nicht. Wir duzen uns, weißt du?«

Libuda verdrehte die Augen.

»Und außerdem waren auch nicht alle da. Aber entschuldigt wegen Babysitter krank, Kind krank, Mann krank. Das Übliche.« Frauke lächelte in sich hinein, als bemerke sie Libudas Ungeduld gar nicht.

»Tja, und eine fehlte.« Wie aus dem Nichts kam das.

Frauke genoss Libudas Anspannung und kostete ihre Kunstpause weidlich aus. »Noch einen Kaffee? Oder jetzt vielleicht ein Bier?« Sie sah ihn aus unschuldigen großen Augen an und nestelte an ihrem Shirt, bis sie Libudas Augen wieder an die richtigen Stellen gelenkt hatte.

»Frauke«, räusperte der sich, »bitte!«

»Was? Ach so, ja, die fehlende Frau, the missing miss«, sie lachte über ihren Scherz und sagte dann ohne weitere Einleitung und Aufforderung leichthin: »Marie Schornstein.«

»…«

»Womit dann die Blaue Hand, a mão azul, komplett gewesen wäre, also die vier übrig gebliebenen Finger.«

»Und der ganze Hokuspokus hat jetzt bei dieser Patrizia Mangold stattgefunden?« Libuda starrte auf seinen Block und dann wieder auf Frauke.

»Die Generalprobe, ja.« Frauke verstummte wieder.

»Und die Schenkung selbst?«

Sie sah ihn mit großen Augen an.

»Frauke, bitte! Ich möchte dir nicht drohen, aber wie leicht verplappert man sich mal.«

»Matteo habe ich alles erzählt.« Sie sah Libuda tief in die Augen und zog die Brauen dabei hoch.

»Wann und bei wem?«

»Ich muss jetzt los, mein Kind abholen.«

Huldvoll lächelte sie ihm zu.

KAPITEL 23

Bismarckstraße

Libuda drückte auf den dritten Klingelknopf von unten. Laut und vernehmlich hörte er es zwei Stockwerke weiter oben läuten. Wenig später summte der Türöffner, und Libuda betrat das alte Haus. Augenblicklich umflutete ihn das typische Flair von Feuchtigkeit, Staub und Kohl, als er die Stufen hinaufstieg.

Ein wirrer Lockenkopf blickte aus leicht geröteten Augen aus der bestimmt an die drei Meter hohen Flügeltür.

»Ja bitte?« Sie hatte offenbar mit jemand anderem gerechnet.

Libuda hielt wieder seine beeindruckende Karte direkt vor die Augen der Frau. Zu nah und zu schnell, als dass diese in dem schummrigen Hausflur wirklich etwas darauf erkennen konnte.

»Frau Mangold?« Er nestelte an seiner Brille und deutete eine Verbeugung an. Sie nickte unwillkürlich.

»Ich komme im Namen der Sozietät König. Meine Mandantschaft ist auf der Suche nach Marie Schornstein.«

Er machte eine Kunstpause, in der ihn die Frau mit großen, braunen Augen anschaute und seufzte. »Marie«, hauchte sie fast lautlos.

»Exakt. Sie, Frau Mangold, kennen also Frau Schornstein?«

»Ja, und wir … ich suche sie quasi auch.«

»Dann haben wir ja etwas gemeinsam und sind quasi Verbündete.« Libuda zauberte ein Lächeln in sein Gesicht.

Nebenan öffnete sich eine Flügeltür, und eine alte Frau mit weißem Dutt schaute mit strahlend blauen Augen heraus.

»Guten Tag, Frau Mangold. Heute keine Arbeit?« Sie wandte den Blick mit einem scheuen Lächeln Libuda zu. »Guten Tag, Herr …«

»Einen wunderschönen guten Tag! Frau Plum, nehme ich an?« Libuda verbeugte sich tief.

»Richtig, junger Mann«, strahlte sie. »Woher wussten Sie …?«

»Wir gehen dann besser mal rein!« Mit einem Mal kam Bewegung in die Frau. Mit einem Satz war sie über die Schwelle, und Libuda beeilte sich hinterherzukommen, bevor sie die Tür wieder schloss. Er folgte ihr in eine Wohnung mit Räumen, deren Decken bestimmt dreieinhalb Meter hoch waren. In einem großen Raum, dessen Wände bis fast zur Decke mit Büchern übersät waren, ließ sie sich in einen altmodischen, abgewetzten Ohrensessel fallen, wobei sie vorsichtig ein Buch beiseiteschob und Libuda mit einer müden Geste einen Platz in einem kleineren, nicht minder alten Sessel gegenüber anbot.

»Sie suchen also Marie?« Sie tastete wieder nach dem Buch. »Warum noch mal? Und für wen war das noch gleich?«

»Interessantes Buch übrigens.«

»Sie kennen es?«

»Darf ich mal sehen?«

Sie reichte Libuda den Band, und er nahm ihn sehr vorsichtig an, als handele es sich um eine mittelalterliche Handschrift.

»Oh, es erinnerte mich vom Einband her an einen Lyrikband von …« Er zupfte an seiner Unterlippe, wuselte dann durch seine akkurat liegenden Haare. »Ich vergesse leider immer wieder fast alles, Autor, Titel … nur das Gefühl, das beim Lesen entstand, das bleibt mir erhalten«, er schüttelte leicht den Kopf, »daher kann ich Bücher immer wieder lesen und mich überraschen lassen. Kennen Sie das?«

»Zum Glück nicht. Ich lebe von Büchern.«

»Sie sind Schriftstellerin?«

»Nein, Buchhändlerin.«

Libuda hob den Blick und ließ ihn über die Wände mit all den Buchrücken schweifen.

»Sie sind aber nicht wegen der Bücher gekommen«, nahm sie den Faden wieder auf und schaute ihn mit hochgezogenen Augenbrauen an.

Er räusperte sich umständlich. »Nein, natürlich nicht. Leider nicht. Vielmehr handelt es sich um eine Erbschaftsangelegenheit, über deren Details zu sprechen ich, Sie werden verstehen, nicht befugt bin. Nur so viel, Frau Mangold: Es handelt sich um einen nicht unbeträchtlichen Gesamtbetrag, dessen Nutznießerin zweifelsohne Frau Schornstein ist, derart wurde es notariell verfügt.« Libuda machte eine bedeutsame Pause. »Darf ich fragen, in welchem Verhältnis Sie zur gesuchten Person, respektive der Haupterbin stehen?«

»Darf ich Sie im Gegenzug mal fragen, wie Sie grade auf mich kommen?« Ihre Stirn zog sich in Falten.

»Das haben meine bisherigen Recherchen ergeben, über deren Details zu sprechen ich leider, Sie werden verstehen …« Libuda lächelte sie an, während er die Arme ausbreitete.

»… Sie nicht befugt sind«, ergänzte Patrizia Mangold, und sie erwiderte sein Lächeln mit einem leichten Anheben ihrer Mundwinkel. »Und ich sehe mich leider nicht, Sie werden verstehen, in der Lage, Ihnen diesbezüglich weiterzuhelfen, Herr …«

»König.«

»Warum sucht denn die Polizei nicht nach Frau Schornstein? Wäre das nicht deren originäre Aufgabe?«

»Sehr richtig.« Libuda nickte eifrig. »Sollte man meinen, aber die Polizei erhält erst ein Mandat, wenn Grund für eine kriminelle Handlung vorliegt, ergo: Indizien vorliegen, wonach die vermisste Person nicht freiwillig verschwunden ist.«

Libuda sah die Frau gegenüber lange an, die daraufhin erneut nach dem Buch griff und sich räusperte.

»Da dies nicht der Fall zu sein scheint, muss Frau Schornstein mithin freiwillig ihren bisherigen Lebensmittelpunkt verlassen haben.«

»Oder auch nicht«, murmelte die Frau, um gleich darauf wieder zu verstummen.

»Sie meinen …«

»Ich habe jedenfalls Gründe, über deren Hintergründe zu sprechen, Sie verstehen …«, sie lächelte fast unmerklich, »ich habe jedenfalls Gründe zu der Annahme, dass Marie nicht ganz freiwillig …« Sie bis sich auf die Lippen. »Aber sie hätte gestern Abend hier bei mir sein sollen. Sein müssen. Es war wichtig, aber sie ist nicht erschienen. Sie geht auch nicht ans Telefon. Sie reagiert auf gar nichts. Ich verstehe das nicht. Sie ist sonst nicht so.«

»Könnte sie nicht einfach weggefahren sein? Ein wenig Urlaub?«

Patrizia Mangold warf ihm einen erbosten Blick an den Kopf und schnalzte mit der Zunge. »Dann hätte sie eine Nachricht geschickt.« Sie schüttelte die Locken. »Es war ein exorbitant wichtiges Treffen. Zur Vorbereitung.« Sie verharrte einen Moment und starrte wieder auf das Buch. »Ist ihr Auto noch da?«

»Was ist das denn für eine Marke? Haben Sie das Kennzeichen?«

»Nein, aber es ist ja nicht zu übersehen, und sie parkt quasi immer an der gleichen Stelle. Sie fährt ja auch nicht viel.«

»Und könnten Sie mir diese Stelle nennen, denn es grenzt ja fast schon an ein Wunder, dass jemand in Aachen überhaupt einen Parkplatz findet?«

Sie sah an ihm vorbei auf die Bücherwand, schien in Gedanken versunken. Ihr Atem ging langsam und regelmäßig, aber ihre Lider flatterten bisweilen. Offensichtlich suchte sie nach etwas. Libuda wollte nicht warten, bis die Buchhändlerin vielleicht wusste, was sie suchte. Oder bis er selber damit anfing.

»Und dann darf ich Sie auch noch fragen, was macht Frau Schornstein? Womit verbringt sie ihren Tag? Ich frage bewusst nicht nach dem, was man gemeinhin den Beruf nennt, denn der ist vielleicht, ich behaupte sogar oft, nur die Bezeichnung für das, womit ein Mensch sein Geld verdient, sein materielles Überleben an sich, das Existenzielle jedoch …« Libuda atmete tief ein und sah seinem Gegenüber direkt in die Augen, die mit einem Mal eigentümlich zu glänzen begannen.

Patrizia Mangold senkte den Blick und kaute ein wenig auf ihrer Unterlippe, während sie murmelte: »Das, wo die Seele dabei ist.«

»Das, was man für sein Leben hält.«

»Das, wofür man morgens eigentlich aufsteht.«

»Das, was man für seine eigentliche Berufung hält.«

»Das, was einen dazu bringt, immer weiterzumachen, auch wenn man am Boden liegt.«

»Das, wonach man vielleicht ein Leben lang auf der Suche ist.«

»Das, von dem man vielleicht nicht einmal weiß, was es denn eigentlich ist.« Patrizia Mangold atmete sehr lange und hörbar aus, bis ihr Mund in einem »O« verharrte.

»Verstehen Sie, ich sammle, mehr oder weniger für eine private Forschung, was Menschen wirklich machen wollten aus ihrem Leben und was dann später daraus wurde.« Libudas Stimme klang heiser. »Vielleicht ist ein gesuchter Mensch in diesem Leben verloren gegangen, und er lebt jetzt quasi richtig.«

»Marie wollte immer Fotografin werden. Schon als man das Foto noch mit ›Ph‹ schrieb.« Patrizia seufzte. »Sie wollte etwas … etwas zeigen, etwas, das keiner sieht, das nicht Offensichtliche, welches sich dahinter verbirgt. Und ist in einer Werbeagentur gelandet, bei den Kreativen, wie es immer heißt.« Sie schnaubte.

Libuda sah einen Moment aus dem Fenster. Am Himmel, der sich in einem makellosen Blau zeigte, zogen ein paar unscheinbare wattige, ausgefranste Wolken vorbei. Beinahe sah es aus wie die Brandung am Meer.

Patrizia folgte seinem Blick. Ihre Mundwinkel wanderten in der Geschwindigkeit der Wolken in die Höhe.

»Das ist eins ihrer Lieblingsmotive. Wolken, Himmel. Aber davon kann ein Mädchen im 21. Jahrhundert nicht leben.«

KAPITEL 24

Försterstraße

Libuda ließ die Tür sacht hinter sich ins Schloss schnappen. An der Klinke außen baumelte immer noch die Werbung.

Er witterte einen Moment. Die Luft in der Wohnung roch frischer als bei seinem letzten Besuch. Er klappte sein Werkzeug zusammen und ließ es in seinen Rucksack gleiten. Die Fenster waren nach wie vor geschlossen, ebenso die Tür zur Dachterrasse. Libuda öffnete sie, trat einen Schritt hinaus und befühlte die Erde im Topf einer Palme. Sie war feucht. Und es hatte seit Tagen nicht geregnet. Das wusste in Aachen jeder genau, wenn es mal keinen Niederschlag gegeben hatte. Keinen Tropfen. Aber vielleicht änderte sich auch das sicher geglaubte Wetter soeben.

Libuda kratzte sich am Kopf. Dann schüttelte er sich leicht und machte sich an die Arbeit. Schon beim letzten Mal hatte er die Kiste mit Altpapier in der Küche durchwühlt. Er packte sie erneut und leerte sie vorsichtig wie ein Archäologe akribisch auf dem Boden aus, ohne die einzelnen Zeitschichten dabei zu verändern.

Wenn man jemanden kennenlernen will, richtig kennenlernen, ohne Geheimnisse, abseits aller Fassade, muss man seinen Müll studieren. Offensichtlich kaufte Madame Schornstein mit Vorliebe bei Rewe am Pontdriesch ein, wo früher mal Delhaize versucht hatte, den Öchern belgo-französisches Lebensgefühl mittels erstklassiger Rotweine einzuflößen, was es aber den deutschen Sparfüchsen und ihrer Geiz-ist-geil-Mentalität offenbar nicht wert gewesen war; Libuda war froh, dass er auf der richtigen Seite der offenen Grenze lebte. Madame Schornstein jedenfalls mampfte gerne Vollkornkekse aus einem umweltfreundlichen Pappkarton, las relativ regelmäßig die *Aachener Zeitung* und die *Aachener Nachrichten*, wechselte diese scheinbar beliebig, am Wochenende las sie die *Süddeutsche* oder die *taz*, die Rechnungen der STAWAG und der Telekom hakte sie offenbar ab, wenn sie bezahlt waren, und warf sie dann ins Altpapier, statt sie abzuheften, und immer wieder mal bestellte sie etwas bei Amazon, was es im normalen Buchhandel nicht gab, und stopfte danach sowohl Verpackung als auch Rechnung in die Kiste.

Relativ weit oben hatte eine gelegen über ein Buch von einem gewissen Dick van Reeuwijk, was sich für Libuda sehr holländisch anhörte, mit dem Titel *Sondermeldung Texel: Aufstand der Georgier.*

Etwas zog sich in Libuda zusammen. Er hatte plötzlich einen Kloß im Hals und wusste nicht, warum. Er kratzte sich am Kopf und versuchte, etwas zusammenzuzählen, was offenbar auf der Hand lag. Nur nicht auf seiner. Er studierte auch noch die anderen Bestellungen, aber es waren meist Fotobücher oder Ähnliches, nichts, was ihm weiterhalf.

Er packte alles wieder in die Altpapierkiste, obenauf den Karton von Amazon, und wollte, nachdem er an der Tür zum Flur gelauscht hatte, gerade schon die Wohnung verlassen, da klappte er mehr unbewusst den Briefkasten auf und ein amtlicher Umschlag fiel ihm vor die Füße. Der Absender war unklar, etwas von Inkasso konnte Libuda darauf entziffern, und zweifellos stammte das Schreiben aus dem anderen benachbarten Königreich, den Niederlanden.

Wenig später hatte Libuda das Schreiben, ohne Spuren zu hinterlassen, geöffnet, abfotografiert und wieder verschlossen. Er wusste jetzt, dass die gesuchte Marie Schornstein vor knapp drei Wochen in den Niederlanden zweiundachtzig Stundenkilometer auf der Nationalstraße N9 statt der erlaubten siebzig gefahren und dabei geblitzt worden war. Das Bild zeigte ohne Zweifel sie, und Libuda wurde mit einem Mal ganz warm, und in seinem Bauch begann ein Kolibri zu flattern. Er räusperte und sammelte sich.

Wenn er sich richtig erinnerte ... Er erinnerte sich aber nicht. Daher warf er zur Sicherheit das Navi auf dem Handy an. Die N9 führte direkt nach Bergen op Zoom beziehungsweise Den Helder. Libuda hatte jetzt das Kennzeichen und die nahezu hundertprozentige Sicherheit, dass seine Zielperson auf dem Weg nach Texel gewesen war oder sich dort zumindest in der Nähe aufgehalten hatte und womöglich noch immer aufhielt.

Er rechnete kurz in seiner Erinnerung nach: Als Marie Schornstein geblitzt worden war, war auch er gerade mit seinem Freund Matteo D. Buck, Frauke und seinem Patenkind Marie auf Texel gewesen.

Da hatten sich die Holländer also Zeit gelassen mit der Knolle? Dauerte wohl doch alles im vereinten und vereinfachten Europa mit der Amtshilfe und Weitergabe von Informationen von einer Behörde zur anderen.

Immerhin hatte die eine Behörde ihn davor bewahrt, die andere anrufen zu müssen: seine Schwester. Seine Stiefschwester. So hatte er immer noch was bei ihr gut, jedenfalls nach seiner Rechnung.

Libuda musste nachdenken. Das konnte er am besten in seinem belgischen Domizil, aber er brauchte seine Unterlagen.

Wenig später schloss er sein Büro auf und holte dort seine Aufzeichnungen.

Wenn er also davon ausging, dass Marie Schornstein noch lebte, konnte er jetzt konstatieren, dass sie mit einem Fahrzeug, das vermutlich ihr eigenes war (denn sonst hätte die holländische Polizei kaum die Post an sie geschickt) und das sie selbstständig gelenkt hatte (denn sie war auf dem Foto zu erkennen), vermutlich freiwillig (man konnte allerdings nicht sehen, ob auf dem Beifahrersitz jemand mit vorgehaltener Waffe gesessen hatte) auf einer niederländischen Straße Richtung Küste gefahren war, möglicherweise nach Texel, denn dort hatte Libuda sie wenig später selbst gesehen.

Was in der Zwischenzeit passiert war, blieb weiterhin ein Rätsel. Offenbar hatte niemand seitdem zu ihr Kontakt gehabt.

Das Einzige, was sicher war: Die Frau, die Libuda auf Texel getroffen hatte, war tatsächlich und wahrhaftig Marie Schornstein – und keine Einbildung oder Traumgestalt (gar seinem Traum entsprungen). Denn Libuda war eine Zeit lang immer wieder in seinen Träumen eine Frau erschienen, und er war stets bitter enttäuscht gewesen, wenn er erwachte und sie langsam verblasste. Wie oft hatte er da versucht, in den Traum zurückzukehren? Aber stets war sie mit einem Lächeln, in dem, so glaubte er, eine Spur Traurigkeit mitschwang, verschwunden. Und dann, als er es beinahe aufgegeben hatte, sie im wahren Leben, dem angeblich wahren, zu suchen, da tauchte sie plötzlich auf, auf dieser westlichsten aller westfriesischen Inseln (passend für einen Westzipfler), und hieß Marie.

Libuda studierte das Foto, das ihm sein Auftraggeber gegeben hatte. Da war sie blasser, ernster und hatte in die Kamera geschaut, als wolle sie das nicht.

Libuda musste unbedingt jemanden finden, der nach ihm Kontakt zu ihr gehabt hatte. Das sah sonst irgendwie merkwürdig für ihn aus. Auch wenn es bisher niemand außer ihm selbst wusste.

Er musste diese Herzkreis-Frauen ausquetschen. Ein anderer Weg fiel ihm erst mal nicht ein. Wieso hatte niemand sie seitdem gesehen? Sie wurde an gleich mehreren Stellen von mehreren Menschen vermisst, aber offenbar hatte niemand eine Ahnung, wo sie sich aktuell aufhielt.

Libuda musste es wohl auf die harte Tour versuchen. Allein schon um seine eigenen Fragen in Schach zu halten. Angriff ist die beste Verteidigung. War das nicht eine alte, unendlich weise asiatische Kriegslist?

AMAZU – 1996. Herbst.

Mädels, es ist super mit euch. Fast so wie früher, als ich noch jung war.«

Höhnisches Gelächter war die Antwort am runden Tisch in der dunkelsten Ecke des Meisenfrei am Boxgraben, Ecke Krakaustraße.

»Und jetzt in deinem reifen Alter, kurz vor der Rente, die Enkelkinder auf dem Schoß ...«

»Ihr wisst, was ich meine«, konterte Elli. »Im Ernst, mir fehlt nur noch eins.«

»Sex and drugs and rock'n roll sind aber drei.«

Elli verdrehte die Augen. Dann breitete sie die Arme aus wie eine Predigerin. »Wir gründen eine Bande.«

»Was?«

»Wir hatten früher immer eine Bande.«

»Ja, ihr wart ja auch zu fünft, oder?«, fragte Ruth und sah dabei ein wenig neidisch aus.

»Ja, genau wie wir jetzt hier. Genau fünf.«

»Wie die fünf Zwerge.«

»Quark! Die waren sieben.«

»Siehste, meine Eltern fanden Märchen doof, geradezu reaktionär, jedenfalls die von den Grimms.«

»Wie die Fünf Freunde«, meinte Patrizia und verdrehte die Augen.

»Und wer ist der Hund?«

»Ihr seid albern!«, maulte Elli.

»Wir können uns ja die Albernen Hühner nennen«, schlug Patrizia vor. »Die Wilden Hühner gibt es ja schon.«

»Hey, kennst du auch alle Kinderbücher?«

Patrizia wollte gerade loszetern, da stand mit einem Mal der bärtige Chef des Meisenfrei an ihrem Tisch. »Ladys, was darf ich euch noch bringen?«

»Mach uns bitte mal fünf ganz wunderbar bunte Cocktails, Paul, okay?«, hauchte Marta und warf ihren Mata-Hari-Blick an. »Am besten mit fünf Zutaten.«

Paul verbeugte sich und entschwand grinsend mit dem Tablett voller leerer Gläser. Die Frauen steckten die Köpfe wieder zusammen.

»Wir sind also ›Die Fünf‹. Klingt ja wahnsinnig originell«, nörgelte Ruth. »Wo bleibt denn der Alkohol? So kann ich nicht arbeiten!«

»Was gibt es denn noch mit ›fünf‹?« Elli hob mahnend einen Finger. »Brainstorming, Ladys!«

»Fünf Finger. Alle fünfe gerade sein lassen.«

»Die fünfte Kolonne.«

»Häh?«

»Das fünfte Rad am Wagen«, ergänzte Marie.

»So fühle ich mich auch langsam«, motzte Ruth.

»Eine Hand.«

»Häh?«

»Na, fünf Finger, das ergibt eine Hand«, strahlte Marie.

»Du bekommst bestimmt mal den Nobelpreis, du Blitzbirne.«

»The hand«, raunte Patrizia geheimnisvoll. »La main. Was für Sprachen können wir noch?«

»Paul?«, grölte Ruth mit ihrer tiefen Stimme durch die Kneipe. »Hast du mal ein Lexikon?«

Paul grummelte etwas in den Bart, wühlte unter der Theke und kam dann, ein kleines gelbes Buch in der rechten Hand triumphierend in die verrauchte Kneipenluft gereckt, an den Tisch. »Hat mal irgendwann so'n Typ hier vergessen.« Er ließ es auf den Tisch fallen. »Schenke ich euch, Ladys.«

Patrizia hatte es sich sofort geangelt.

»Langenscheidts Universal-Wörterbuch Portugiesisch«, las sie vor.

Wenig später blätterten sie, die Köpfe eng aneinander, murmelten, lasen sich gegenseitig vor. Und dann lehnten sie sich mit einem Mal zurück.

»A mão azul. Die Blaue Hand«, hauchte Elli. »Das ist es.«

»Azul ... wunderschön«, nickte Marie.

»Blau wie die Hölle«, murmelte Patrizia.

»Blau wie das Meer und der Himmel über Portugal«, seufzte Marta.

»Abgekürzt ist es auch noch schön: A.M.A.«, schwärmte Elli.

»Oder AMAZU?«, fragte Marie. »Oder AMAZUL ... mit summendem Z.«

»Jetzt brauchen wir nur noch einen geheimen Ort für unsere Treffen«, kam Elli wieder auf den Anfang zurück.

»Sag nicht, wir bauen uns ein Baumhaus und steigen da hoch, um uns vor den bösen Jungs zu verstecken.«

»Willst du auch eine Fahne hissen?«

»Hey, das ist top secret!« Marta hielt den Finger vor den Mund. Die anderen grinsten, aber Marta sah bitterernst in die Runde.

»Gibt es auch Aufnahmerituale? Ich will unbedingt so was mit Blut.«

»Au ja! Und Mutproben! Nachts auf dem Friedhof Leichen ausgraben.«

»Wieso werdet ihr direkt derart präpubertär?«

»Und was ist der Zweck unserer Bande? Der Sinn? Ich meine, verfolgen wir irgendein Ziel? Ist das nicht der Sinn und Zweck einer Bande?« Patrizia zog die Brauen hoch und schüttelte dann, als alle Blicke auf sie gerichtet waren, ihre roten Locken. »Ich meine, um mal aus meinem Proseminar zu zitieren: Was ist, bitte schön, unsere intrinsische Motivation?«

»Ich hätte da was«, mischte sich Marta erstmalig wieder ein. »Und das passt auch zu einer Bande, einer geheimen Bande, deren Mitglieder sich gegenseitig schwören, niemals ein Sterbenswörtchen zu verraten.«

»Was denn verraten? Habe ich da was nicht mitbekommen?«

»Lasst mich mal machen, Ladys.« Marta senkte die Stimme und beugte sich dabei vornüber zur Mitte des Tisches. »Ich muss da noch ein wenig recherchieren.«

»Aber das könnte doch unsere Bande, also AMAZU, direkt gemeinsam machen.« Elli strahlte.

»Unser erster Auftrag, unsere erste Mission«, erstrahlte nun auch Ruth, und Marie und Patrizia applaudierten unisono.

»Mit euch gackernden Hühnern gemeinsam?« Marta schlug sich mit der Hand vor die Stirn. »Dann kann ich ja gleich die Lokalpresse dazu einladen.« Sie schüttelte den Kopf. Ihre Augen leuchteten wie Blaulichter, als sie mit der Faust auf den Tisch haute, dass die Gläser hochsprangen und strammstanden.

»Das ist meine Idee! Also bestimme ich auch die ersten Schritte!« Daraufhin lächelte sie versöhnlich und hob ihr Glas. »Auf unsere erste Mission!«

»Geheime Mission«, murmelte Marie, zwang sich dann aber auch ein Lächeln ins Gesicht.

»AMAZU!«

KAPITEL 25

Viktoriastraße

Der Verkehr brauste um ihn herum und versuchte, ihn zu verschlucken, dann bog er zweimal um die Ecke, und schon wurde es mit jedem Schritt ruhiger, die Stimme der Stadt ebbte ab.

Libuda klingelte, und sofort summte der Öffner. Als er im zweiten Stock die Wohnungstür aufdrückte, drangen ihm aufgeregte, um beinahe eine Oktave erhöhte Frauenstimmen entgegen.

Er trat in den Flur, und noch bevor er in den Raum gegenüber, aus dem die Stimmen kamen, eintrat, fuhr die Frau, die mit dem Rücken zu ihm stand, ihn an: »Na, das wurde ja auch langsam mal Zeit, Frolleinchen! Wo zum Teufel hast du eigentlich gesteckt? Marie ...« Damit wirbelte sie zu ihm herum und erstarrte.

»Wer ... wer sind Sie?«

»Jedenfalls nicht Marie«, entgegnete Libuda ruppig. »Aber genau diese Marie suchen wir, und wir sind sicher, Sie können uns dabei helfen.« Er fixierte die Frau mit den blonden Haaren.

»Ich?« Sie lachte nervös und blickte zu der dunkelhaarigen Frau, die jetzt aus ihrer Erstarrung zu erwachen schien.

»Wie kommen Sie überhaupt hier rein?«

»Durch die Tür.« Libuda lächelte nicht. »Ich habe geklingelt, und irgendjemand hat mir stante pede per summendem Türöffner geöffnet, ohne Fragen zu stellen. Die werde dafür ich jetzt stellen.« Jetzt lächelte er kühl. »Aber ich möchte nicht unhöflich sein.« Er zückte eine kleine in Plastik eingeschweißte Karte: »König mein Name«, und hielt sie den Frauen abrupt jeweils für einen Wimpernschlag unmittelbar vor die Augen, um sie dann ebenso schnell wieder dahin verschwinden zu lassen, wo er sie hergezaubert hatte.

»Im Zuge unserer Ermittlungen sind wir auf Frau Schornstein gestoßen, geboren am …« Er klappte ein kleines schwarzes Büchlein auf und blätterte kurz darin. »Am 15.5.1978, zuletzt wohnhaft in der Försterstraße, richtig?«

Die beiden Frauen nickten mechanisch wie zwei Schulmädchen, die beim Rauchen vom Direktor erwischt worden waren.

»Zuletzt gesehen am 21. Juli. Seitdem verliert sich für uns ihre Spur.« Er lächelte versöhnlich. »Aber jetzt können Sie uns helfen, nicht wahr?«

»Was denn für Ermittlungen?«, fragte die dunkelhaarige Frau mit einer erstaunlich tiefen und dabei warmen Stimme.

»Ich bin natürlich nicht befugt, über laufende Ermittlungen zu sprechen, das kennen Sie aus den Medien, nicht wahr, Frau …?«

»Gerresheim«, hauchte diese mit einer tiefen, warmen Stimme. »Ruth Gerresheim.«

»Danke, Frau Gerresheim«, lächelte Libuda sie an. »Und Sie sind?« Damit wandte er sich der anderen Frau zu.

»Stork. Elli Stork«, beeilte die sich zu sagen und strich ihre blonden Strähnen zurück.

»Und wo ist nun Frau Schornstein? Frau Gerresheim? Frau Stork?«

»Wenn wir das wüssten.«

»Frau Stork«, und das Lächeln gefror in Libudas Gesicht, »Sie betreiben hier ein illegales Glücksspiel.« Stork fiel der

Unterkiefer runter. »Für das interessiert sich bereits die Staatsanwaltschaft.«

Das letzte Wort hauchte er in den Raum, in dem die beiden Frauen die Luft anhielten.

»Aber das interessiert mich nicht. Das ist eine andere Abteilung.« Libuda senkte die Stimme. »Ein kleiner Anruf allerdings, und es wimmelt hier nur so von Polizei. Die interessiert das brennend. Da warten die nur drauf.«

Er zückte beiläufig sein Handy. Die beiden Frauen starrten ihn an. Da packte er das Handy wieder ein und strahlte Gerresheim und Stork an.

»Mich tangiert einzig und allein der Aufenthaltsort von Frau Schornstein. Und da ich denke, dass Sie mit ihr befreundet sind, darf ich, ja muss ich geradezu hinzufügen, dass sie womöglich in Gefahr ist. In Lebensgefahr.«

Gerresheim fasste sich als Erste wieder. »Das ist es ja: Wir warten hier auf sie. Sie müsste seit bestimmt einer Stunde hier sein, so war es ausgemacht beim letzten Treffen. Sie hat ja auch noch das ganze Geld.« Das letzte Wort war kaum vernehmbar, aber da sie abrupt verstummte, schwebte es jetzt mitten im Raum, und sie griff sich in die dunklen Haare, als könne sie damit die Zeit zurückdrehen. Die Stork stöhnte auf.

»Welches Geld?«

»Von der letzten Schenkung«, sprang Elli Stork ein. »Da war sie die Sterntalerin. Und heute ist ja …« Sie brach ab, räusperte sich und starrte angestrengt aus dem Fenster. »Das ist wie bei Marta damals«, flüsterte sie.

»Marta?« Jetzt stand Libudas Mund offen.

»Sie gehörte doch auch zu A mão azul, zur Blauen Hand.«

Dann redeten Stork und Gerresheim aufgeregt auf Libuda ein; als sei ein Damm gebrochen, sprudelten die Worte aus den Mündern der Frauen und überfluteten den Ermittler.

»Moment mal!« Er hob kapitulierend die Hände. »Marta ... die Blaue Hand ... Wo ist diese Marta denn jetzt?«

»Es kam eine Karte. Aus Portugal.«

»Wie?« Libuda zog die linke Augenbraue hoch. »Im Zeitalter der Smartphones.«

»Damals gab es das ja noch nicht«, wandte Stork ein. »In Portugal jedenfalls nicht, denn da musste ja erst noch der Esel durch das Auto abgelöst werden.«

Libuda schlug mit der flachen Hand auf den Tisch, dass die Tassen hochsprangen und die beiden Frauen zusammenzuckten. Umso liebenswürdiger und leiser flötete er danach: »Wollen Sie mich zum Narren halten?«

»Bestimmt nicht«, beteuerte Gerresheim.

»Dann wollen Sie mich beleidigen, immerhin fließt ein Viertel portugiesisches Blut in meinen Adern.« Libuda legte die Hand auf sein Herz.

»Die Karte kam aus dem Alentejo, ich glaube, aus Sines. Damals gab es ja noch richtige Poststempel. Und die Karte war an Marie adressiert.«

»An Marie, na, so ein Zufall.« Libudas Augenbraue wanderte wieder.

»Das habe ich danach auch manchmal gedacht«, ergänzte Stork leise und sah auf den Boden.

Libuda öffnete sein kleines schwarzes Notizbuch. »Ich halte also fest: Eine gewisse Marta ist vor ... vor wie viel Jahren war das?«

»Das muss 1996 gewesen sein.«

»Also eine gewisse Marta ... Sicher hatte sie aber noch einen Nachnamen?«

»Knopp. Marta Knopp«, antwortete Ruth Gerresheim. »Knopp wie *knapp* und *Kloppen* haben wir immer gesagt, damals.«

»Ich konstatiere: Marta Knopp ist vor circa dreiundzwanzig Jahren verschwunden, und als alle dachten, sie sei tot, tauchte eine Karte aus Portugal auf.« Libuda schaute die beiden Frauen mit hochgezogenen Brauen an. »Das war alles? Und niemand hat danach versucht, Kontakt aufzunehmen? Wieso nicht? Was stand denn überhaupt auf der Karte?«

»Eben dass wir sie nicht suchen sollen. Dass es ihr leidtut. Dass sie das aber machen musste.« Gerresheim drehte ihre dunklen Strähnen, blickte nach unten und kaute auf ihren Lippen.

»Und damals ist Ryanair noch nicht für fünfzig Euro nach Lissabon und zurück geflogen«, sprang Stork ihr bei, »und WhatsApp war auch noch nicht erfunden, nicht mal Handys. Und der Alentejo war eine gottverlassene Gegend am Ende der Welt beziehungsweise Europas.«

Libuda blätterte in seinem schwarzen Büchlein, dann starrte er die beiden Frauen an. Seine Wangenknochen traten deutlich hervor, bevor er den Mund doch wieder öffnete. »Diese Marta Knopp ist also seit über zwanzig Jahren verschwunden – und das war's. Und jetzt ist ihre Freundin und Komplizin, muss ich ja sagen, Marie Schornstein also ebenfalls verschwunden. Und jetzt warten Sie auch, ob die vielleicht eine Karte schickt? Vielleicht aus Rio diesmal? Und an wen überhaupt?«

»Natürlich haben wir Marie über alle Kanäle geschrieben. Am Anfang hat sie es offenbar noch gelesen, aber nie und niemandem geantwortet. Jetzt liest sie wohl auch gar nichts mehr.«

»Sie haben also nichts mehr von ihr gehört? Gar nichts?«

Beide schüttelten synchron den Kopf. Ruth Gerresheim versteckte ihre feuchten Augen nicht länger.

»Wenn wir das gewusst hätten …«, murmelte Stork.

»Das mit dem Geld? Ich dachte, es ging um das Geben, das Schenken?«

»Sie müssen nicht zynisch werden! Typisch Mann! Wäre Ihnen natürlich nie passiert, oder?« Die Stork funkelte ihn an.

Libuda trat den Rückzug an und verabschiedete sich höflich. Irgendetwas hatten die beiden vor. Irgendetwas passierte noch. Irgendetwas machte sie nervös – und das waren nicht seine Fragen. Aber das würden sie ihm nicht auf die Nase binden. Für ihn war hier im Moment nichts mehr zu holen.

Sie wollten ihm nichts sagen. Vielleicht hätte er das mit der Staatsanwaltschaft nicht erwähnen sollen? Frauke hatte auch so geheimnisvoll getan. Bestimmt war heute der Große Tag. Der Große Abend. Oder morgen? Nächste Woche? Die nächste Schenkung. Scheinbar top secret. Auch Ani hatten sie nichts verraten.

Libuda enterte seinen Schneewittchensarg und fuhr langsam zurück zu seinem Bach.

Er würde an diesem Abend dem Lauf des Wassers folgen.

Er würde ein hartes Training absolvieren. Schwitzen bis zur Erleuchtung.

Er würde versuchen, Wasser zu werden.

VIERTER TAG

KAPITEL 26

Donnerstag
Försterstraße

Libuda stand sehr früh am Morgen wieder in der ihm immer vertrauteren Wohnung und sah sich um. Im Arbeitszimmer fand er mehrere Kartons mit Zeitungsartikeln. Die meisten waren bereits vergilbt und in einem Layout, das heute keine Zeitung mehr verwandte. Libuda fand keinerlei erhellende Aufschrift auf den Kartons, aber sie waren offenbar streng getrennt, was ihren Inhalt betraf.

Der erste Karton, auf der Vorderseite prangte ein leuchtend blaues »D«, enthielt Artikel über Menschen, die irgendetwas Besonderes machten oder gemacht hatten oder noch machen wollten. Eine beispielsweise hatte ein Katzen-Café eröffnet. Ein anderer Karton, auf ihm prangte ein leuchtend rotes »C«, enthielt Artikel über nicht ganz legale Arten, an Geld oder andere materielle Güter zu gelangen. Die meisten Artikel stammten aus dem Großraum Aachen. Kaffeeschmuggel war noch das Harmloseste, wenngleich nicht Ungefährlichste. Ein weiterer Karton, an ihm leuchtete in Grün ein »L«, sammelte Berichte über andere Länder, darunter auch geradezu historische Schilderungen, teilweise aus dem Krieg und frappierend oft über das Nachbarland in Oranje.

Libuda versuchte, ein System in die vielen Ausschnitte zu bringen, versank aber zusehends im Chaos, als er immer wieder nach Artikeln suchte und einen Zusammenhang herzustellen suchte, der ihm auf der Suche wieder verloren ging.

Er kratzte sich am Kopf, zupfte an seiner Lippe, dann packte er kurz entschlossen die Kartons in eine große Tasche mit der Aufschrift eines schwedischen Möbelhauses, die er in der Küche fand, zog die Tür sacht ins Schloss, schlich die Treppe hinunter und sauste mit seinem Schneewittchensarg über die Grenze zu seinem Domizil.

KAPITEL 27

In der Nähe des Bahnhofs

Im Grunde hatte er immer sein Bestes gegeben. Er hatte alles darangesetzt, ein Mann wie die anderen zu sein, anständig, korrekt, ehrbar, und hatte dafür weder Zeit noch Mühe gescheut.

Nur kann man eben ein vorbildlicher Gatte und Familienvater sein und trotzdem allein in seiner Ecke sitzen und das unbestimmte Gefühl haben, dass dies doch nicht der einzige Lebensinhalt sein kann und man vielleicht noch etwas anderes verwirklichen möchte!

Matteo D. Buck las die Zeilen auf dem weißen Blatt, Format DIN A4, nun schon bestimmt zum dritten Mal. Irgendwie kam ihm das bekannt vor. Das hatte er schon einmal gelesen. Eines Tages, eines fernen Tages. Das hörte sich an wie? Er kniff die Augen zusammen und knetete seine Nasenwurzel. Aber es lag ihm nicht auf der Zunge. Da war nichts außer einem verwandten Gefühl. Wer hatte das geschrieben? Er war sicher, dass die Zeilen ein Zitat waren. Aber von wem?

Aber vor allem: Wie waren sie dahingekommen? Als er vor drei Minuten gekommen war, an seinem geheimen freien Donnerstag, und seinen Platz am Fenster eingenommen hatte, war sein Blick sofort, noch ehe er auf die Gleise hatte schauen können, daran hängen geblieben, denn er hatte es sich zur Gewohnheit gemacht, den Schreibtisch stets akribisch aufzuräumen und die rötliche Mahagoniplatte stets blank zu hinterlassen.

Er leckte den rechten Zeigefinger an und fuhr damit über die Schrift, die sich augenblicklich leicht auflöste und zu einem Aquarell zerfloss. Schön, derjenige oder diejenige hatte einen Tintenstrahldrucker benutzt. Es könnte sein eigener sein, der zu Hause oder der, den er sich für seinen Bau angeschafft hatte, oder irgendein anderer. Hatte Frauke ihn durchschaut? Duck fühlte sich wie früher als kleiner Junge, wenn er beim Wühlen im elterlichen Kleiderschrank auf der Suche nach den Geschenken für seinen Geburtstag beinahe erwischt worden wäre. Er rutschte hektisch auf seinem Stuhl herum und suchte sein Handy in der Arbeitstasche. Es zeigte nichts: kein Anruf, keine SMS. Woher sollte Frauke auch von seinem Bau wissen? Niemand wusste davon, außer natürlich Wolle, aber der war schließlich in Südamerika in seinem Sabbatjahr; nicht mal Libuda wusste davon.

Also wer zum Teufel, und wie zum Teufel, war er hier hereingekommen? Das Schloss war intakt, er hatte zweimal den Schlüssel gedreht wie immer.

Er ging in den kleinen Vorraum. Das klapprige Fenster war nur angelehnt.

KAPITEL 28

Belgien, hinter der deutsch-belgischen Grenze,
Campingplatz, Libudas Caravan

Als er wieder das Rauschen des Baches vor seinem mobilen Holzhaus hörte, atmete Libuda tief durch und stellte die Kartons auf den großen, wettergegerbten Tisch. Er ging die drei Holzstufen hoch, drehte das Gas auf und setzte die Espressokanne auf die kleine Flamme. Während das Wasser erhitzt wurde, drehte er sich eine Zigarette.

Auf dem Tisch türmten sich mittlerweile mehrere Stapel. Libuda schrieb kleine Zettel, die er obenauf legte und mit einem der Steine beschwerte, die er im Lauf der Jahre unter seinem Caravan gesammelt hatte. Auf einem der Zettel stand *Texel*, daneben gab es einen Stapel unter der Überschrift *Portugal*. Auf dem zweifellos höchsten Stapel thronte der Zettel *Aachen*. Darunter häuften sich fast ausnahmslos Berichte über kriminelle Machenschaften.

War Marie Schornstein selber dabei, etwas zu ermitteln? Die Artikel ergaben kein klares Bild, denn sie reichten mehr als zwanzig Jahre zurück, und auch die darin beschriebenen kriminellen Machenschaften unterschieden sich stark voneinander. So gab es keinen Bericht über einen Herzkreis in Aachen, wohl aber gleich mehrere im Nachbarstapel *Köln*. Dort war auch bereits die Staatsanwaltschaft aktiv und verfolgte die einzelnen Herzkreise. In der Stadt dagegen, die so stolz darauf war, den älteren Dom zu haben und damit das deutsche Weltkulturerbe Nummer eins zu beherbergen, schien zumindest in den Zeitungsartikeln nichts darauf hinzudeuten, dass jemand auch nur irgendetwas wusste.

Das Wasser plätscherte ungerührt zwei Meter hinter dem Tisch mit den rätselhaften Artikeln durch den Wald, und Libuda schloss die Augen und lauschte. Und die Erinnerungen traten an die Oberfläche … Das Rauschen … das Meer … Texel … der Sommer … das Strandcafé bei Paal 12 … das Aufleuchten ihrer Augen … ihr Lachen … ihr Verschwinden.

Libuda nippte an dem Kaffee. Er war kalt und bitter. Libuda kippte die dunkle Brühe im hohen Bogen in die leuchtenden Ringelblumen neben dem Tisch. Dann angelte er sich den Tabak, drehte sich ein formvollendetes weißes Stäbchen, und bevor er es in Brand setzte, zog er den Stapel *Texel* zu sich heran.

Es waren ausnahmslos Ausdrucke von Zeitungsartikeln, die nicht aus dem Aachener Blätterwald stammten, sondern auch von der Nordsee kamen, nämlich vom *SPIEGEL* aus der Hansestadt Hamburg. Es ging darin um etwas, das über vierundsiebzig Jahre zurücklag. Denn der Zweite Weltkrieg hatte, was Libuda nicht gewusst hatte, auch auf Texel stattgefunden. Auch hier waren Menschen gestorben, sogar verhältnismäßig viele für solch eine kleine, abgelegene Insel. Und die meisten waren Deutsche gewesen – aber nicht durch die Invasion der Alliierten, auf die sie gewartet hatten, waren sie getötet worden, sondern durch georgische Soldaten in Wehrmachtsuniformen. Und fast alle in einer einzigen Nacht, der »Blutnacht von Texel«, und meist nicht durch einen Schuss, sondern lautlos durch eine Klinge, ein Bajonett, ein Rasiermesser.

Libuda ließ den Artikel sinken und sah einem Ast nach, der mit einer gabelförmigen Biegung seiner oberen Zweige wie ein Mensch mit erhobenen Händen im Bach vorbeitrieb. Ein Schauer lief Libuda über den Rücken.

In der Nacht zum 6. April 1945 hatte ein gnadenloses und zunächst fast lautloses Gemetzel begonnen auf der bis dahin so friedlichen Insel. Blut hatte den Sandboden getränkt, später donnerten die Geschützbatterien statt auf die See ins Landesinnere. Während überall in Europa der Weltkrieg am 8. Mai 1945 endete, tobte auf Texel das »Blutbad im Dünenparadies« unerbittlich weiter. Bis endlich am 20. Mai die Kanadier landeten. Da waren fast dreitausend Menschen auf Texel gestorben: 470 Georgier. 2347 Deutsche. 117 Texelaner.

Und dann vergaß die Welt die Schlacht auf der kleinen Insel wieder. Und die Texelaner verdrängten sie mit der Zeit. Bis nur noch der kleine georgische Friedhof daran erinnerte. Die deutschen Touristen, welche die Insel seit Jahrzehnten besonders im Sommer besuchen, hatten noch nie davon gehört, gewusst oder etwas gesehen. Auch Libuda nicht, als er vor wenigen Wochen dort mit seiner Adoptivfamilie gezeltet und Marie Schornstein getroffen hatte. Bei Letzterem war er sich allerdings gar nicht mehr so sicher.

Hatte er sie wirklich dort kennengelernt? War das wirklich die Marie Schornstein gewesen? Die, die jetzt nicht nur von ihrem Bruder, sondern auch von ihren Freudinnen und Glücksspielkomplizinnen dringend gesucht wurde? Was hatte sie mit dieser Georgier-Geschichte zu tun?

Libuda überlegte, ob Alkohol hilfreich sein könnte. Zwischen dem dichten Blätterdach war es fast so dunkel wie sonst in der Dämmerung.

Kurz ging er in seinen Caravan, nahm die Tasse mit. Die Kaffeezeit war vorüber. Härtere Getränke waren angesagt. Aber Libuda schüttelte den Kopf, als sei er in einer inneren Diskussion. Wenig später kam er mit einem Glas und einer Flasche zurück. Mate-Tee.

Als der erste Schluck seine Kehle hinuntergeperlt war, wühlte er noch einmal in dem *Texel*-Stapel. Und er fand einen kleinen Schnipsel. Ohne Datum. Ohne Quellenangabe. Er fühlte sich weitaus abgegriffener an als alle anderen. Jemand musste ihn oft in der Hand gehabt haben. Das fleckige Papier war wellig wie die Oberfläche der Nordsee, und die Buchstaben darauf orakelten, mutmaßten über einen Schatz der Nazis, den diese dermaleinst verstecken wollten. Juwelen. Vermutlich aus Antwerpen. Eine kleine feine, leicht zu versteckende Beute. Jedes Funkeln wog nur ein paar Gramm, war aber wohl Tausende an Scheinen wert. Zigtausende. Ein Säckchen mit Edelsteinen. Leicht zu transportieren. Keine dicken, massiven Goldbarren. Filigran, durchscheinend und daher fast unsichtbar. Dabei härter als jedes glänzende Metall. Diamonds Are a Girl's Best Friends, sang Marilyn gerade in Libudas Kopf. Da las er, wo die Steine zuletzt geortet worden waren: 1945, bei Kriegsende beim Kommandeur der Deutschen auf Texel.

Mechanisch steckte Libuda eine Selbstgedrehte in Brand, ohne dass er hätte sagen können, wer die gerade für ihn produziert hatte.

Erst vor Kurzem hatte er gelesen, dass sie irgendwo in Polen fieberhaft nach einem Nazischatz suchten: Ein ganzer Zug sollte auf einem geheimen Gleis in einem zugemauerten Tunnel unter der Erde versteckt sein. Bis unter die Waggondächer gefüllt mit Gold. So hofften es die Entdecker, die den Zug angeblich aufgrund dubioser Quellen, die preiszugeben sie sich weigerten, dort geortet hatten. Die ersten Schaulustigen waren bereits angereist, obwohl der Ort geheim gehalten werden sollte, da die polnische Regierung noch um eine Antwort rang: Sollte sie das Aufbrechen der unterirdischen Strecke genehmigen, die Bergung erlauben, wenn es denn überhaupt etwas zu bergen gab?

Gold war eben schwer. Und massiv dazu.

Ein Goldschatz war früher über die Meere gesegelt und von Piraten erbeutet worden oder er war mit Mann und Maus in einem Sturm auf hoher See gesunken und wartete immer noch auf seine Bergung.

Juwelen, Diamanten dagegen waren Wesen aus Luft. Leicht. Filigran. Durchsichtig. Nahezu unsichtbar. Kohlenstoff. Verdichtet.

Ein flammender Schmerz riss Libuda zurück in die real existierende Wirklichkeit. Er ließ die Zigarettenkippe auf den Boden fallen, wo sofort ein Büschel trockener Grashalme knisterte. Er steckte seine angebrannten Finger in den Mund.

Ein bisschen viel, für seinen Geschmack, was alles verschwunden war:

1) die von seinem Auftraggeber Gesuchte namens Marie Schornstein,
2) eine Frau namens Marta Knopp, der verschwundene fünfte Finger, wenn nicht der Daumen, der Taktgeber von A mão azul, der Blauen Hand,
3) Geld aus einem aktuell laufenden Gewinnspiel namens Herzkreis und
4) jetzt auch noch ein Schatz aus dem Zweiten Weltkrieg, den irgendwelche »Leihsoldaten« georgischer Abstammung den Nazis geklaut haben sollten.

Und was hatte er bisher gefunden?

Neue Fragen. Und dazu die Erkenntnis, dass es im menschlichen Leben offensichtlich stets um eins zu gehen schien: das Geld – wenn es mal nicht um »das Eine« ging.

Hatten Menschen, die genug Liebe hatten und bekamen, sei sie nun platonisch/geistig oder fleischlich, stets auch genug Geld? Waren sie, die Liebenden und Geliebten, nicht auf den Mammon angewiesen? Bestimmt gab es auch darüber

Untersuchungen. Und wie sah das eigentlich bei ihm selbst aus? Wurde er geliebt? Liebte er? Libuda kratzte sich am Kopf und tastete dann automatisch nach dem Glas.

Es hatte da einige gegeben, einige Geschichten, große und kleine, manche, von denen er nicht geglaubt hatte, sie überleben zu können. Hieß es nicht, man habe drei große Lieben im Leben? Er steckte die nächste Zigarette in Brand. Hatte er die drei schon hinter sich? Hatte er es gar nicht gemerkt? War es das jetzt gewesen oder kam da noch was?

Mit einem Mal hatte er einen Mund vor Augen. Wer war das? Neben dem Mund tauchte im nächsten Wimpernschlag ein Grübchen auf. Er versuchte, sich auf diese zauberhafte Vertiefung zu konzentrieren. Da verschwamm sie, und stattdessen war eine Nase da. Die Augen konnte er nicht sehen, sosehr er sich auch bemühte. Aber so war das immer gewesen, wenn es ihn erwischt hatte. Er konnte sich einfach nicht das komplette Gesicht vor Augen rufen. In diesem Augenblick aber wusste er stets, dass es ernst war. Und er wusste auch gleich, an wessen Gesicht er sich nicht erinnern konnte: an das von Marie.

Okay, er war wohl … tja, was?

Aber brauchte er deshalb kein Geld mehr?

Der Schneewittchensarg lief nicht mit Luft und Liebe im Tank. Der Tabak wuchs auch in Belgien nicht vor dem Haus und der Portwein erst recht nicht.

Also: arbeiten.

Ermitteln.

Marie. Erster Ermittlungsstrang. Der Auftrag.

Wo war sie jetzt? Wer hatte sie zuletzt gesehen?

So wie es aussah: er selbst, Libuda.

Das durfte einfach nicht wahr sein, denn das bedeutete, dass er irgendetwas getan hatte, weshalb sie jetzt nicht mehr da war, dass es sein könnte, dass sie womöglich nicht mehr lebte. Das durfte nicht sein.

Allein schon deshalb musste er sie finden. Lebendig. Und weil er ihr Gesicht nicht mehr sehen konnte. Weil er den Rest um das Grübchen nicht mehr hinbekam. Weil ihr Gesicht zum Mosaik geworden war in seiner Erinnerung und weil er genau wusste, was das bedeutete.

Libuda verfluchte sich, dass er das Foto, das Til Schornstein ihm gegeben hatte, nicht kopiert und im Caravan zur Hand hatte.

Hatte er damals auf Texel denn nicht doch eins gemacht? Er hatte doch wie wild alles abgelichtet und festzuhalten versucht. Jetzt erinnerte er sich wieder an etwas. Sie hatte eine ziemliche Szene gemacht, als er ein Selfie mit ihr am Paal 12 hatte machen wollen. »Du fährst doch damit zurück nach Aachen, oder?«, hatte sie gefragt. »Ja sicher.« »Eben«, hatte sie gesagt. »Eben deshalb nicht.« Er hatte gelacht, aber verstanden hatte er es nicht, aber wohl gedacht, dass er eine Frau ja auch nicht gleich am ersten Tag verstehen müsse.

Was aber hatte sie damit gemeint? Er hatte sie das doch fragen wollen, erinnerte er sich jetzt, aber da war sie zur Theke verschwunden, um die nächsten Drinks zu ordern. Die Theke hatte ausgesehen, als sei sie aus Treibholz zusammengesetzt und danach an genau den richtigen Stellen bunt lackiert worden. Ein echtes Kunstwerk. Und an viel mehr konnte sich Libuda nicht erinnern. Nur dass ihre Augen mit einem Mal sehr nah vor seinen gewesen waren. Wie Leuchtkugeln. Und dann war ja Champagner mit im Spiel gewesen. Der produzierte bei ihm fast jedes Mal einen Filmriss. Als Dienstgetränk für einen Detektiv mithin komplett ungeeignet.

Und wenn Marie nun immer noch auf Texel war? Wenn sie die Insel nie verlassen hatte, seit er sie dort gesehen hatte?

Libuda holte sein Büchlein heraus und blätterte zurück zu dem, was die beiden Frauen, Maries Freundinnen, über diese vor unzähligen Jahren verschwundene Marta erzählt hatten.

Eine Karte aus dem Alentejo in Portugal.

Fehlte eigentlich nur, dass als Nächstes eine Karte aus Texel eintrudelte. Aber von Texel wusste scheinbar niemand etwas. Wieso eigentlich nicht? Etwas hatte ihn auch davon abgehalten, es zu erwähnen, geschweige denn, danach zu fragen. Alle suchten Marie – und allen ging es um Geld.

Warum also war Marie verschwunden?

Hatte sie ein Motiv? War sie auf der Flucht vor irgendetwas oder irgendjemandem? Vor wem? Hatte sie jemandem etwas getan und daher ein schlechtes Gewissen oder gar jemandem etwas weggenommen? Geld, zum Beispiel aus dem Herzkreis. Da gab es doch diese Frau Schmitz in der Voreifel, in Roetgen, die Marie den Brief geschrieben hatte. Aber war Marie deshalb geflüchtet? Reichte das Geld, um auf Texel neu anzufangen? Und warum gerade da? Wovon lebte sie und warum auf Texel?

Libuda klappte sein Notizbuch auf und zu. Auf und zu. Auf und zu. Lebte sie überhaupt noch?

Das war die Frage aller Fragen.

Wie konnte er an sie rankommen?

Hier trat er auf der Stelle.

Libuda stand auf und kickte einen Stein in den Bach, wo er auf einen anderen aufsetzte, kurz in die Höhe sprang, einen Wimpernschlag im Licht eingefroren stehen blieb und dann mit einem Glucksen im klaren Wasser versank. Libuda trat näher an das satte Gras am Ufer und schaute in das unendliche Fließen. Anders als sonst beruhigte es ihn heute nicht. Sein Puls begann zu traben, und er versuchte, tief in sich hineinzuatmen. Stattdessen schnürte etwas seinen Brustkorb ein, enger und enger, sodass seine Lungen die Luft stoßweise herauspressten. Schwindel löste jetzt die Atemnot ab, und er stützte sich mit der rechten Hand an einer Weide ab, kniff die Augen zusammen und presste mit der Linken die Schläfen.

Eine Panikattacke – das hatte ihm gerade noch gefehlt.

Libuda stand einige Sekunden schief im aufkommenden Wind, dann ließ er die Schläfen los, senkte den Kopf und atmete dreimal anhaltend aus.

Langsam ging er zu seinem Caravan und stieg die Stufen hoch.

Ohne viel Hoffnung wählte er die Nummer von Ani Tram, seiner Partnerin in ermittlungstechnischen und sonstigen Angelegenheiten. Überraschenderweise ging sie sofort dran.

»Und wie stehen die Aktien unseres florierenden Weltunternehmens? Was sagen die Ermittlungen, Mister Holmes?«

»Gut, dass du danach fragst. Sie stecken sozusagen fest.«

»Du steckst fest, möchtest du sagen, bescheidenster aller Detektive.«

»Okay. Ich stecke fest. Ich trete sozusagen auf der Stelle.«

»Sozusagen.«

»Sozusagen, ja.«

»Warum?«

»Ich komme nicht weiter, ich meine, nicht näher an sie ran.«

»An wen? Bist du auf der Balz oder auf der Pirsch?«

»Wie?« Libuda verlor einen Moment die Contenance. »Es geht um Marie.«

»Da bin ich beruhigt. Du arbeitest also dran.«

»Ja, aber …«

Ani Tram unterbrach seine Unterbrechung: »Willst du etwas über einen Menschen wissen, suche seine Ursprünge.«

Libuda ließ das Telefon einen Moment sinken und starrte in den Bach.

Dann hielt er es wieder ans Ohr. »Merci, mein weises Orakel.« Bevor sie das Gespräch wegdrückte, fragte er noch: »Von wem war das jetzt: Lao-Tse oder Konfuzius oder Ani Tram?«

»Such es dir aus, Kompagnon.« Und damit drückte sie ihn weg.

KAPITEL 29

Belgien, hinter der deutsch-belgischen Grenze,
Campingplatz, Libudas Caravan

Libuda kramte ein paar Utensilien zusammen und stapfte wenig später mit seinem Seesack über der Schulter zu dem kleinen Parkplatz zwischen den Bäumen am Eingang des Campingplatzes. Er öffnete die Heckklappe des Volvo, warf den Seesack hinein und startete.

Nur raus aus der Warteschleife. Weg von der Ohnmacht.

Diese Adresse in der Eifel würde ihn hoffentlich einen Schritt näher zu Marie führen; bislang hatte er das Gefühl, sie stetig zu umkreisen, immer schneller, dabei aber keinen Millimeter näher an sie heranzukommen. Nun also zurück zum Ursprung des Baches, zu seiner Quelle.

Ob er Marie mit den Kilometern, die er zurücklegte, tatsächlich näher kam oder sich von ihr entfernte, würde sich zeigen, zumindest hatte er endlich die gewohnten Fahrwasser und damit Aachen verlassen.

Die Straßen wurden immer leerer, nur noch selten kamen ihm Autos oder Lkw entgegen, und auch Libuda wurde ruhiger.

Der Volvo rollte langsamer. »Sie haben Ihr Ziel auf der linken Seite erreicht.« Die Stimme aus dem Smartphone verstummte. Libuda drehte den Zündschlüssel herum, zog ihn ab, blieb aber sitzen.

Aus dem heruntergekurbelten Fenster schaute er auf das alte Haus. Vollkommene Stille lag in der kleinen Gasse. Jäh unterbrochen durch ein kurzes Quietschen, als ein Windstoß das Blechschild an der Fassade ins Wanken brachte. *Bitburger.* Es war noch etwas früh für ein Blondes, aber selbst am Abend, da war Libuda, auch ohne den Schankraum der Kneipe betreten zu haben, sicher, würde er hier keins bekommen.

Hier lief nichts mehr. Kein Bier und auch sonst nichts. Libuda stieg aus, ging zu der Eingangstür. Das Modernste an dem Haus war die leuchtende Werbung daran: *ZU VERKAUFEN.* Darunter die Nummer eines Immobilienmaklers. Libuda drückte die Klinke herunter. Verschlossen, wie erwartet. Er sah sich kurz um. Auch auf der gegenüberliegenden Straßenseite war kein Leben zu sehen. Die Vorhänge hinter den verrotteten Fensterrahmen blieben zugezogen. Es stand auch kein weiteres Fahrzeug auf der Straße. Alle arbeiten, dachte Libuda. Wenn es hier denn Arbeit gab.

Libuda ging schnell links um das Haus, stieg über einen niedrigen Jägerzaun und wäre um ein Haar in einen Stapel Bierkisten gestolpert, als er um die Ecke zur Rückseite des Hauses gelangte. Der ehemals blaue Lack auf der Hintertür war fast zur Gänze abgeblättert. Libuda benötigte nur eine halbe Minute, um das Schloss zu öffnen. Es klickte metallisch, dann herrschte erneut die Stille.

Libuda witterte mit angehaltenem Atem, bevor er abrupt die Tür öffnete, und verschwand im dunklen Innenraum. Ein dumpfer Geruch schlug ihm entgegen, als er schnell die Tür hinter sich schloss. Abgestandene Luft mit den Ingredienzien aus Rauch, Bier und feuchten Wänden hüllte ihn ein wie zähflüssiger Dampf. Als er einen Schritt in den dämmrigen Raum setzte, knirschten seine Sohlen wie auf Sand. Offenbar wurden hier Kisten und Kästen gelagert mit Bier, Wasser und ähnlichem Zubehör für eine Kneipe oder Gaststätte.

Libuda durchquerte die wenigen Quadratmeter des Raumes im Halbdunkel, kam erneut an eine Tür, die in den Scharnieren ächzte, als er sie öffnete, dann stand er in einem kleinen Flur. Geradeaus musste der Schankraum liegen. Rechts wand sich eine hölzerne Treppe hinauf. Wo sie endete, konnte Libuda in der Finsternis nur erahnen. Er vermutete, bei den Wohnräumen.

Im Schein der Taschenlampe schlich er die knarrenden Stufen hinauf. Oben angelangt, fand er sich erneut in einem stockdunklen Flur wieder. Nach links gingen zwei Türen ab, geradeaus am Ende eine und rechts wieder zwei.

Libuda atmete nahezu lautlos dreimal tief ein und aus, dann drückte er die erste Klinke zur Linken herunter. Die Rollos waren komplett heruntergelassen. Nur schmale Schlitze ließen fadenscheiniges Licht hinein. Der Schein der Taschenlampe erfasste ein Doppelbett, und für einen Moment überschlug sich Libudas Herz, meinte er doch für einen Wimpernschlag, da lägen zwei Menschen. Die Leichname der Schornsteins.

Seine Recherchen hatten jedoch ergeben, dass die Eltern seiner Zielperson und seines Auftraggebers erst im Frühjahr des Jahres gestorben und christlich auf dem Friedhof beerdigt worden waren. So stand es jedenfalls in den Todesanzeigen, die er im Netz gelesen hatte.

Er hatte sich noch gewundert, wie knapp nacheinander sie gestorben waren. So als konnte der eine nicht ohne die andere, die große romantische Liebe, bis dass der Tod Euch scheidet, hatte Libuda gedacht.

Er beließ es bei dieser kurzen Inaugenscheinnahme und schloss die Tür leise wieder. Dann wandte er sich dem nächsten Zimmer auf der linken Seite zu. Verdunkelt wie das erste, offenbarte es eine Art Jugendzimmer, an der Wand Poster von Bands, die Ende des letzten Jahrtausends jeder Teenager gekannt hatte, Metallica, Guns n'Roses, Oasis …

Aus einem ihm selbst schleierhaften Gefühl heraus übersprang Libuda den einzelnen Raum an der Stirnseite des Flures und öffnete stattdessen den Raum gegenüber dem Zimmer, das offenbar einmal den jugendlichen Til Schornstein beherbergt hatte.

Hier hatte, so vermutete Libuda aufgrund der eher mädchenhaften Anmutung des Ambientes, wohl die Tochter des Hauses gelebt. Die Wände zeigten auch die üblichen Poster der musikalischen Idole der Zeit: Nirvana, U2, Cranberries, Sinéad O'Connor, aber auch Nina Simone. Ansonsten waren sie übersät mit Fotos. Mit Rahmen oder ohne, als Collagen oder Poster. Mit der Taschenlampe leuchtete Libuda sie an und war schier erschlagen von der Bandbreite der Motive: Landschaften, Sonnenuntergänge, Kühe auf der Wiese, Katzen, Hunde, dazu Menschen en masse in allen Schattierungen, Portraits, Paare, Gruppen. In Farbe und Schwarz-Weiß.

Libuda versuchte, die meisten Fotos, so wie sie an der Wand hingen, abzufotografieren.

Wieso aber war alles hier wie in einer Zeitschleife geblieben, als seien die Kinder noch da oder gerade erst ausgezogen und kämen gleich wieder zurück?

Immer wieder lauschte er in die dunkle Stille hinein. Rings um ihn knackte und knirschte es, und er musste sich zum Bleiben überwinden. Er redete sich ein, dass das die Art alter Häuser sei. Was genau die Art alter Häuser war, in denen die alten Bewohner gestorben waren, deren Seelen vielleicht noch in ihnen herumspukten, wollte Libuda hingegen ungern durchdenken. Allzu viel Zeit wollte er sowieso nicht in diesem einsamen Haus verbringen, schließlich hatte ihn niemand eingeladen zu dieser Besichtigung.

Libuda schloss auch die vorletzte Tür sanft und drückte sie ins Schloss, bis es knackte. Nur noch der eine Raum, sagte er sich.

Im letzten Zimmer auf der rechten Seite, wieder an der Treppe angekommen, dem offenbar kleinsten Raum auf der Etage, stand ein kleiner Sekretär, der im bleichen Licht der Taschenlampe wie aus Treibholz zusammengesetzt schien. Daneben ein kleiner Nähtisch, auf dem noch Stoffe auf ihre Verarbeitung zu warten schienen. Der Sekretär war aufgeklappt, seine Schreibtischplatte leer und eingestaubt. Als Libuda mit der Taschenlampe direkt von vorne leuchtete, zeichnete sich ein rechteckiger Umriss im Staub ab, als habe dort bis vor Kurzem etwas gelegen, das die Holzfläche freigehalten hatte. In den darüber befindlichen Regalflächen des Sekretärs standen genau drei Ordner, die von der Größe her nicht infrage kamen für den staubfreien Platz. Libuda erkannte Kontoauszüge und Rechnungen in den Ordnern, offenbar die Buchführung der Kneipe.

Libuda leuchtete kurz auf die Wände. Ein paar Rahmen mit Eifelbildern hingen dort, neben dem Sekretär zudem eine vergilbte Fotografie eines Mannes in Uniform. Libuda war sich nicht sicher, aber auf den ersten Blick hielt er sie für eine Wehrmachtsuniform. Der junge Mann darin, er schätzte ihn auf höchstens Mitte bis Ende zwanzig, sah einem geradewegs in die Augen und lächelte in die Kamera wie, ja, Libuda fand keinen anderen Ausdruck: wie ein Verliebter. Im Hintergrund sah man etwas, das wie Wasser wirkte, vielleicht ein See, davor ein kleiner lang gezogener Hügel, der aus Sand mit spärlichem, trockenem Gras darauf zu bestehen schien.

Libuda machte ein Foto von dem Bild, und als er ganz nah heranging, kam es ihm vor, als habe er diese Gegend um den See herum schon einmal gesehen und der See sei gar kein See, sondern das Meer, genauer: die Nordsee, und der Hügel ein Deich oder eine Düne.

Auch das vorsichtige Herausholen des Fotos aus dem Rahmen brachte ihn der Auflösung des Rätsels nicht näher. Auf der Rückseite standen keinerlei Widmung, Erklärung, Datierung oder Ähnliches. Oder aber es war längst verblichen, denn es waren mehrere, teils schmutzige Fingerabdrücke darauf verewigt. Offenbar war das Foto irgendwann sehr oft zur Hand genommen worden.

Als Libuda es wieder an seinen Platz hängte, sah er mit einem Mal ein Gebilde an der vorderen rechten Ecke des Fotos, das wie ein Riemen oder ein Gurt aussah, der einfach mit einer eleganten Biegung frei in den Raum ragte. Wohin er führte, war nicht zu erkennen. Libuda vermutete: zu einem Gewehr. Als das Bild wieder hing und Libuda noch einmal seinen Blick beziehungsweise das Licht durch den Raum schweifen ließ, blieb der mit einem Mal an einem merkwürdigen Teil hängen. Ein Gurt stand in den Raum. Und er führte zu einem Akkordeon. Einem Schifferklavier. Es versteckte sich neben dem treibhölzernen Sekretär.

Und mit einem Mal glaubte Libuda Musik zu hören ... Akkordeon ... ein langsamer Walzer ... und der Mann auf dem Foto lachte noch mehr ... lachte immer schallender im Takt des immer schneller spielenden Akkordeons.

Ein Hupen zerriss die Stille.

Libuda ließ die Lampe jäh verlöschen und lauschte. Er schlich zum Fenster und spähte durch einen Ritz im Rollo. Schräg gegenüber rollte ein aufgemotzter Golf mit röhrendem Auspuff aus. Drei Jugendliche sprangen heraus und schlurften breitbeinig über die Straße, geradewegs auf das Haus zu. Zum Glück rettete ihn wieder einmal sein Volvo, denn genau vor seinem Schneewittchensarg bleiben sie stehen und drückten sich die Nasen an den Scheiben platt.

Zwei Minuten später trat ein Mann mit schwarzer Sonnenbrille, schwarzem, dünnem Schnäuz und schwarzem Hut lautlos von hinten an die Gaffer heran.

Mit einer heiseren Bassstimme fragte er: »Habt ihr was verloren, Boys?«

Hinter seiner Sonnenbrille ging eine Augenbraue bedrohlich in die Höhe.

»Well, boys, ich bekomme exactly twenty Euros für die Reinigung.«

Dabei rollte er das »R« sehr amerikanisch und stemmte die Hände beiläufig in die Hüften, wobei sich seine schwarze Jacke nach hinten schob und einen kleinen Blick auf ein dezentes Schulterholster freigab. Die Jugendlichen hoben halb abwehrend, halb entschuldigend die Hände und stolperten rückwärts zu ihrem tiefergelegten Vehikel, starteten, würgten es zweimal ab und preschten dann mit quietschenden Reifen davon.

Zwei Minuten später legte Libuda die Sonnenbrille auf das Armaturenbrett, legte den Schnäuz wieder in sein Schächtelchen und startete den alten Volvo.

KAPITEL 30

Belgien, hinter der deutsch-belgischen Grenze,
Campingplatz, Libudas Caravan

Libuda setzte sich wieder an den Bach, seinen Caravan im Rücken, und betrachtete lange das Foto, das er in dem alten Haus aufgenommen hatte. Der verliebte junge Mann in der Uniform. Er meinte, ihm schon einmal begegnet zu sein. Dem Foto. Nicht dem Mann, denn der musste jetzt, so schätzte Libuda, von vielleicht 1945 bis heute, 2019 … das waren schon über siebzig Jahre … plus seine vielleicht damals zwanzig Lebensjahre … er musste weit über neunzig Jahre alt sein. Immer vorausgesetzt, der Soldat hatte den Krieg überlebt.

Einen Moment überlegte Libuda, ob er noch einmal zurück in die Eifel fahren und den Friedhof des Dorfes aufsuchen sollte. Aber selbst wenn er es finden sollte, was konnte ihm ein Grab beziehungsweise ein Grabstein mit der Inschrift *SCHORNSTEIN* heute sagen? Würde es ihm seine Geheimnisse anvertrauen?

Wenn der Mann überhaupt Schornstein hieß und der Opa von Marie und Til war.

Wo aber hatte er das Bild schon einmal gesehen?

Libuda schickte das Foto mit dem Uniformierten an Felix Stoppek, seinen Freund aus alten Journalistenzeiten: »Kannst du mir verraten, Hüter der unendlichen Weisheit, was dies für eine Uniform ist? Zweiter Weltkrieg? Wehrmacht?«

MARTA – 1996. Herbst.

Das mit dem Studium war nicht unbedingt eine Berufung für jede, aber irgendetwas musste man ja tun, schließlich hatte frau Abitur gemacht. Marta war schon mal länger und weiter weg gewesen, Australien, Thailand, ein Schüleraustausch, sie machte stets ein großes Geheimnis daraus. Danach wusste sie immerhin, so erzählte sie es jedenfalls gern, dass sie ihr Leben nicht in einem Büro oder einer Bibliothek verbringen wollte, und stieg mit Geografie ein; Archäologie hatte auch mal zur Debatte gestanden, bis sie hörte, dass die meisten Forschungsreisen gerade gestrichen wurden.

Martas Suche aber war existenzieller als die der anderen vier Frauen. Die hatten alle irgendein, wenn auch vielleicht vages Ziel. Irgendetwas tat jede von ihnen sowieso: Marie war nie ohne Fotoapparat unterwegs und »Freie« bei *den Aachener Nachrichten,* Elli hatte ständig irgendwelche kleinen Kinder bei sich, Patrizia schleppte ständig Bücher mit und Männer ab, Ruth kritzelte und malte alles voll, probte und sang ab und zu mit einer Band und war immer neidisch auf die Kinder, die Elli um sich hatte, weshalb sie ständig mit ihr herumhing. Nur Marta, die hatte nichts, was typisch und nur für sie stand. Immer wieder hatte sie etwas Neues. Wie ihre Typen: erst einen Punk, dann einen Juristen, ersetzt durch einen Sportstudenten, der letzte war wohl ein Ex-Knacki. Vielleicht hatte der sie auch auf die Idee gebracht.

Sie war jedenfalls immer auf der Suche nach ihrem Weg – warum nicht auch ein Abweg? Ein Holzweg, ein verbotener Weg? Jedenfalls einer, den nicht viele betreten, das musste es schon sein für sie. Etwas ganz und gar Außergewöhnliches zu machen, den Anspruch hatte sie. Geld sollte es dabei natürlich auch geben, und das möglichst viel und auf einmal. Marta war nicht der Typ, der auf monatliche Auszahlungen, Gehalt, Almosen, wie sie es nannte, aus war.

»Ich will mich nicht mit dem zufriedengeben, was ein anderer von seinem reich gedeckten Tisch für mich runterfallen lässt«, sagte sie an einem Abend, als die fünf Frauen, als die Blaue Hand sich wieder bei ihr traf.

Und da zeigte sie den vier Freundinnen auch etwas.

Sie mussten gerade noch mal zum griechischen Imbiss an der Ecke, denn der Alkohol ging zur Neige. Patrizia war eigentlich dran gewesen, hatte aber vergessen, welchen zu kaufen, weil sie sich in einem neuen Buch verloren statt gefunden hatte, und die Geschäfte hatten wie immer um achtzehn Uhr ihre Pforten geschlossen.

Da sagte Marta, sie gingen gerade alle zusammen zum Nikolaus Grill, weil eine alleine das nicht alles schleppen wollte und die vollgequalmte Höhle mal auslüften musste: »Ich muss euch mal was zeigen. Zieht eure Mäntel an, Mädels, wir machen eine Exkursion.«

»Aber es ist schon total dunkel und es regnet«, jammerte Patrizia.

»Willkommen in Aachen«, grinste Marta. »Aber im Ernst. Das ist genau das Wetter, das wir brauchen. Quasi Kaiserinnen-Wetter.«

Und dann schleppte sie alle zum PLUS-Markt die Straße runter am Boxgraben. Der PLUS jedenfalls war geschlossen, drinnen aber noch Licht.

»Wartet mal hier und seid nicht ganz so laut!«

Marta beobachtete den Laden, und Marie, Patrizia, Elli und Ruth standen qualmend und leise lachend um die Ecke herum und kamen sich sehr konspirativ vor. Und gerade als Ruth meinte, sie müsse jetzt aufs Klo, ihre Blase platze, drehte sich Marta um und sagte triumphierend: »Da kommt er.«

Die vier stürzten zu ihr, glotzten um die Ecke – aber da war nichts.

Nur ein einsamer Typ latschte den Graben hoch. Ein Radfahrer bremste vor dem PLUS und fluchte.

Aber Marta ging einfach los und bedeutete den vier Frauen, ihr zu folgen. Grinsend trotteten sie hinter ihr her, während Marta scheinbar den Typ auf der anderen Straßenseite beobachtete. Der bog in eine Seitenstraße und hielt vor einer Filiale der Stadtsparkasse mit dem rot leuchtenden »S« an der Seite. Jetzt erst sahen sie, dass er eine Tasche dabeihatte. Daraus entnahm er etwas und warf es in eine Klappe in der Seitenwand.

»Abflug!«, befahl Marta und bog in eine dunkle Straße ein.

Keine sagte etwas. Alle stapften hinter Marta her. Erst drei Kreuzungen weiter am Alexianergraben fragte Marie leicht hechelnd: »War das ...?«

»Genau«, ergänzte Marta und blieb abrupt stehen. »Das war der Geldbote vom PLUS. Und was er da reingeworfen hat, war die Geldbombe mit den Tageseinnahmen.«

Keine sagte etwas.

Nur ein paar Autos rauschten vorbei. Längst hatten alle Feierabend und saßen vor der *Tagesschau* oder *Wetten, dass* ...

Dann hielt es Elli nicht mehr aus. »Und der ist ganz alleine?«

»Wie viel mag er denn da drin haben in der Bombe?«, fragte Ruth.

»Exakt. Er ist ganz alleine und schreit geradezu nach Begleitung.« Martas Lächeln wirkte im Licht der Straßenlaterne diabolisch. Zumal vor dem Alexianer-Krankenhaus.

»Was meinst du denn, wie viel der da bei sich hat?«, fragte Ruth, die ja ein spezielles Verhältnis zu Zahlen hatte, vielleicht auch weil sie den Takt zählte, nun noch einmal.

»Ich weiß es nicht genau. Ich habe aber mal ein paar Überlegungen angestellt, ein wenig recherchiert und beobachtet, hochgerechnet.«

»Nun spuck's schon aus!«, unterbrach Elli sie, die keine Lust auf Martas Selbstbeweihräucherung hatte. Martas Lächeln erstarrte einen Moment, dann murmelte sie eine Zahl, eine mit mehreren Stellen, die schlagartig für Stille sorgte. Und dann ratterte es in den hübschen, jungen Köpfen. Die Zahl, geteilt durch fünf, das bedeutete: Es blieb für jede genug für eine sehr sorgenfreie Zeit, jedenfalls für eine kleine Weile.

Es war nicht wirklich derart viel – schon gar nicht durch fünf geteilt, wenn jeder Finger der Blauen Hand etwas abbekam, aber sie waren wie verzaubert. Eher verwunschen.

Ihre Gefühle jedenfalls waren unbeschreiblich positiv: Sie hatten eine Idee. Noch keinen Plan, den hatte vielleicht nur Marta wirklich. Und sie fühlten sich sogar im Recht. »Im Recht« – bei einem Überfall! Aber sie hatten das Gefühl: Wir nehmen es den Reichen weg, einem Supermarkt-Riesen, der arme Leute ausnahm, ihnen Geld für minderwertige Waren aus der Tasche zog. Wir dagegen werden etwas Besseres damit anfangen, etwas für die Gerechtigkeit in der Welt tun, für die Kultur, all das. Ein anderes Leben eben. Wie auch immer das aussähe. Das würden sie dann schon sehen.

KAPITEL 31

Försterstraße

Libuda saß an dem kleinen Schreibtisch. Der Werbezettel hatte immer noch an der Tür gehangen, und direkt vor ihm hing das alte Bild von dem Mann in der Uniform an der Wand. Neben einem kunstvollen Foto, auf dem trockenes, braunes Gras auf einer Sanddüne unter strahlend blauem Himmel zu sehen war. Libuda glaubte, den Wind säuseln und im Hintergrund die Brandung rauschen zu hören.

Gerade kam die Antwort von Stoppek: »Ja, das ist eine Wehrmachtsuniform. Aber eine spezielle, nämlich von der sogenannten Ostlegion.«

»Du meinst die, die in Russland gekämpft haben?«

»Nein. Die aus der Sowjetunion stammten und für Deutschland oder besser: die Wehrmacht, gekämpft haben.«

»Du meinst: Georgier?«

»Wie kommst du grade auf Georgier?«

»Sag nur, ob es eine georgische Uniform ist.«

»Ist sie. Aber woher weißt du das, unwissender Schnüffler?«

»Der Schnüffler muss leider schweigen wie ein Grab. Regel Nummer eins.«

»Und was bekomme ich dafür?«

»Ene dubbele Märssi.«

Und damit wünschte er seinem sonst so allwissenden Freund und Archivar einen schönen Resttag.

»Arrivederci«, verabschiedete der sich wie immer.

Libuda, zurück aus der Försterstraße, blätterte in seinem kleinen schwarzen Notizbuch, verschwand dann im Caravan und kramte ein paar Utensilien zusammen. Wenig später trug er seinen Seesack zum Parkplatz, öffnete die Heckklappe des Volvo, warf ihn hinten rein.

Morgen früh, nach ein paar Stunden Schlaf, würde er starten. Wieder raus aus der Warteschleife, weg von der Ohnmacht. Und dazu brauchte er Licht. Den neuen Tag.

KAPITEL 32

21:21 Uhr
Frankenberger Viertel

Gegenüber, nicht mal zwanzig Meter vom Dach entfernt, strahlten die Fenster inmitten der nunmehr dunklen Mauern der oberen Stockwerke in den Abendhimmel.

Die Kerzen verbreiteten einen warmen und einladenden Glanz, es lag etwas Weihnachtliches in der Luft. Kinderweihnachten, wenn das Christkind sanft mit dem Glöckchen klingelte.

Hinter den Fenstern mit dem Kerzenschein ging es jedoch hoch her. Über ein Dutzend Frauen, die meisten im mittleren Alter, aber auch einige mit grauem Haar, bewegten sich mit meist über die Köpfe gereckten Händen in der Wohnung auf und ab.

Der unsichtbare schwarz gekleidete Schatten, der gegenüber auf dem Dach hockte, kniff die Augen zusammen. Ein heiseres Grollen kroch aus seiner Kehle.

Offenbar umtanzten die Frauen etwas in ihrer Mitte, das durch die sich wiegenden Körper verdeckt wurde. Eigentlich hätte da ein Feuer sein müssen, etwas Archaisches. Vielleicht öffneten sie gleich ein Fenster und flogen mit Besen ums Viertel. Er schnaufte, biss dann seine Zähne derart fest zusammen, dass es im Kiefer knackte, und richtete sich auf. Er ging leichtfüßig ein paar Schritte auf den Dachpfannen bis zum nächsten Schornstein. Dort ließ er sich erneut nieder.

Auch die Frauen in dem Haus gegenüber hatten sich niedergelassen.

In der Mitte zwischen ihnen stand ein weißes Etwas. Ein abstrahierter Baum. Kahl wie eine Fischgräte. Bis die Frauen, eine nach der anderen, Zettel daran hängten, so sah es aus. Seltsame Gebilde, irgendwelche Formen, die auf die Entfernung nicht klar zu erkennen waren, zudem drehten sie sich stets leicht um ihre eigene Achse. Das musste er sich unbedingt mal näher ansehen.

Später.

Das würde ihnen nicht gefallen.

Sein heiseres Lachen verhallte auf dem Dach.

KAPITEL 33

2:30 Uhr
Bismarckstraße

Das war es also gewesen.
Und es war spät geworden.

Und beinahe, so hatte es lange Zeit ausgesehen, hätte der Abend gar kein Ende mehr gefunden. Zu aufgeputscht waren all die Frauen gewesen.

Es war auch stets etwas Besonderes, wenn die Schenkung, der eigentliche Höhepunkt, quasi der Mittelpunkt des Herzkreises, sich ereignete. Selbst sie konnte sich der Magie dieses Abends kaum entziehen, obwohl sie ihn eigenhändig mithilfe von Ruth und Elli inszeniert hatte. Marie war nicht aufgetaucht und hatte sich auch mitnichten gemeldet. Bei keiner von ihnen.

Vielleicht sollten sie zukünftig dem Tee und den Getränken beruhigende Stimulanzien beifügen, um die Euphorie besser steuern, zumindest in ruhigere Bahnen lenken zu können. Tanzen war definitiv nicht der Schritt in eine ruhige und frühe Nacht.

Sie wälzte sich erneut auf die andere Seite, ihr T-Shirt klebte unangenehm auf ihrem Rücken und warf wurstige Falten. Gerade überlegte sie, ob sie das Fenster doch ganz weit öffnen sollte, da hörte sie es quietschen. Ganz kurz nur. Aber sie kannte das zur Genüge, hatte es sie doch schon viele Nächte den Schlaf gekostet, wenn sie sich nicht dazu hatte durchringen können aufzustehen. Da war es wieder. Diesmal jedoch höher. So als bewege sich der Fensterflügel schneller. Dabei gab es keinerlei Wind. Selbst hier im dritten Stock schien die Luft seit Tagen versteinert zu sein wie eine Wüstenblume.

Ein dumpfes Geräusch. Als sei etwas auf den Boden gefallen. Etwas Schweres. Dann wieder Stille. Sie hockte im Bett, riss die Augen weit auf, konnte aber nicht sehen, was im Zimmer nebenan umgefallen sein mochte. Sie war auch viel zu müde dazu.

Sie legte sich wieder hin, plötzlich spürte sie, wie all die Anspannung von ihr abfiel. Sie seufzte und drehte sich um. Ihre Zukunft war ganz nah. Und sie fühlte sich traumhaft an. Es war nicht mehr die Transsib. Schon lange nicht mehr. Sie lächelte wehmütig, als sie daran dachte. Das war vorbei seit 2004. Seit der Tsunami in Phuket ihren Bruder mitgenommen hatte. Erst Wochen später konnte er identifiziert werden. Seitdem war Reisen für Patrizia Mangold keine Option mehr.

Der Traum war ausgeträumt.

Jetzt sparte sie für ihre Bücherhöhle, ihr Antiquariat. Tausend Tassen Tee und zehn Bücher im Monat. Das war jetzt ihr Lebenselixier.

Sie tastete nach dem alten Schmöker neben ihrem Bett. Ihre Finger strichen zärtlich über den Einband.

Sekunden später schlief sie ein.

Das erneute Quietschen des Fensters hörte sie nicht mehr.

FÜNFTER TAG

KAPITEL 34

Freitag, früh
Bismarckstraße

Mit schweren Gliedern quälte sich Patrizia Mangold aus dem Bett.

Von Euphorie keine Spur mehr. Sie fühlte sich verkatert, brauchte jetzt unbedingt eine Dusche. Und einen Pott Kaffee. Und sie musste unbedingt vermeiden, in den Spiegel zu sehen, denn sie hatte eine Ahnung, was sie dort erwartete. Keine Spur von Sterntaler mehr.

Gähnend tappte sie mit verklebten Augen und nackten Fußsohlen über die kühlen Holzdielen des großen Raumes und hatte ihn bereits durchquert, als sie innehielt, ihr Atem dagegen begann automatisch zu rasen, und sich dann unendlich langsam umdrehte.

Sie ahnte schon, was sie sehen würde. Sie fürchtete es, bevor sie es wahrnahm.

Der weiße Baum stand noch da wie gestern. Nur seltsam kahl, geplündert, nackt. Wie ein Skelett.

All seine Blätter waren verschwunden.

Kein einziges hing mehr da.

Die komplette, kunstvoll drapierte Schenkung des Herzkreises war verschwunden.

All die traumhaft in höchster Ikebana-Kunst zu Blättern und anderen filigranen Kunstwerken gefalteten Scheine.

Die Beute hatte jemand anders erbeutet.

40400 Euro. In vielen, vielen kleinen bunten Scheinen. Jede Geberin hatte ihre 5050 individuell gestaltet. Wie hatten sie es stets so schön erläutert? Die Zahl 5050 steht für fünfzig zu fünfzig oder fifty-fifty und damit für den Aspekt des Teilens.

Nun hatte einer alles genommen. Bestimmt ein Mann.

Sterntaler war wieder arm wie eine Kirchenmaus.

Jetzt blieb ihr nur noch das Teilen auf emotionaler Ebene. Aber sie würden ihr nicht glauben. Kein Wort. Sie hatte es neulich auch nicht geglaubt. Als Marie weg war. Und das Geld mit ihr.

Das Fenster schwang mit dem ersten Windstoß seit Tagen leicht quietschend auf, wie um sie zu verhöhnen.

Sie ließ sich einfach auf den Boden fallen, schloss die Augen und streckte alle viere von sich. Sie atmete dreimal tief durch und versuchte, sich darauf zu konzentrieren. Allein, ihr Atem begann zu rasen, und ihr Herz hämmerte in die Dielen. Als sie die Augen wieder öffnete, hatte sich nichts verändert.

Sie schloss die Augen wieder und ließ die Tränen einfach laufen.

Ihre Fäuste entspannten sich.

KAPITEL 35

Freitag, frühmorgens
Auf dem Weg nach Texel, Niederlande

Als er mit seinem Schneewittchensarg auf die E40 in Eynatten einbog und die Tachonadel langsam zur Hundert hochkletterte, atmete Libuda sehr lange aus. Dann rückte er die kleine Muschel auf dem Armaturenbrett zurecht und räkelte sich so weit wie möglich zurück in den alten Sitz.

Beim Schild für den ersten Rastplatz dachte er, dass es schlau gewesen wäre, eine Kanne mit Kaffee mitzunehmen. Eine Kanne hatte er mit, allerdings leer. Für eine etwaige Beschattung. Für später. Wo er den Kaffee dafür herbekäme, würde er sich dann überlegen. Jetzt, so beschloss er, würde er mal gar nichts überlegen, sondern sich nur dem sanften Dröhnen des Volvo hingeben und ihm andächtig lauschen. Er versuchte, einen Zustand der vollkommenen Absichtslosigkeit zu erreichen. Mit mäßigem Erfolg. Ständig sprangen die Gedanken ihn an.

Nach ziemlich exakt zwei Stunden fuhr er auf einen Rastplatz. Schneewittchen und er brauchten eine Pause.

Libuda schlürfte draußen auf einer Bank einen Automaten-Milchkaffee aus einem Pappbecher mit Deckel. Er schmeckte ausgezeichnet, allen Vorurteilen zum Trotz. Dafür ließ sich die Sonne hinter den Wolken kaum noch blicken. Libuda blinzelte und gähnte und ließ seinen Blick über den Parkplatz schweifen. Vielleicht bildete er sich das ein, aber der grünliche alte Golf da hinten, unweit seines Volvo, kam ihm bekannt vor. War der nicht eben noch hinter ihm gewesen? Und selbst wenn – Golf gab es wie Sand am Meer, und warum sollte der Fahrer nicht genau wie Libuda pinkeln müssen? Das Kennzeichen konnte er nicht erkennen, dafür stand der Golf zu schräg in der Lücke.

Als Libuda von der Toilette zurückkam, wollte er den Golf aus der Nähe betrachten. Aber er war weg. Libuda schüttelte den Kopf ob seiner Paranoia und schwang sich wieder in sein altes Erbstück.

In Den Helder bog er rechts ab, und schon tauchte das schwarze U-Boot auf der Beifahrerseite auf, das für das Marinemuseum warb. Das U-Boot lag wie ein Wal an Land und war seit Jahren nicht mehr auf Tauchfahrt gewesen, das wusste Libuda irgendwoher, und irgendwie fühlte er sich dem Tauchboot, aus dem eine Landmarke geworden war, sehr verwandt. »Wir sind beide nicht in unserem Element, oder?«, murmelte er, während er langsam an dem schwarzen Ungetüm vorbeifuhr. Dann sah er mit einem Mal rote Lichter vor sich und stieg voll in die Eisen. Der erste kleine Rückstau vor der Fähre war da.

Die *Dr. Wagemaker* stampfte gelassen die paar Kilometer durch die Nordsee hinüber zur westlichsten aller friesischen Inseln. Gerade Zeit genug, um in Ruhe die Bordtoilette zu besuchen, sich die Hände zu waschen und sich danach auf dem Oberdeck ein wenig Seeluft um die Nase wehen zu lassen, während die Möwen lässig um die Fähre kreisten und auf leichte Beute warteten.

Als Libuda mit seinem Volvo wieder von Bord ging, fielen die ersten Tropfen auf die Scheibe, und als er den Fährhafen und t'Horntje verließ und auf dem Pontweg zusammen mit den anderen Pkw aus dem Bauch der Fähre heraus Texel enterte, fiel ihm auf, dass er sein Ziel gar nicht kannte.

Texel war zwar eine Insel, aber sie beherbergte sieben Dörfer, hatte eine See- und eine Wattseite, immerhin über dreizehntausend menschliche Einwohner und, wie er mit einem Blick aus dem Fenster sehen konnte, vielleicht ebenso viele tierische, vor allem die mit dem dicken weißen Fell, die friedlich grasten und ab und zu blökten.

Was glaubte er hier zu finden?

Was suchte er hier? Den Mann mit der georgisch-deutschen Uniform? Dessen Enkelin?

Das zumindest hätte seinem Auftrag entsprochen. Er musste unbedingt auch mal wieder einen Bericht für seinen Auftraggeber schreiben. Wenn er schon keine Ergebnisse vorzuweisen hatte. Die Vermutungen über eine georgische Verwandtschaft behielt er dabei lieber für sich, zumal er ja auch keinerlei Beweise hatte.

An einer kleinen Parkbucht scherte Libuda mit seinem Volvo aus der blechernen Karawane aus und stellte den Motor ab. Er fischte die *Kaart van Texel,* die er noch schnell im Bordrestaurant der Fähre erstanden hatte, aus seiner Jacke und faltete sie auf dem Lenkrad auseinander. Libuda liebte Karten. Was sollte er jetzt in diesem Augenblick auch mit einem Navigationsgerät anfangen? Das war etwas für Leute mit einem Ziel, zumindest einem geografischen. Libuda folgte der roten Linie, die sich in einem Bogen über die Insel zog bis De Koog auf mittlerer Höhe an der Seeseite. Dort war er noch vor wenigen Wochen mit der Familie seines Patenkindes gewesen. Marie, wie die Gesuchte. Und mit der war er dann irgendwo im Sand bei Paal 12 quasi zusammengestoßen. Matteo hatte damals natürlich auch eine Karte gekauft, aber die verstaubte jetzt in dessen Bücherregal.

Libuda tippte nun mit dem Finger auf seine eigene Karte. Die würde ihm bei seiner Spesenabrechnung noch nützlich sein. Er hatte nun eine Karte und ein Ziel. Den Strandpavillon von Paal 12. Da hatte er Marie kennengelernt, und von da aus war er später mit ihr losgezogen. Woran er sich dank eines fulminanten Filmrisses ja immer noch nicht erinnern konnte.

Er faltete die Karte ein wenig kleiner, legte sie auf den Beifahrersitz und startete den Volvo erneut. Er war erst wenige Minuten unterwegs, der Pontweg schlängelte sich in einer lang gezogenen Kurve nach links, da sah Libuda plötzlich aus dem Augenwinkel rechts ein kleines Schild. Er bremste jäh ab, fuhr rechts auf den Seitenstreifen und setzte ein paar Meter zurück.

Begraafplaats Georgiers.

Südöstlich von Den Burg bog Libuda nach rechts ab und rollte langsam die schmale Straße am Hoge Berg, Texels höchster Erhebung, gesäumt von Feldern entlang, bis er an eine bewaldete Stelle kam. Er stellte den Wagen ab und ging zu Fuß weiter, bis er, etwas versteckt, linker Hand, ein Tor erblickte, daneben eine Gedenktafel.

Mit einem leichten Quietschen öffnete sich das hüfthohe, schmiedeeiserne Tor. Wieder Stille. Vor Libuda lagen mehrere Beete mit unzähligen roten Rosen in sauberer, brauner Erde, dazwischen gepflegtes, grünes Gras.

Für jeden getöteten Georgier eine Rose … Dann brach der Satz ab. Leise gesprochen. Mit einer belegten Stimme. Libuda blieb stehen, drehte sich unwillkürlich um. Er war mutterseelenallein auf diesem Friedhof der Georgier vom Ende des Zweiten Weltkrieges. Aber er war schon einmal hier gewesen. Nicht allein. In der Nacht. Mit Marie. Der goldene Sowjetstern auf der marmornen Gedenktafel und die kyrillischen Schriftzüge darauf hatten im Mondlicht geschimmert. Er hatte nach Maries Hand gegriffen. Sie hatte die seine kurz gedrückt und ihm ihre Hand dann wieder entzogen. Hatte etwas vor sich hin gemurmelt, fast als würde sie beten.

Warum hatte sie ihn damals hergeschleppt?

Warum war er jetzt hier?

Was hatte er mit dieser ganzen tragischen Geschichte zu tun? Was interessierten ihn diese Georgier? Keiner seiner Vorfahren war je auf Texel gewesen, schon gar nicht im Krieg. Keiner hatte je einen Georgier getötet, keiner war von einem Georgier getötet worden. Er hatte eine reine Weste. Glaubte er jedenfalls. Zumindest hatte ihm niemand das Gegenteil erzählt. Aber wer würde das auch erzählen? Einfach so. Vielleicht, um reinen Tisch zu machen? Wenn es sowieso zu Ende ging und alles egal war vielleicht?

Und Marie?

Hatte einer ihrer Vorfahren an dem Massaker in der Nacht zum 6. April 1945, dem »Tag der Geburt«, wie der Tarnname des Aufstands lautete, und vor allem an den Kämpfen in den Tagen und Nächten danach bis weit in den Mai teilgenommen, als sich das Blatt wendete? Hatte der Mann in der Uniform auf dem alten Foto aus dem verlassenen Haus in der Eifel etwas damit zu tun?

Der Mann in der Uniform. Der Uniform der Ostlegion. Der Mann, der offenbar aus Georgien stammte. Damals. 1945. Am Ende dieses unseligen Krieges, den Libudas Landsleute erst auf die Welt gebracht und dann gegen die halbe Welt losgelassen hatten.

Libuda zog sein Smartphone aus der Tasche und lud das Bild hoch. Er setzte sich auf eine Mauer, und augenblicklich kroch die Kälte in seinen Unterleib. Er legte das digitale Bild kurz ab und drehte sich mit zittrigen Fingern eine Zigarette. Als er sie ansteckte und einen tiefen Zug nahm, schloss er für einen Wimpernschlag die Augen.

Wieder glaubte er, Akkordeon zu hören, dazu das Rauschen der Brandung. Dann quietschte etwas, und er riss die

Augen auf. Eine alte Frau humpelte durch das Tor, das sie sorgfältig und fast lautlos wieder hinter sich schloss, auf den Friedhof. Einen Moment verharrte sie und sah Libuda an, der sacht von der Mauer rutschte und respektvoll eine Verbeugung andeutete, und sie erwiderte seinen Gruß mit einer ebenso filigranen Geste.

Libuda schaute auf das Bild des verliebten jungen Soldaten, der mittlerweile weit über neunzig Jahre alt sein musste. Wenn er es denn überlebt hatte. Auf der Gedenktafel war es zu lesen: *Na de bevrijding van Texel, op 20 mei 1945, keerden 236 man nar hun vaderland terug.* Ob der junge Mann unter den 236 gewesen war?

Die Frau hier auf dem Friedhof wirkte auch alt, könnte aber gleichwohl seine Tochter sein. Die wiederum könnte die Mutter von Marie sein, wenngleich die ja in der Eifel begraben worden war.

Aber so könnte die Abfolge aussehen.

Oder aber hatten die Deutschen diesen Georgier damals getötet? Und er wurde quasi posthum Großvater? Oder andersrum? Er hatte überlebt?

Was sollte das? Das führte zu nichts.

Erst die Henne oder erst das Ei?

Libuda drehte sich im Kreis. Er trat die Zigarette unauffällig aus, bückte sich und steckte dann die Kippe in die Tasche.

Im Bücken gewahrte er ein kurzes Aufblitzen in der Mauer, auf der er eben gesessen hatte. In einer Fuge glänzte etwas. Ein dünner Streifen Plastik hing heraus. Libuda sah sich um. Die alte Frau stand vor einer Gedenktafel und wischte sie vorsichtig trocken.

Libuda zog an dem Plastikstreifen, und eine kleine Tüte kam zum Vorschein. Sah aus wie eine leere Packung Papiertaschentücher, und er wollte sie gerade in die Mülltonne stecken, da fühlte er etwas Hartes darin. Papier. Aber kein weiches Tuch, sondern einen mehrfach gefalteten Zettel. Behutsam faltete er ihn auseinander. Grüne Schrift.

Wir sehen uns, wo wir uns zum ersten Mal sahen. Ich werde da sein. Immer um 11:30 Uhr. Am gleichen Tag wie beim ersten Mal … M.

Libuda stutzte. Die Eins kam ihm bekannt vor. Ebenso die Drei. Irgendwo hatte er die Zahlen und ihre eigentümliche geschwungene Typografie bereits gesehen. Er schloss die Augen, lauschte dem Rauschen der Blätter im Wind, sah wieder das Meer vor sich und dann eine braun gebrannte Hand, die Zahlen in ebendieser Typo auf ein leeres Blatt schrieb. Ihre Handynummer. Mon dieu, sie hatte ihm ihre Nummer aufgeschrieben. Im Juli am Paal 12 draußen im Café, nachdem er Paprika, die Puppe der kleinen Marie, gerettet hatte. Aber viel später, da war es schon dunkel gewesen, und sie waren zurückgekehrt für einen Sonnenuntergang am Meer. Sie waren nicht mehr nüchtern gewesen. Und sie hatten sich bereits geküsst. Und er hatte jetzt, vielleicht zwei, drei Wochen später, keine Ahnung mehr, wohin er ihre schwungvollen Zahlen gesteckt hatte. Er hatte ja nicht mal mehr seine Hose angehabt bei seiner Rückkehr, geschweige denn, dass er gewusst hätte, wo sie sich aufhielt. Sowohl die Hose als auch Marie. Und daran hatte sich beklagenswerterweise bis zum jetzigen Tag nichts geändert.

Wo aber, zum Donner, war die Nummer verblieben? Es war ein Zettel, nein, ein weißes Blatt in einem Heft, einem Buch! Es musste das von Matteo gewesen sein, der Simenon.

George Simenon, der alte Belgier, der Nationaldichter par excellence. Aus Matteos Bibliothek. Und er, sein bester Freund, hatte das Sakrileg begangen, in ein geliehenes Buch reinzuschreiben. Die Telefonnummer seines Dates zu notieren. Sie notieren zu lassen. Und sie dann zu vergessen, die

Notiz, da er einen Filmriss hatte. Um dann später zu merken, dass er sie nicht vergessen konnte, die Frau zur Notiz. Marie. Um sie nun finden zu müssen. Im Auftrag des Bruders. Und vor allem für sich.

Libuda zückte sein Handy, ging auf Kontakte unter »M«.

»Bon soir, mon ami. Du wirst nicht glauben, wo ich bin.«

»Nebenan im Königreich.«

»Nein, oder doch, aber im anderen. Nicht in dem von Philippe, sondern bei den Oraniern. Quasi auf den Spuren unseres Sommers.«

»Triffst du deine Strandnixe wieder?«

»Schön wär's«, Libuda seufzte. »Es ist zudem ein Auftrag. Und du musst mir helfen.«

»Jetzt kommt es endlich. Ich soll sie via romantische Liebesbriefe à la Cyrano de Bergerac davon überzeugen, dass es dir nicht nur um die Befriedigung deiner niederen Instinkte geht, sondern vielmehr und fürderhin …«

»Nun hör schon auf, Süßholz zu raspeln, du verkannter armer Poet. Bagger mal lieber 'n bisschen an deiner Frau rum.«

»Ach, Frauke …« Nun seufzte Buck, und einen Moment glaubte Libuda, einen Zug im Hintergrund zu hören.

»Ich brauch den Simenon.«

»Häh?«

»*Der Mann, der den Zügen nachsah*. Den ich auf Texel gelesen habe. Da steht was drin.«

»Ja, Wörter, jede Menge, sogar Sätze.«

»Hör schon auf. Da steht eine Telefonnummer drin. Irgendwo.«

»Den habe ich, glaube ich, verliehen.«

»Als ob du nicht genau wüsstest, wo sich deine Lieblinge aufhalten. ›Ich bin doch keine Leihbücherei!‹ Wer sagte das noch gleich?«, äffte Libuda seinen Freund nach.

»Ich weiß, dass er nicht hier ist. Er ist im Büro.«

»Dann geh ihn eben holen«, stöhnte Libuda. »Die paar Schritte in der Wohnung kannst du schon machen für mich, oder?«

»Äh, nicht in dem Büro«, meinte Buck und hüstelte. »Ich muss es auf der Arbeit liegen gelassen haben.«

Libudas Telefon klingelte.

»Wow! Das ging aber schnell.« Libuda klemmte das Handy zwischen Ohr und Schulter und begann, in seiner Tasche zu kramen. »Ich such' grad 'nen Stift für die Nummer.«

»Wo sind Sie grade, Herr Libuda?«

Libuda erstarrte für einen Moment, fing sich aber schnell wieder. »Bei der Arbeit, Herr Schornstein, bei der Arbeit.«

»Wo denn genau?«

»Bei der Recherche.«

»Das glaube ich Ihnen gerne, aber ich würde Sie gerne treffen, und da ich mich als Eifeler Landei in Aachen nicht so gut auskenne wie Sie ...«

»Oh, das ist im Moment schlecht. Ich bin sozusagen außer Landes.«

»Außer Landes?« Schornstein schien überrascht, und Libuda glaubte, im Hintergrund einen Vogel kreischen zu hören, unterbrochen von einem Hustenanfall Schornsteins.

»Wie meinen Sie, *außer Landes*?«

»Sagen Sie: Ist Ihre Schwester öfter auf Texel?«

»Texas?«

»Texel.«

»Ach so, Texel, hm. Wir waren mal als Kinder da. Die Oma war mit.«

»Väterlicherseits?«

»Nee, die Mutter unserer Mutter.« Schornstein verstummte wieder für einen Moment, und Libuda glaubte, eine Tür zuklappen zu hören. »Ist ja auch schon lange tot, die Oma. Alle sind überhaupt mittlerweile tot.«

»Alle?«

»Alle, ja, außer Marie und mir natürlich.«

Libuda blätterte in seinem kleinen schwarzen Buch.

»Sagen Sie, Herr Schornstein, haben Sie auch Georgier in der Familie?«

»Georgier? Wie meinen Sie das?«

»Na ja, eben Menschen, die aus der früheren Sowjetrepublik Georgien stammen.«

»Danke für den Geschichtsunterricht, aber ich verstehe nicht ...«

»Ich auch nicht«, unterbrach Libuda. »War nur so eine Idee. Vergessen Sie es einfach. Ich melde mich wieder bei Ihnen! Ich muss jetzt aufhören. Sie bekommen meinen Bericht, wenn ich wieder bei Ihnen in Aachen bin.«

»Ja, aber ...«

Aber da hatte Libuda schon aufgelegt.

Er ließ seinen Blick noch einmal über die Rosenstöcke schweifen und schloss wenig später behutsam das Tor hinter sich.

Dann setzte er sich in den Volvo und fuhr zurück auf den Pontweg, nachdem er kurz auf der Karte nach dem Weg zu Paal 12 geguckt hatte. Kurz darauf durchquerte er die karge Dünenlandschaft mit trockenem Gras unter blauem Himmel, parkte direkt vor der letzten Barriere zum Meer, zog die Schuhe aus und stapfte durch weißen Sand die Düne hoch, um dann erst mal stehen zu bleiben. Es war nicht nur der Wind, der ihn immer wieder umhaute. Das Meer. Das Blau. Die Sonne darauf. Das Rauschen. Der Duft des Sommers. Entfernt das Kreischen der Möwen. Sonst nichts. Alles Störende wurde absorbiert. Libuda schloss die Augen und saugte die salzige Luft in sich hinein. Tiefer und tiefer. Als ihm schwindelig wurde, öffnete er die Augen wieder. Der Strand war leerer als damals.

Libuda streifte kurz durch den fast leeren Strandpavillon und ließ sich draußen auf eine der Holzbänke fallen, drückte sich in das Rückenpolster und streckte die Beine aus.

Er ließ seinen Blick über die Gäste schweifen und sah, was er nicht anders vermutet hatte: Sie war nicht dabei.

Stattdessen stand mit einem Mal eine junge Frau vor ihm, und da sie die Sonne genau im Rücken hatte und von ihren Strahlen umrahmt wurde, war Libuda für einen Moment außer Betrieb und starrte sie nur an. Und sie lächelte einfach und erlöste ihn dann: »Menheer, wat kan ik u brengen?«

Wenig später nippte er am Milchschaum in der großen, weißen Tasse, und kurz darauf schmeckte er auch das kräftige Aroma des Kaffees darunter. Mit einem Seufzen, das einfach ohne sein Zutun aus ihm herausströmte, ließ er den Blick aus seinen zusammengekniffenen Augen über das weite, tiefe Blau schweifen, das sich nur zwanzig, dreißig Meter vor ihm ausbreitete, und ließ das Feuerzeug aufflammen. Die Flamme war noch gar nicht am Papier seiner akkurat gedrehten Zigarette angekommen, da war sie bereits erloschen. Nicht mal einen grauen Fleck hatte sie auf dem Zigarettenpapier hinterlassen. Libuda benötigte drei weitere Versuche, ehe er gegen den Seewind ankam und den ersten Zug nehmen konnte. Beim dritten Zug entdeckte er etwas weiter links am Strand den Maler mit seiner Staffelei und natürlich einer qualmenden Zigarette.

KAPITEL 36

Alsdorf, Alfred-Brehm-Straße, Bildungsträger D.O.F.T

Buck hatte gerade in alle offen stehenden Bürotüren auf seinem Flur gegrüßt und das seine aufgeschlossen. Er hatte seinen Computer hochgefahren, was von Tag zu Tag länger dauerte, zuvor die altersschwache Kaffeemaschine angeworfen, hatte dann die Toilette aufgesucht – alles streng nach dem morgendlichen Ritus der letzten nunmehr bereits sieben Jahre. Jetzt saß er in seinem Bürostuhl, einen dampfenden Kaffeebecher vor sich auf dem Schreibtisch, gerade wollte er den Kalender umblättern, um den Spruch des Tages zu lesen und danach seine Mails zu checken, da trat Natalie, seine Zellennachbarin und Kollegin seit schönen drei Jahren, einen Gruß murmelnd bei ihm ein.

Einen Moment stand sie unschlüssig vor seinem Besucherstuhl, als wolle sie sich setzen, wie zuvor schon so oft, wenn sie etwas mit ihm besprechen wollte oder etwas auf dem Herzen hatte, entschied jetzt aber offenbar, dass Stehen angebrachter sei, und rieb sich ein wenig am Türrahmen, während sie durch ihre Mähne fuhr. Dann räusperte sie sich, drehte sich dabei und stieß mit dem Kopf an den Rahmen. Alles wie immer. Buck setzte ein mitfühlendes Lächeln auf.

»Hast du mal ein paar Minuten?« So fing der Chef auch immer an.

»Ja klar.« Buck hielt die Tasse fest, aus der er eigentlich einen Schluck hatte nehmen wollen.

»Ich hab' gekündigt.« Sie rieb sich die Stirn.

»Du hast was?«

»Ich hab' gekündigt, und morgen ist schon mein letzter Tag.« Sie räusperte sich, als sei ihr ein Stein von der Zunge gerutscht, und versuchte zu lächeln. »Wegen der vielen Überstunden, du weißt, und dem Urlaub.« Sie räusperte sich erneut. »Das ist jetzt etwas plötzlich, ich weiß, tut mir auch leid …«, ihre Stimme wurde immer leiser, »aber ich durfte auch vorher nichts sagen … das ist alles …«

»Ja, herzlichen Glückwunsch sollte ich ja jetzt wohl auch sagen«, räusperte sich nun Buck. »Ist das die Stelle, von der du mal erzählt hast?«

Natalie nickte stumm mit aufeinandergepressten Lippen.

»In Köln, ja?«

Sie nickte wieder.

»Das ist ja auch viel näher für dich, oder?«

»Ja, und dann kann mich der Micki direkt mitnehmen.«

»Der Micki. Super«, murmelte Matteo D. Buck und versuchte ein Lächeln.

»Und Köln ist ja auch nicht aus der Welt.«

Da läutete das Telefon. Der Chef, sah er auf dem Display. Der Tag fing ja gut an. Zumindest war es in dem Job nie langweilig.

Buck musste zum Berufskolleg. Dringender Auftrag. Nachgucken, ob auch alle Azubis ordnungsgemäß vor Ort waren, um erleuchtet zu werden. Heute war er froh drum, konnte er doch mal raus hier.

Endlich saß er im Auto. Und schon hatte er Tränen in den Augen, denn alles erinnerte schon jetzt an sie. Jedes noch zuvor banale Stück Materie: ein Kuli, den sie bei ihm mal wieder hatte liegen lassen, ihr Desinfektionsgel, mit dem sie nach besonders appetitlichen Azubis stets die Tische und Stühle und Türklinken abgewischt hatte, eine Schokowaffel in Bucks Handschuhfach.

Buck wusste, er würde von seinem Job nicht mehr wegkommen. Er konnte froh sein, wenn sie ihn behielten. Bis zur Rente. Seine einzige Chance war und blieb der Bestseller. Der würde ihn hier rausholen. Mitnehmen in die große, bunte Welt, in die sie jetzt hinaustrat, Natalie, während er später, zum Feierabend, zurückfuhr in seine kleine Kleinfamilienidylle, die jetzt einfach nur Einöde war.

KAPITEL 37

Niederlande, Texel

Libuda fuhr weiter. Erst mal nach Den Hoorn, parkte am Spar und ging gegenüber in das urige Café, besuchte oben das kunstvolle Klo mit den gemalten Wolken. Später fuhr er in die Hauptstadt der Insel, Den Burg, vorbei am Denkmal für die Opfer des Weltkrieges. Planlos tappte er durch den dortigen Albert Heijn, warf alles Mögliche in den Einkaufswagen, den er mehr als einmal hinter jungen Frauen herschob, immer in der Hoffnung, es sei Marie. Dabei hatte er immer mehr das Gefühl, dass eigentlich er der Beschattete sei, als verfolge ihn jemand, aber jemand mit Tarnkappe, denn sooft er sich auch abrupt umdrehte – da war niemand. Nur Touristen, Einheimische, aber niemand, der hier nicht reinpasste wie ein Büffel in eine Schafherde.

Gerade warf Libuda seine Einkäufe auf den Boden vor dem Beifahrersitz und ließ sich hinters Steuer fallen, da meldete sich sein Telefon. Diesmal sah er erst auf das Display, bevor er das Gespräch annahm.

»Kai, hör zu, ich habe die Nummer gefunden im Simenon.«

»Super, Matteo!«

»Ja, aber da ist etwas Merkwürdiges passiert. Quasi mit dem Simenon. Erinnerst du dich noch an den Titel?«

»*Der Mann, der den Zügen nachsah,* oder so ähnlich.«

»Genau, und das ist es genau. Also, wie soll ich das erklären? Also das ist quasi genau wie bei mir.«

Buck hustete, und Libuda nutzte die Gelegenheit: »Hör zu, ich bin dienstlich unterwegs, und wenn du fremdgehst oder anderen Frauen als Frauke hinterhersteigst, ehrt es mich, dass du mich ins Vertrauen ziehen möchtest, aber ich bin außer Landes, sozusagen auf Dienstreise, auf Spesen, und ich brauche jetzt diese Telefonnummer, sonst bist du schuld, wenn ich meinen Schneewittchensarg verkaufen muss, um im nahenden Winter nicht zu verhungern.«

»Der Winter naht? Bist du betrunken?« Buck hustete.

»Ich war lange nicht so nüchtern, ich vertrockne stante pede, wenn du nicht endlich …«

»Hast du einen Stift? Ach was, ich schicke dir ein Foto davon. Dann kannst du dich fragen, warum du grade diese Seite in meinem Buch auserkoren hast, um dort Nummern von wildfremden Frauen reinkritzeln zu lassen«, sprach's und beendete im gleichen Atemzug das Gespräch.

Libuda hatte sich gerade eine Zigarette gedreht, da war das Foto schon da. Genau die gleichen Ziffern wie auf dem geheimnisvollen Zettel vom Begraafplaats. Aber wieso trat sie derart altertümlich in Kontakt? Überließ sie eigentlich alles dem reinen Zufall?

Er erinnerte sich: Sie hatte seine Handynummer beziehungsweise den Zettel, auf dem er diese notiert hatte, kurz und intensiv angeschaut, die Augen geschlossen und dann im Aschenbecher verbrannt. »Wenn es wichtig ist, ist es hier eingebrannt«, hatte sie ihn angelächelt. »Wenn nicht …«, dabei hatte sie mit einer ausladenden Bewegung aufs Meer gedeutet, das im Mondlicht vor ihnen geschlummert hatte. Er hatte also eher zur Kategorie »wenn nicht …« für Marie gehört. Oder sie überließ es eben gerne dem Schicksal. Oder dem Zufall, je nachdem, woran man glaubte. Eigentlich genau wie er.

Libuda stieg wieder aus dem Volvo, streunte über den Platz, dann griff er erneut nach dem Handy und begann, an einer möglichen Nachricht für Marie zu schreiben, verwarf sie wieder, begann von Neuem, strich wieder, löschte den kompletten Satz, schließlich den Absatz, schloss das Programm und wollte gerade das Handy wegstecken, da leuchtete oben das rote Lämpchen.

Eine Nachricht von ... Er verglich die Nummern. Kein Zweifel.

Du bist doch Detektiv, oder?

Gerade als Libuda, der den kleinen Bildschirm angestarrt hatte wie der Hase die Schlange, eine Antwort tippen wollte, erschienen schon wieder neue Buchstaben:

Verstehe: Was offensichtlich ist, muss nicht gesagt werden.

Dann triff mich in einer Stunde vor dem Spar in Den Hoorn.

Woher wusste sie, dass er auf Texel war?

Libuda schaute sich unwillkürlich um. Es wimmelte nur so vor Menschen an diesem sonnigen Sommertag. Alle schienen riesige Pakete mit Eiscreme bei Albert Heijn gekauft zu haben, die sie nun eilends vor der großen Schmelze nach Hause und ins Eisfach bringen mussten. Es wuselte wie in einem Ameisenhaufen um ihn herum.

Und Libuda fühlte sich wie der Fels in der Brandung, der wie durch ein Wunder vom Wasser unberührt blieb – gleichwohl jeden Moment mitgerissen werden konnte. Alles war in Bewegung. Niemand stand da und beobachtete ihn. Niemand interessierte sich auch nur die Bohne für ihn.

Er hatte noch jede Menge Zeit, und er konnte es kaum erwarten, sie zu treffen. Sie wiederzusehen. Marie. Vielleicht konnte er noch gegenüber einen Kaffee trinken, um die Zeit totzuschlagen. Libuda sprang in seinen Volvo und startete. Er hatte mit einem Mal keine Sekunde zu verlieren. Er brauchte keine fünf Minuten. Vorbei an gelbem, verbranntem Gras, schmuddeligen Schafen, die ungerührt weiterkauten, als sein Schneewittchensarg vorbeiflog. Dann tigerte er vor dem Eingang des kleinen Supermarktes auf und ab. Blickte immer wieder über die mit Blumen bepflanzte Verkehrsinsel inmitten der Straßenkreuzung. Touristen bummelten träge umher. Libuda dagegen wurde von Sekunde zu Sekunde hektischer. Gerade steckte er sich eine Selbstgedrehte in den Mund und dann in Brand – da sah er sie.

Mit einem feinen Lächeln trat sie von gegenüber aus dem Café De Knip in den Kreisel. Ihre Augen fixierten die von Libuda und ließen sie nicht mehr los. Da raste mit aufheulendem Motor von rechts ein weißer Lieferwagen auf den Kreisverkehr zu. Er touchierte an einem parkenden Auto den Außenspiegel, der mit einem trockenen Knall abriss, und im gleichen Moment, als Libuda den Mund zu einem Schrei aufriss, raste der heulende Blitz vor ihm her, donnerte links vorbei und entschwand in Libudas Augenwinkel, der nichts mehr vor sich sah, keine Marie … Libudas Schrei steckte wie ein Knebel tief in seiner Kehle, seine Augen suchten fieberhaft den Asphalt ab. Nichts. Keine Spur mehr von Marie. Immerhin auch kein Blut. Aber es müsste alles voll davon sein. Libuda würgte. Dann begann er zu zittern. Alles drehte sich um ihn herum.

»Menheer?«

Eine Hand tätschelte seine Wange. Ein rotgesichtiger Mann lächelte ihn unsicher an.

Libuda räusperte sich. »Wo …«, er musste husten. »Wo ist der Wagen?«

»Weg, der klootzak. Einfach weg.«

»Und die Frau?«

»Welche Frau?«

»Die eben über die Straße ging, als der Wagen ...« Libudas Stimme stockte.

»Da war keine Frau.«

»Aber ...«

»Da war keine Frau.« Der Mann sah ihn mitleidig an. »Soll ich einen Doktor rufen?«

»Nein, nein. Geht schon.«

Libuda stakste zu seinem Wagen. Mit zitternden Fingern schloss er die Tür auf und ließ sich in den Sitz sinken. Er schloss die Augen und legte seine Stirn auf das Lenkrad. Er spürte, wie das Blut in seinen Schläfen pochte und das Aufkreischen des Motors immer noch in seinen Ohren widerhallte. Immer wieder. Immer wieder raste der weiße Bulli vorbei.

Dann kam ein anderes Geräusch dazu. Sein Handy. Er hatte eine SMS bekommen. Mit unterdrückter Nummer.

Wir müssen uns sehen. Neuer Treffpunkt: Begraafplats. 23:00 Uhr. M.

Libuda atmete tief aus. Dann tippte er: *Du lebst. Was für ein Glück. Ich komme. Aber warum erst so spät?*

Sein Handy antwortete postwendend: *Die Antwort konnte nicht gesendet werden.*

Libuda stieg wieder aus und ging zu dem kleinen Kreisverkehr zurück, in dem er noch vor wenigen Augenblicken glaubte, einen tödlichen Unfall gesehen zu haben. Ein weißer Lieferwagen hatte mit dramatisch überhöhter Geschwindigkeit das Leben einer Frau ausradiert.

Und nun löste sich alles in Wohlgefallen auf.

Trotzdem: Libuda musste ein paar Fragen loswerden. Er ging zum Café gegenüber dem kleinen Supermarkt und betrachtete die Gäste. Eine Gruppe diskutierte sehr lebhaft, und ihre Erregung erhöhte ihr Stimmvolumen, sodass Libuda es schon Weitem hörte: Deutsche.

»Dat war ja vielleicht grade wat«, warf Libuda in die Runde, während er kopfschüttelnd nach hinten zeigte. »Der hatte doch bestimmt sechzig drauf.«

»Sechzig? Der war mit fast hundert Sachen unterwegs, dat kannse mich glauben«, erwiderte der rotgesichtige Kahlkopf mit ebenso deutlichem Ruhrpotteinschlag. Libuda tippte auf Bochum.

»Also ehrlich, die Holländer fahren wirklich wie die Kesselflicker«, warf Libuda wieder einen Köder in den Ring.

»Dat war kein Holländer!«, entgegnete der Kahlkopf.

»Wat denn, wat denn?«, widersprach ein grauer Schnurrbart. »Hasse dat nich gesehen, dat Kennzeichen? Musse ma nachem Optiker!«

»Wat denn?«

»Aus Aachen war der. AC stand da auffet Nummernschild.«

»Jetzt hat dich dat holländische Bier aber weich inne Birne gemacht.«

»Wie sah der denn aus?«, warf Libuda ein.

»So wie Kalli: Glatze, roter Kopp.«

»Quatsch, der hatte 'nen Vollbart, wie die dat jetzt alle haben.«

Libuda intervenierte: »Also wat denn nun? Ein Käskopp mit Glatze oder eine Printe mit Vollbart?«

Da ergriff eine der beiden Frauen am Tisch das Wort. »Aber wat mit der Frau war, dat interessiert euch nicht, typisch!«

»Ja, die war wat! Wie im Kinno: Zack die Rolle – und weg war sie.«

»Wie weg?«

»Keine Ahnung. Weg war sie eben.«

Libuda atmete tief durch. »Also, da war eine Frau. Genau. Die hab ich auch gesehen. Die ging genau auf den Spar zu.«

»Genau, und dann kam der Holländer.«

»Quatsch, die Printe.«

»Egal, ich jedenfalls habe nur noch den Wagen gesehen, ganz viel weiß lackiertes Blech.« Libuda sah die Frau an. »Und als der Wagen weg war, war auch die Frau weg. Ehrlich gesagt, ich hatte ein Schlachtfeld erwartet … Blut, Körperteile … ein Massaker eben.« Er zog die Augenbrauen in die Höhe.

»Aber die ist ja weggesprungen nach rechts.«

»Annemie, dat war nach links. Ich seh noch ihre langen Haare fliegen.«

»Die hatte Locken, Elvira, echte Locken. Davon können wir beide nur träumen. Dicke Korkenzieher.«

»Da vorne steht sie doch«, blökte jetzt der Kahlkopf.

Alle glotzten in die Richtung.

»War ein Scherz. Rudi, auch noch'n Pilsken? Und du?«, er drehte sich zu Libuda.

»Bedankt, ich muss noch fahren.«

»Wir doch auch.« Rudi grinste. »Dann fahren wir genau wie die Holländer.«

»Niederländer«, korrigierte Libuda und hob die Hand zum Abschied.

Eine Spurensuche dicht vor dieser neugierigen Kulisse konnte er vergessen. Aber das war ja jetzt auch überflüssig geworden. Er sah sie ja heute Abend.

Libuda fuhr Richtung Meer und parkte in einem Kiefernwäldchen auf dem Weg zum Paal 12. Er setzte sich auf eine verwitterte Bank und öffnete seinen Seesack, kramte ein wenig und entnahm ihm dann eine Schreibmappe.

Es wurde Zeit für einen Bericht an seinen Auftraggeber.

Er öffnete sein schwarzes Büchlein und blätterte. Er musste auch noch einen anderen Bericht beenden, aus der Abteilung

»Ehebrecher & Co«. Immerhin hatte er die Ehe vor dem Untergang bewahrt, für's Erste jedenfalls; es waren zwei kleine Kinder im Spiel, denen er den Vater gerettet hatte, der nun eine zweite Chance bekam, weil Libuda die Beweise für seine Untreue unter den Tisch fallen gelassen hatte – solange der in Zukunft die Finger und sein bestes Stück bei sich behielt.

Eine Möwe kreischte über ihm und riss den Detektiv zurück in die Gegenwart. Wie viele Tage ermittelte er nun schon? Wurde das jetzt ein Abschlussbericht? Wenn er Marie heute Abend traf, würde sie dann wollen, dass er ihrem Bruder ihren Aufenthaltsort verriet? War sein Auftrag in wenigen Stunden beendet?

Da meldete sich sein Telefon. Er schaute auf das Display und nahm das Gespräch an.

»Sag mal, Partner, wo steckt unsere weltweit operierende und ermittelnde Agentur denn grade ihre Nase rein?«, fragte Ani Tram.

»Ich bin gerade …«

»Nein, sag jetzt nichts und bleibe dort, um der Erleuchtung näherzukommen. Denn wie sagt Meister Lao-Tse: Reisen ist besonders schön, wenn man nicht weiß, wohin es geht. Aber am allerschönsten ist es, wenn man nicht mehr weiß, woher man kommt.«

Libuda hatte noch immer kein Wort für seinen Bericht geschrieben. Er beschloss, darauf zu vertrauen, seinem Auftraggeber den erfolgreichen Abschluss der Mission in wenigen Stunden verkünden zu können. Libuda entschied, sich statt des Berichtes lieber etwas Meer zu genehmigen, und startete mit dem Volvo erneut gen Strand, den Jan Ayerslagweg entlang. Wenig später stand er mit den Füßen in den salzigen Fluten und genoss die Sonne auf seiner nackten Haut.

MARTA – 1996. Herbst.

Zum Glück waren die Holländer ganz verrückt auf Karneval. Und so zuckten sie mit keiner Wimper, als die junge Frau mit der dicken Brille gleich einen ganzen Haufen Masken kaufte. Genauer gesagt: zehn auf einmal. Sie kosteten alle nicht die Welt. Die billigste, und so sah sie auch aus, einen Clown, bekam sie schon für fünf Gulden. Die teuerste, einen Affen mit imposanten Haaren, die aussahen, als habe man gerade frisch einen Indianer skalpiert, für fünfzehn Gulden. Die Aliens, Außerirdischen oder was immer die Fratzen darstellen sollten, lagen preislich genau dazwischen. Geschmacklich auch.

Die junge Frau mühte sich ab, Niederländisch zu sprechen, aber jeder, selbst wenn er halb taub gewesen wäre, hörte natürlich, dass sie aus Deutschland kam. Aber da sie offenbar einen Sprachfehler oder gar eine weitaus umfassendere Behinderung mit sich herumschleppte, jedenfalls lispelte sie zum Steinerweichen und stand gänzlich schief da wie eine Pappel im Sturm, waren alle höflich und lobten ihre brillanten Sprachkenntnisse.

»Tot ziensss«, verabschiedete sich das bemitleidenswerte Geschöpf und humpelte mit der stolz an die Brust gedrückten Tüte aus dem Laden hinaus in den morgendlichen Nebel.

»Auf Wiedersehen!«, grüßten sie freundlich zurück, bevor sich die Ladentür hinter ihr schloss.

Als sie den Vrijthof komplett überquert hatte, dabei stets das rechte Bein leicht nachziehend, bog sie um eine Ecke, und der unverkennbare Geruch von Frietjes haute sie fast um. Sie schaute sich unauffällig um, und dann zogen sich ihre Mundwinkel langsam immer weiter nach oben. Sie richtete sich kerzengerade auf, nahm die dicke Brille ab, ließ sie in der Tüte zu den Masken plumpsen, atmete tief ein und aus und tänzelte nun leichtfüßig über das Trottoir der Maas entgegen.

Mit einem Summen auf den Lippen stieg sie wenig später die Leiter runter, um an Bord der *Yolanda Maria* zu kommen, die wie immer fest vertäut wie für die Ewigkeit an der Kaimauer dümpelte. Das grünlich-brackige Wasser der Maas klatschte leicht aufschäumend gegen den Rumpf des alten Schiffes, und eine Möwe krächzte, bevor sie auf dem Dach landete. Die summende junge Frau machte sich auf die Suche nach dem älteren Mann mit dem Holzbein. Ein bisschen Gras zur Entspannung hatte sie sich nun redlich verdient, fand sie.

Mit breitem Lächeln saß Marta zwei Stunden später im Zug, der gemütlich durch die hügelige Landschaft, die dutch mountains, zischte.

Alles lief wie am Schnürchen.

Sie hatte alles unter Kontrolle.

Sie hatte den Masterplan.

Den Martaplan.

KAPITEL 38

Nachmittag bis Abend
Niederlande, Texel, Begraafplaats Georgiers

Libuda hatte tatsächlich einen Bericht geschrieben für seinen Auftraggeber, dabei schon die Spesen in puncto Dienstreise ins Ausland vermerkt und sich dann ein wenig in die Dünen gelegt, um nachzudenken. Er hatte auch immer wieder versucht, Marie zu erreichen. Vergeblich. Keine Antwort. Er beruhigte sich damit, dass er sie ja nachher sehen würde, und nickte ein wenig ein, woran vielleicht auch das reichhaltige Fischgericht in dem kleinen Restaurant schuld war, das er Schornstein auch in Rechnung stellen würde.

Die Sonne war bereits untergegangen, als Libuda den Motor anließ, das Licht des alten Volvo einschaltete und langsam losfuhr. Er bog dann rechts auf den Westernweg und fuhr parallel zur Küste gen Süden, bis er links in den Hemmerweg einbog und diesem gen Osten zur Wattseite hin folgte, den Pontweg kreuzte und dann am Hoge Berg ausrollte und den Volvo unweit des Begraafplaats rechts am Rand parkte.

Er schaltete die Scheinwerfer aus, und augenblicklich versanken alle Konturen der Büsche und Bäume in schwärzester Nacht. Es herrschte eine seltsame Stille um ihn herum. Er hatte keine Tanzveranstaltung auf dem Friedhof erwartet, aber die Stille lag über dem Fleckchen Erde wie ein dicker Teppich, der sich stetig weiter senkte. Kein Vogel war mehr zu hören, nicht mal die stets präsenten Möwen, selbst die Grillen schwiegen. Libuda stolperte über einen Ast und fing sich gerade noch am schmiedeeisernen Tor ab. Es quietschte bei der Berührung. Durchdringend und kalt. Nach der Wärme des Tages legte sich die Kälte der Nacht wie ein feuchter Film auf seine Haut und ließ ihn frösteln.

Marie hatte einen zumindest seltsamen Sinn für Romantik. Libuda hätte geschworen, dass tags zuvor noch Vollmond gewesen wäre, aber nun sah er erst nach einer gefühlten Ewigkeit ein paar winzige matte Sterne in der Schwärze über sich.

Eine Taschenlampe wäre jetzt gut, dachte er. Was bin ich für ein Detektiv? Sucht im Dunkeln nach einer schwarzen Katze. Er holte sein Smartphone heraus und dachte im gleichen Moment, dass er vergessen hatte, es aufzuladen. Die kleine Batterie war rot. Also keine Taschenlampe. Ob Marie insgeheim Gothic Fan war oder Satanistin? Wollte sie eine Schwarze Messe auf dem Friedhof zelebrieren? Was für ein Ort für ein Rendezvous!

Das Tor kreischte, als er es öffnete. Libuda schaute sich um. Mit viel Fantasie erkannte er den Weg. Die kleinen Steine knirschten unter seinen dünnen Sohlen.

»Hallo?«, rief er halbblaut. »Ist irgendwer zu Hause?«

Kaum hatte er es ausgesprochen, bereute er seinen Spruch auch schon als pietätlos. Da aber sah er ein Licht auf der anderen Seite hinter der großen Steintafel. Jetzt erkannte er auch schemenhaft eine Gestalt, oder eher: ihre Umrisse. Obendrauf thronte ein Lockenkopf. Libuda erwachte aus seiner Erstarrung und tappte Richtung Licht und Gedenktafel. Mit einem Mal blitzte der Stern auf der Tafel auf, und das Licht verschwand hinter dem Stein. Libuda folgte dem Licht rechts um den Stein herum, sah für einen Moment den Lockenkopf, dann blendete ihn der Strahl einer Taschenlampe, und er schloss die Augen und senkte den Kopf.

»Was …«, murmelte er – da traf ihn ein Schlag auf den Kopf. Libuda taumelte ein wenig, schien sich jedoch zu fangen und wollte gerade die Arme zur Abwehr heben, wie er es beim Kung Fu gelernt hatte – die aber waren bleischwer und bewegten sich wie in Zeitlupe –, da krachte es erneut in seinen Nacken. Bei dem Detektiv gingen mit einem Schlag alle Lichter aus, und er sackte zusammen und landete leblos auf dem Boden von Texel. Auf dem Friedhof der Georgier.

Er riss die Augen auf. Vor ihm lief so etwas wie ein Film. Es bewegte sich, aber seltsam, es lief alles nach oben, sogar ein Fisch. Erst glotzte er ihn an, sein Maul schnappte auf und zu, dann verschwand er allmählich am oberen Bildrand, ohne dass er die Flossen bewegt hätte. Er hörte ein Rauschen, das immer stärker wurde. Dann sah er nach unten. Auf ein längliches, breites Gebilde. Holzvertäfelt. Es kam ihm bekannt vor. Er legte vorsichtig seine Rechte darauf. Die Linke stieß an etwas Starres vor seinem Bauch. Da erst erkannte er das Lenkrad und das Armaturenbrett seines Volvo. Und der sank offensichtlich gerade unter Wasser. Es wurde zusehends dunkler und kühler um ihn herum. Vor allem an seinen Füßen. Jetzt schon an seinen Knien. An seinem Bauch. Der Volvo lief voll Wasser. Er sank und er mittendrin. Er rüttelte an der Tür, warf sich dagegen. Ein Brennen fuhr in seine Schulter. Zwischen seinen Ohren summte und gurgelte es immer lauter. Sein Atem begann zu rasseln, und er spürte sein Herz, das offenbar seinen Brustkorb zu sprengen versuchte. Beim Versinken mit einem Auto im Wasser muss man abwarten, bis das Wasser die Luft im Fahrgastraum derartig komprimiert, dass sie die Tür aufdrückt und der Insasse somit leicht entfliehen kann. Er hatte das irgendwo aufgeschnappt und behalten. Unnützes behielt er leicht. Bis jetzt. Jetzt war es nützlich. Er zog am Türgriff, und die Tür schwang elegant auf. Beinahe stahl sich ein Lächeln auf seine Lippen, als er das sinkende Gefährt schwebend verließ und allmählich aufstieg zwischen seinen Luftblasen. Es wurde heller und heller, und beinahe schnappte er schon nach Luft, da stießen erst seine Hände und dann sein Kopf gegen etwas Hartes. Licht kam durch diese Fläche hindurch, er aber nicht. Er kratzte daran – und seine Fingerkuppen gefroren fast im gleichen Wimpernschlag. Panik packte ihn, als er erkannte, wo er sich befand: unter einer Eisdecke. Er war in einen zugefrorenen See gestürzt, in seinem Schneewittchensarg. Aber irgendwo musste doch ein Loch im Eis sein. Er riss hektisch den Kopf herum, nach links, rechts, vorne, hinten, während sein Mund sich auf der Suche nach Luft, nach Atem, immer weiter öffnete. Er gab sich einen Ruck und holte mit Armen und Beinen aus, um unter dem Eis hindurch zur rettenden Öffnung zu schwimmen. Es wurde kälter. Das Wasser strömte durch seinen Mund. Er konnte gar nichts dagegen tun. Wenn er Glück hatte, erfror er, bevor er zu schlucken begann, bevor das Eiswasser seine Lungen füllte, bevor diese sich konvulsivisch zusammenzogen, bevor sie platzten. Er wartete auf das Licht.

23:30 Uhr
Aachen, Frankenberger Viertel

Es war das gleiche Bild. Gegenüber, nicht mal zwanzig Meter vom Dach entfernt, auf dem der Schatten kauerte, strahlten die Fenster inmitten der dunklen Mauern der oberen Stockwerke in den Abendhimmel.

Die Frau hinter dem Fenster jedoch verschenkte keinen noch so verstohlenen Blick. Ihr Augenlicht schenkte sie einzig und allein dem Schreibtisch und den darauf nach einem unergründlichen Plan verstreuten Papieren. Blind griff sie nach einem eng beschriebenen Blatt, und stets war es exakt das Gesuchte. Einmal kratzte sie sich am Kopf. Da löste sich die Haarspange, und im Licht der Schreibtischlampe erstrahlten leuchtend rot ihre lockigen Strähnen, die sich sofort wie Kaskaden über ihre Stirn ergossen, dabei wie rot-violette Blitze zuckten und ihr die Sicht vollends versperrten. Elegant und lässig fing sie die Spange blitzschnell auf. Mit der rechten Hand, ohne einen Blick dafür zu vergeuden. Mit der Linken schrieb sie bereits wieder.

Sie wälzte dicke Schinken wie aus einer Bibliothek, die auf die Entfernung nicht zu erkennen waren. Altmodische Nachschlagewerke. Dazu leuchtete der Monitor eines Laptops, auf den sie bisweilen eintippte. Was sie wohl recherchierte? Ob sie mittlerweile wusste, wo ihre Freundin war? Er würde es herausfinden. Sehr bald. Er lachte leise, heiser in sich hinein. Schon bald würde er es aus ihr herauskitzeln, und dann würde sie es schon ausspucken. Schon bald.

Dabei qualmte die Frau drinnen wie ein Schlot. Mehrere blaue Packungen lagen auf dem Tisch neben dem Aschenbecher inmitten der Bücher. Jetzt blies sie wieder Rauch aus, und in diesem Moment drehte sie den Kopf, ihre Hand glitt ans Fenster, öffnete es und … sie sah für einen Wimpernschlag zum Dach gegenüber.

Erstaunen breitete sich auf ihrem Gesicht aus. Dann löste sie den Blick und schaute hinauf in den Himmel, der eine unermessliche Handvoll seiner Brillanten auf seinem schwarzen Mantel drapierte und entflammte.

Wie romantisch.

Nur für sie.

Dachte sie.

23:35 Uhr
Niederlande, Texel, Begraafplaats Georgiers

»LI!«

»BU!«

»DA!«

Etwas klatschte auf seine Wange.

»LI! BU! DA!«

Das ist das Eis, dachte Libuda noch und gab sich vollkommen der Erwartung der Kälte hin. Um dann erstaunt festzustellen, dass seine Wange nicht gefror, sondern Wärme sich dort ausbreitete. Da traute er sich und nahm einen tiefen Zug. Einen Atemzug.

Und statt Wasser strömte sommerabendwarme Luft in seine Lungen. Libuda probierte es gleich noch einmal, noch tiefer sog er die Luft ein. Den Atem. Das Leben. Ein Lächeln breitete sich auf seinem Gesicht aus, und er drehte sich seufzend auf die Seite, denn er war mit einem Mal so unfassbar müde, wie mit Blei ausgegossen.

»Kai Arthur Libuda«, hallte es da erneut in seinem Schädel. »Hast du kein Hotelzimmer gefunden oder wieso begibst du dich hier zur Ruhe?« Etwas stieß ihn an der Schulter. »Findest du das nicht geschmacklos? Zumindest pietätlos?«

Der nächste Stoß traf seine Rippen. »Und etwas mehr Umgangsformen erwarte ich auch. Vielleicht bin ich ja altmodisch, aber wenn ich nachts ein Rendezvous habe, erwarte ich zumindest, dass mein Gegenüber mich ansieht.«

Es traf ihn noch tiefer. Zwischen den Beinen. Da riss er die Augen auf.

»Ani?«

»Tatsächlich. Du erkennst mich noch? Wie viel hast du getankt, dass du hier zwischen den Gräbern liegst?«

»Ich …« Libuda versuchte, sich abrupt aufzurichten, aber sein Schädel begann im gleichen Moment zu explodieren. »Ich«, begann er erneut und schluckte würgend, »bin hier … nieder…niedergeschlagen worden.«

»Niedergeschlagen siehst du in der Tat aus.«

»Im Ernst, mir hat jemand eins übergezogen.« Er betastete wie zum Beweis seinen Hinterkopf. »Du musst sie doch gesehen haben!«

»Sie? Wen? Warst du mit jemandem verabredet?«

»Nein, ja … mit ihr … mit Marie.«

»Marie? Ich denke, du, ich meine: Wir suchen sie! Und du hast sie gefunden. Sie wollte aber nicht gefunden werden. Wäre ja nicht das erste Mal, dass jemand weder gesucht noch gefunden werden will.«

»Du hast wirklich niemanden gesehen?« Libuda befühlte weiter die Beule an seinem Schädel, betrachtete dann seine Finger, an denen Blut klebte.

»Also der Reihe nach: Du bist eingeladen worden. Von der Zielperson. Hierhin, auf diesen merkwürdigen Friedhof ohne Grabsteine. Und dann hast du statt eines Willkommensgrußes oder gar Kusses eins über den Schädel bekommen. Richtig?«

Ani Tram wartete seine Antwort gar nicht erst ab. »Und jetzt fragen wir uns beide: Wer war hier, den wir beide offensichtlich nicht gesehen haben?«

Libuda stöhnte, griff noch einmal an seinen Kopf. Ihm wurde etwas schwindelig, als er auf die Wunde drückte. Er stützte sich kurz am Boden ab. Als er seine Hand wieder hob, klebte etwas daran. Ani zupfte es ab und hielt es ins Licht ihrer Lampe.

Ein Geldschein. Kunstvoll gefaltet zu einem Blatt.

Ani Tram betrachtete erst den Schein, zog eine Augenbraue hoch und betrachtete dann Libuda. Der sah sie mit fragend an. Ani leuchtete noch einmal um Libuda herum und fand gleich noch zwei ähnlich gefaltete Fünfzigeuronoten.

Sie runzelte die Stirn und murmelte: »Wenn das nicht typisch Herzkreis ist.«

»Und wie kommt das hierhin?«

Ein Geräusch riss sie aus ihren Überlegungen.

Ani schaltetet als Erste: »Dein Handy!«

Libuda kramte es aus seiner Tasche und starrte es an. Die rote Lampe leuchtete ihn an. Zwei Prozent.

»Du musst schon draufdrücken. Oder hast du die Telepathie-App?«

Endlich machte es Klick bei Libuda.

»Mein Gott, wo bist du, Alter? Wieso dauert das so lange?«

»Matteo? Was ist los?«

»Hier ist die Hölle los, und Mister Private Eye ist in der Versenkung.«

»Könntest du vielleicht ...«

»Frauke hat mir grade erzählt, dass eine ihrer speziellen Freundinnen, du weißt schon: die aus diesem herzigen Kreis, überfallen wurde, halt, ich korrigiere: ausgeraubt wurde.« Buck lachte ein wenig heiser, hustete dann. »Das Sterntaler steht jetzt ohne Taler da.«

»Wer denn?« Libuda war geistig noch nicht wieder auf der Höhe. »Matteo, mein Akku!?«

»Die Buchhändlerin.«

Damit erlosch das Display

KAPITEL 39

Zurück nach Aachen

Okay, Abflug!«, murmelte Libuda. »Zurück an die Heimatfront.«

»Bist du denn wieder fit?« Ani Tram hielt ihn an der Schulter zurück und sah ihm in die Augen.

»Bist du jetzt auch Ärztin, oder was?« Libuda begann zu tänzeln und nahm die Fäuste hoch. »Ich bin wieder voll da, Doc. Es kann weitergehen. Es war ein Niederschlag, aber kein Knockout.« Von dem Stechen in seinem Schädel sagte er lieber nichts.

»Welche Runde?« Und in Libudas fragendes Gesicht stellte Ani fest: »Okay, ich fahre«, und hielt die Hand auf: »Die Schlüssel!«

»Wie bist du denn hergekommen?«

»Jemand hat mich gerne hergebracht. Sehr gerne.« Sie lächelte einen Moment in sich hinein. »Kennst du nicht.«

Libuda setzte gerade zu einem Verhör an, da hob Ani die Hand und erstarrte, um dann einen Finger auf den Mund zu legen. Und da hörte Libuda es auch: Eine Sirene näherte sich, und blaues Licht zuckte in einiger Entfernung.

Sie machten, dass sie wegkamen.

Sie konnten nur hoffen, dass nicht noch mehr Scheine auf dem Friedhof lagen. Mit Libudas Blut.

Auf dem Beifahrersitz im eigenen Auto zu sitzen, war ein seltsames, fast surreales Gefühl. Nur gut, dass er Ani am Steuer genauso vertraute wie sich selbst. Vielleicht sogar mehr. Er hätte ebenso ruhig dagesessen, hätte sie einen Jumbojet durch einen Hurrikan geflogen oder durch das Ponttor. Was sollte passieren? Und selbst wenn?

Kismet. Karma. Schicksal. Zufall. Egal.

Vertrauen ist eine große Sache. Wunderbar, wenn es klappte. Und Libuda traute gerne und quasi von Natur aus jedem Menschen. Bei Marie war er sich da nicht mehr sicher. Was lief da gerade für ein Film?

Er hatte sie gesucht und nicht gedacht, sie zu finden.

Er hatte ihr schreiben wollen. Da hatte sie ihm geschrieben. Hatte ihm einen Treffpunkt vorgeschlagen: am Spar in Den Hoorn. Dann hatte er sie gesehen. Aber bevor er mit ihr sprechen konnte, hatte ein weißer Lieferwagen Marie über den Haufen gefahren. So hatte es zumindest ausgesehen von gegenüber.

Libuda bekam schlagartig eine Gänsehaut und fummelte an der Heizung im Volvo.

Dann aber gab es weder ein Unfallopfer noch eine Marie. Dafür war er erneut per SMS für dreiundzwanzig Uhr zum Begraafplats bestellt worden, wo er niemanden getroffen hatte, jedoch niedergeschlagen worden war. Aufgeweckt hatte ihn seine stille Teilhaberin, die jetzt auch seinen Schneewittchensarg über den Pontweg Richtung Hafen von t'Horntje lenkte.

»Was ist mit Marie?«, fragte Ani in diesem Moment.

Genau: Was war mit Marie? Wo war sie? Und vor allem: Was hatte sie gemacht? Wieso zum Teufel hatte sie ihn niedergeschlagen? Erst bestellte sie ihn nach Den Hoorn, wurde fast von einem Idioten aus AC oder NL oder sonst woher umgefahren, dann bestellte sie Libuda erneut. Um ihn dann niederzuschlagen? Das ergab keinen Sinn. Oder glaubte sie, er habe den weißen Bulli gelenkt? Aber sie hatte ihn doch gegenüber gesehen. Oder glaubte sie, er habe jemanden angeheuert? Und darum schlug sie ihn nieder? Warum tauchte sie nicht einfach ab, so wie vorher?

»Du hast keine Ahnung, oder?«, brachte seine Kompagnona Libudas stumme Meditation auf den Punkt. »Von Frauen hast du ja noch nie viel verstanden«, ergänzte sie grinsend.

»Guck auf die Straße!«

SECHSTER TAG

KAPITEL 40

Samstag, morgens
Aachen, Bismarckstraße

Er hatte kaum den Klingelknopf losgelassen, da summte schon der Türöffner. Er ging hoch, und mit jedem Treppenabsatz stieg die Temperatur um gefühlt fünf Grad an. Die Tür oben war nur angelehnt. Er klopfte trotzdem.

»Kommt einfach rein«, kam es von drinnen, begleitet von einem Hochziehen der Nase.

Da die Stimme von links gekommen war, ging er in diese Richtung und betrat, diesmal seinen Blick ungestört schweifen lassend, den Raum, von dessen Wänden fast nichts zu sehen war, da sie komplett mit Büchern bedeckt waren, ebenso der Boden, dazwischen überall Kissen. Im Mittelpunkt, auf der Couch, lag eine spärlich bekleidete Frau auf dem Bauch, den Kopf zwischen den gebeugten Armen vergraben. Die Stille im Raum wurde nur durch das in regelmäßigen Intervallen wiederkehrende Schniefen der rot gelockten Frau unterbrochen.

Libuda unterbrach auch dies. »Guten Tag, Frau Mangold. Ich habe da noch ein paar Fragen.«

Die Angesprochene riss jäh den Kopf hoch und brachte ihren Körper in die Vertikale.

»Die erste Frage haben Sie mir gerade bereits beantwortet.« Libuda deutete eine Verbeugung an. »Es geht Ihnen offensichtlich nicht allzu gut. Darf ich Ihnen ein Taschentuch anbieten?«

Er reichte ihr ein Papiertuch, mit dem sie sich die verheulten Augen wischte und dann schnaubend die Nase putzte.

Da strich mit einem Mal ein kleines, haariges Wesen um seine Beine und begann augenblicklich zu schnurren. Die Frau sah Libuda entgeistert an. »Das macht er sonst nie bei Fremden.«

»Na ja, um der Wahrheit die Ehre zu geben, ist es ja bereits mein zweiter Besuch bei Ihnen, Frau Mangold.« Libuda kraulte den rot getigerten Kater, dann schaute er der Frau direkt in die Augen. »Und da wir gerade bei der Wahrheit sind. Ich muss mich noch vorstellen.« Sie sperrte den Mund auf, aber Libuda ließ ihr keine Zeit. »Mein Name ist Libuda, und ich bin privater Ermittler. Hier ist meine Karte.« Er reichte ihr seine Visitenkarte und ließ der Buchhändlerin Zeit, das zu verdauen. Einstweilen kraulte er ihren Kater, bevor er fortfuhr: »Etwas ist Ihnen abhandengekommen. Etwas, bei dem ich es dahingestellt sein lasse, ob es tatsächlich Ihnen gehört oder gehörte, aber wenn Sie sich fragen, woher ich das weiß, darf ich Ihnen versichern: Ich weiß noch weitaus mehr, und darum«, hier senkte Libuda Stimme und Blick, sodass die Frau gegenüber in der Bewegung verharrte und ihre Hand in den Haaren, die sie einen Augenblick zuvor noch zurückzustreichen gedachte, festgefroren schien, »rate ich Ihnen, mir nun vorbehaltlos alles zu erzählen.« Er sah weiterhin starr in ihre geröteten Augen. »Auch wenn ich schon vieles weiß und es Ihnen schwerfällt. Jedes Detail ist wichtig.«

Die Frau wischte sich entschlossen mit dem Handrücken über den Mund und atmete schwer aus. »Das Schlimmste ist, dass die mir nicht glauben.«

Libuda verstand zwar gerade nicht wirklich, was die derangierte Buchhändlerin meinte, aber er wusste, dass es stets besser war, nicht zu unterbrechen, und zudem hätte er gar nicht gewusst, womit er hätte anfangen sollen zu fragen. Darum nickte er nur wohlwollend wie ein Beichtvater.

»Die denken, das ist wie bei Marta.«

»Bei Marta«, echote Libuda wie ein Mantra und nickte verschwörerisch.

»Genau. Bei Marta war es auch so. Alles weg. Und sie auch. Da haben wir natürlich alle gedacht …«

Libuda reichte ihr noch ein Tuch.

»Und das habe ich bei Marie ja letztens auch gedacht.« Einen Moment hielt sie inne und starrte vor sich hin. »Ja, ich habe ihr das auch zugetraut.« Sie verstummte erneut, starrte weiter ins Nichts. Eine Haarsträhne fiel ihr ins Gesicht. Sie schien es nicht zu bemerken, obschon sie vor ihrem rechten Auge hing. »Bei Marie fing es ja eigentlich an. Kaum hatte sie das Geld«, sie schnaubte verächtlich aus, »da war sie auch schon weg, und wir dachten …« Sie sank noch tiefer in die Couch, und ihre Stimme wurde noch heiserer. »Das scheiß Geld hat von Anfang an nur Pech gebracht. Als hätten wir die Büchse der Pandora geöffnet.«

Libuda zuckte zurück, als plötzlich ein silbriges Metallding in der Hand der Frau aufsprang und eine Flamme emporzüngelte. Hastig steckte Mangold eine Zigarette in Brand und inhalierte, blies dann den Rauch des schwarzen Tabaks aus, der direkt in Libudas Nase ankam. Mit einem Mal fühlte er sich in der Zeit zurückkatapultiert.

Er saß an einem wackligen Tisch auf einem noch wackligeren Stuhl, gerade so hoch, dass er genau sehen konnte, wie eine Hand das Wasser aus einer kleinen Karaffe in das Glas auf die klare orangegelbe Flüssigkeit goss, die gerade mal fingerdick auf dem Boden herumdümpelte, und mit einem Mal färbte die sich milchweiß. Der Mann gegenüber lachte und schnippte sich aus einer hellblauen Schachtel eine Zigarette zwischen die Lippen, wobei etwas herausbröselte und als schwarze Krümel auf dem Tisch landete. Dann flammte ein Streichholz auf und steckte die schneeweiße Zigarette knisternd in Brand. Augenblicklich erfüllte ein schwerer Geruch die Luft, irgendwie dunkel, und um ihn aus der Nase zu bekommen, hielt er diese über seine kleine bauchige Flasche mit der gelb perlenden Flüssigkeit, in der schon ein blau-weiß gestreifter Strohhalm steckte. Orangina. Er drehte sich um und blickte geradewegs in die Augen der Frau, die in einem kurzen, geblümten Kleid über den Platz auf das Café und auf ihn zu schwebte. »Da sind ja meine beiden wunderschönen Männer«, gurrte sie und beugte sich zu ihm runter. Er schloss die Augen, um den Kuss seiner Mutter zu empfangen.

»Eigentlich habe ich ja aufgehört.« Patrizia Mangold warf die leere Packung Gauloises hinter sich, wo sie zwischen zwei Bücherstapeln verschwand, um direkt neben einer anderen Packung zu landen.

»Simone de Beauvoir hat mal gesagt: ›Verliebtheit bringt die schönsten Seiten in einem Menschen zum Vorschein.‹« Sie drückte die Kippe mit dem schwarzen Tabak in einem blauen Aschenbecher mit der weißen Aufschrift *GITANES* aus. »Und Patrizia Mangold sagt: Geld bringt die hässlichsten Seiten in einem Menschen zum Vorschein.«

Sie zog geräuschvoll die Nase hoch, dann hielt sie plötzlich eine Flasche in der Hand. »Auch 'nen kleinen Ricard?«

»Non, merci«, erwiderte Libuda. »Aber was genau ist denn nun passiert?«

»Als ich aufwachte, war alles weg. Das ist passiert.« Sie goss sich zwei Fingerbreit von der gelblichen Flüssigkeit in ein Glas und kippte dann Wasser aus einer Flasche darüber, was den Pastis augenblicklich milchig einfärbte.

»Wo war es denn zuvor? War es versteckt?«

»Um Himmels willen! Ich wohne im dritten Stock. Wieso sollte ich es da verstecken?« Sie nahm einen entschiedenen Schluck.

Libuda trat ans Fenster. Gegenüber lief schon ein Fernseher. Unten auf der Bismarckstraße drängelten sich die Autos. Auf dem kleinen Balkon blätterte die Farbe von einem Bistrotisch, an dem zwei blaue Stühle standen. Ein Aschenbecher prangte darauf, offenbar ebenso von GITANES und garantiert original in Frankreich versehentlich in den Rucksack geraten.

»Hing alles an dem weißen Bäumchen; was abgefallen war, lag hier auf dem Tisch«, dabei schlug sie mit der flachen Hand auf das Tischchen vor der Couch, wobei Libuda schon das Ricard-Glas kippen sah. Aber die Mangold fing es elegant auf, bevor auch nur ein Tropfen überschwappte. »Ich habe die Scheinchen nachts alle geküsst, jeden einzelnen von ihnen, als endlich alle weg waren. Einmal mit so viel Geld allein in einem Raum.« Sie zog wieder die Nase hoch. »Morgens wollte ich sie stapeln und bügeln. Der Stapel wäre sicher so dick gewesen.« Sie zeigte ihm die Luft zwischen Daumen- und Zeigefingerkuppe.

»Und jetzt …«, sie drückte die Fingerkuppen so fest aufeinander, dass die Sehnen an ihrem Unterarm hervortraten. »Rien ne va plus.«

»War die Balkontür geschlossen?«, fragte Libuda und bewegte den Griff, der die Stange nach oben hebelte. Die Tür öffnete sich mit einem sanften Quietschen.

»Keine Ahnung. Es war ziemlich viel ziemlich schlechte Luft hier drin. Die musste mal dringend raus. Und ich dann ins Bett. Allein übrigens. Aber ich habe auch so wunderbar geträumt.« Einen Moment schaute sie versonnen ins Leere. »Bis dann morgens alles kitschig zerplatzte wie eine Seifenblase.« Sie nippte wieder an ihrem Pastis.

Libuda trat vorsichtig auf den Balkon, der mit seinem rostigen schmiedeeisernen Geländer, das scheinbar original Jugendstil war und seitdem unverändert schien, derartig filigran wirkte, dass er Sorge hatte, er stürze gleich mit dem baufälligen Stück in die Tiefe.

Vorsichtig beugte er sich über die Brüstung und sah nach unten. Sein Puls beschleunigte sich augenblicklich, kaum dass er die Höhe erfasst und die Miniaturmenschen auf der Straße erblickt hatte.

»Wie viel beträgt die Deckenhöhe?«

»Bitte was?«

»Wie hoch sind die Decken hier in der Wohnung?«

Sie sah ihn verständnislos an.

»Drei Meter sechzig? Oder sogar drei achtzig?«

»Was spielt das denn für eine Rolle?«

»Und wie viele Stockwerke hat das Haus?«

»Drei, nein, vier, glaube ich. Kommt drauf an, ob der Speicher mitzählt und die Hochparterre.«

Libuda betrachtete die Fassade von oben. Er sah kleine Vorsprünge, Ornamente und Simse. Eine Ecke, direkt unter dem Balkon, an der linken Seite, sah etwas mitgenommen aus im Vergleich zu rechts, so als sei etwas herausgebrochen.

»Und dann haben Sie die Polizei eingeschaltet?«

Sie schnaubte. »Natürlich nicht, aber jetzt sind Sie ja doch gekommen.«

»Ich habe nie gesagt … egal. Jetzt kommt es auf jedes Detail an.« Er sah die Frau direkt an. »Wo haben Sie geschlafen? Hier im Raum?«

»Nein, im Schlafzimmer.«

»Sie hören also nicht, was hier im Raum passiert?«

»Wieso? Was soll hier im Raum passieren, wenn ich schlafe? Mein Kater und meine Bücher veranstalten keine Partys mehr. Die leben ganz still und zurückgezogen, so wie ihre Besitzerin.« Sie nippte an dem Ricard. »Nur gestern war eben mal mehr los hier. Aber es waren ja nur Frauen, und es gab nicht mal Alkohol, also jedenfalls nicht viel, weil es ja spirituell zuging.« Sie sank in sich zusammen. »Und das Materielle ist ja nun tatsächlich vollends von mir gewichen. Bleibt ja nur noch der Sprit.«

Libuda hatte gerade eine Frage auf der Zunge, da ertönte die Klingel. Die Buchhändlerin saß mit einem Ruck aufrecht, und Libuda empfahl sich. »Wir sind ja so weit fertig.« Damit deutete er eine Verbeugung an, steckte sein kleines, schwarzes Notizbuch ein und war durch die Haustür, ehe die Frau aus dem Wohnzimmer heraus war.

Statt nach unten stieg Libuda im Treppenhaus jedoch nach ganz oben. Er konnte jetzt niemanden bei seinen Ermittlungen gebrauchen und schon gar keine dummen Fragen. Vor der Tür, die wohl zum Speicher führte, verharrte er. Schon hörte er Schritte und Stimmen von unten näher kommen. Er war sicher, dass es die Komplizinnen aus dem Herzkreis waren: Elli Stork, Ruth Gerresheim & Co.

Die Begrüßung unten musste recht kühl, zumindest schweigsam ausgefallen sein, denn wenig später fiel die Tür ins Schloss. Im Treppenhaus herrschte wieder Stille, das hieß, die Dielen knarrten, eine Wasserleitung tropfte, und die Zeitschaltung der Beleuchtung klackerte, bis sie erstarb und das Licht erlosch.

Libuda drückte auf die Klinke der Tür zum Speicher. Diese gab nach, und vorsichtig drückte er die Tür ein wenig nach innen auf. Er tastete nach einem Lichtschalter, fand ihn auch und legte ihn um, aber es blieb stockdunkel. Libuda fingerte sein Smartphone heraus und warf die Taschenlampe an. Er ließ den Lichtkegel durch den Raum schweifen. Offenbar handelte es sich um einen Trockenspeicher, denn mehrere Leinen mit Wäsche spannten sich von einer Seite zur anderen. In der Mitte des Daches entdeckte Libuda eine Dachluke. Sie war alt, staubig und nicht verschlossen. Er öffnete die Klappe und sah hinaus auf das ziegelbedeckte Dach. Dabei stieß er einen kleinen Hocker um, der unmittelbar unter der Luke im Dunkeln kauerte. Er stellte ihn wieder auf und wischte mit dem Zeigefinger über die Oberfläche. Der Finger blieb sauber und staubfrei.

Als Libuda durch das Treppenhaus wieder nach unten schlich, verharrte er kurz vor der Tür von *P. Mangold,* wie sie das Klingelschild auswies, und lauschte einen Moment. Von innen drangen erregte Stimmen heraus. Er konnte nicht verstehen, um was es ging, aber die Stimmung war nicht gut bei den verbliebenen drei Herzkreisfrauen. Libuda beugte sich auch kurz herunter zum Türschloss und leuchtete den Bereich mit der Taschenlampe ab. Kratzer, Lackschäden oder andere Spuren, die auf einen Einbruch hindeuteten, konnte er nicht erkennen, ebenso wenig wie zuvor an der Balkontür.

Entweder die Buchhändlerin log oder der große Unbekannte war wie ein Vampir durchs Schlüsselloch geflogen. Oder über den Balkon gekommen. Vom Dach her?

KAPITEL 41

Detektei Libuda, Lousbergstraße, Ecke Ludwigsallee

»Herr Schornstein, Sie warten sicher schon auf meinen Bericht.«

»Gut, dass Sie sich melden. Ich hatte in der Tat schon befürchtet, Sie hätten die Sache … also, die Suche aufgegeben.« Er hustete kurz. »Und? Haben Sie sie gefunden?«

»Ja.« Libuda drehte den Stift auf seinem Schreibtisch.

»Tatsächlich? Wo denn?« Schornsteins Stimme klang schrill. »Wie denn? Ich meine, was sagt sie denn?«

»Ja, ich habe sie gefunden, allerdings …« Libuda machte eine Kunstpause und hörte die Anspannung am anderen Ende knistern wie einen elektrischen Weidezaun. »Allerdings nur kurz, dann wurde sie um Haaresbreite überfahren. Und danach ist sie von der Bildfläche verschwunden.«

»Sie ist also jetzt, in diesem Moment«, Schornsteins Worte kamen stoßweise, als müsse er den Druck vom Kessel nehmen, »nicht da, geschweige denn zu sprechen, oder?« Das Letzte schoss heraus wie eine Drohung. »Und wo war das überhaupt mit diesem, diesem Unfall oder was immer?«

»Auf Texel, Herr Schornstein.«

»In Texas?« Die Leitung rauschte und knackte, als sei sein Auftraggeber gerade auf dem Mond oder mindestens in Texas.

»Auf der Insel Texel, genauer in Den Hoorn.«

»Texel? Was macht sie denn da?«

»Ich hoffte, das können Sie mir erklären?«

»Ich?«

»Haben Sie familiäre Verbindungen nach Texel?«

Es rauschte wieder am anderen Ende, und Libuda konnte sich vorstellen, dass das Meer gerade weiter im Nordwesten auch derart rauschte, bevor es auf Land traf. Er wollte seine Frage schon wiederholen, da kam erst ein Husten, dann eine Antwort: »Das hatten wir doch schon mal«, kam es kurz angebunden. »Unsere Eltern sind tot. Beide, kurz nacheinander gestorben. In der Eifel.« Schornstein atmete schwer.

»Können Sie sich denn erklären, was Ihre Schwester auf Texel macht?«

»Urlaub?«, raunte Schornstein. »Machen andere doch auch dort, oder? Wir waren ja als Kinder selbst mal dort.«

»Und warum weiß die Chefin Ihrer Schwester dann gar nichts davon?«

»Weiß sie nicht?«, fragte sein Auftraggeber offenbar perplex zurück.

So kam Libuda nicht weiter. Er betrachtete erneut das Bild der Schwester seines Auftraggebers, der Zielperson, strich sanft über ihre Haare, dann gab er sich einen Ruck.

»Sagen Sie, Herr Schornstein, sagt Ihnen der Name ›Herzkreis‹ etwas?«

»Herzkreis? Was soll das sein?«

»Es ist eine Art Spiel.«

»Ich hasse Spiele«, schnaubte Schornstein. »Dafür habe ich wirklich keine Zeit. Und wissen Sie was, Herr Libuda, Sie hatten mir einen Bericht zugesichert, und jetzt veranstalten Sie stattdessen ein Quiz. Was denken Sie eigentlich …«

»Kennen Sie Marta?«, unterbrach Libuda den Redeschwall.

Einen Moment herrschte absolute Stille am anderen Ende, dann platzte Schornstein los: »Texel, Herzkreis, Marta – was noch, Herr … Herr Libuda?! Sie sollen meine Schwester finden, Das ist Ihr Auftrag. Was Sie sonst mit Ihrem Leben für Probleme haben, ist mir ehrlich gesagt …«

»Sie hören wieder von mir, Herr Schornstein, und viele Grüße in die Eifel, das Hohe Venn oder wo immer Sie uns eingeschaltet haben.« Damit trennte Libuda die Verbindung und warf das Smartphone auf den Schreibtisch.

»Was macht der Pulitzer-Preis?« Libuda grinste in den Hörer.

»Ah, Jerry Cotton persönlich oder mit wem habe ich die Ehre? Or today Mister Marlowe himself?« Stoppek lachte.

»Felix, mein Guter, du musst mir einen Gefallen tun.«

»Muss ich wieder im Archiv tauchen?«, stöhnte Stoppek.

»Du solltest Hellseher werden.«

»Stiehl mir nicht die Zeit. Du weißt, ich muss um mein Leben schreiben.«

»Aye, aye, Sir! In den Neunzigerjahren ist in Aachen eine Frau verschwunden, die Marta hieß.«

»Wieso? Ist sie tot?«, unterbrach ihn der Journalist.

»Wieso? Das weiß ich doch nicht.«

»Du sagtest: die Marta hieß. Vergangenheit, nicht wahr?«

»Erbsenzähler!«

»Wenn's der Wahrheitsfindung dient.«

»Also gut, ich weiß es nicht. Sie heißt also immer noch Marta. Und sie ist vielleicht mit einigem Geld abgehauen, das ihr nicht gehörte. Vielleicht ist sie aber auch tot. Oder in Portugal … was quasi das Gegenteil wäre.«

»Gerne, dann recherchiere ich also für dich in Portugal, gebenedeiter Auftraggeber.« Stoppek zündete eine Zigarette an. »Sicher kein Problem, in einem solch kleinen Land deine Marta zu finden. Vor allem, wenn sie seit den Neunzigern da ist.«

»Du bekommst noch genaue Infos.«

»Sag mir cuando, sag mir wann?«

»Sobald ich sie habe. Für ihre Zeit im schnuckeligen Aachen natürlich. Du kannst doch auch gar kein Portugiesisch.«

»Arrivederci.«

»Frauke, hey, wie geht es? Alles gut bei euch?«

»Alles normal. Aber Matteo ist gar nicht da. Also auch normal.«

»Ich will auch dich sprechen.«

»Das ist aber mal schön. Möchtest du nicht vorbeikommen? Marie …«, sie räusperte sich, »also, dein Patenkind ist bei einer Freundin.«

Libuda atmete geräuschvoll aus. »Das ist sehr verlockend, Frauke, aber ich bin sozusagen im Dienst.«

»Ach nee! Du rufst immer nur an, wenn du was willst.« Frauke schmollte lautstark. Libuda sah ihre vollen Lippen vor sich, die sich nun nach vorn schoben.

»Tut mir auch leid. Wir gehen auch zusammen essen, versprochen.«

»Essen, schön, aber danach bringst du mich wieder nach Hause.«

»Frauke, ich bin schon beruflich umgeben von Untreue und Ehebruch. Ich lebe quasi davon. Also führe mich nicht in Versuchung, sondern sage mir lieber alles, was du über Marta weißt.«

»Marta? Was soll mit der sein?«

»Ich muss alles über sie wissen.«

»Ich denke, du suchst Marie? Oder suchst du einfach irgendeine Frau? Hauptsache, sie fängt mit ›M‹ an?«

»Korrekt: Ich suche Marie, aber vielleicht ist Marta der Schlüssel zu allem … oder jedenfalls zu einigem.« Libuda drehte sich eine Zigarette, betrachtete sie kurz gedankenverloren und räusperte sich dann. »Jedenfalls ist der Name Marta immer wieder bei meinen Recherchen aufgetaucht. Und ich meine, auf einem der Fotos bei Marie sowohl dich als auch diese Marta gesehen zu haben.«

»Oh Gott, diese alte Geschichte«, stöhnte Frauke. »Können wir nicht über was anderes reden? Gerne auch über Briefmarkensammlungen, die Bienen und die Blumen, Männer und Frauen.«

»Frauke, wenn du so weitermachst, rückst du auf meiner Liste der Verdächtigen in Riesensprüngen nach oben.«

»Wie jetzt? Verdächtige? Ich glaube, es hackt! Bist du jetzt Bulle oder was?«

»Frauke! Los jetzt!«

Es folgte eine Pause voller Knacken und Rauschen in der Leitung. Libuda klang mit einem Mal *The Dark Side of the Moon* von Pink Floyd im Ohr. Behutsam steckte er seine Zigarette in Brand.

»Marta kenne ich schon seit meiner Jugend. Ich glaube, Marie hat sie mal angeschleppt. Die wohnte bei der um ein paar Ecken, ich glaube, sogar auf der belgischen Seite.« Frauke war offenbar wieder in ihrem Element, denn nun sprudelte sie los: »Irgendwie war Marta sofort die Anführerin. Die traute sich einfach alles. Oder sie hat jedenfalls so getan. Und sie war auch weg auf diesem Austausch. Weit weg. Sie hat immer ein Geheimnis darum gemacht. Ich war auf alle Fälle mordsmäßig beeindruckt und habe sie wohl auch beneidet. Dabei war ihr Zuhause eigentlich alles andere als beeindruckend. Sie wollte auch nie, dass wir da hinkamen. Ich glaube, ihr Vater hat gesoffen und dann die Mutter geschlagen. Aber ich glaube eher, nur einmal, denn sonst hätte Marta ihn sicher gekillt.«

»Und jetzt ist sie weg. Seit Jahren. Und seit wann genau?«

»Das weiß ich nicht.« Frauke redete jetzt hastig, schleuderte die Sätze nur so heraus. »Da war ich auch nicht dabei bei der

Sache. Und vorher auch schon nicht«, ergänzte sie, »das war ja alles eine Sache zwischen denen.«

»Was für eine Sache?«, insistierte Libuda.

»Keine Ahnung, da war ich nicht dabei, habe ich doch gesagt!«

»Okay, verstehe. Aber du kannst mir wenigstens sagen, wann diese Sache stattgefunden hat?«

Die andere Seite schwieg. Im Hörer rauschte es nur.

»Ach komm, Frauke.«

Schweigendes Rauschen.

»Du weißt doch: Ich kann schweigen wie ein Grab.«

Rauschendes Schweigen.

»Und du bist hartnäckig wie ein scheiß Terrier, wenn man dich einmal am Bein hat«, platzte es aus ihr heraus, dann verfiel sie wieder in Schweigen.

»Okay, du hast es nicht anders gewollt. Dann erzähle ich deinem Mann, ich hätte zufällig, im Rahmen meiner Ermittlungen ... sozusagen auf frischer Tat, dich ertappt.«

Aufbrausendes Knacken am anderen Ende.

»Ach ja? Was willst du ihm denn erzählen? Du bist doch ...« Frauke knurrte in den Hörer.

»Eben! Ich bin Detektiv, da fällt mir schon was ein. Mach dir keine Sorgen.« Libuda lachte schäbig. »Wahrscheinlich bedarf es gar keiner großen Fantasie. Ich sage einfach, ich hätte dich im Bett erwischt. Mit einer Zielperson.«

»Wir führen eine sehr offene Ehe.«

»Du vielleicht. Matteo ist da eher old school«, sagte Libuda knapp. »Also sag schon! Das Jahr! Möglichst mit Monat. Seit wann ist Marta weg? Ich bekomme das eh raus, dauert nur etwas länger.«

»Nur um dieses Gespräch zu beenden, du Erpresser: All das muss im Spätsommer 1996 gewesen sein oder im Herbst, ich glaube, eher Herbst, vielleicht Oktober oder November. Jedenfalls 1996 war es, das weiß ich so genau, weil da mein Vater diesen Unfall hatte«, sie verstummte, und Libuda hörte sie schwer atmen, dann räusperte sie sich wieder. »Aber ich war ja nicht dabei, wie gesagt, und kurz drauf war Marta weg.«

Und damit war auch die Verbindung weg.

Libuda lächelte.

»Was macht der Pulitzer-Preis?«

»Libuda, du Nervensäge!«

»Hast du schon was?«

»Habe ich schon weitere Informationen bekommen?«

»Welche hast du bisher?«

»Marta. Neunzigerjahre. Verschwunden.« Stoppek nieste.

»Gesundheit!«

»Danke. Scheiß Allergie!« Stoppek putzte sich geräuschvoll die Nase. »Mit diesen Infos können begabtere Schreiberlinge sicher ganze Fortsetzungsromane füllen. Aber mich musst du schon füttern.«

»Okay, du gefräßiger Zeilenknecht. Marta hat, ich vergaß, auch einen Nachnamen, und zwar Knopp, und sie verschwand 1996, vermutlich im Oktober oder auch erst November. Und dem war wohl vermutlich eine wie auch immer geartete kriminelle Aktion vorausgegangen. Das recherchiere ich selbst noch.«

»Geht doch«, applaudierte Stoppek. »Langsam kann was draus werden.« Er schniefte wieder. »Du hörst von mir. Oder liest es.«

»Ich verzehre mich danach.«

»Arrivederci.«

AMAZU – 1996. Herbst.

Es war neblig. Es regnete. Es war kalt. Es war ekelhaft. Seit Tagen. Kein Öcher verließ das Haus. Jedenfalls nicht freiwillig.

Der Weg in der Gartenkolonie knirschte im Takt, als geduckt fünf Gestalten, eine davon mit einem voluminösen Rucksack beladen, eilig um die Ecke vorbei an den leblos dastehenden kleinen Häuschen, Schuppen und Schrebergärten huschten und am äußersten Ende des Feldes durch ein quietschendes Gartentor in einem kleinen, erdfarben gestrichenen Häuschen mit schiefem Schornstein verschwanden und die Tür hinter sich zuzogen.

A mão azul war komplett. Die Blaue Hand im Geheimversteck angetreten.

Sie kicherten wie kleine Mädchen. Wenig und ein wenig kleinlaut. Etwas lag in der Luft. Neblig wie die verwaiste Gartenkolonie. Ob das vom Hangeweiher kam? Marie konnte kaum über die Buchsbaumhecke bis zum nächsten Häuschen gucken. Das Ehepaar Schmitz war jedenfalls nicht vor Ort, sonst hätte man sein Radio gehört, schwerhörig wie Lothar war.

Die Luft war zähflüssig, fast wie beim Inhalieren unter einem Tuch bei einer Bronchitis. Patrizia hustete automatisch. Die Lungen wollten sich trotzdem nicht ausdehnen, als sei sie unter Wasser, wie früher, als sie diese Schwimmabzeichen machen musste, auf die ihre Mutter solchen Wert gelegt hatte. Wieso kam ihr das jetzt in den Sinn? Zuletzt geschwommen war sie genau bei diesem Anlass. Das hatte ihr die Lust am Schwimmen für immer genommen. Im Meer dagegen, das war ja etwas anderes.

Ruth hockte neben Elli auf der Bank und kaute Kaugummi. Wie immer, dachte Marie. Das hatte sie schon derart oft fotografiert. Wie ein altes Ehepaar. Alles wie immer – und doch war etwas anders. Alles war anders. Etwas änderte sich gerade. In diesem Moment. In ihrem Leben. In ihrer aller Leben. Es war, als wartete draußen etwas auf sie in dem Nebel. Es hatte keine Gestalt.

»Action!« Mit einem Ruck schüttete Marta den Rucksack mitten im Raum vor dem alten Tisch aus. Die vier anderen Frauen der Blauen Hand starrten auf den wüsten Haufen.

»Bedient euch! Ist für jede was dabei.«

Sie selbst bückte sich und verschwand fast mit ihrem Kopf in dem Haufen. Dann kam ihr Oberkörper mit einem Ruck wieder hoch, und sie riss den Kopf herum zu Patrizia.

»Ah!« Die sprang einen Schritt zur Seite.

»Ah!«, schrie nun Marie, der sie auf den Fuß gesprungen war.

»Bist du bescheuert? Was soll denn das?«, bellte Patrizia und hustete direkt los.

»Sind wir beim Karneval, oder was?«

»Erkennst du mich?«, fragte Marta oder besser: eine dumpfe Stimme aus dem Maul eines zotteligen Affenkopfes. »Genial, oder?«

Marta riss sich den Affenkopf herunter und grinste breit in die Runde. Langsam gefror ihr Lächeln, aber bevor es vollends erstarb, schleuderte sie noch ihren Joker aus dem Ärmel: »Das einzige Risiko im Leben«, und sie machte eine theatralische Pause, »ist, nichts zu riskieren!«

Und das »NICHTS« – wie sie es zischend in die runtergekommene Laube schleuderte, ging ihnen direkt ins Blut.

Und wer keine Spießerin sein wollte, schwieg dann still. Also alle vier.

»Wir hatten doch darüber gesprochen, oder?«

»Ja, aber ...«, nuschelte Elli.

»Wir hatten darüber gesprochen, und wir waren uns einig, oder?«

»Ich weiß nicht ...«, versuchte nun auch Ruth ihrer Freundin beizustehen.

»Du weißt was nicht mehr?« Marta stemmte die Arme in die Hüften. »Wie war das jetzt mit dem perfekten Verbrechen?«

Betretenes Schweigen machte sich breit. Als hätten sie in dem Raum soeben eine andere Dimension betreten.

Die vier Frauen standen alle vor dem Klamottenhaufen und begannen zögerlich zu wühlen, zerrten ein ums andere Mal zaghaft etwas heraus, betrachteten es, jede für sich allein, schweigend, bisweilen schnaufend. Bis Marie mit einem Mal ein »Wow« ausstieß und alle guckten.

Sie trug einen schwarzen Kapuzenpullover, und aus der dunklen Kapuzenhöhle starrte die grün schimmernde Fratze eines Alien in den spärlich von einer Vierzig-Watt-Birne erleuchteten Raum. Ruth prustete los, steigerte sich, als Elli dazukam, in einen regelrechten Lachanfall und konnte gar nicht mehr aufhören. Vielleicht war es einfach nur die Entladung nach der Anspannung. Danach jedenfalls wirkte es wie eine Kostümprobe zu Karneval. Und tatsächlich stimmte Ruth zuerst leise, dann von Elli begleitet: »Und wenn dat Trömmelsche jeht ...« an. Bevor die Bande jedoch ins Schunkeln geriet, grätschte Marta dazwischen: »Ich glaub es nicht!«

Sie pfefferte ihre Affenmaske auf den Boden. »Seid ihr total meschugge? Kann man mit euch eigentlich gar nichts ernsthaft machen? Müsst ihr aus allem gleich eine Party machen?«

»Ein bisschen Spaß muss sein ...«, versuchte Patrizia es noch, aber da knallte Marta plötzlich einen kleinen Holzkoffer auf den Tisch.

In die hereinbrechende Stille herein öffnete sie die Klappe, die unendlich langsam, als genieße sie die Aufmerksamkeit, die ihr in diesem Augenblick geschenkt wurde, nach oben schwang. Von der Funzel gerade eben angeleuchtet, funkelte ein dunkles, etwa fingerdickes Rohr, das im annähernd rechten Winkel in einen breiteren Griff mündete, dazwischen in der Biegung lauerte ein Halbkreis mit einem schwarzen Abzug.

»Bist du ...«, setzte Patrizia an.

»Was soll das denn? Eine Pistole?« Marie starrte ihre Freundin an, und der Mund stand jetzt offen.

»Regt euch ab!« Marta hob abwehrend die Hände wie die Mutter Gottes. »Die ist nicht echt.«

Dann grinste sie. »Sieht aber so aus, wie man grade gesehen hat.«

»Hatten wir nicht mal von *gewaltfrei* gesprochen?« Marie schüttelte den Kopf, dass die Locken flogen. »Es sollte niemand zu Schaden kommen, oder?«

»Ich habe gleich gesagt, wir sollten ein Protokoll unserer Sitzungen anfertigen. Das macht man so in Banden.« Elli guckte grimmig.

»Man vielleicht, frau hat das nicht nötig«, murmelte Patrizia nun, und Marta verdrehte die Augen.

»Ich kann mich noch erinnern, als wir zu den Demos gegen Atomkraft und so gefahren sind«, begann Marie. »Da haben wir in dem Aachener Bus diskutiert, wo Gewalt anfängt.«

»Genau«, sprang Patrizia ein, »und da wurde diskutiert, ob eine Vermummung schon Gewalt ist. Und wie die Aachener so sind, war es das für uns schon.«

»Genau. Und dann kam der Schwarze Block an uns vorbei. Komplett von Kopf, mit schwarzen Vollvisierhelmen, bis Fuß, in schwarzen Springerstiefeln, und mit einem strahlend weißen Seil über den vielleicht zwanzig, dreißig Schultern, mit dem sie den Bauzaun einreißen wollten.«

Alle sahen sich noch einmal da, in der großen flachen Landschaft im Norden ... bevor die Hubschrauber der Polizei im Sturzflug auf sie zustießen und alle flüchteten.

»Eben, Mädels!«, setzte Marta nun nach. »Und was haben wir daraus gelernt?« Sie reckte die linke Faust in die Luft.

»Mit Karneval kann man den Schweinestaat nicht in die Knie zwingen.«

Alle lachten erleichtert auf.

»Ist das eine politische Aktion?«, fragte Patrizia nach.

»Irgendwie ist doch alles politisch, hat Sartre gesagt«, sagte Marta.

»Echt jetzt?«

»Ich glaube schon ...«

»Wo hat er das geschrieben?«, hakte Patrizia nach.

»Du immer! Wo hat er das geschrieben?«, äffte Marta die Vielbelesene unter ihnen nach. »Und selbst wenn er's nicht gesagt oder geschrieben hat – stimmt aber doch!« Sie stampfte auf den Boden. »Ich lass mir doch von einem kurzsichtigen Franzosen nicht vorschreiben, was ich zu tun oder zu lassen habe.«

Eine Stunde später war das Drehbuch geschrieben, waren die Rollen verteilt.

Marta und Marie spielten die Hauptrollen. Nicht dass sie sich drum gerissen hätten, aber irgendwie hatte es von Anfang an in allen Köpfen festgestanden. Patrizia stand Schmiere an der Ecke. Ruth und Elli sorgten für Verwirrung und Ablenkung. Marie und Marta waren zuständig für den Zugriff. Den Zugriff auf die Geldbombe. Marta schwor auf alles, was ihr heilig war, dass die Waffe mehr sagte als tausend Worte.

Überhaupt: Gesprochen werden sollte kein Wort. Unter keinen Umständen.

Und wenn es doch Umstände geben sollte, bei einer Panne, die zu neunundneunzig Prozent ausgeschlossen war, einem Abweichen vom Drehbuch, wurde improvisiert – allerdings nach Plan. Exakt nach Plan.

Marta würde dann hinken und mit ihrem Gebiss kaum zu verstehen sein. Marta und Marie würden Französisch sprechen. Oder noch besser: fluchen. So würde der Täter, denn männlich sollten sie auf jeden Fall wirken, eher im frankophonen Nachbarland gesucht werden. Den Belgiern, zumal den nach dem Zechensterben verarmten Wallonen, war ja alles zuzutrauen.

Und ganz wichtig: Sie alle würden nach der Aktion in alle vier Himmelsrichtungen verschwinden, sodass a) eine Verfolgung vereitelt würde, b) eventuelle Zeugen sich derart widersprachen, dass kein Mensch ihnen mehr Glauben schenkte, c) Patrizia sowieso sofort in die Wohnung am Boxgraben verschwand, von dort aus den Tatort nach der Tat am Fenster beobachten konnte und das Alibi für alle in Gestalt einer der üblichen Doppelkopfpartien inszenierte und d) alle anderen sich in der Laube im Schrebergarten trafen, um dort vorerst die Verkleidungen zu deponieren, bevor Elli sie tags darauf via Kofferraum ihres Wagens entsorgte und für alle Ewigkeit verschwinden ließ.

Exakter Plan.

Genialer Plan.

An alles gedacht.

Alle lachten wieder und schubsten sich verschwörerisch, bevor sie sich konspirativ verabschiedeten.

»Sollen wir zusammen fahren?«, fragte Marie, als sie auf ihr Fahrrad stieg.

»Wohin denn?«, fragte Marta zurück und stolperte dabei fast über eine Baumwurzel, die aus dem gekiesten Weg ragte.

KAPITEL 42

Belgien, hinter der deutsch-belgischen Grenze,
Campingplatz, Libudas Caravan

Libuda parkte den Volvo vor dem Campingplatz, holte die Tasche mit den Lebensmitteln aus dem gläsernen Kofferraum und schlurfte damit den Weg auf dem Platz lang. Er umkurvte wie mit Autopilot die Schlaglöcher und bog wenig später ein zur Hecke, hinter der sein Caravan auf ihn wartete.

Fünf Minuten waren gerade vergangen, da saß Libuda mit einem Pott Milchkaffee in dem alten Holzsessel am Bach, eine Selbstgedrehte zwischen den Lippen, und sah ins Wasser.

Träge floss es dahin, während er hier saß und ansonsten auf der Stelle trat. Mit einem Mal war es, als zöge ihm jemand den Boden unter den Füßen weg. Oder noch schlimmer: hielt seine Füße fest und zog ihn ganz langsam, aber stetig nach unten, sosehr er auch versuchte, dagegen anzukämpfen. Er strampelte, riss die Beine hoch, versank aber immer tiefer im Morast. Und was machte er? Er saß da. Saß da und sah zu. Sah zu, wie er unterging. Wie er auf der Stelle trat – aber anders als der NLP-Frosch keine Butter produzierte, sondern sich immer tiefer reinritt. Er war keinen Schritt weitergekommen. Weder in seinem Fall noch in seinem Leben.

Was hatte er erreicht? Die Gesuchte, in die er offensichtlich auch noch verliebt war, was für die Objektivität natürlich unglaublich hilfreich war, wurde fast totgefahren, weil er ihr zu nahe gekommen war. Und das Leben, das er selbst suchte, entfernte sich immer mehr von ihm. Sein Patenkind wurde größer und größer und er nur älter. Und von einem eigenen

Kind war er weiter entfernt als jemals zuvor. Statt eine Ehe und Familie zu haben, verdiente er sein Geld damit, auseinanderbrechende Ehen und Familien zu beschatten und vielleicht zu retten. Er hätte gerne jemanden gehabt, der ihn rettete. Ein Kind. Ein Zuhause.

Stattdessen hauste er in einem Caravan. Draußen vor der Stadt. Vor der Tür. Außerhalb.

Er wusste ja nicht mal, woher er wirklich kam. Wo er hingehörte. Wo seine Familie war. Es war, als versuche er einfach, drei Schritte zu überspringen – auf dem Weg zum Ziel.

Wer bist du? Woher kommst du? Wo willst du hin? Was kannst du machen?

Einfache Fragen. Ein ganzes Leben als Antwort.

Libuda steckte die Zigarette an.

Nahm einen tiefen Zug.

Blies den Rauch über das Wasser.

Nahm einen Schluck Milchkaffee.

Verbrannte sich die Lippen.

Er lebte noch.

Ohne Frau.

Ohne Kind.

Ohne Haus.

Libuda ging die drei Stufen zu seinem Caravan hoch und griff in die kleine Teekiste, die direkt neben dem Eingang im Regal stand. Seine Finger bekamen gleich drei kleine Karten zu fassen. Er zog diese heraus und ging damit zurück zu seinem Platz am Bach und ließ sich erneut nieder. Dann drehte er die Karten um.

Tue nichts, was dir nicht entspricht zu tun;
wünsche nichts, was dir nicht entspricht zu wünschen.
(Mong Dsi)

Sofort regte sich Widerspruch in Libuda.

Woher wollte dieser alte Chinese denn wissen, dass diese wunderbaren bourgeoisen Wünsche nicht zu ihm passten? Vielleicht war er gar nicht zum Gitano, zum Gypsy geschaffen?

Er dachte an seinen Freund Matteo. Eine warme Welle durchflutete ihn, und er griff gleichzeitig nach Tabak und Telefon. Da klingelte es.

»Sì?«

»Libuda!«

»Matteo!«

»Ich wollte mal wieder deine Stimme hören. Du bist ja so busy.«

»Ich wollte dich in dieser Sekunde anrufen.«

»Na klar! Was für ein Zufall!«

»Wirklich, Matteo!«

»Wer es in kleinen Dingen mit der Wahrheit nicht ernst nimmt, dem kann man auch in großen Dingen nicht vertrauen.«

»Von dir? Wirklich gut.«

»Einstein. Aber darum rufe ich nicht an.«

»Ich weiß, du wolltest mir sagen, dass in deinem perfekten, beneidenswerten Leben mit Frau, Kind, Garten und festem Job nur eins noch fehlt: dein bester Freund? Ich?«

»Mein beneidenswertes Leben«, Matteo D. Buck seufzte. »Meine Frau liebt nur ihre Selbstverwirklichung in ihrem freischaffenden Job. Meine Tochter, na ja, die ist wirklich süß, meistens, mein Garten gehört den Schnecken, und mein Job ist so was von nicht fest und frisst mich zudem total auf, sodass ich mitnichten zu dem komme, was wichtig ist, mir wichtig ist und Sinn gibt.« Er verstummte abrupt.

»Und das wäre? Lass mich raten. Deine Schreiberei?«

»Ich weiß, du wirst jetzt sagen, Kafka war auch Angestellter und Pessoa auch. Beide haben nur nachts schreiben können …«

»Und sind heute weltberühmt«, entgegnete Libuda.

»Aber vorher sind sie gestorben. Ohne dass die Welt ihr Schreiben groß zur Kenntnis genommen hätte.« Buck begann sich in Rage zu reden.

»Aber ich nehme deinen Herzensberuf doch zur Kenntnis. Und ich mag, was du schreibst und wie du es schreibst. Ehrlich. Natürlich bin ich kein Sexy-Literature-Groupie.«

»Die sind meist älter, bebrillt und keinen Deut sexy.«

»Okay, vielleicht wechseln wir jetzt elegant, aber rapide das Thema.« Libuda ließ keine Widerrede zu und sprach direkt weiter: »Du wolltest mir etwas ganz anderes erzählen?«

»Du hast recht.« Buck räusperte sich, um sich zu sammeln. »Bei mir ist bei der Arbeit, also bei D.O.F.T., etwas Merkwürdiges passiert. Einer unserer Azubis hat plötzlich Kohle, und eine Azubine ist verschwunden.«

»Und wieso erzählst du das mir? Soll ich das Mädel suchen? Ist das ein Auftrag?«

»Nein, nein, aber Frauke hat mir erzählt, dass eine Frau bei diesem Herzkreis ausgeraubt wurde und dass du da irgendwas recherchierst.«

»Dann erzähl mal: Was ist genau los bei den Azubis?«

»Die Story ist wirklich gut, und ich habe schon überlegt, ob ich sie zu einem Krimi ausbauen kann.« Buck lachte kurz auf. »Dann könnte ich endlich meinen Brotjob vermarkten und Kunst daraus machen. Oder so was Ähnliches jedenfalls.«

»Also schieß los mit deiner Räuberpistole.«

»Ehrlich gesagt, ich weiß gar nicht wirklich viel. Es wird allerhand kolportiert, also auf Fatzebuck und derartigen Kanälen schreiben die Kinder tolle Sachen. Ob's stimmt? Wer weiß es?«

»Was denn nun?«

»Ich weiß, wie gesagt, nur, dass einer angeblich geerbt hat. Und Ahmed fährt so eine dicke Karre, und mit Olga stimmt auch was nicht, seit sie diese Wohnung hat und kaum noch verlässt …«

Es war reichlich konfus, was Buck ihm da erzählte, aber Libuda hörte sich alles an, wie man das bei einem Freund macht, und dann fiel ihm etwas auf.

»Wo wohnt denn diese Olga?«

»Keine Ahnung«, nuschelte Buck. »Frankenberger Viertel, glaube ich.«

Libuda wollte sich gerade von seinem Freund verabschieden, da sagte der noch: »Bismarckstraße.«

Libuda erstarrte.

KAPITEL 43

Aachen

Sie hatte die Figur einer russischen Ballerina, und sie trug auch einen russischen Namen: Olga. Aber sie stammte aus Weißrussland, Belarus, aus einer der hintersten ländlichen Ecken. Idyllisch, würden Touristen es nennen. Die aber kamen nie so weit. Für die Einheimischen war es schlicht am Ende der Welt. Oder sogar noch dahinter. Und wenn hier etwas passierte, war das erstens sehr selten und zweitens fast immer lebensgefährlich. Denn Ärzte waren noch seltener als Touristen. Und einen Arzt hätten ihre Eltern gebraucht an diesem elenden Tag, der sich eigentlich durch nichts von den anderen unterschied. Bis auf den Unfall.

Sie war ihre einzige Tochter. Und sie sollte es mal besser haben. Darum hatten ihre Eltern ihr ganzes Geld zusammengelegt, um ihr ein Leben in Deutschland zu ermöglichen. Zumindest etwas Startkapital.

Und also planten sie ein Abschiedsfest. Sie schmückten das Haus, stellten die Tische hinaus, ihre Mutter und Olga kochten die schönsten Gerichte, und während der Vater losfuhr, um die Verwandten abzuholen … passierte es. Der Vater verunglückte, wurde schwer verletzt, brauchte einen Arzt. Der aber verlangte Geld, also fuhren die Mutter und die Tochter los, um welches zu besorgen, bei den Verwandten, bei wem auch immer. Es kam, wie es kommen musste: Sie verunglückten auch. Die Mutter war sofort tot. Olga blieb, wie durch ein Wunder, fast unverletzt. Auch der Vater starb, ohne ärztlichen Beistand.

Aus dem Abschiedsfest wurde eine Beerdigung.

Und der »Onkel«, der ihr helfen sollte, nutzte ihre Not schamlos aus.

Südstraße

»Sie hat sich nicht mehr gemeldet!« Ihre Stimme hatte eine hysterische Note.

»Elli, nun beruhige dich mal!«

»Nein! Ich gehe jetzt zu ihr.«

»Vielleicht schläft sie einfach mal aus. Kein Wunder nach all dem, was ihr …«

»Ich habe ihr tausend WhatsApp-Nachrichten geschickt, und sie war angeblich letztmalig um siebzehn Uhr dreiundvierzig online!«

Elli rannte in der Wohnung auf und ab, suchte ihre Stiefel. »Und das bei Patty, dem neugierigsten Weib unter der Sonne.«

»Okay, ich hole dich ab. Du fährst besser nicht in deinem Zustand.« Ruth Gerresheim war bereits in den Schuhen.

»Wir hätten sie nicht allein lassen dürfen.« Elli Stork boxte gegen die Wand. »Erst machen wir ihr Vorwürfe, verdächtigen sie, und dann verpissen wir uns. Uns möchte ich auch nicht als Freundinnen haben«, ereiferte sie sich, »aber wenn's um Geld geht, hört die Freundschaft ja bekanntlich auf.«

Bismarckstraße

Sie klopften erst mit den Fingerknöcheln, dann ballerten sie mit den Fäusten gegen die Wohnungstür, bis gegenüber eine Tür aufging.

»Ist was passiert?«

»Das wüssten wir ja gerne. Haben Sie Frau Mangold heute schon gesehen?«

»Nö, aber ich beobachte jetzt auch nicht den ganzen Tag das Treppenhaus.« Die Mittvierzigerin raffte ihren Bademantel zusammen. »Wer sind Sie denn überhaupt? Ich habe Sie schon gesehen hier.«

»Ja, wir sind Freundinnen und machen uns Sorgen. Sie macht nämlich nicht auf.«

»Vielleicht ist sie zur Kirche gegangen?« Einen Moment guckte die Nachbarin todernst, dann brach ein wieherndes Gelächter aus ihr heraus, und sie fügte hinzu: »Ich glaube nicht, aus diesem Haus besucht niemand die Kirche.«

»Haben Sie zufällig einen Schlüssel für die Tür?«

»Nee, so enge sind wir nicht miteinander.« Sie zupfte wieder an ihrem Bademantel. »Aber vielleicht fragen Sie mal dieses Mädel von ganz oben.« Sie ruckte mit dem Kopf gen Dach. »Die war öfter hier und hat sich um die Katze gekümmert.«

In dem Moment kam, als habe sie auf ihren Einsatz gewartet, ein jämmerliches Miauen aus der Wohnung.

Elli Stork rüttelte noch einmal an der Tür, und Ruth Gerresheim fragte die Nachbarin: »Und wie heißt das Mädel von oben?«

»Irgendwas Russisches … oder Polnisches … mit ›O‹«

»Okay, danke«, und schon stürmten sie die Treppen hoch.

O. NABOKOV stand fein ziseliert auf einem violetten Pappschild auf der Wohnungstür.

Stork klopfte vorsichtig an. Alles blieb still.

Gerresheim hielt das Ohr an die Tür und hob die Hand zum Zeichen, dass ihre Freundin jetzt still wie eine Fledermaus sein solle.

»Klopf noch mal«, flüsterte sie. Stork klopfte dreimal mit den Knöcheln auf das alte Holz, und Gerresheim hielt den Finger vor den Mund.

»Da ist jemand.«

Und da hörten beide ein Husten, dann ein Klirren, gefolgt von einem Poltern und darauf einen unterdrückten Fluch, dann lauteres Husten, schließlich tapsende Schritte, die sich hinter der Tür näherten. Ein Schlüssel wurde gedreht. Die Tür öffnete sich einen Spalt, aber die beiden Frauen sahen erst mal nichts. Erst als sie den Blick senkten, fiel ihnen eine kleine, blonde Frau, eher ein Mädchen auf.

»Ja bitte?«, fragte sie mit einer überraschend tiefen und verrauchten Stimme.

»Wir wollen zu Patrizia«, und als die Nabokov nicht reagierte, fügte Elli mit einem kaum unterdrückten Schnauben hinzu: »Zu Frau Mangold.«

»Wir machen uns große Sorgen, weil sie nicht aufmacht und nicht auf Anrufe reagiert, keine Nachrichten beantwortet und all das.« Ruth Gerresheim versuchte, sehr gewinnend zu lächeln.

»Die Nachbarin unten meint, du hättest einen Schlüssel«, kam Elli auf den Punkt, während sie hektisch mit den Armen ruderte.

»Nein. Tut mir leid. Ich muss schlafen.« Damit drückte sie die Tür einfach wieder zu und ließ die beiden Frauen stehen. In dem Moment erlosch auch die Beleuchtung im Flur.

»Hallo?« Elli klatschte mit der Hand gegen die Tür. Immer schneller und lauter. »Hey, du Bitch! MACH SOFORT AUF!«

Ruth hielt ihre Hand fest. Da tönte es schon von unten: »Ruhe da oben oder ich rufe die Polizei!«

»Komm, Elli, lass gut sein. Das hat doch keinen Sinn. Oder möchtest du der Polizei erklären, was los ist?«

Elli schlug noch einmal, allerdings gedämpfter, gegen die Tür und drehte dann auf dem Absatz um.

Wenig später senkten sich erneut nahezu vollendete Stille und Dunkelheit über das Treppenhaus. Allerdings nicht wirklich ganz vollendet, denn es summte dreimal kurz und einmal lang oben hinter der Tür mit dem violetten Schild *O. NABOKOV.*

Wenig später summte der Türöffner unten, und die Haustür schwang auf. Drei kurz, einer lang – das war das meistbenutzte »geheime« Klingelzeichen auf der Welt und mindestens einen Versuch wert.

»Spassiba, Frau Nabokova!«, sagte Libuda, als er vor der Tür ganz oben im Haus stand.

Die kleine blonde Frau sah ihn erstaunt an.

»Ich komme wegen des Schlüssels für Patrizia Mangold«, erklärte Libuda mit einem gewinnenden Lächeln. »Auch wegen ihrer Katze«, fügte er hinzu.

Jetzt kam Leben in die Frau. »Ist was mit Jean-Paul?«

»Jean-Paul?«, echote der Detektiv. »Sartre?«Er sah ihr tief in die grünen Augen. Die kleine Russin strahlte zurück. »Jean-Paul und Simone waren unzertrennlich.« Dann trübte sich ihr Blick. »Aber Simone gestorben letzten Winter.«

»Ja, der Tod«, nickte Libuda. »Er ist unser stetiger Begleiter, auch wenn wir ihn nicht bemerken, aber …«, er räusperte sich, »ich muss Frau Mangold wirklich unbedingt sprechen, denn es geht um eine sehr dringliche Angelegenheit, über die ich nicht befugt bin zu sprechen. Nur so viel …«, und damit beugte er sich ganz tief hinab bis fast auf Augenhöhe, »es geht um eine Erbschaftsangelegenheit meiner Mandantschaft, und für Hinweise ist eine großzügige, eine wirklich sehr großzügige Summe ausgelobt.«

In die kleine Frau kam zusehends Leben.

»Ich verstehe nicht, was Sie wollen genau. Aber besser nicht auf Flur.« Sie zog ihn am Arm in den schummrigen Flur ihrer Wohnung. »Wände haben Ohren.« Damit ging sie vor in den Wohnraum.

Libuda blinzelte. Nicht nur wegen der Helligkeit, die das Zimmer wie eine Schneelawine durchflutete. Die Wände und die Decke waren von einem makellosen Weiß, das durch das fast gänzliche Fehlen jeglicher Einrichtung unterstrichen wurde. Nur in einer Ecke stand ein winziger, niedriger Tisch, darunter eine Art Hocker.

Libuda fühlte sich in die Puppenstube seiner Schwester versetzt. Keine Pflanze. Kein Bild. Auf dem Tischchen, das erkannte er erst jetzt, lag immerhin ein Buch. Sicher der komplette Dostojewskij in Dünndruck, vermutete Libuda. Unwillkürlich ging er einen Schritt näher und noch einen und schielte darauf.

Prüfungsaufgaben für Köche stand da. Bunte Zettel steckten darin.

»Möchten Sie etwas trinken?«

»Gerne.« Libuda war zu erstaunt, um abzulehnen. Nie und nimmer hätte er vermutet, dass es hier etwas gab, das menschliche Urbedürfnisse stillte.

Sie ging durch eine Tür, Libuda folgte, vorbei an einer angelehnten Tür. Durch den Spalt sah er ein ungemachtes winziges Bett, davor, wie Fremdkörper, Flaschen auf dem Boden, klar, durchsichtig. Dann stand er mit ihr in der Küche, so winzig, dass er fast sofort wieder rückwärtsging.

»Ich habe nur Wasser und Tee.«

»Wasser reicht«, beeilte er sich, »eigentlich wollte ich ja auch Frau Mangold …«

»Ist nicht da.«

»Sind Sie sicher?«

»Da.«

»Aber woher wollen Sie … ich meine, Sie haben doch geschlafen, oder?«

»Normal sie kommt immer noch kurz hoch. Ist Ritual bei uns. Liest sie mir Gedicht vor. Lyrik, gut für mein Deutsch, Patrizia sagt. Und gut für die Seele.«

»Können wir nicht trotzdem unten nachsehen?«

»Gut. Ich alleine.« Die Nabokov marschierte Richtung Tür.

»Aber …«

»Gut, dann eben nicht.« Sie drehte um und ging wieder in die Küche.

»Okay.« Libuda hob die Hände. »Ich warte.« Er sah sie unterwürfig an. »Kann ich hier warten?«

»Ja, aber gleich ich muss weg. Party.«

Wie der Blitz zischte sie nach unten.

Um gleich darauf zurückzukehren. »Nicht da. Sag ich doch. Ausgeflogen.«

Libuda bedankte sich und machte den Abflug. Laut pfeifend stieg er die Treppen hinab, öffnete unten die schwere Haustür, trat kurz auf die Straße, während die Tür schwerfällig wieder zurückschwang, und sprang dann im letzten Moment wieder sacht in den Flur, bevor die Tür ins Schloss donnerte.

Im selben Augenblick erlosch auch die Beleuchtung, und er hörte, wie oben eine Tür ins Schloss fiel.

Er wartete eine Weile, bis sich seine Augen an die Dunkelheit gewöhnt hatten, dann schlich er die Treppe wieder hinauf. Immer von Absatz zu Absatz und dort in der Dunkelheit verharrend und lauschend. Als er fast oben angekommen war, öffnete sich bei der Nabokov die Tür, Libuda drückte sich an die Wand und hielt den Atem an. Da ertönte ein Telefonklingeln, und er hörte gedämpft ihre Stimme; offenbar war Olga in die Wohnung zurückgegangen. Die Tür fiel wieder ins Schloss.

Drei Wimpernschläge später war Libuda oben auf dem Speicher und atmete durch. Da hörte er unten schon ihre Schritte, diesmal offenbar in dicken Schuhen. Die Tür wurde wieder zugezogen, und ihre Füße flogen die Treppen hinunter, stoppten, die Haustür donnerte ins Schloss. Stille.

Libuda wartete ein paar Minuten ab. Wer weiß, vielleicht hatte sie den Wodka für die Party vergessen und kam zurück?

Endlich stand er vor der Tür der Buchhändlerin. Sie war zum Glück nicht abgeschlossen, sodass Libuda nicht lange im Treppenhaus stehen musste und Gefahr lief, entdeckt zu werden. Nach wenigen Handgriffen gab das Schloss mit einem Klick den Weg frei.

Behutsam schloss er die Tür von innen, verharrte einen Moment in der Dunkelheit des Wohnungsflures und witterte. Es roch nach Zigaretten und abgestandener, geradezu fauliger Luft. Etwas berührte seine Waden, und Libuda zuckte zurück. Dann schnurrte das haarige Etwas und drückte sich an ihn.

»Jean-Paul«, flüsterte Libuda und kraulte den roten Tiger. »Sag mir, mon cher ami, wo ist deine Chefin?«

Der Kater trabte augenblicklich los, und Libuda folgte ihm, so schnell es die Düsternis erlaubte. Es ging quer durch das Wohnzimmer, wo er über einen Bücherturm stolperte, ihn aber noch halbwegs abfangen konnte, bevor er auf die Dielen poltern konnte. Dann stand er mit Jean-Paul in der Küche. Dieser beugte sich demonstrativ über einen leeren Futternapf und reckte dann vorwurfsvoll den Kopf. Libuda kramte in der Ecke nach Katzenfutter und stieß dabei einen Karton um. Offenbar das Altpapier, vor allem Tageszeitungen, *Aachener Zeitung* und die *Süddeutsche* zumeist, auch mal eine *taz*, der *Klenkes*, obenauf einige handgeschriebene Zettel. Libuda warf die Lampe seines Smartphones an und vertiefte sich in die Lektüre.

Brokkoli/Möhren
Fusilli
Pesto
Espresso
Baguette
Katzenfutter
Thunfisch
…

Er hätte nach zwei Minuten die Leibspeise der abwesenden Buchhändlerin kochen können. Geistesabwesend knüllte er die Zettel zu einer Kugel, da blieb sein Blick an ein paar unpassenden Buchstaben hängen. Ringsherum gekritzelte Bildchen oder Symbole, was man eben kritzelt beim Telefonieren. Libuda starrte den Zettel an. Was sollte das? Sah aus wie ein Schloss. Nicht schlecht gezeichnet, das musste er der Mangold lassen. Daneben rieselte es Münzen vom Himmel. Und dazu noch Buchstaben. E … M … M … A …

Libuda streichelte noch einmal den Kater, dann schlich er aus der Wohnung und zog die Tür sanft ins Schloss. Im selben Moment zerriss ein Klingelton die Stille. Er riss sein Handy heraus und drückte schnell den Anrufer weg. Stoppek. Schlechtes Timing!

Als Libuda drei Straßen weiter im Auto saß, rief er den Journalisten an. »Spuck's aus, du bist einer ungeheuerlichen Sache auf die Spur gekommen.«

»Ich schick's dir. Okay, ist unterwegs. Ich muss jetzt weg. Ein Rendezvous. Top secret, Mister Marlowe. Arrivederci.«

Da blinkte auch schon wieder die Ladelampe. An ein Download der neuesten Enthüllungen war nicht zu denken. Libuda hätte die Kommunikationshilfe am liebsten in die Ecke befördert und sich gleich mit, denn wer hatte alle Warnmeldungen beständig weggedrückt? Weggedrückt und nichts unternommen. Jedes Auto hatte heutzutage irgendwo einen USB-Anschluss für ein Ladegerät oder was immer. Nicht so sein Schneewittchensarg. Als der gebaut worden war, war ein USB-Anschluss noch Science Fiction.

Da gab sein Handy doch noch einen Laut von sich. Unbekannte Nummer. Er tippte hektisch auf den grünen Hörer.

»Herr Libuda?« Die Stimme kam ihm bekannt vor. »Hier ist Mangold. Patrizia Mangold.«

»Ja, gut dass Sie anrufen, ich …«

»Ich kann nicht lange sprechen.«

Ich erst recht nicht, dachte Libuda, gleich ist Hängen im Schacht.

»Sie müssen mir helfen.«

»Aber wo sind Sie denn?«

»…«

Es wurde sehr undeutlich. Ob es an seinem Akku oder atmosphärischen Störungen lag – Libuda umklammerte das Gerät wie einen Rettungsanker.

»… hinter der Grenze … Emmaburg …«

Dann war das Handy tot.

KAPITEL 44

Belgien, Emmaburg, Hergenrath/Kelmis

Libuda donnerte mit dem Volvo die Lütticher Straße Richtung Belgien, passierte die unsichtbare Grenze und musste sich schwer zügeln, um nicht mit siebzig auf Kelmis zuzurasen, bog dann davor nach links ab über die Holperpiste nach Hergenrath, gegenüber vom Minitierpark scharf rechts ab und schoss den Weg runter auf die Emmaburg alias Eyneburg zu. Er schlidderte die Serpentinen hoch und kam, gefühlt nach hundert Jahren, endlich oben am Zielort an. Er schaute sich um. Ein einsames Auto parkte etwas entfernt. Es war beinahe so alt wie sein Volvo. Eine Ente. Auf dem Kennzeichen AC. Das konnte zu der Buchhändlerin passen. Aber was zum Teufel wollte sie hier? Wenn sie denn hier war.

Libuda ging zu dem rostigen Tor in der dicken Burgmauer. Er hätte erwartet, dass es abgeschlossen oder mit einer dicken Kette gesichert wäre, aber es schwang erstaunlich leicht und ohne jedes Quietschen auf. Er trat in einen weiten Innenhof, dessen Ausmaße er in der Dunkelheit nicht erkennen konnte. Die steinernen Türme der Burg ragten in den Nachthimmel und verloren sich nach oben hin in einem Blauschwarz. Aus den schmalen Fensterluken drang kein Funken Licht. Wie schwarze Keile steckten sie in dem grauen Bruchstein.

Libuda stieg ein paar steinerne Stufen hinauf und stand vor einer schweren Eisentür mit schmiedeeisernen Beschlägen. Er hätte jetzt sein Handy mit der Taschenlampe gebraucht, aber das war ja tot. Stattdessen wühlte er ein Feuerzeug heraus und war froh, dass er noch immer nicht aufgehört hatte, Rauchopfer darzubringen. Während das Feuerzeug aufflammte, lehnte er sich mit der linken Schulter gegen die massive Tür. Ehe er reagieren konnte, gab diese nach, und er knallte mit der linken Hüfte und dem Ellbogen auf den steinernen Fußboden. Vor Schreck ließ er das Feuerzeug fallen, das sich mit einem schlitternden Geräusch in die Finsternis entfernte.

Vollkommene Stille umgab ihn. Und Nacht.

Ächzend drehte Libuda sich auf den Bauch. Seine Stirn berührte den eisigen Boden. Einen Augenblick blieb er so liegen, dann rappelte er sich hoch und kroch auf allen vieren in die Richtung, in der er sein Feuerzeug und damit die Möglichkeit der Erleuchtung vermutete. Seine Rechte tastete den Boden ab, obwohl er am liebsten seinem Instinkt gefolgt und geflüchtet wäre – allein, er hatte keine Ahnung, wo genau sich die Tür befand, die ihn so unverhofft eingelassen hatte. Und wenn er schon nicht das Feuerzeug und damit den Lichtschalter fand, musste er doch unweigerlich auf eine Wand stoßen, an der entlang er sich zum Ausgang vortasten konnte. Mit einem Mal hörte Libuda ein Geräusch. Als treffe etwas auf den Stein. Er verharrte regungslos und lauschte. Da – schon wieder. Er kniff die Augen zusammen. Nichts. Er sah nichts. Absolut nichts. Da. Wieder das Geräusch. Libuda griff sich unwillkürlich an den Mund und drückte ihn zu, um nicht zu schreien. Und da … da fiel ihm auf: Es war sein Schweiß, der ihm vom Gesicht lief und klatschend auf den Boden tropfte.

Dann ertasteten seine Finger etwas anderes. Etwas Festes, Flaches. Fühlte sich an wie ein Feuerzeug … oder größer? Er versuchte, es hochzunehmen, aber es klebte fest, sosehr er sich auch bemühte. Er fuhr mit den Fingern drum herum, um feststellen zu müssen, dass die Kanten nicht so glatt und geradlinig wie zuerst angenommen waren. Es war offenbar eine simple Bodenplatte oder Fliese. Libuda verfluchte sich innerlich, dass er immer nur ein Feuerzeug besaß. Er tappte weiter und stieß gegen eine Erhöhung, die in die Vertikale führte. Er fühlte ein wenig nach links, und mit einem Mal bekam er etwas zu fassen, das sich nicht kalt wie Stein anfühlte, aber auch nicht wie sein Feuerzeug, sondern größer. Libuda drückte daran herum, es gab an einigen Stellen sogar ein wenig nach, als plötzlich ganz schwach ein bläuliches Licht aufflackerte. Und in diesem schemenhaften Schein erkannte er etwas Neues vor sich: ein Paar Schuhe. Mit den Spitzen zu ihm ausgerichtet. Libuda ließ seinen Blick höher wandern. Über die Schuhe fiel Stoff, Hosenbeine erkannte er, die sich mit einem Mal unmerklich bewegten, und schon spürte Libuda einen Luftzug von oben. Er versuchte noch, wie vor Kurzem auf dem Begraafplaats, seine Arme zu einer korrekten Abwehr hochzureißen, da vernahmen seine Ohren ein Pfeifen, das rasch näher kam, und dann explodierte etwas auf und dann in seinem Schädel. Und alles, was Libuda ausmachte, sackte unkontrolliert auf dem steinernen Boden der Emmaburg zusammen.

AMAZU – 1996. Herbst. 1. November. Freitag.

Der D-Day war da.

Ein Freitag. Marie war dagegen gewesen und hatte auf Mittwoch gepocht, aber Marta hatte das beste Argument: Am Freitag kaufen die Leute für das Wochenende ein. Ergo ist viel Geld im Laden. Und um Geld geht es uns doch, oder?, lautete Martas rhetorische Frage.

Eigentlich ging es Marie gar nicht ums Geld, sondern um .... ja, um was eigentlich?

Um das Ausbrechen aus dem, was von ihr erwartet wurde. Sie sollte es mal besser haben als die Eltern. Ein Studium, ein Examen. Und dann ein Job, möglichst mit Pensionsanspruch. Und dann heiraten, zwei Kinder, Haus, noch mehr arbeiten. Enkelkinder, Pension, Kreuzfahrt, Grab. Damit wollte sie erst gar nicht anfangen, dann hätte sie auch bei Leif bleiben können. Genau das war Leifs Lebensplan, abgesehen vom Studium. Ab und zu eine Reise, ansonsten sparen für das Haus, den neuen Wagen, den Zweitwagen, die Hobbys, die einen davon ablenken sollten, dass das Leben nicht so geworden war, wie man es immer erträumt hatte, als man noch zu Hause bei Mama und Papa wohnte.

Ihr habt so viele Möglichkeiten, das hatten wir damals nicht. – Und wenn ich nicht weiß, was ich vom Leben will? Warum bin ich hier? Was ist meine Aufgabe? Was ist der Sinn? – Alles ist möglich!

Finde deinen Weg! Deinen Traum! Abenteuer. Das große Abenteuer. Es ging um Abenteuer ... Anderssein. Um Mut. Neue Wege. Grenzen zu überschreiten. Keine Limits zu akzeptieren. Um die Faszination des Verbotenen. Außerhalb des Bürgerlichen Gesetzbuches. Eine Outlaw ...

Patrizia hatte gesagt, sie habe derart viel darüber gelesen, jetzt könne sie es auch machen. Das perfekte Verbrechen, von dem immer behauptet wird, dass es nicht existiert. Richtig wäre, niemand kennt es, eben weil es niemals entdeckt wurde. Das ist des Rätsels Lösung, hatte Patrizia frohlockt. Und mal sehen, ob es intensiver ist als in den Büchern.

Ruth hatte nicht wirklich darüber reden wollen, nur etwas von einem Song gefaselt, den sie darüber geschrieben hätte und dass sie ein professionelles Gesangsequipment brauche. Und Elli meinte, sie brauche das Geld einfach für eine Klinikpackung B-Tests und eigentlich sei ihr Leben auch so aufregend genug. Marta war wie immer cool wie eine Hundeschnauze. Sagte sie.

Trotzdem hatten sich eigentlich alle in der Nacht tausendundein Mal herumgewälzt, waren zum Klo gegangen. Hatten warme Milch mit Honig geschlürft. Bloß kein Alkohol, hatte Marta ihnen eingeschärft. Aus dem Fenster gestarrt, vor dem sich nichts abspielte – außer Regen, Regen und noch mehr Regen. Genau unser Wetter, hatte Marta gesagt. Da verirrt sich kein Schwein nach Feierabend freiwillig vor die Tür. Die Bürgersteige werden uns gehören. Und keiner, sollte doch jemand unterwegs sein, wird irgendetwas sehen unter seiner Kapuze oder dem Regenschirm.

Am Romanischen Institut hatte Marie lange in der Bibliothek gehockt und versucht, Bücher für eine Proseminararbeit zu finden. Die Megalithkultur auf den Balearen. Sie fand etwas, aber das war auf Spanisch, und sie merkte, dass sie dringend an ihren Sprachkenntnissen feilen musste. Vielleicht sollte sie abhauen nach Spanien? Was sollte sie aus ihrem Leben machen? Musste man das in ihrem Alter überhaupt schon ganz genau wissen? Sie wollte Fotos machen. Aber sie wollte nicht als Fotografin bei der Zeitung enden, auch nicht in einer Ausbildung. Es gleich zu studieren war ihr auch zu weit weg. Also erst mal alle beruhigen und etwas »Sicheres« studieren: auf Lehramt. War ja viel geworden aus dem Abenteuer, auf das sie sich gefreut hatte.

Aber vielleicht war es ja jetzt da. Sie war in ihrem Abenteuer angekommen. Aber es war illegal. Egal, oder? Am Morgen hatte ihr Hispanistik-Dozent von einem Gelehrten erzählt, der als Professor sein ganzes Leben einer bestimmten Kommaregel, die es nur im Baskischen gab, gewidmet hatte und darüber ein tausendseitiges Buch geschrieben hatte, das wahrscheinlich in ein paar Universitätsbibliotheken im Baskenland verstaubte und sonst von niemandem auf der übrigen Welt je zur Kenntnis genommen wurde. Alle im Proseminar hatten sich aufgeregt über dieses verpfuschte Leben. Aber ihr Dozent, Doctor Banús, hatte gesagt: Wieso? Er hätte Schlimmeres anstellen können. So hat er in seinem ganzen Leben nie jemandem etwas getan und keinen Schaden angerichtet. Stimmt, meinte ein Student, er hätte Bomben bauen können oder Tellerminen. Oder Atomkraftwerke, ergänzte eine andere.

Marie klappte das Buch zu, stellte es ordentlich zurück und verließ die Bibliothek. Sie könnte noch rüber zum Philosophischen Institut gehen und einen Schnellkurs in Ethik belegen, ging aber weiter und kehrte stattdessen im Café Kittel ein, wo sie sich von Jazz aus den Boxen und Qualm aus unzähligen Zigaretten einlullen ließ. Kein freier Tisch in Sicht.

»Ist hier noch frei?«

Der Typ schreckte hoch und sah Marie an, als sei er soeben von einer Zeitreise zurückgekehrt. Marie deutete auf den freien Stuhl an dem kleinen Bistrotisch und hob fragend die Augenbrauen.

»Äh klar …« Jetzt bekam er sogar ein Lächeln hin. »Gerne.« Und gar nicht mal unsympathisch.

In der Hand hielt er einen altmodischen Füllfederhalter, was ihm jetzt offenbar wieder bewusst wurde. Er schaute auf das kleine Blatt vor sich auf dem Tisch, dann zu Marie, dann wieder auf das Blatt.

»Du schreibst Gedichte?«, fragte Marie.

»Wer? Ich?« Er starrte sie an. »Woher …«

Marie deutete auf den Tisch und das Blatt und setzte sich ihm gegenüber. »Für mich sieht das wie ein Gedicht aus. Jedenfalls habe ich es in der Schule so gelernt.« Sie biss sich auf die Lippe. Wie dämlich von ihr. Hörte sich an, als sei sie noch Schülerin. »Also, damals«, fügte sie hastig hinzu.

»Damals?«

Der Dichter scheint nicht ganz dicht zu sein, kam ihr in den Sinn, und sie musste grinsen. Er lächelte jetzt auch. Nicht mal unsympathisch.

»Du hast ja Nerven!«, tönte es plötzlich von schräg oben in Maries Nacken, die sich erschreckt umdrehte. »Sitzt hier ganz cool und flirtet rum, als hätte sie nichts Besseres zu tun.« Ruth schüttelte dramatisch den Kopf. Marie stand auf, und sie umarmten sich.

»Ist hier noch was frei?«, fragte Ruth mit ihrer tiefsten Stimme, und der Dichter schraubte seinen Füllfederhalter zu und verließ kopfschüttelnd den Tisch. Und machte damit den Stuhl frei.

Patrizia drehte die Musik auf, so wie immer, wenn sie zockten. Es musste ordentlich wummern durch die alten Holzdielen. Die Nachbarn, schwerhörig wie die alten Damen alle waren, sollten es auch hören und lächelnd den Kopf schütteln über die jungen Frolleins von heute. Sie mischte zum tausendsten Mal die Doppelkopfkarten, verteilte sie auf dem Tisch auf die vier Plätze vor den leeren Stühlen, nahm ihr Blatt auf und hatte schon wieder beide Kreuz-Damen. Das war doch kein Zufall. Das wollte ihr doch was sagen. Stille Hochzeit. Die Dame lächelte, fiel Patrizia auf, etwas hämisch oder überheblich, als wisse sie etwas, genau wie ihre Zwillingsschwester. Beide grinsten Patrizia an, konnten das Lachen kaum noch zurückhalten. Patrizia knallte die Karten verdeckt auf den Tisch.

Sie stand auf, ging zum Fenster und schaute hinunter auf den Boxgraben. Die Straße glänzte und reflektierte das rote Licht der Ampel am Boxgraben, Ecke Südstraße. Die übliche Blechlawine quälte sich vorbei. Der Feierabend setzte ein. Alles lief wie am Schnürchen. Alles nach Martas Plan.

Marta war im PLUS, checkte die Lage, wie sie gesagt hatte. Stimmte sich ein auf den Abend, auf den Moment. Wie ein Staffellauf. Es kommt auf den richtigen Augenblick an, in dem man zupacken muss. Genau dieser eine Wimpernschlag. Der muss sitzen. Nicht zu früh und nicht zu spät. Ein Griff. Einer nur. Aber der muss sitzen. Man muss den Gegner noch mal beobachten, wenn er nicht damit rechnet, hatte sie auch gesagt. Und da war er auch. In einem Kittel prüfte er etwas in den Regalen, ein Klemmbrett in der Hand, und machte Notizen. Er wirkte größer, als sie ihn in Erinnerung hatte. Sah fast aus wie ein Apotheker. Strahlte Ruhe aus, Sicherheit. Alles war in Ordnung. Alles war korrekt. Alles stimmte. Auf ihn konnten sich seine Kunden verlassen.

Für einen Moment war es Marta, als erwache sie gerade und erkenne mit einem Mal glasklar, wie die Welt tatsächlich beschaffen war. Als habe sie zuvor nur Schemen wahrgenommen, wie es bisweilen bei sehr dichtem Nebel der Fall sein konnte, und sei dadurch vom Weg abgekommen.

Einmal, sie musste vielleicht fünfzehn gewesen sein, war sie im Sommer gegen Abend mit ihrem uralten Mofa in den Feldern unterwegs gewesen, als plötzlich Nebel aufkam, der innerhalb von wenigen Augenblicken alles einhüllte und umspann wie mit einem Spinngewebe; sie hatte auf der Höhe angehalten und in die Ferne geschaut, wo eigentlich das Haus ihrer Eltern stand; sie hatte nichts gesehen, kein Haus, keine Straße, die sich sonst durch die Felder bis eben zu ihrem Zuhause schlängelte … alles weg … nur weiße Brühe im Licht ihres Mofascheinwerfers, den sie daraufhin ausschaltete. Augenblicklich war die milchige Brühe schwarz, vielleicht ein bisschen grau an manchen Stellen. Sie hörte auch nichts mehr, auch die Straße, die irgendwo dahinten parallel zu dem Weg verlief, gab keinen Mucks mehr von sich, nur der Zweitakter knatterte und stank. Marta hatte den Schalter gedreht, und augenblicklich umschloss sie die absolute Stille. Kein Laut. Kein Licht. Nichts. Nur sie und der graue Nebel. Eine Weile stand sie so da, schaute sich um, drehte sich extra schnell und wusste danach nicht mal mehr, wo ihr Mofa stand; sie tastete sich durch das Grau, und da kroch langsam die Kälte feucht ihre Arme unter dem dünnen T-Shirt hoch, auch ihre Zehen in den Sandalen kribbelten unangenehm. Es machte keinen Sinn, sie musste zurück. Sie versuchte, die Maschine anzuwerfen, und da erinnerte sie sich daran, dass dies genau das Problem war in den letzten Tagen und sie die Kiste eigentlich immer nur bergab zum Laufen gebracht hatte. Sie versuchte das, aber wohin sollte man schieben, wenn man nichts sah, keinen Berg, keinen Weg? Sofort stand sie im Feld und stolperte über die trockenen Furchen. Panik stieg in ihr hoch, und sie fuhrwerkte wie eine Wilde an der Karre rum, fluchte, schlug, trat, heulte, bettelte. Und da, wie aus dem Nichts, schnurrte der Zweitakter und knallte dann in einer erlösenden Fehlzündung. Und dann war auch wieder das Licht angegangen.

Marta schüttelte sich ein wenig, räusperte sich und drehte entschlossen ab Richtung Ausgang des PLUS und leistete sich zur Feier des Tages für fünf Mark eine große Packung Marlboro, denn Nil gab es leider nicht.

Auf dem Boxgraben konnte Marta kaum normal gehen, derart stark zuckten ihre Fäuste, und sie kämpfte mit dem Bedürfnis, die Arme hochzunehmen, die Straße hochzurennen und dabei in die Luft zu boxen wie Rocky Balboa; sie hatte sogar den ganzen elend langen Weg über die Musik dazu im Kopf und war froh, als sie die hohe, alte Haustür hinter sich schließen und sich mit dem Rücken dagegenlehnen konnte. Sie wischte die Schweißperlen von ihrer Stirn, atmete tief durch und nahm die Stufen in Angriff. Die Mädels durften nichts davon merken. Das Letzte, was sie jetzt brauchte, war ein Haufen hysterischer Hühner. Sie mussten cool sein. Kalt bis ins Herz.

Laut polternd trafen wenig später auch die anderen Mitglieder der Blauen Hand ein. Im Treppenhaus röhrten die Fernseher auf maximaler Lautstärke. *Lokalzeit ... heute journal ... Tagesschau ... Ein Fall für zwei.* Das konnten die jungen Damen oben deutlich heraushören. Die alten Damen unten, allesamt schon lange Witwen, gingen immer früh schlafen. Die übrigen Wohnungen in dem baufälligen Haus standen mittlerweile leer, seit der neue Besitzer hatte durchblicken lassen, dass er renovieren und die Mieten leider drastisch erhöhen musste. Meist kam Elfriede Beckers noch mal zu ihrer Cousine Lotte Kühn rüber, die im Rollstuhl saß, und sie tranken zusammen einen kleinen Eierlikör, am Wochenende gerne auch mal zwei. Auf keinen Fall aber verließen sie noch mal ihre Wohnungen, die sie mit vielen Ketten gesichert hatten, und die dicken Vorhänge ließen sie auch lieber vor den Fenstern. Draußen gab es ja sowieso nur noch Mord und Totschlag. Das sah man ja immer wieder bei Ede Zimmermann.

»Okay, Mädels, alles frisch im Schritt?«

»Yes, Sir!«, salutierten die vier vor Marta.

»Noch irgendwelche Fragen? Jede weiß Bescheid?« Marta musterte ihre Komplizinnen. Dann streckte sie ihre rechte Hand aus, die anderen legten die ihre darauf, jede eiskalt.

»Eine für alle!«, rief Marta.

»Alle für eine!«, riefen sie alle zusammen.

»AMAZU!«

Vielleicht etwas lauter als sonst. Aber es war ja auch ein besonderer Tag. Es war DER TAG.

Ein wenig verlegen zogen sie ihre Hände langsam wieder zurück. Ruth umarmte Elli und drückte sie fest an sich. Die anderen sahen ihnen mit schiefem Lächeln zu. Patrizia wollte einen coolen Spruch landen, das sah man ihr an, aber offenbar fiel ihr nichts ein.

»Okay, umziehen! Und dann alle auf ihre Positionen!«, kommandierte Marta.

Einer von Martas Plänen war ja gewesen, dass alle grüne Hosen tragen sollten. Denn falls sich jemand, ein möglicher Zeuge, später erinnerte, würde er sich zuerst und wahrscheinlich nur daran erinnern ... Doppel-Psycho, hatte Marta gesagt. Aber wir müssen doch auch erst mal hinkommen, oder?, hatte Elli gemeint, oder sollen wir uns vielleicht direkt vor der Sparkasse erst mal in Ruhe umziehen?

Es blieb dann bei schwarzen Hosen, in denen jetzt alle steckten.

Wenig später öffnete Marta ihre Wohnungstür, witterte in den Flur und winkte dann, ihr zu folgen. Die Fernsehlautsprecher gaben weiterhin ihr Bestes, und die fünf schlichen die Treppen hinunter und vorbei an den Wohnungen der alten Damen. Dann huschten alle, in ihren schwarzen Klamotten, die Masken noch darunter in den Jacken verborgen, mit ein wenig zeitlichem Abstand aus dem Haus und verschwanden zunächst in verschiedene Richtungen.

Der Regen hatte plötzlich aufgehört. Der Wind nachgelassen. Fast stand zu befürchten, die Sonne käme noch heraus. Ein Sonnenuntergang, das hatte ihnen noch gefehlt. So weit kam es zum Glück nicht. Aber der Regen kam auch nicht zurück. Auf nichts konnte man sich verlassen.

Aber dann kam der Mann vom PLUS. Er trug eine braune Kunstlederjacke und eine schwarze Tasche in der Rechten. Die Tasche hatte offensichtlich ein ordentliches Gewicht, denn der Mann ging leicht schief und nach rechts gebeugt. In den Pfützen des Bürgersteigs spiegelten sich die Straßenlaternen, und der Mann bemühte sich, nicht in die Pfütze zu treten, die direkt vor der Seitenwand mit dem unscheinbaren Geldeinwurf der Stadtsparkasse glänzte, als er die Tasche mit den Tageseinnahmen des Supermarktes hoch vor seine Brust hob, um sie nun zu öffnen und den Inhalt in den Schlund zu werfen und damit in Sicherheit zu bringen und einzuzahlen – da sprang etwas von rechts auf ihn zu und griff ebenfalls nach der Tasche. Mit dem Instinkt des loyalen Angestellten griff er ebenso beherzt zu, keinesfalls bereit, das Eigentum seines Arbeitgebers fremden Händen zu überlassen. Er drehte sich also um, um seinem Widersacher ins Auge zu sehen – und starrte in die Fratze eines Affen. Dann stieß ihm etwas in die Rippen, und er senkte den Blick und erkannte eine Pistole. Vollkommen aus dem Gleichgewicht gebracht, sowohl seelisch als auch körperlich, kam er dadurch nach rechts ins Straucheln, und als ihn etwas oder jemand von hinten stieß, stolperte er nach vorne. Er musste die Tasche loslassen und versuchte sich mit der nun freien Hand abzufangen, jedoch verfehlte er, da er durch seine Abwehrversuche mittlerweile zu weit nach rechts gekippt war, die Wand und griff ins Leere, und als ihm dies bewusst wurde, knallte auch bereits sein Kopf, genauer seine Schläfe, an die Wand des Geldinstitutes. Es machte ein hässliches Geräusch. Dann mit einem Mal Stille. Alles wie unter Eis. Eingefroren.

Aus dem Augenwinkel, nunmehr auf dem Boden in der Pfütze liegend, die er zuvor noch elegant hatte umgehen können, sah er verschwommen, wie etwas Großes, Dunkles, offenbar die Geldtasche, hoch in die Luft flog und eine dunkle Gestalt kurz vor ihm auftauchte, und er dachte noch: Wie seltsam, dass sie gar kein Gesicht hat. Und dann verschwand die Gestalt ... und dann noch eine ... oder sogar noch eine?

Da aber schwanden ihm bereits die Sinne ...

Das aber nahmen die vier Frauen mit all ihren Sinnen wahr, bevor sie sich aus ihrer Erstarrung lösten und, genau nach Plan, in alle vier Himmelsrichtungen das Weite suchten. Der Alien allerdings kehrte nach wenigen Metern um und folgte dem Affen, der den Rucksack mit der Geldtasche darin trug und es sehr eilig hatte. Wie geplant. Aber schon an der Stephanstraße bog der Affe nach rechts ab und drehte sich dabei hektisch um. Der Alien allerdings, der ihm dicht auf den Fersen war, duckte sich immer wieder in Hauseingänge und blieb somit unsichtbar. Ausgemacht hatten die Bandenmitglieder eine ganz andere Route, um sich in der Laube zu viert wiederzutreffen. Wo also wollte der Affe mit der Beute hin?

Irgendetwas stimmt nicht mit Marta, dachte Marie, die sich die Alien-Maske abstreifte und in ihrer Jacke verstaute. Sie schaute vorsichtig um die Straßenecke. Ein schmuddeliger Pkw mit unleserlichem Kennzeichen verschwand gerade um die Ecke. Von einem Affen keine Spur. Von Marta auch nicht. Marie lief nun, ohne Deckung zu suchen, die Straße hinauf, schaute sich um, konnte aber ihre Freundin nirgends entdecken. Da baute sich leuchtend gelb vor ihr eine Telefonzelle auf. Ohne zu zögern, zog sie die Tür auf, nahm den Hörer in die Hand und stellte erleichtert fest, dass sie noch immer die schwarzen Handschuhe trug, vor allem aber, dass das metallumwickelte Kabel intakt zu sein schien. Jetzt tutete sogar das Freizeichen. Sie kramte nach etwas Kleingeld, setzte die

Maske wieder auf und wählte die Nummer der Feuerwehr. Sie hielt den Handschuh über die Muschel und sprach mit starkem französischen Akzent und hoher Stimme: »Un homme ... Boxgraben liegt Bodden ... bei Sparrkass ... vielleischt tott ...« – und legte auf.

Sie riss sich die Maske herunter, und schon war sie wieder draußen. Kein Mensch weit und breit, denn es hatte wieder angefangen zu regnen. Es tat ihr gut, zu gehen und den Regen dabei im Gesicht zu spüren. Als würde er sie reinwaschen. Ihre Gedanken durchspülen, die sich im Kreis drehten.

Sie atmete schwer, als sie durch das quietschende Gartentor stürmte.

»Wo bleibst du denn?« Ruth und Elli hielten sich nicht mit der Begrüßung auf. Dann linsten sie an Marie vorbei.

»Marta kommt nicht«, murmelte Marie und ließ sich auf die alte Gartenbank hinter dem Tisch fallen. Langsam ließ sie den Kopf auf die Platte sinken.

»Wieso? Ist was passiert?« Ruth war kreidebleich.

»Wieso denn?«, schaltete Elli sich ein. »Warum muss immer gleich was passiert sein?« Sie stemmte die Hände in die Hüften. »Ihr kennt doch Marta. Wahrscheinlich hat sie eine Überraschung vorbereitet und lässt uns ein bisschen zappeln.« Elli war in ihrem Element. »Gleich kommt sie mit Champagner um die Ecke.«

»Schön wär's«, schnaufte Marie. Sie schälte sich aus der nassen Jacke und schüttelte die Haare aus. Dann holte sie eine zerdrückte Packung Camel ohne Filter aus der Jacke. Als sie eine anstecken wollte, zitterte die Flamme derart stark, dass sie fast eine Minute brauchte, bis sie den ersten Zug inhalieren konnte.

»Es hat doch alles gut geklappt«, nahm Elli den Faden des positiven Denkens wieder auf.

»Findest du?« Marie musste husten. »Und der Mann?«

»Na ja, wo gehobelt wird, da fallen auch Späne, sagte mein alter Meister immer ...«

»Elli! Ich bitte dich!«

»Jedenfalls hat er sich noch bewegt.«

»Sicher?«

»Jedenfalls hat er geatmet«, pflichtete Ruth Elli bei.

Sie warteten noch eine halbe Packung Zigaretten ab, dann machten sie sich auf den Weg zum Boxgraben, zu Martas Wohnung. Patrizia riss ihnen die Tür fast aus der Hand.

»Scheiße! Wieso kommt ihr erst jetzt? Ich bin fast gestorben!« Die Musik dröhnte, und ihre Alkoholfahne hätte jedem Seemannsbegräbnis zur Ehre gereicht. Als die drei die Tür hinter sich schlossen, zog sie irritiert die Augenbrauen zusammen. »Wo habt ihr Marta gelassen?«

»Wie?« Jetzt zog Elli die Brauen kraus. »Sie ist nicht hier?« Sie schaute an Patrizia vorbei in das verräucherte Zimmer. Auf dem Tisch dampften fünf Portionen Fritten. Ihr Alibi vom Nikolaus Grill. Wie geplant. In der Mitte, umgeben von Karten, eine Batterie Bierflaschen. Eine Flasche Retsina schien fast leer zu sein.

»Mon dieu, wo ist dieses meschuggene Weib?« Marie fummelte nervös an ihrem Hals rum und rieb ein Amulett zwischen ihren eisigen Fingern, während sie auf ihren Lippen kaute.

KAPITEL 45

Nacht
Belgien, Emmaburg, Hergenrath/Kelmis

Etwas kitzelte im Gesicht. Die Nase juckte. Niesen. Wieder strich etwas darüber. Erneutes Niesen. Wischte mit der rechten Hand danach und kam mit einem Mal in eine instabile Seitenlage und verlor vollends die Kontrolle. Fiel … und kam auf einem harten Untergrund zu Bewusstsein. Holzboden. Hellwach mit einem Mal. Rieb sich die Hüfte und die Schulter. Kniff die Augen zusammen vor Schmerz. Öffnete sie dann vorsichtig, denn da krachte die Erkenntnis herein: Wo … wo bin ich?

Immerhin das Ich war klar. War sich klar. Dieses Ich nannte sich Libuda. Und der fand sich nun auf einem Dielenboden wieder. Eine Katze schmiegte sich schmusend an ihn und leckte über seine Nase. Er schob das schwarze Tier sanft zur Seite und drückte ihr einen leichten Kuss auf den Kopf, denn sie hatte ihn immerhin ins Leben zurückgeholt. Dann sah er schemenhaft einen Tisch, von dem er offenbar vor einigen Augenblicken gestürzt war. Ächzend rappelte er sich ein wenig hoch, sodass ihm direkt schwindelig wurde. Er betastete vorsichtig seinen Hinterkopf. Blut klebte in seinen Haaren und jetzt an seinen Fingern. Das durfte auf keinen Fall zur Gewohnheit werden mit diesen Niederschlägen, den Knockouts, wollte er nicht enden wie The Greatest, Muhammad Ali. Libuda rappelte sich weiter hoch, richtete sich mühsam ein wenig auf, sodass er auf seinen Knien hockte, und krabbelte auf den Tisch zu. Er klammerte sich an die Kante und zog sich ein wenig hoch, bis er über die Kante des Tisches lugte. Darauf lag etwas wie eine Decke, die über die Kanten herunterhing. Darauf eine weitere Decke, grau und farblos wie alles in dem düsteren Raum. Merkwürdig zusammengerollt. Wie ein Teppich … oder … Oben guckte etwas heraus. Libudas Herzschlag beschleunigte mit einem Mal. Er kniff die Augen zusammen, zwang sich zu warten. Riss sie dann wieder auf. Das konnte nicht sein. Er richtete sich weiter auf, und sein Kopf schien zu zerspringen wie eine aufgehackte Kokosnuss. Da kamen Haare aus der Decke. Viele Haare. Locken. Das sah fast aus wie … ein Kopf.

»Hallo«, krächzte Libuda heiser und erschrak über seine eigene Stimme. Keine Antwort. Keine Bewegung.

Er kroch auf den Kopf zu. Zwischen den Haaren eine Nase … ein Mund … offen … Die Buchhändlerin … Libuda schreckte mit einem Ruck nach hinten, fiel fast wieder um. Er schloss kurz die Augen, versuchte, seinen Atem zu kontrollieren. Dann sah er wieder hin. Zog die Decke sanft zurück. Ein Körper lag da. Bekleidet. Inmitten eines dunklen Fleckes. In der Düsternis konnte er keine Farben erkennen, aber er hätte schwören können, das sei Rot. Rot. Blut. Alles voll.

Darauf, das erkannte er jetzt, lagen seltsame Blätter. Gefaltete Geldscheine. Rotbraune Fünfzigeuronoten. Im Blut.

Libuda hielt sich die Hand vor den Mund. Aus den Augenwinkeln sah er, dass auch sie voller Blut war. Er starrte darauf, konnte nicht aufhören zu starren. Immer noch besser, als auf eine Leiche zu starren. Da drang etwas anderes in sein Bewusstsein. Ein heulender Ton … eine Sirene!

Libuda sprang auf und ging vor Schmerz fast zu Boden. Er fühlte sich, als sei er gerade geköpft worden, aber da saß noch etwas zwischen seinen Schultern. Er schleppte sich zu einem Fenster und starrte hinaus in die Nacht, die von zuckendem, blauem Licht erhellt wurde. Noch war es relativ weit weg, aber es raste auf ihn zu. Er hatte keine Zeit zu verlieren. Er wollte gerade losstürzen, da streifte die Katze durch seine Beine. Er hätte sie gerne gefragt, was sich hier im Turmzimmer der alten Burg abgespielt hatte. Ob sie gesehen hatte, wer die Buchhändlerin auf dem Gewissen hatte? Wer sie hierhergelockt hatte? Und wozu? Erst beraubt und dann getötet? Die Sterntalerin hatte doch niemanden gesehen. Machte das irgendeinen Sinn? Und wer hatte ihn hierher in die Falle gelockt?

Er strich der Katze über den Kopf und kraulte sie am Hals, worauf sie sich auf den Rücken drehte und schnurrte. Ihre weißen Bauchhaare waren mit Blut bespritzt. Libuda erstarrte einen Moment, dann ließ ihn das immer lauter anschwellende Heulen der Polizeisirenen hochschrecken. Einen Moment noch starrte er auf die Leiche der Buchhändlerin, deren für immer geschlossene Augen, und biss sich auf die Unterlippe, dann machte er ein ungelenkes Kreuzzeichen und strich Patrizia Mangold sanft über die Stirn und die Augen. Die Lider fühlten sich kühl an, aber nicht so eisig, wie es Libuda erwartet hatte. Allerdings tendierte seine praktische Erfahrung mit Leichen gegen null. Kurz schenkte er ihr noch einen Blick. Beinahe sah sie friedlich aus, wenn nicht der Mund …

Schon stürzte er auf die Tür zu. Eigentlich hatte er erwartet, dass diese abgeschlossen wäre, war sie aber nicht. Hätte ja auch seltsam gewirkt für die Polizei: der eingeschlossene Mörder mit seinem Opfer. Und wer hätte auch abschließen sollen? Von außen? Was war überhaupt in diesem Raum passiert? Und wieso kam schon die Polizei?

Libuda keuchte immer stärker, als er, mehrere Stufen auf einmal nehmend, dazu im Dunkel, die Treppen hinunter in den Innenhof stürzte. Die Sirenen kamen von rechts, vom

Haupttor, wo sein Volvo auf ihn wartete. Libuda flüchtete nach links. Ins Dunkel. In der Hoffnung, dort einen Hinterausgang zu finden.

Um nicht entdeckt zu werden und der Polizei keine Spur zu präsentieren, schlich er im Dunkeln den abfallenden Burghof hinunter und verlor sich weiter unten in Büschen und Sträuchern, die einen dichten Dschungel bildeten. Rings um ihn krachte und raschelte es, und Libuda hätte sich nicht gewundert, wenn sich eine Anakonda aus dem ostbelgischen Dschungel um seine Beine geschlungen hätte. Er hätte gerne mit irgendetwas geleuchtet, aber dann hätte er sich auch gleich stellen können. Was vielleicht sowieso schlauer gewesen wäre, schlich sich ein Gedanke in sein heillos überfordertes Hirn. Libuda schüttelte sich kurz, kniff die Augen zusammen, auch aus Angst vor den Dornen der überall wuchernden Schlehen- und Weißdornbüsche, und robbte auf allen vieren vorwärts. Er hoffte zumindest, dass er eine Richtung beibehielt und sich nicht im Kreis drehte wie ein Verdurstender in der Wüste.

Libuda war zerschunden und zerkratzt, als er auf so etwas wie einen Weg stieß. Er hatte Mühe, sich aufzurichten. Es war, als seien seine Beine nur noch zum Kriechen zu gebrauchen. Er taumelte den Weg hinab, bis der in einer T-Kreuzung auf eine kleine Straße traf. Links oder rechts? Libuda hatte jegliche Orientierung verloren und versuchte weiterhin, sich in der Finsternis zu orientieren. Oben sah er majestätisch die Umrisse der Burg, von blauem, zuckendem Licht grell illuminiert. Nach links musste es nach … nach Kelmis gehen?

Er starrte in die Richtung, bis die Straße mit einem Mal erleuchtet wurde und es weit hinter ihm dröhnte. Instinktiv sprang Libuda zur rechten Seite und hielt den Daumen in die Höhe.

Das Dröhnen kam näher, ging in ein Quietschen über, und der Wagen stoppte neben ihm. Die Beifahrertür schwang auf. Im schwachen Schein der Innenbeleuchtung sah Libuda ein bärtiges Gesicht, mittendrin eine Brille, die ihn musterte.

»Mit 'nem Tiger gekämpft?«

»So ähnlich.« Libuda versuchte ein Lächeln, musste aber abbrechen, zu sehr schmerzten die Kratzer in seiner Visage.

»Dann mal rein, bevor der Tiger dir den Rest gibt!«

Libuda ließ sich in den Sitz fallen und stöhnte.

»Und jetzt? Hoch zum blauen Licht?«

Libuda fuhr zusammen.

»Oder doch lieber die andere Richtung?«

»Merci, monsieur …« Libuda lehnte sich zurück und ließ sich in den Sitz sinken. Jetzt erst fiel ihm auf, in was für einem alten Schätzchen er sich gerade davonmachte. Begierig saugte er die Details in sich auf, etwa den Stern im Lenkrad. Das half ihm, die schrecklichen Bilder zu verdrängen. Den Blick der Buchhändlerin wenigstens kurz beiseitezuschieben.

»Was für ein Baujahr?«

»Er ist von 64.«

»Meiner ist sieben Jahre jünger.«

»Auch 'ne Heckflosse?«

»Nein, ein Volvo.«

»Volvo?« Der Bärtige rümpfte ein wenig die Nase. »Sicherheitsfanatiker oder zu viel Bullerbü geguckt?«

»Non. Es ist der P1800 ES.«

»Hübscher Name«, der Mercedesfahrer schnaufte verächtlich.

»Besser bekannt als Schneewittchensarg.«

Zum Ausgleich trat er abrupt in die Bremse. »Und warum gehst du dann zu Fuß durch die Nacht? Panne? Ich schlepp dich ab!« Er machte Anstalten zu drehen.

»Der wird schon abgeschleppt. Vermute ich jedenfalls.« Libuda nickte mit dem Kopf in Richtung des blauen Lichtes oben am Berg.

»Falsch geparkt?«

»Eine Verwechslung.«

»Und wir können ihn jetzt nicht holen?«

Libuda drückte seine beiden Handgelenke aneinander und hielt sie nach vorne.

»Oh, so schlimm? Pas de problème! Wir gucken einfach später, wenn die Kavallerie abgerückt ist, n'est-ce pas?«

Und damit gab er Gas und rauschte mit offenen Fenstern durch die Nacht, bis er mit einem Mal in einen unsichtbaren Weg einbog, noch ein paarmal links und rechts abbog und dann in einem Innenhof inmitten eines »U« aus betagten Bruchsteinsteinhäusern ausrollte.

»Bier oder Wein?«

Er sah Libuda lächelnd an. »Okay. Beides.«

Libuda prostete seinem Retter zu.

»Ich bin Boris.« Er hob sein Glas. »Boris Kaminski. Der rettende Engel … nicht der gelbe.«

»Libuda.«

»Und gibt es auch einen Vornamen?«

»Einfach nur Libuda.«

Für den Moment war er in Sicherheit. Aber dank seines Wagens, den er wie eine Visitenkarte abgegeben hatte, wussten die staatlichen Ermittler der anderen Seite sicher schnell, wer er war. Und damit waren auch seine Adressen bekannt. Und verbrannt.

SIEBTER TAG

KAPITEL 46

Sonntag, morgens
Irgendwo in Belgien

Er musste da etwas klarstellen. Sein Handy hatte er ja endlich aufladen können. Und es gab da nur eine Person. Leider. Ausgerechnet sie!

»Hallo, Meike. Bist du allein?«

»Kai!«, schrie sie ihn direkt an. »Warte«, sie dämpfte ihre Stimme, und er hörte, wie sie eine Tür schloss. Offenbar war sie im Präsidium. »Bist du jetzt komplett plemplem? Mich hier anzurufen! Willst du meine Karriere auch ...«

»Immerhin sind wir verwandt«, unterbrach er ihre Tiraden, »und in der Not ist Blut dicker als ...«

»Blut! Das ist genau das Stichwort! Was hast du dir dabei gedacht, diese Frau zu ... zu ...« Einen Moment schnappte sie nach Luft. »Die wäre fast verblutet!«

»Moment! Fast? Heißt das, sie ...«

»Das heißt gar nichts, du Scheißkerl! Die Ärzte kämpfen noch um ihr Leben. Und du?! Stell dich! Mach einmal im Leben das Richtige!«

»Das geht nicht. Ich bin mitten in einer Ermittlung. Aber ich ...«

»Was bist du?«

»Jetzt hör mir mal ausnahmsweise, einmal im Leben, zu!«, brüllte er. »Ich habe nichts damit zu tun! Das war eine Falle.«

»Erzähl das meinen Kollegen.«

»Das geht nicht.«

»Gut, dass Mama und Papa das nicht mehr erleben müssen.«

»Jetzt fang nicht damit wieder an!« Libuda zerdrückte fast das Glas in seiner Hand. »Und jetzt sind sie plötzlich wieder Mama und Papa. Aber sonst war ich immer nur der Bastard, der nicht dazugehörte.«

»Gehörst du ja auch nicht. Hast du grade wieder bewiesen.«

»Und darum hast du das Erbe auch für dich behalten?«

»Du hast doch das Erbe deiner Eltern bekommen, oder?« Sie lachte höhnisch. »Wie ich hörte, steht der Volvo schön poliert am Tatort.«

»Lenk nicht ab! Sag mir lieber endlich, wo die Unterlagen sind, die Licht in die Geschichte von damals bringen und erklären, was damals passiert ist, als wir Kinder waren.«

»Du bist doch Detektiv. Finde es raus!« Sie lachte kalt. »Und jetzt geh aus der Leitung oder ich muss dich orten lassen, Brüderchen.«

Das war typisch. Typisch Meike. Seine Schwester, mit der er nicht verwandt, aber aufgewachsen war. Bei den gleichen Eltern, die eigentlich seine Paten waren, weil seine Eltern irgendwann verschwunden waren. Verunglückt. Beide auf einen Schlag. Und er damit Vollwaise mit nichts als ein paar alten Fotos auf Papier. Keinen Bildern im Kopf. Dafür der Schneewittchensarg. Und der Caravan auf dem Campingplatz.

Da musste er dringend hin, seine Unterlagen holen. Aber garantiert wartete da die Staatsmacht auf ihn. Obwohl … auf der belgischen Seite? Er konnte es sich nicht leisten, festgesetzt zu werden und stundenlang zu erklären, dass er nicht der war, den sie suchten, und dass er den anderen suchen musste und dass es noch andere Opfer geben würde, wenn er in U-Haft saß.

Er musste zu den beiden anderen Frauen, Elli Stork und Ruth Gerresheim, um sie zu warnen. Aber warum eigentlich? Das würden sie sicher wissen wollen.

Er tippte die erste Nummer ein.

»Ja hallo?«

»Frau Gerresheim?«

»Wer will das wissen?«

»Mein Name ist König. Wir haben uns bereits kennengelernt.«

»Der Schnüffler?«

»Frau Gerresheim, ist alles okay bei Ihnen? Geht es Ihnen gut? Frau Stork auch?«

»Das geht jetzt ein bisschen zu weit!«

»Ich muss Sie aber warnen. Sie sind in Gefahr.«

»In Gefahr, von Ihnen gestalkt zu werden«, unterbrach sie ihn rüde.

»Frau Mangold ist … also, sie wurde überfallen.«

»Das weiß ich längst!«

»Nein! Es wurde versucht, sie zu töten.«

»Was? Patty ist tot?«

»Nein, nein.«

»Woher wollen Sie das denn wissen? Oder waren Sie selbst dabei, also beteiligt?«

»Ich habe sie quasi entdeckt. Aber ich habe Angst, dass Ihnen das Gleiche passiert.«

»Und jetzt sollen wir das Hause nicht mehr verlassen«, sie schnaufte verächtlich, »und Sie bewachen unsere Haustür, oder was?«

Libuda wollte gerade zu einer Erwiderung ansetzen, aber da fauchte sie schon weiter. »Und wieso, bitte schön, sollte uns das Gleiche passieren?«

»Weil Sie bei diesem, na ja, beim Herzkreis dabei sind.«

»Aber ich war ja noch gar keine Sterntalerin. Nur Patty … und …«, dabei wurde ihre Stimme mit jeder Silbe immer leiser, »natürlich Marie.« Sie verstummte schlagartig.

»Marie, richtig.« Libuda atmete tief durch. »Was ist mit Marie?«

Am anderen Ende blieb es stumm.

»Das Gleiche wie mit Marta?«

»Wieso Marta?« Ihre Stimme flatterte.

»Beide sind verschwunden. Beide Male ist Geld verschwunden, oder?« Libuda hörte, wie die Gerresheim die Luft ausstieß. »Und bei beiden weiß keiner, ob sie noch leben, oder?«

»Ich glaube jedenfalls lieber, Marta lebt glücklich mit der Kohle in Portugal und hat sich dafür einen kleinen Hof gekauft, auf dem sie jetzt mit ihren Kindern Esel züchtet und …«

»Mit welcher Kohle?«, unterbrach Libuda ihre portugiesischen Bullerbü-Fantasien.

»Kohle?«

»Frau Gerresheim, ich weiß inzwischen, dass damals etwas passiert ist, wo es um eine größere Geldsumme ging, die dann verschwand und zusammen mit dem Geld Ihrer aller Freundin Marta.«

Sie atmete nur noch.

»Hören Sie, mir geht es nicht um das Geld von damals. Was auch immer passiert ist, es ist wahrscheinlich längst verjährt. Aber könnte es sein, dass die Geschichte von damals mit der aktuellen zu tun hat?«

»Welche Geschichte?«

»Lassen Sie es mich einfach formulieren, sehr einfach. Marta weg – Marie weg.« Er machte eine Kunstpause und senkte dann seine Stimme, flüsterte: »Marta tot – Marie tot …«

Am anderen Ende holte sie unendlich tief Luft.

»Und wenn Sie nicht aufpassen, Frau Gerresheim …«
Aber sie hatte aufgelegt.

Libuda atmete erleichtert aus, als der unauffällige, graue Wagen auf den Waldparkplatz rollte, nur das dumpfe Grollen verriet den dicken Achtzylinder unter der matten Haube. Er trat aus dem Schatten der Fichten, sah sich noch einmal in alle Richtungen um und stieg dann schnell auf der Beifahrerseite ein.

»Ist dir jemand gefolgt?«

»Kann man einer Rakete folgen?«, schnaubte Ani Tram und sah ihn schräg von der Seite an. »Du siehst aus, als wärst du unter einen Bus gekommen.«

»Guck bitte einfach auf die Straße.«

»Yes, Sir!«, brüllte sie zackig und salutierte. »Erwarte Ihre Befehle, Sir!«

»Geht doch.«

»Ich glaube, es hackt! Die halbe Polizei der Euregio ist ausgerückt und scheint ausgerechnet jetzt auch grenzüberschreitend zu funktionieren, und du bestellst mich in den Wald.«

»Du bist doch immer meine Retterin, Ani. Darum sind wir doch Partner.«

»Darum steht ja auch Libuda & Tram auf dem Schild zu unserem Büro?«

»Aber das ›Co.‹ kommt doch von inkognito, weil du der perfekte Schatten bist.«

»Ich dachte, es wäre wegen der Steuer?«

»Oder so.«

Der Wagen rollte grollend am Straßenrand in eine Parklücke. Ani Tram deutete auf ein Haus gegenüber.

»Ich warte hier. Wenn ich hupe, fliegst du sofort wieder auf den Beifahrersitz. Got it?«

»Aye, aye, Sir!«

Libuda drückte auf die Klingel zu E. Stork. Alles blieb, wie es war. Kein Summen. Kein Öffner. Libuda betätigte die Klingeln ganz oben. D. Öner. W. Smit. H. Unger. Es summte gleich zweimal. Er drückte die Tür auf und rief in den Hausflur: »Post für Stork!« Er hörte oben Türen ins Schloss fallen.

Wie vermutet, wohnte sie im zweiten Stock. Er lauschte an der Tür. Stille. Er klopfte. Stille. Er sah sich noch einmal um, witterte, machte sich kurz am Schloss zu schaffen, und dann öffnete sich die Tür mit einem sanften Klicken. Vorsichtig trat Libuda in einen kleinen Flur und schloss die Wohnungstür lautlos hinter sich.

Als er da stand, im Halbdunkel, fragte er sich, was er eigentlich hier erwartete. Oder befürchtete. Eine Frau, die auf der Couch lag und eingeschlafen war vor einem flimmernden Bildschirm? Eine Frau, die in einer Badewanne lag, inmitten ihres eigenen Blutes? Er scheuchte die Bilder von der Mangold in der Emmaburg weg. Was also erwartete er? Eine Frau, die gerade mit ihrem Mörder um ihr Leben rang? Und die er, Libuda, dann rettete? Und damit dieser Aktion einen Sinn verlieh. Nachträglich. Oder lag sie vielleicht einfach mit einem Kerl auf dem Teppich und freute sich des Lebens und kreierte gar ein neues in diesem Moment?

Libuda wollte schon wieder umkehren, da klingelte das Telefon in der Wohnung. Nach dem dritten Klingeln sprang ein Anrufbeantworter an, und wenig später ertönte eine Stimme: »Elli! Verdammt! Wo bist du? Du gehst nicht an dein Handy, du antwortest nicht auf WhatsApp. Was zum Teufel tust du gerade? Wir müssen reden! Dieser Schnüffler weiß irgendwas. Melde dich!« Tuten. Ende.

Ohne Zweifel Frau Gerresheim.

Wenn ihre Freundin und Komplizin nicht wusste, wo Elli steckte – Libuda wusste es erst recht nicht.

Er stand draußen vor der Tür, seine Co. wartete im Auto, und ihm war nach Gehen, Laufen. Er musste das Chaos in seinem Schädel sortieren. Das gab alles keinen Sinn.

Er ging über die Straße, huschte auf den Beifahrersitz und erstattete knapp Bericht, mehr für sich selbst. Auch Ani Tram hatte momentan keine zündende Idee, außer ein wenig Beschattung zu spielen. Sie versprach, sich zu melden, sobald die Stork auftauchte.

Libuda latschte los, um die nächste Hausecke herum, dann einfach weiter, schön im Schatten der Hauseingänge geborgen. Langsam trotteten seine Füße von allein. Was war also der Stand der Dinge?

Er suchte eine Frau im Auftrag ihres Bruders: Marie Schornstein. Er hatte sie einmal kurz gesehen, nachdem sie ihm per SMS ein Treffen auf Texel (wo er sie vor dem Auftrag schon einmal getroffen hatte) vorgeschlagen hatte. Kurz bevor er sie tatsächlich traf, wurde sie fast überfahren. Danach war sie verschwunden. Meldete sich dann erneut per SMS und bestellte ihn zum Friedhof der Georgier. Dort wurde er niedergeschlagen und von Ani Tram gerettet. Wer weiß, wo er sonst wäre? Dann war da noch dieses sonderbare Glücksspiel, der Herzkreis, an dem nur Frauen teilnahmen. Marie hatte scheinbar auch teilgenommen und war als Sterntalerin mit der »Schenkung« verschwunden. Offenbar hatte es einen ähnlichen Fall mal vor Jahren gegeben, exakt 1996, als eine andere Frau der Blauen Hand verschwand, mit viel Geld, woher auch immer, Marta Knopp. Jetzt war die nächste Sterntalerin, die Buchhändlerin Patrizia Mangold, nach der Schenkung ausgeraubt worden. Dann verschwand sie und rief Libuda um Hilfe. Eine Falle, denn sie lag scheinbar tot in der Emmaburg und er kurz darauf betäubt neben ihr. Dank einer Katze wurde er wach und konnte rechtzeitig flüchten – wurde jetzt aber von der versammelten Polizei des Dreiländerecks gesucht. Und beide Male hatte Geld neben ihm gelegen. Gefaltetes Geld, das offenbar vom Herzkreis stammte.

So weit der Stand der Ermittlung und Entwicklung.

Und Libuda stand mit einem Mal vor einer sehr vertrauten Haustür. Auf dem Klingelschild stand immer noch *M. SCHORNSTEIN.*

Er trat ein paar Schritte zurück und wurde unsanft durch ein Fahrzeug in seinem Rücken gebremst, das dort parkte. Libuda räusperte sich und ging vorsichtig über die Straße. Von dort hatte er einen guten Blick hoch zu den dunklen Fenstern der Wohnung von Marie.

»Guten Abend!« Eine heisere Stimme überfiel ihn von hinten. »Nicht erschrecken, Herr König.«

»Herr Dr. Klawitter.«

»Ich sah Sie soeben zufällig von meinem Fenster aus, und da dachte ich: Ich muss es Ihnen jetzt endlich sagen.«

»Sagen? Was denn sagen, Herr Doktor?« Libuda zog die Augenbrauen hoch. »Nun sagen Sie nicht, Sie haben …«

»Doch, doch!« Der Rentner kam aus dem Nicken gar nicht mehr raus. »Ich habe etwas gesehen.« Er nickte erneut und wippte dabei so stark auf und ab, dass Libuda fürchtete, der alte Amtmann katapultiere sich gleich in die Umlaufbahn. Er drückte sanft dessen Unterarm, und sofort stand Klawitter stocksteif da. Dann zog dieser ein Büchlein aus seinem Jackett und wedelte damit triumphierend über dem Kopf, als habe er soeben den Nobelpreis erhalten.

»Da ist alles drin.« Er atmete befriedigt aus. »Leider«, und seine Miene verfinsterte sich, »leider war ich zuvor eine Nacht und einen Tag im Krankenhaus.« Er winkte gebieterisch ab, als er Libudas besorgten Blick sah. »Das Herz. Nicht der Rede wert, aber sehr lästig, hinderte mich daran, einen Blick auf das Haus zu haben.« Er atmete abrupt aus und sackte zusammen wie eine Aufziehpuppe, die mit der letzten Energie in der Bewegung erstarrt.

»Entschuldigung, Herr Doktor? Was ist denn nun passiert?«

»Lichter«, murmelte der alte Mann. »Lichter«, er starrte auf den Boden. »Auf und ab. Von links nach rechts. Und wieder zurück.« Mit einem Mal sah er Libuda in die Augen, als seien die Batterien wieder aufgeladen. »Frau Schornstein war es nicht. Die hätte ja einfach Licht angemacht.«

»Haben Sie jemand aus dem Haus kommen sehen?«

»Nein! Das ist ja das Seltsame. Niemand kam aus dem Haus, obwohl die Lichter erloschen waren.«

»Und Sie haben wirklich die ganze Zeit die Fenster«, Libuda sah den alten Mann streng an, »und vor allem die Haustür im Blick gehabt? Das ist wichtig für meine Recherchen und auch für, na, Sie wissen schon ...«

»Leider nicht die ganze Zeit. In meinem Alter, wissen's«, er sah wieder beschämt auf den Boden, »da schlägt einem die Aufregung direkt auf die Blase ...«

»Verstehe. Aber können Sie mir sagen, wo das Licht besonders gut und lange zu sehen war?«

»Auch wenn ich nie in der Wohnung war, aber das war im Wohnzimmer. Auf der Seite, wo der Schreibtisch steht.«

»Der Schreibtisch.« Libuda nickte überrascht. »Aber woher, ich meine, im Dunkeln ...«

»Frau Schornstein war eine sehr reizende junge Dame, und sie wusste, dass ich ein Auge auf sie oder besser ihre Wohnung habe, und darum hat sie mir bisweilen zugewunken. Sie hatte ja keine Vorhänge. Manchmal hat sie mich auch zum

Friedhof begleitet.« Klawitter stockte einen Moment, und Libuda wollte gerade die Gelegenheit nutzen, da sprach er schon weiter: »Sie kannte ja die Leni auch noch. Und manchmal hat sie mich auch zum Kaffee eingeladen. Ich kann einen sehr guten Birnenkäsekuchen backen. Wissen's, das Geheimnis ist: Man darf die Birnen nicht …«

»Herr Doktor, entschuldigen's bittschön, ich möchte Ihren Birnenkäsekuchen wirklich gerne probieren, herzlich gerne, das können's mir glauben, aber im Moment pressiert's. Ich müsst unbedingt, bittschön, in der Wohnung nachschauen, ob etwas fehlt, verändert wurde. Verstehen's? Frau Schornstein ist ja noch immer nicht wieder aufgetaucht, und die Frist für die Erbschaft …« Libuda hob beschwörend die Arme, während er die Hände gen Himmel öffnete.

»Ich glaube, ich könnte Ihnen vielleicht helfen.« Klawitter zwinkerte tatsächlich. »Wenn's mir bittschön folgen wollen.« Er drehte auf dem Absatz um. »Das Fräulein Schornstein hat mir einmal, für den Fall der Fälle … wenn ich ihn nur wiederfinde …« Er pendelte mit dem weißen Kopf hin und her. »Seit die Leni nicht mehr aufpasst … ich vergesse immer mehr.«

Mittlerweile waren sie in Klawitters Wohnung angekommen, wo er zielstrebig in eine Schublade eines alten Sekretärs griff, eine kleine Kassette herausnahm, die er aufschloss, eine Lade entnahm und auf den Sekretär stellte, um gleich darauf triumphierend ein Schlüsselbund in der Hand zu schwenken. Er ließ die Schlüssel gegeneinanderklimpern und strahlte Libuda selig an.

Libuda öffnete die Tür mit dem Schlüssel. Auch diesmal war sie nicht abgeschlossen gewesen. Draußen baumelte immer noch die Werbung des Asia-Imbisses Bin Jib. Ein eigentümlicher Geruch lag in der Luft. Libuda witterte und folgte dem scharfen Aroma nach Lösungsmitteln. In der Küche blieb er stehen. Auf dem Tisch stand eine bauchige, bunte Vase. Libuda ging mit der Nase bis auf wenige Zentimeter heran. Das war die Quelle des scharfen Gestanks. Nun sah er es auch: Die Vase hatte feine glänzende Adern, Risse, Sprünge, die mit einem Kleber zusammengehalten wurden. Er erinnerte sich vage, dass die Vase oder besser: ihre Trümmer, ihm aufgefallen waren. Irgendjemand hatte sie wie ein Puzzle wieder zusammengefügt und mit dem Kleber fast unsichtbar zum Halten gebracht. Vielleicht war es der gleiche Mensch, der sie auch zerbrochen hatte? Aber wer war hier gewesen? Die Sachen waren teilweise zerwühlt, als habe jemand etwas gesucht. Aber wieso klebte derjenige dann eine Vase, wenn er doch offenbar ein Einbrecher war? Oder hatte er oder sie den Auftrag von Marie, etwas für sie zu holen? Und wieso dann mit Taschenlampe statt einfach Licht zu machen?

Libuda trat auf die Dachterrasse. Ihn empfing ein grüner Dschungel. Die Pflanzen hatten kein einziges gelbes Blatt. Die Erde in den Töpfen war feucht, als sei erst vor Kurzem gegossen worden.

Er ging auf und ab. Kratzte sich am Kopf. Kaute auf seiner Unterlippe. Etwas stimmte ganz und gar nicht. Irgendwer suchte hier etwas. Und irgendwer sah hier nach dem Rechten.

Wieder im Wohnzimmer, fiel es Libuda auf: Die Bücher über beziehungsweise von Texel waren nicht mehr da.

Immer wieder diese Insel.

Da hatte alles angefangen.

Und offenbar hatte da etwas angefangen, lange bevor etwas mit ihm und Marie angefangen hatte.

ACHTER TAG

KAPITEL 47

Montag

Hast du heute schon etwas vor?«

»Du möchtest mich einladen?«

Libuda hörte Stimmen im Hintergrund samt Gläserklirren.

»Wie charmant!«

»Richtig. Wie wäre es gleich heute, also jetzt sofort? Du magst doch Meeresfrüchte?«

»Grandios.«

»Ich würde dich ja abholen, aber du weißt ja, mein Auto …«

»Ich muss auch noch selber fahren?«

»Das übernehme ich, wenn du das Fahrzeug zur Verfügung stellst.«

»Wo darf ich den Herrn abholen?«

Keine halbe Stunde später saß Libuda am Steuer, seine Kompagnona neben sich. Er fragte sich, wie sie es geschafft hatte, sich in der kurzen Zeit derartig aufzupeppen. Als sie seinen Seitenblick bemerkte, lachte Ani Tram breit und ließ sich malerisch in den Sitz zurückfallen.

»Du hast mich bei einer Vernissage angerufen. Schöne Bilder, aber grauenvolles Buffet.« Sie scannte Libuda von oben bis unten. »Auch nicht schlecht. Heute als Schwerintellektueller. Steht dir gut, der schwarze Bart, und das Brillengestell gleich passend, très chic.«

Sie wandte den Blick nach rechts und sah eine Weile aus dem Fenster, wo die Aachener Peripherie vorbeiflog.

»Dein Restaurant liegt also außerhalb. Klar, du solltest vielleicht noch etwas unsichtbar in der City bleiben, damit dich deine staatlichen Kollegen nicht erspähen.« Sie lachte wieder, zufrieden mit sich und ihrem Schicksal, und lehnte sich noch weiter zurück.

»Ich mach mal kurz die Augen zu«, murmelte sie. »Wie sagte Karl Valentin: Kunst ist schön – aber anstrengend.«

Als sie die Augen wieder aufschlug, parkte Libuda den Wagen gerade ein. Ani Tram sah sich erstaunt um. Rings um sie herum standen Autos, aus denen Leute stiegen. Es war recht dunkel. An den Wänden leuchteten Lampen.

»Was ist das? Ein Parkhaus?«

»Die *Dr. Wagemakers* …«

»Wer ist das?«

»Die Fähre …«

»Oh nein! Sag nicht …«

»Doch. Hier gibt gleich es den frischesten Fisch überhaupt. Ehrlich.« Er sah sie ernst an. »Und ich brauche gleich jemanden, der perfekt Nederlansk versteht.«

»Godverdomme!«, fluchte Ani Tram.

»Genau so will ich dich hören«, strahlte Libuda. Dann wurde er wieder ernst. »Wir fahren jetzt zu der Stelle, wo ich Marie zum letzten Mal gesehen habe, bevor dieser Idiot sie fast umgefahren hat.«

Wenig später fuhr er den Pontweg hoch, bog dann Richtung Den Hoorn ab und parkte kurz darauf vor dem Spar am Kreisverkehr.

Libuda zupfte sein Hemd zurecht, strich den Kragen des

Jacketts glatt und stiefelte mit der schwarzen Tasche unter dem Arm los.

»Mevrouw, mag ik duits met u praten?« Er setzte seinen Dackelblick auf, und die Verkäuferin konnte ihre Komplimente gar nicht schnell genug an den Mann bringen. »Sie sprechen ja perfekt Niederländisch. Aber wir könne ruhig duits praten. Wie mag ich Ihnen helfen?«

»Mein Name ist König. Das ist meine Kollegin. Wir …« Damit hielt er seine noble Visitenkarte knapp vor die Augen seines Gegenübers. »Wir suchen im Auftrag einer Sozietät für Erbschaftsangelegenheiten … Kennen Sie diese Person?«, und schon hielt er ihr das Foto von Marie schön sichtbar hin. »Oder haben Sie diese in den letzten Tagen gesehen?«

»Ja!« Sie nickte so heftig, dass ihr Zopf wippte. »Die kauft immer mal hier ein. Sehr freundlich immer. Hat immer Stroopwafels gekauft.«

»Wann war sie zuletzt hier?«

»Ich war nicht da, war auf einer Hochzeit in Bergen, aber Jannetje war da.« Sie rupfte Libuda das Foto aus der Hand und flitzte zur Frau an der Kasse.

Die guckte auf das Bild, schüttelte den Kopf, die andere sprach auf sie ein, hielt ihr wieder das Bild hin, die Frau an der Kasse guckte wieder, noch angestrengter als zuvor, aber dann schüttelte sie erneut den Kopf. Die Verkäuferin kam kopfschüttelnd zurück. Sie zuckte mit den Schultern und meinte: »Jannetje würde nach dem Urlaub selbst mich kaum wiedererkennen.«

»Und jetzt?«, fragte Ani Tram. »Übernachten wir jetzt hier unauffällig in dem Laden, weil sie ja irgendwann rauskommen muss? Weil sie ja keine Stroopwafels mehr hat?«

»Du kannst ja hier unauffällig stehen bleiben mit deiner ultracoolen Sonnenbrille, und ich höre mich in den Kneipen um.«

»Bessere Idee: Ich besuche auf deine Kosten, also auf Spesen, alle Boutiquen auf Texel.«

Libuda zog ein weiteres Foto aus seiner Mappe und reichte es seiner Kompagnona. »Du links rum, ich rechts.«

»Okay, aber ich nehme die rechte Seite.«

»Hauptsache, das letzte Wort.«

»Genau so. Und niemals vergessen!«

Libuda nahm sich die Kneipen und Cafés vor. Hier käme er am ehesten mit seinem miserablen Niederländisch und brillanten Duits durch.

Direkt am Eck, quasi vis-à-vis zum Kreisverkehr, zeigte er das Bild von Marie, und jedes Mal, wenn jemand es ihm aus der Hand nahm, um es näher zu betrachten, versetzte es ihm einen Stich. Er wollte diese Person, diese Frau, diese Augen unbedingt wiedersehen. Er wollte. Er musste. Sie fehlte ihm. Ihr Lachen. Ihr Mund.

Aber im De Knip war sie offenbar keine Stammkundin. Und die Unfallzeugen von damals – wie lange war das jetzt her? – saßen auch nicht dort, waren vielleicht längst zurück im Pott und fieberten bereits wieder einem Derby entgegen. Sein Namensvetter und Idol hatte damals für die Blau-Weißen UND für die Schwarz-Gelben gekickt. Und für beide Vereine war er stets eine Legende geblieben. Aber am Ende war er alleine gewesen. Reinhard Stan Libuda. So wie alle traurigen Helden. Wie Libuda im Hier und Jetzt.

Niemand hatte Marie gesehen, geschweige denn dass jemand wusste, wo sie war. Und ob sie überhaupt noch da war.

Libuda wollte sich gerade ein Grimbergen bestellen, da klingelte sein Handy.

»Komm schnell. Ich habe eine Spur.«

Klick. Ende.

Es klingelte erneut.

»Herenstraat 24. Wo der kleine Flohmarkt vor der Tür ist.«

Yes! Bewohner der Straat hatten sie gesehen. Und sie waren sicher, dass Marie in einem der Nachbarhäuser ein und aus ging.

Zuletzt gestern Abend.

AMAZU – 1996. Herbst. 4. November. Montag.

Der Blues war da.

Oder einfach nur die Realität. Das Abenteuer war beendet.

Die Laube roch muffig. Elli hatte zwar den kleinen Ofen angefeuert, aber der hatte bisher nur Qualm in die klamme Hütte geblasen. Marie hustete, während sie nach ihren Zigaretten suchte. Erschwert wurde ihr Hantieren durch den sperrigen Verband um ihre rechte Hand, besonders die herausragende Schiene machte die Sache nicht einfacher. Die Finger ließen sich kaum bewegen darin, was aber auch der Sinn des Ganzen war, denn der kleine Finger zumindest war gebrochen, als Marie sich nach dem besagten Abend am Boxgraben angetrunken auf ihr Rad geschwungen hatte und zurück zur Bismarckstraße fahren wollte. Beim Abbiegen hatte der Autofahrer sie glatt übersehen, kein Wunder bei dem Regen, und Marie hatte den Aufprall auf das Blech quasi mit ihrem kleinen Finger abgebremst.

Eigentlich war Marie ganz froh über die Schmerzen, die immer wieder pochend den vergangenen Abend anmahnten. Wenigstens war auch sie ein wenig zu Schaden gekommen – nicht nur der Mann mit der Geldtasche. Immer wieder sah sie ihn vor sich, wie er in der Pfütze lag, die in ihren quälendsten Träumen aus purem Blut bestand.

»In der Zeitung steht immer noch nichts.« Patrizia pfefferte die örtlichen Gazetten auf den alten Tisch. »Ich denke, da kommt auch nichts mehr.«

»Vielleicht sind sie uns dicht auf der Spur und verraten aus ermittlungstechnischen Gründen nichts.« Ruth räusperte sich und griff sich an den Hals.

»Habt ihr irgendwas von einer Ermittlung mitbekommen?« Patrizia drehte an ihren roten Locken. »Ich habe an dem Abend später nur einen Krankenwagen gegenüber gesehen. Irgendwer muss wohl einen gerufen haben.«

»Zum Glück«, raunte Elli und knallte die Ofentür zu.

»Und? Hat euch einer nach eurem Alibi gefragt?« Patrizia guckte provozierend in die kleine Runde. »Zum Glück bin ich ja schön lange oben geblieben bei Marta in der Wohnung, und ich kann euch sagen …« Nun hingen alle Augen an ihren Lippen, und sie genoss es. »Ich kann euch sagen …«

»Nun spuck es schon aus! Bist du beim Verhör gefoltert worden, oder was?« Elli haute mit der Faust auf den Tisch, dass die Tassen abhoben.

»Ich darf euch beruhigen: Es ist niemand vorbeigekommen. Niemand hat geklingelt. Niemand hat sich für uns interessiert. Und um Mitternacht bin ich dann auch mal nach Hause gefahren, nachdem Marta immer noch nicht aufgetaucht war.«

»Da hatte Marie ja schon ihren Unfall«, erinnerte Ruth und streichelte Maries Nacken.

»Halb so wild«, raunte die unwirsch. »Es gibt Schlimmeres.«

»Es ist doch alles gut gegangen«, flötete Elli, und als alle sie fragend ansahen, fügte sie schnell hinzu: »Also alles in allem … Wir leben alle noch. Niemand ist tot.«

»Woher weißt du das?«, zischte Marie und reckte das Kinn hoch. »Sag mir, woher du das weißt! Was ist mit dem Mann? Du weißt schon. Und vor allem: Was ist mit Marta?«

»Ich dachte, du hast ihre Eltern angerufen?«

»Ja, aber ich konnte ja schlecht sagen: Ich habe Marta seit unserem Überfall nicht mehr gesehen. Versteckt sie sich vielleicht bei euch? Und, by the way, habt ihr zufällig die Beute auf dem Wohnzimmertisch liegen? Die müssten wir nämlich noch teilen.«

»Du kannst dir deinen scheiß Sarkasmus sonst wohin stecken! Ich würde am liebsten auch die Zeit zurückdrehen. Ich finde auch nicht, dass alles gut gegangen ist.« Patrizia senkte den Blick und drehte eine Tasse in den Händen. »Ich möchte am liebsten das Geld zurückgeben.«

»Wenn wir es denn mal hätten!« Marie haute ihre Schiene auf den Tisch, und die anderen drei verzogen schmerzverzerrt die Gesichter.

»Wir können ja symbolisch die Karten verbrennen.« Patrizia hielt das Doppelkopfspiel in der Hand. Elli nickte und öffnete die Ofentür.

Alle hockten sich um den Ofen und sahen zu, wie die Karten der Reihe nach verbrannten. Als die Pik-Damen aufloderten, streckte Elli eine Hand aus und nickte den anderen auffordernd zu. Langsam legten alle ihre kalten Hände darauf.

»Adeus AMAZU!«

KAPITEL 48

Niederlande, Texel, Herenstraat

Libuda übernahm die erste Schicht, während seine Partnerin sich in einem Zimmer, das sie blitzschnell online akquiriert hatte, einquartiert hatte und bei einem Nickerchen entspannte. Libuda saß derweil am Steuer des Autos, tief in den Sitz gesunken und fast nicht zu sehen unter seiner Kapuze, ebenso wie der Wagen selbst, der unter einem ausladenden Busch parkte und mit dem Blattwerk verschmolz wie ein Rochen auf Grund.

Er hatte alle Hauseingänge im Blick, und das musste er auch, da sie den Aufenthaltsort ihrer Zielperson nicht weiter hatten einkreisen können als auf diese Straße. Vermutlich die rechte Straßenseite, hatte die Frau gemeint. Aber darauf würde er sich nicht verlassen. Zeugen sahen bisweilen die sonderbarsten Dinge – das hatte Libuda schon einige Male in arge Bredouille manövriert – und behaupteten diese im Brustton der Überzeugung wie der Alki, der gerade sein für immer letztes Glas leert und ab morgen ein neues, trockenes Leben beginnt.

Und vielleicht war es nicht mal diese Straße.

Vielleicht hatte ihre Zeugin jemand ganz anderen gesehen. Vielleicht sogar einen Mann. Vielleicht wollte sie einfach nur bei einer ihrer Meinung nach spannenden Sache mitspielen. Mal kurz raus aus dem eigenen Trott, der Abfolge immer gleicher Rituale, Handlungen, Reaktionen, vermeintlich freier Entscheidungen.

Libuda kaute sein Kaugummi. Wie immer, wenn er warten, dabei aber aufmerksam sein musste. 8samkeit.

Er kramte seinen Tabak hervor, zog ein Blättchen aus der schmalen Box, zerrte ein paar kleine Büschel Tabak ab, die er akkurat aneinanderfügte, ein wenig zwischen Daumen und Zeigefinger rollte, bis sie eine biegsame, faserige Stange bildeten, die er elegant in das weiße Papier einwickelte, mit beiden Händen zwischen Daumen und Zeigefinger rollte, bis die Dicke und Konsistenz sich am Rand um nichts von dem in der Mitte unterschieden. Er klopfte das Mundstück auf seinen Handrücken, bis kein Krümel mehr entfleuchte, und dann steckte er das perfekte Produkt zwischen seine Lippen, wobei er die Straße mit all ihren Türen keinen Moment aus den Augen ließ.

Er holte die Streichhölzer heraus, zündete aber noch keines, sondern genoss den Moment und dachte, wie es wohl wäre, wenn die Zielperson jetzt einfach erschien, sich kurz wunderte, dann umso länger freute – und dann einfach bei ihm einstieg und mit ihm zurück nach Aachen fuhr. Libuda hätte zwei Fliegen mit einer Klappe geschlagen: die Zielperson aufgespürt und damit für mehrere Monate die Miete und das Überleben seiner Detektei gerettet.

Und wenn sie dann so neben ihm säße, nur Zentimeter von seiner Haut entfernt … Libuda schloss für einen Wimpernschlag die Augen. Dann wäre auch er gerettet … seine Seele …

Ein schnarrendes Geräusch riss ihn aus seiner Kontemplation. Sein Handy hatte eine Nachricht für ihn. Von Ani Tram.

Du musst sofort kommen.

Paal 12. Hinter dem Café.

Er starrte die Nachricht an. Tippte dann selber.

Was ist los? Ich möchte hier ungern weg.

Habe das Gefühl, wir sind kurz vor dem Ziel.

Keine Antwort.

Er rief sie an. Tuten. Tuten. Tuten. Mailbox.

Es half nichts. Er musste ihr helfen. Er musste hin.

Aber wieso war sie da? Und wie? In dem Auto saß doch er.

Das machte alles keinen Sinn. Wieso musste er jetzt hier weg, so kurz vor dem Ziel? Oder hatte Ani die Zielperson bei Paal 12 entdeckt? Aber sie wollte sich doch hinlegen. Vielleicht in die Dünen?

Libuda warf sein Handy auf den Beifahrersitz und startete den Wagen. Er raste wenig später Richtung Seeseite. Vorbei an Schafen und grünen Weiden, den typischen Ställen, zur Seeseite hin abgeflacht, um den Stürmen möglichst wenig Angriffsfläche zu bieten. Manche verschmolzen derart mit der Landschaft, als wären sie vor hundert Jahren einfach vom Himmel gefallen und in die sandigen Schafswiesen geplumpst. Fest verankert im Boden der Insel. Seelenruhig standen die wolligen Tiere da, kauten gelassen und glotzten Libuda nach, der sich beherrschen musste, um nicht mit hundertachtzig den Jan-Ayeslag-Weg Richtung Paal 12 zu durchfliegen. Dafür gab es zu viele Fietsen und Blitzen.

In einer Kurve musste er brutal in die Eisen steigen, denn mit einem Mal standen ein Dutzend Menschen auf der schmalen, unmarkierten Straße. Erst im letzten Moment erkannte er rechts die Ursache für den Auflauf: Ein bunt geschmückter, alter, scheinbar hölzerner Wagen bot mit seiner Besitzerin selbst gemachtes Eis feil, und offensichtlich konnte niemand hier mit dem Fahrrad oder zu Fuß vorbei, ohne sich eines dieser knusprigen Hörnchen mit mindestens zwei Kugeln Eis als Wegzehrung zu gönnen.

Libuda bedauerte, kein Tourist zu sein, nicht mehr im Urlaub hier zu sein wie noch vor wenigen Wochen, die allerdings Monate, wenn nicht Jahre zurückzuliegen schienen. Mit einem Mal roch er wieder dieses Aroma … Sonne auf der Haut ... eine salzige Brise vom Meer ... trockenes Gras, blühende Kräuter, sich im Wind duckende Krüppelkiefern mit ihrem herb-würzigen Harz. Die Zeiten hatten sich geändert. Er hatte einen Auftrag, und seinetwegen oder zumindest in seinem Beisein war beinahe eine Frau gestorben, eine, mit der er noch kurz zuvor gesprochen hatte. Und die, die er eigentlich suchte, war beinahe überfahren worden, als er sie gerade wiederfand, und dann wieder verschwunden. Ebenso wie eine größere Summe Geld, die eine Sterntalerin geschenkt bekommen hatte. Ebenso wie eine unbekannte Summe vor langer Zeit. Und mit ihr gleich wieder eine Frau. Und da hatte die Blaue Hand nur noch vier Finger ... Und aktuell eigentlich nur zwei ... oder drei? Wenn Libuda da nicht ganz schnell was dran änderte. Aber vielleicht hatte Ani ja auch gerade in diesem Moment alles geklärt, alles gefunden, alles gelöst? Aber warum meldete sie sich erst so seltsam? Und jetzt gar nicht mehr? Libuda schaute auf das Handy. Er konnte im letzten Moment einem fetten Range Rover ausweichen, der plötzlich über die Hügelkuppe auf ihn zugeflogen kam. Endlich sah Libuda den Parkplatz rechts vor der letzten Düne vor Paal 12. Er parkte haarscharf neben einem Bulli mit Aachener Kennzeichen, sprang raus und lief los.

Je näher er dem Strandpavillon von Paal 12 kam, desto mehr Menschen waren plötzlich auf den Beinen. Es wimmelte nur so, und er suchte mittendrin nach Ani. Oder nach Marie. Oder einfach nach irgendeinem bekannten Gesicht. Aber er blickte dabei immer wieder von der langsam untergehenden Sonne geblendet nur von einer Visage zur nächsten. Er schritt über die Veranda des Cafés. Überall sehr gechillte Menschen mit klimpernden, coolen Drinks. Zigaretten qualmten, Lachen erscholl hinter jeder gläsernen Schutzwand. Die Welt lehnte sich bequem zurück und zelebrierte Beach Life. Nur

Libuda stand dazwischen wie ein Eisklotz auf dem Grill. Das Blut pochte in seinen Schläfen, und es begann vor seinen Augen zu flimmern. Er stürzte ins Innere des Strandcafés und ließ das Gleißen der Sonne außen vor. Außer den Kellnern hielt sich hier niemand auf, und auch die füllten nur hektisch ihre Tabletts und schleppten sie umgehend wieder hinaus unter den azurblauen Himmel.

Libuda ließ sich in der Ecke auf einen Stuhl fallen und zückte sein Handy. Keine Nachricht von Ani. Kein Zeichen. Nichts. Gar nichts. Absolutely nothing. Rien. Rien ne va plus. Er war mit seinem Latein am Ende.

Einer plötzlichen Eingebung folgend, er wusste nicht, wie er darauf kam, geschweige denn, was er sich davon versprach – ob er sich überhaupt noch etwas davon versprach –, schrieb er an die alte Nummer von Marie Schornstein. Die war nicht mehr in Betrieb. Das wusste er. Jedenfalls hatte sie nicht reagiert. Er hatte es noch mal versucht nach ihrem missglückten Treffen, nachdem sie fast überfahren worden war und er wenig später auf dem Friedhof der Georgier von ihr jäh niedergestreckt worden war. Nie eine Antwort.

Bom dia, Marie. Ich suche Dich. Bitte melde Dich. Ich weiß nicht mehr weiter. Libuda. SENDEN.

Libuda erwartete keine Antwort. Er wusste einfach nichts mehr. Er wollte nur noch ein Leffe bruin trinken, eine rauchen und ein paar Strandnixen hinterherschauen – einfach nur noch Tourist sein wie alle anderen hier und damit Lebenssinn für zwei bis drei Wochen all inclusive haben.

Er ging stattdessen um das Café herum, stapfte durch den Sand, kam kaum noch von der Stelle, schwitzte, fluchte, starrte immer wieder auf sein Handy. Kein Zeichen. Keiner meldete sich. No woman, no cry. Er würde sie ja gerne alle retten. Ihr Held sein. Aber wo? Und wie? Alle stellten sich tot. Waren sie tot? Libuda lief es eiskalt den Rücken runter. Er wollte gar nicht dran denken.

Er stapfte zurück zum Parkplatz, warf von der Düne aus einen Blick auf den Strand, der überfüllt war von Menschenleben. Keine Chance, irgendwen dort zu finden.

Libuda fuhr zurück zu seinem Beobachtungsposten, und als er in die Herenstraat einbog, lief ihm fast eine Frau in die Motorhaube. Er stieg voll in die Eisen.

»Wo zum Teufel warst du?«, schrie sie da schon durch das offene Fenster.

»Ani! Wieso bist du hier? Du hast doch mich angerufen.«

»Merda! Mein Handy ist weg!«

Damit sprang sie zu ihm in den Wagen. »Und jetzt: Fahr los!«

»Wieso? Wohin denn?«

»Geradeaus und dann«, Ani deutete nach links. »Eben ist sie, glaube ich, aus dem Haus da gestürzt«, sie zeigte auf ein Haus mit wunderschönen Stockrosen davor, in tiefem Bordeauxrot. »Und kurz drauf kam noch wer.«

»Wer?«

»Keine Ahnung. Ich denke, ein Mann. Mit Bart und Brille.«

»Zusammen?«

»Nein, sie ist hintenrum gekommen, durch den Garten, er vorne raus, später. Sah aus, als sei er hinter ihr her. Wollte ich auch grade, aber dann kamst du.«

»Aber wer zum Teufel …?«

»Keine Ahnung, ich habe ihn noch nie gesehen.«

Libuda bog langsam mit dem Wagen um die Ecke und guckte hektisch die leere Straße rauf und runter.

»Zu blöd, dass du nicht da warst.«

»Das war ja wohl der Sinn der Übung.« Libuda kaute auf seiner Unterlippe. »Das bedeutet: Ich kenne ihn, oder?«

»Wie viele Männer mit Bart und Brille kennst du denn? Von dir selbst mal abgesehen.« Ani sah ihn von der Seite an und atmete schwer aus. »Ich habe ja das Gefühl, jeder Kerl, der was auf sich hält, hält sich gerade einen Bart. Auf dass ihr alle gleich ausseht. Sehr individuell.«

Libuda griff sich unwillkürlich ans Kinn und zupfte an seinen Stoppeln rum, die mittlerweile zu einem Dickicht gewachsen waren.

»Du hast recht: Selbst Matteo hat gerade einen Bart.« Libuda kratzte sich am Kopf. »Vielleicht sollten wir eher überlegen: Wer hat keinen Bart – und verkleidet sich also mit einem Bart, dass ihn keiner erkennt?«

»Toller Plan. Und wer fällt dir da ein?«

»Leider niemand … oder eben alle Frauen.« Er schaltete den Motor aus.

In diesem Moment vibrierte sein Handy.

»Wenn du hier bist, musst du mir helfen. Irgendwer ist hinter mir her. Ich traue mich nicht raus.«

Libuda starrte auf das Display. »Wo zum Donner ist sie?«, murmelte er.

»Wer?«, fragte Ani.

»Marie. Lies selbst.«

Ani beugte sich über das Display. »Wo traut sie sich nicht raus?«

»Wenn ich das wüsste.« Libuda knetete sein Kinn. »Vielleicht hat derjenige sie erwischt. Oder sie kann nicht schreiben, um nicht entdeckt zu werden.« Libuda knetete jetzt seine Lippen. »Ist sie eigentlich mit einem Auto abgehauen?«

»Nein, zu Fuß, ich habe sie ja nicht sofort erkannt. Erst als der Typ hinterherkam, wurde mir klar, wer das ist, also, wer sie ist.« Jetzt kaute Ani auf ihrer Unterlippe. »Aber da waren beide schon ruckzuck verschwunden, hier eben.«

Libuda stieg aus, Ani ebenso.

»Ich kenne mich hier null aus«, gab Ani zu bedenken, »denn ich wurde erstmalig von dir hierher nach Texel zum Diner eingeladen.«

Libuda ging ein paar Schritte dem Wind entgegen, Richtung Meer, und kniff die Augen zusammen, beobachtete die Schafe, die sich nur noch knapp von der Wiese abhoben, und witterte einen Moment in die aufziehende Nacht hinein. Dann duckte er sich hinter einen Busch, drehte sich zu Ani und legte den Finger auf den Mund. Er bedeutete ihr, hinter dem Busch zu bleiben, während er sich geduckt auf die graue Weide zu bewegte.

Libuda hielt kurz inne und beobachtete wieder die Schafe, die sich zu einer Gruppe formierten. In ihrer Mitte ragte ein Schafstall heraus. Libuda ging ein paar Schritte, verharrte erneut. Die Schafe sahen ihn aus ihren gelben Augen an. Sie hatten aufgehört zu grasen. Libuda schlich weiter. Das trockene Gras knackte unter seinen Sohlen. Er verharrte geduckt und schaute sich um. Der Busch mit Ani war komplett von der Dämmerung verschluckt. Er drehte sich wieder gen Meer und schlich gebückt weiter zum Schafstall, wobei er behutsam den Schafen auswich, die nun wieder grasten. Als er den Stall erreichte, gaben die Schafe immer noch keinen Laut von sich. Kein Blöken. Nur Kauen und Glotzen aus unzähligen gelben Augen. Er stand nun direkt am Eingang zum Stall an der hohen Seite. Er schaute hinein und sah – nichts. Schwärze. Kein einziger heller Punkt. Auch keine gelben Augen. Er lauschte. Nichts. Er hielt den Atem an … witterte … und hörte sein eigenes Herz pumpen. Er wollte gerade die Taschenlampe am Handy einschalten, während er einen Schritt ins Unbekannte, ins Schwarze setzte, da hörte er etwas auf sich zu sausen. Instinktiv rollte er über die rechte Schulter ab, wie er es unzählige Male im Training im Dojo geübt hatte, und bemerkte, wie weich der Boden war, gleichzeitig schoss ihm ein beißender Geruch in die Nase. Er kam weiter hinten wieder auf die Beine, während er einen dumpfen Aufprall hinter sich hörte, da, wo er eben noch in den finsteren Stall eingetreten war. Libuda raunte: »Marie?«

Stille.

Dann sprang ihm ein Lichtblitz in die Augen. Er musste sie zusammenkneifen und hob schützend die Arme gekreuzt in die Höhe.

»Kai!«

Das Licht wanderte nach unten, und langsam konnte er ihre Konturen in der Tür wahrnehmen.

»Alles okay mit dir?«, fragte er.

Er hörte sie heftig ausatmen. Dann beugte sie sich nach unten, stützte sich mit den Händen an den Knien ab. Ihr Atem zitterte, als sie wieder Luft holte.

»Ich bin noch da. Wenn du das meinst.« Sie atmete erneut gierig, als sei sie minutenlang unter Wasser gewesen.

»Und wer ist hinter dir her?«

»Du offensichtlich nicht. Du hast mir gerade in dem Moment eine Nachricht geschickt, als …« Sie brach ab und atmete wieder hektisch ein und aus. »Jedenfalls hat mich das Geräusch gerettet und ihn abgelenkt, und ich konnte abhauen.«

»Aber wen denn?« Libuda hatte sich ihr behutsam genähert. Sie atmete geräuschvoll, sagte aber nichts.

»Marie?«

Libuda streckte vorsichtig eine Hand nach Marie aus. Sie ergriff sie und drückte sie fest. Dann zog sie ihn sacht an sich. Libuda spürte, wie ihr Brustkorb sich hob und senkte, direkt an seinem.

»Wieso bist du überhaupt hier? Was machst du auf Texel?« Sie hauchte das fast in sein Ohr. Dann drückte sie sich von ihm ab. »Genau! Du bist doch nicht aus Sehnsucht die ganze Zeit hier, oder?«

»Doch … auch.«

»Lüg mich nicht an!«

»Du musst mir glauben, Marie.« Er versuchte, ihr dabei ruhig in die Augen zu sehen, und merkte doch, wie aufgesetzt sich diese Phrase anhörte. »Aber es ist auch beruflich.«

»Beruflich? Du beschattest mich? In wessen Auftrag? Ich bin mit niemandem verheiratet. Das ist doch …« Sie stampfte auf den weichen Boden, packte ihn dann fest an beiden Armen. »Also wer? Sag schon!«

»Til. Dein Bruder.«

»Mein … Bruder?«

»Ja, er sucht dich wegen der lebensgefährlichen Erkrankung einer Nichte, weil du die Einzige bist, die dem Kind vermutlich Blut oder Plasma spenden kann.«

»Was für eine Nichte? Ich habe gar keine Nichte.«

»Das habe ich mir inzwischen auch schon gedacht«, unterbrach er Marie, die ihn erstaunt ansah. »Ich denke vielmehr, es ist eine Erbschaftsgeschichte.«

Marie ließ seine Arme los und starrte ihn an.

»Eine Erbschaftsgeschichte? Aber unsere Eltern hatten nichts. Außer ihrer Kneipe.«

»Ich weiß. Ich war da. Aber irgendetwas stimmt da nicht. Was ist mit diesem Georgier?« Libuda wagte einen Schuss ins Blaue. Und er war sich in der Düsternis nicht sicher, aber er glaubte, ihre Augen verengten sich für einen Wimpernschlag, als schätze sie die Lage ab.

»Was für ein Georgier?« Sie zog, das erkannte er deutlich, ganz unschuldig die Augenbrauen hoch.

»Der auf dem alten Foto. Bei deinen Eltern. Und in deiner Wohnung.«

»Was? Du warst …«

Da schlug Libudas Handy Alarm.

»Wo zum Teufel bleibst du?«, fauchte Ani in sein Ohr.

Als sie endlich zu dritt im Auto saßen, beugte sich Marie nach unten und vergrub ihren Kopf in ihren Armen. Sie atmete schwer und hechelnd. Libuda legte ihr vorsichtig eine Hand auf den Rücken. Sie ließ es geschehen, bemerkte es vielleicht nicht einmal. Da kraulte er sanft ihren Nacken, und allmählich wurde ihr Atem ruhiger, das Hecheln wich tiefen Zügen. Einatmen … Stille … Ausatmen … Stille … Einatmen … Stille … Ausatmen …

Dann richtete Marie sich langsam auf, sah Libuda kurz mit feuchten Augen an und drückte seine Hand mit aller Kraft.

»Wir müssen hier weg«, murmelte sie. »Er weiß, wo ich lebe. Er hat mich gefunden.«

Sie drehte ihren Kopf weg und starrte aus dem Seitenfenster in die Dunkelheit.

»Wer denn?« Libuda starrte auf ihren Nacken. »Kennst du ihn?«

Marie drehte sich langsam um, sah Libuda in die Augen. Dann wandte sie sich nach vorne und murmelte: »Das kann nicht sein.«

»Wie bitte? Was kann nicht sein?«, erkundigte sich Libuda, aber Marie drehte sich zur Tür: »Wir müssen noch was aus der Wohnung holen.«

»Hallo? Was, bitte schön, Gnädigste, kann nicht sein?«, insistierte Ani Tram. »Vielleicht hättest du die Güte, deinen Rettern ein paar klitzekleine Fragen zu beantworten? Hallo!«

Marie öffnete die Autotür abrupt.

»Ja, steig nur aus, dann können wir ja fahren. Ich denke, wir haben unseren Auftrag erfüllt. Steig nur aus. Reisende soll man bekanntlich nicht aufhalten«, damit drehte Ani Tram den Zündschlüssel.

Sofort schlug Marie die Tür wieder zu und wirbelte herum. In ihrem Blick war nur noch Panik. »Bitte! Ihr könnt mich doch jetzt nicht allein lassen! Ich ...« Sie schluckte schwer und biss sich auf die Lippen.

»Okay, Frolleinchen, dann fahren wir jetzt bei dir vor, du packst deine Zahnbürste und dein Schminkköfferchen, wir bleiben dabei und retten deinen Arsch.« Ani Tram warf Marie einen finsteren Blick zu. »Dafür packst du mal ein paar Sachen aus, während du packst. Capisci?«

Marie nickte nur und sank in den Sitz zurück. Ani fuhr sehr langsam und ohne Licht zurück in die Straße, in der sie vor wenigen Augenblicken noch Maries Flucht beobachtet hatte. Ani hatte ein Auge ständig im Rückspiegel, während Libuda den Bürgersteig sondierte. Alles schien wie ausgestorben. Keine verdächtige Gestalt ließ sich blicken.

Das Haus war sehr schmal. Derart schmal, dass Libuda sich kaum vorstellen konnte, dass es mehr als ein Zimmer beherbergte. Als er hinter Marie hineinging – Ani saß draußen Schmiere –, eröffnete sich ihm eine kleine Küche mit einem Durchgang in ein Wohnzimmer, das mit einem bunten Sofa, einem Tisch an der Wand und zwei Stühlen ausgefüllt war. Marie jedoch stieg im Flur eine schmale Treppe, mehr eine Hühnerleiter, hinauf, und Libuda hörte sie oben auf und ab gehen, dann war es plötzlich vollkommen still. Gerade wollte er hinaufstürmen, da kam Marie die Stiege hinab, über die Schulter eine Tasche gehängt, die sich kantig ausbeulte. In der Küche fischte sie noch schnell ein paar Dinge aus einem friesisch-blau angepinselten Hängeschränkchen über dem Porzellanwaschbecken, stopfte diese ebenfalls in die Tasche, drehte sich um, während sie den Blick über die kleinen Räume schweifen ließ. Dann seufzte sie, sah Libuda an und meinte: »Sollen wir?«

Libuda sah sie erstaunt an. »Was bitte? Was sollen wir?«

»Fahren?« Jetzt lächelte sie erstmalig wieder. Zumindest ein wenig. Lächelte dieses Marie-Lächeln. Mit Grübchen.

Libuda stand da. In der Tür. Stand einfach nur da. Sah sie an. Sah ihr in die Augen. Versuchte, ihr nicht in die Augen zu sehen. Sie nicht anzustarren. Nicht auf der Türschwelle dahinzuschmelzen.

Da hupte es draußen.

Libuda räusperte sich, wirbelte herum, riss die Haustür auf und sah Ani am Steuer sitzen. Ani, die die Augen verdrehte. Und mit den Armen wedelte.

»Wolltet ihr vielleicht noch ein Wiedersehensnümmerchen einschieben oder können wir mal los, bevor die letzte Fähre ablegt und wir auf dieser vermaledeiten Insel festsitzen? Mit Mister X zusammen?«

Auf der *Texelstroom* holte Libuda für alle einen Cappuccino, dann standen sie oben an Deck, schlürften die heiße Flüssigkeit und folgten mit ihren Blicken der Gischt, die das Heck in das Meer pflügte, zurück zum Hafen von t'Horntje, der rasch kleiner wurde, bis sie die westlichste aller westfriesischen Inseln in voller Breitseite dahinschwimmen sahen.

Anis Blick wanderte eher schon zur anderen Seite, zum holländischen Festland. Und Libuda befand sich nicht nur körperlich zwischen beiden.

»Warum gerade Texel?«

Marie seufzte, wandte den Blick von der Insel und drehte sich zu Libuda, als kehre sie von weither zurück.

»Weil da wohl meine Wurzeln liegen.«

»Ich dachte, du kommst aus der Eifel?«

»Dachte ich auch, bis ich die hier fand«, und sie klopfte auf die abgewetzte Tasche, die sie seit der Abfahrt nicht aus der Hand gegeben hatte.

Als Libuda und Ani sie fragend anschauten, öffnete sie die Schnalle, schlug den Deckel zurück und entnahm ihr eine von mehreren Kladden, die darin steckten. Der Einband hatte keinen Titel, sondern leuchtete, obwohl offensichtlich alt und abgegriffen, immer noch in Orange.

»Die habe ich auf dem Speicher gefunden. Bei meinen Eltern.«

Marie sprach in den Wind, den Blick auf die Insel gerichtet, die immer weiter schrumpfte und im Meer zu versinken schien.

»Meine Mutter hat es mir verraten, bevor sie starb.« Sie verstummte wieder und schien eins zu werden mit dem Wind.

»Könntest du uns vielleicht verraten, was?«, unterbrach Ani, um dann gleich nachzusetzen: »Und könntest du verdammt noch mal darauf verzichten, dir alles aus der Nase ziehen zu lassen? Das Mysteriöse steht dir nicht, meine Teuerste!«

Marie wirbelte herum und knallte mit dem Kopf an eine Stange, die aus der Reling ragte. Sie kniff die Augen zusammen und rieb sich die Stirn, während Ani losprustete. Libuda drückte Maries Kopf sanft an seine Schulter und kraulte ihren Nacken, während er Ani kurz auf den Fuß trat.

»Was also hat es mit den alten Büchern auf sich?« Er kraulte weiter unter ihren Locken. »Und was hat deine Mutter dir auf dem Sterbebett verraten?«

Marie richtete sich langsam wieder auf, lächelte Libuda an, Ani schenkte sie nicht einen Blick.

»Meine Mutter hat mir verraten, dass sie das Ergebnis einer Menage à trois ist.« Marie atmete schwer aus, blickte wieder zurück zur schemenhaften Insel. »Einer Liaison sowohl mit einem Georgier als auch mit einem Deutschen, die beide erst miteinander und dann gegeneinander kämpften.«

»Wann soll das gewesen sein? Also wenn es deine Großmutter war, dann …«

»Exakt im Jahre 1945, im Frühjahr, um genauer zu sein.«

»Und wo haben die gekämpft?«, warf Ani nun ein.

»Da drüben«, Marie deutete mit einem Nicken in die Richtung. »Da drüben auf Texel.«

»Da haben Georgier gekämpft?« Ani schüttelte den Kopf. »Das habe ich ja noch nie gehört! Das ist doch wieder so eine Geschichte …« Bevor Ani sich echauffieren konnte, unterbrach Libuda sie: »Korrekt, eine historische Wahrheit. Die kriegsgefangenen Georgier haben, einfach schon mal um ihr Leben zu retten und nicht zu verhungern, beschlossen zu kollaborieren und haben dann gemeinsam mit den deutschen Soldaten ein Bataillon gebildet.«

Ani sah ihn mit hochgezogenen Brauen an. Marie sah wieder aufs Meer oder zur Insel, vielleicht auch in sich hinein, wer wusste das schon?

»Also die Georgier«, setzte Ani Tram erneut an, »das waren doch quasi Russen, oder?«

»Sowjetbürger«, korrigierte Libuda nickend, »oder ganz korrekt: Bürger der sozialistischen Sowjetrepublik Georgien.«

»Komm zur Sache, Erbsenzähler!«, maulte Ani Tram.

»Und als eigentlich überall der Krieg vorbei war, kam es in der Nacht zum 6. April 1945 zum sogenannten Aufstand der Georgier auf Texel. Sie sollten nämlich an die Front geschickt, also verheizt werden gegen die Alliierten, unmittelbar vor dem Ende des Krieges. Und da beschlossen sie, den Spieß umzudrehen und zurückzuschlagen, ehe sie in den sicheren Tod geschickt würden. Und in dieser Nacht Anfang April überfielen sie die nichtsahnenden deutschen ›Waffenbrüder‹ und hätten es auch beinahe geschafft«, Libuda atmete schwer aus und sah zurück auf die See, »aber dann wendete sich das Blatt, und die Georgier waren auf der Flucht. Vor den Deutschen, vor der Wehrmacht auf Texel«, Libuda wischte an seinem Auge, holte dann den Van Nelle raus und drehte im Wind eine Zigarette, wobei sich etliche blondbraune Tabakfasern auf- und davonmachten.

»Und dann?« Ani rüttelte an seiner Schulter. »Erzähl schon!«

»Und dann …« Marie hatte sich umgedreht. »Und dann gab es ein wochenlanges Massaker auf der Insel.« Sie blickte in den Himmel. »Etwa dreitausend Menschen starben. Obwohl der Krieg offiziell am 8. Mai endete. In Holland sogar schon am 5. Mai. Aber es wurde immer weiter getötet – auf beiden Seiten. Bis endlich die Kanadier am 20. Mai 1945 auf Texel landeten und das Töten stoppten. Zwei Wochen nachdem der Krieg eigentlich überall vorbei war.«

»Daher der Friedhof, auf dem ich dich zuerst getroffen habe«, murmelte Ani.

»Genau: der Friedhof der Georgier. Für jeden toten Georgier ein Rosenstock. Blumen, um an ein völlig sinnloses Gemetzel zu erinnern.« Maries Stimme verlor sich im Wind.

Eine Weile schwiegen alle drei. Durch die Lautsprecher wurden die Passagiere aufgefordert, sich in ihre Fahrzeuge zu begeben, da die Fähre gleich im Hafen von Den Helder anlegen werde.

Die drei standen allein an Deck. Sie blickten noch einmal Richtung Insel. Aber sie war verschwunden.

»Aber du bist doch nicht deshalb auf Texel gewesen, weil deine Großmutter was mit Freund und Feind gleichzeitig hatte, oder?« Ani sah Marie mit zusammengekniffenen Augen an. »Willst du uns mit solch einer sentimentalen Geschichte abspeisen? Hältst du uns für so blöde?« Sie zog die Nase hoch. »Libuda ist dir voll auf den Leim gegangen. Aber genau darum hat er eine Partnerin. Also, Schätzelein«, und damit legte sie eine Hand, schwer wie Blei, auf Maries Schulter.

»Mädels! Wir müssen runter!«

Libuda ging dazwischen und legte einen Arm links um Ani und einen rechts um Marie und schob die beiden zum Treppenabgang in den Bauch der Fähre.

»Ihr habt gleich noch Stunden Zeit, euch anzufreunden.«

Gerade als sie im Auto saßen, Ani am Steuer, Libuda neben ihr und Marie hinten, ging Libudas Handy. Er sah kurz drauf, unschlüssig, ob er annehmen sollte.

»Matteo, was gibt's?«

»Kai, schön, dass du drangehen kannst.« Matteo D. Buck atmete hörbar aus. »Wo steckst du denn, mein Alter? Stopp! Sag nichts! Hauptsache, du bist okay. Wollte dir nur sagen: Die Cops sind abgezogen. Für's Erste kannst du also zurückkommen. Deinen Volvo haben wir schon zu uns geholt.« Er machte eine Pause, als wartete er auf etwas. »Hast du gefunden, was du gesucht hast?«

»Sagen wir es so: Ich habe etwas gefunden.«

»Apropos gefunden: Die Staatsmacht hat dich offenbar bisher nicht gefunden. Vielleicht sind sie auch nicht mehr interessiert an dir. Aber du willst das vielleicht auch gar nicht rausfinden?« Matteo hustete. Offenbar saß er wieder draußen mit einem Fläschchen und rauchte fleißig. »Ich könnte dir Asyl gewähren. Frauke ist mit deinem Patenkind weg zu einer Freundin in der Hauptstadt, und da könnten wir mal wieder schön auf die alten Zeiten anstoßen. Auf sex and drugs and rock'n roll.« Im Hintergrund ploppte eine Flasche auf.

»Merci, mon ami!«

»Hör auf, Italienisch mit mir zu reden, alter Schwede.« Und dann hustete er erneut, und Libuda dachte wieder, dass er sich mal wirklich um seinen Freund kümmern musste, der offensichtlich zu verblendet war, das Glück zu bemerken, in dem er wie die dicke Made im Speck saß.

Aber so ist es nun mal: Immer denkt einer, der andere hat das Glück und beinahe die Erleuchtung erreicht, weil der eine Familie hat, ein Zuhause, weil er angekommen ist. Der aber denkt, der andere hat das Glück und beinahe die Erleuchtung erlangt, weil er ungebunden ist, nur sich selbst treu, eben die Freiheit hat und auf dem Weg ist.

Dabei ist es doch so: Es ist, wie es ist.

»Schön, hätten wir das schon mal geklärt.« Libuda wandte sich zu Marie. »Aber wo bringen wir dich jetzt unter? Hast du eine sichere Adresse? Also deine Freundinnen von eurem ominösen Schenkkreis sind schon selbst heimgesucht worden, mithin nicht sicher.« Er zupfte an seinem Bart. Dann sah er nach vorne. Sein Blick traf sich mit dem von Ani im Rückspiegel.

»Nee, du …«, stöhnte sie. »Nicht dein Ernst!«

»Bessere Idee?«

Ani stierte nach vorne und gab Gas.

Nach einer Weile schaute sie wieder in den Rückspiegel, und ihre Augen suchten die von Marie.

»Mein Kollege und Partner geht ja gerne sehr lässig an Probleme heran und vergisst sie auch gerne, was vielleicht an seinem Wohnsitz liegt, aber ich bin da sehr deutsch und weiß gerne Bescheid.« Sie hupte und gestikulierte mit den Händen. »Und ich bleibe dann dran, bis ich meine Antworten oder die Lösungen habe, du verstehst?«

Maries Blick blieb unverändert.

»Und ich weiß gerne, mit wem ich es zu tun habe«, fuhr Ani fort, »darum will ich jetzt wissen, wer hinter dir und jetzt auch uns her ist. Und warum ist er, sie oder es das?« Sie schnaufte. »Und erzähl mir jetzt keinen Schmu aus dem Krieg oder so!«

»Ich weiß es nicht«, schnaufte Marie. »Es ging so schnell. Plötzlich war dieser Mann im Zimmer. Keine Ahnung, wie er da hochgekommen ist.«

»Doch über die Treppe, denke ich, oder?«

»Eben nicht, er kam ja von hinten, vom Fenster.«

»Als du unten warst?«

»Nein, ich war ja oben. Im zweiten Stock.«

»Vielleicht kann er fliegen?«

»Und wenn du mich noch einmal unterbrichst, fliegst du aus dem Fenster!« Maries Augen funkelten, und sie saß Ani fast im Nacken.

»Keep cool, sister. Immerhin redest du. Mehr will ich ja gar nicht.«

Marie schloss die Augen und atmete dreimal tief durch. Dann schaute sie Libuda unvermittelt an. »Er war plötzlich hinter mir und hatte etwas in der Hand, was irgendwie scharf roch, und dann ging mein Handy. Zum Glück! Das lag auf der Kommode am Fenster.« Marie fuhr sich in der Erinnerung heftig durchs Gesicht und dann durch die Haare. »Sonst hätte ich ihn gar nicht bemerkt. So habe ich einen Stuhl nach ihm geworfen und bin sofort die Treppen runter.«

»Und er hat nichts gesagt?«

Marie schüttelte stumm den Kopf.

»Und du kennst ihn nicht?«

»Ich habe ihn zwei, drei Sekunden gesehen … meine Schrecksekunde lang.«

»Größe? Alter? Besonderheiten?«

»Keine Ahnung.« Marie starrte vor sich hin. »Größer als ich … aber nicht riesig.«

»Wie alt?«

»Nicht alt, auch nicht mehr so jung … keine Ahnung, er hatte einen Vollbart und eine Brille … eigentlich hatte er gar kein Gesicht.«

»Die Brille. Welche Farbe hatte sie? Hatte sie etwas Besonderes, Auffälliges?«

»So wie alle im Moment: schwarz, eckig. Horn vielleicht? Ach ja, sie war irgendwie verspiegelt.«

»Kleidung?«

»Keine Ahnung … Jedenfalls nicht in Anzug und Krawatte. Eigentlich so wie Libuda.«

»Haarfarbe?«

»Der hatte keine …«

»Aha, also Glatze?«

»Nee, nee, der hatte … also ich habe keine gesehen. Ich glaube, der hatte 'ne Kappe auf.«

»Farbe?«

»Schwarz? Wie sein Bart und die Brille und die Klamotten, glaube ich, auch.«

»Also der berühmte Schwarze Mann.«

»Sehr witzig, Ani!«

»Okay, sorry!« Ani hob beide Hände vom Lenkrad. »Aber was zum Teufel wollte er? Hatte er eine Waffe?«

»Keine Ahnung! Er hat mir keine gezeigt. Vielleicht ein Perverser, der mich liebt und deshalb stalkt?« Marie kniff die Augen zusammen und ballte ihre Fäuste. »Verdammt! Ich weiß es nicht! Ich weiß gar nichts mehr.«

Die drei schwiegen. Das einzige Geräusch war das Brummen des Motors in Anis Wagen. Bäume und Büsche flogen im Licht der Scheinwerfer rechter Hand vorbei. Das Leben beschleunigte offensichtlich gerade mal wieder. Die Taktzahl wurde erhöht. Dabei hatte Libuda das Gefühl, er trete auf der Stelle. Drehe sich maximal immer schneller im Kreis.

Aber – man soll ja immer positiv denken.

Er hatte den Auftrag ausgeführt.

Er hatte die Zielperson gefunden.

Er hatte sie nicht nur gefunden – er brachte sie sogar heim.

So weit das Positive.

Nun die andere Seite der Medaille:

Sie wollte dort offenbar gar nicht sein.

Sie war vor der »Heimat« geflohen.

Ins selbst gewählte Exil.

Und jetzt musste sie erneut fliehen.

Oder sich verstecken.

Verstecken vor … vor dem Schwarzen Mann.

Vor dem Großen Unbekannten.

Wer sollte das sein?

Nicht dein Auftrag, Libuda, flüsterte sein monetäres Ego.

Du hast eine Mission, Kai, flötete sein romantisches Ego.

»Okay, wir werden uns um deine Sicherheit kümmern«, setzte Libuda an.

»Wie werden was?«, unterbrach Ani ihn. »Seit wann sind wir Personenschützer, hä? Und wer bezahlt das überhaupt?«

Die Frage blieb unter dem Himmel des Wagens hängen. Keiner wagte sich an die Antwort.

»Du bleibst jetzt erst mal bei Ani, und ich schleiche mich bei Matteo ein. Dann sehen wir weiter. Okay?«

Ein mattes Nicken kam von Marie. Ani starrte nach vorne, ihre Wangenknochen traten durch die Haut.

»Ihr könnt mich an der Normaluhr rauslassen.« Libuda zog die Kapuze seines Hoodies über den Kopf, stieg aus und war kurz darauf zwischen den Menschentrauben verschwunden.

KAPITEL 49

Bachstraße, Wohnung von Matteo D. Buck

Libuda bekam von seinem alten Freund ein honigbraunes Leffe in einem kugeligen Stielglas in die Hand gedrückt.

»Cheers!« Sie prosteten sich zu, tranken einen großzügigen Schluck von der schaumigen Köstlichkeit, spürten, wie die 6,5 Prozent in den Adern augenblicklich Achterbahn fuhren, dann deutete Matteo D. Buck mit einer einladenden Geste auf den Tisch, der üppig gedeckt war mit Schalen und Schüsselchen voller Oliven, Krabben, Couscous, Sardinen, Tomaten, eingelegtem Knoblauch und allen möglichen anderen kleinen Köstlichkeiten.

»Und außerdem«, verkündete er und deutete mit einem Kopfnicken auf einen Bildschirm, »ist gleich Anstoß.«

Ein Strahlen schwappte über Libudas Gesicht, und als es gerade an seinem Nacken ankam und in eine Gänsehaut überging, die ansetzte, seinen Rücken herunterzulaufen – da ertönte ein hässliches Geräusch. Es kam aus seiner Hosentasche, und es wurde lauter und durchdringender, als er es herausholte. Er drückte auf den Knopf, und die Seifenblase mit der Aussicht auf einen wundervollen Abend bar jeglicher Sorgen und Grübeleien zerplatzte mit einem Schlag.

»SIE IST WEG!« Anis Stimme war nie schrill gewesen. Jetzt war sie es. »Ich komme aus der Dusche – und sie ist weg! Scheiße! Merda!«

»Nur sie? Oder auch ihre Tasche? Die mit den Tagebüchern der Oma, du weißt.« Aber da war Ani längst in der Wohnung verschwunden, um danach zu suchen. Schon hörte er wieder ihre Schritte.

»Auch weg.«

»Sehen wir es positiv. Sie ist wahrscheinlich freiwillig weg.«

»Und wenn nicht?«

Libuda kratzte seinen Kopf und zupfte gleichzeitig an seiner Unterlippe. »Ich denke, ich rufe jetzt mal den Auftraggeber an.«

»Herr Schornstein? Libuda hier.«

»Ich wollte Sie grade anrufen.«

»Das trifft sich ja gut.«

»Ich hatte mir schon Sorgen gemacht. In Ihrem Büro hebt niemand ab. Ich bin sogar extra vorbeigefahren. Ich hatte nämlich, also …« Er hustete, als müsse er etwas aus dem Hals bekommen. »Mein Handy hatte ein Problem und damit alle seine, also meine Kontakte verloren.«

»Ja, da können Sie mich ja nun direkt wieder einspeichern, obwohl … Vielleicht hat sich das jetzt auch erledigt. Ich möchte nämlich fragen, ob wir den Auftrag abschließen können.«

»Abschließen? Wie? Ich meine, haben Sie meine Schwester denn gefunden?«

»Ja, Herr Schornstein, sozusagen mehrfach.«

»Mehrfach?« Schornstein wartete, aber Libuda ließ ihn schmoren. »Meinen Sie …« Schornstein räusperte sich hektisch. »Meinen Sie in mehreren … mehreren …« Er senkte die Stimme, bis nur noch ein Flüstern zu hören war. »In mehreren Teilen?«

»Nein, nein! Körperlich in einem Teil, aber zeitlich leider mehrfach«, nun räusperte sich Libuda, »und immer wenn ich sie hatte, war sie kurz drauf auch schon wieder weg. Immer bevor ich Sie informieren konnte.«

»Haben Sie ihr denn gesagt, dass ich sie suche?«

»Ja, schon …«

»Ja, aber wie hat sie reagiert, und wieso ist sie wieder weg?«

»Sie war sehr erstaunt und konnte es sich auch nicht erklären.«

»Das ist ja auch nicht so ganz korrekt … also eher«, Schornstein lachte, »eher im übertragenen Sinne, wenn Sie verstehen …«

Libuda schwieg. Er beschloss, eine neue Methode anzuwenden, neue Saiten aufzuziehen. Er schwieg.

»Können Sie mir denn also nun endlich den Aufenthaltsort meiner Schwester nennen?« Schornstein platzte beinahe.

»Endlich«, nahm Libuda das Schlüsselwort auf.

»Na ja, ich habe nun wirklich lange nach ihr gesucht.«

»Gesucht«, echote Libuda.

»Ja, ich habe natürlich auch selbst nach ihr gesucht.«

»Selbst.«

»Glauben Sie denn, ich sitze nur da und warte? Ich habe schließlich auch noch ein Hotel zu führen. Da kann ich natürlich nicht alles selber …« Schornstein hustete plötzlich und brach für einen Moment ab, dann schnaufte er empört. »Also können Sie mir nun bitte sagen, wo sie ist?«

»Nein«, sagte Libuda und beendete damit das Gespräch.

Libuda kaute und zupfte an seiner Unterlippe, das Handy wieder am Ohr.

»Es gibt einfach zu viele Unbekannte in dieser Gleichung oder eher Geschichte«, murmelte er, »Marta, die Georgier, der Herzkreis …«

»Wenn das Unbekannte größer wird als das Bekannte, dann gib dir besser mal die Kante, sagte die Verwandte.«

»Lao-Tse?«

»Nein, Tram Ani.«

»Haha. Trotzdem: netter Versuch.«

»Lass nicht zu, dass du und deine Gedanken sich im Kreis drehen.«

»Tram Ani?«

»Diesmal nicht. Aber mal im Ernst: Lass locker!«

»Yes, Ma'am, hast mich erfolgreich abgelenkt. Jetzt weiß ich wieder, was ich tun muss. Ich rufe jetzt Stoppek an.«

»Warum?«

»Er hat etwas für mich recherchiert. Bye.«

Libuda hantierte mit seinem Handy. Wenig später hatte er seinen ein wenig eingeschnappten ehemaligen Journalistenkollegen Stoppek an der Strippe.

»Soso, ich habe dich vergessen? Ich dich? Andersrum wird ein Schuh draus, aber Mister Private Eye ist ja zu fein für ein einfaches Danke.« Er schnaubte. »Arrivederci.«

Libuda checkte stante pede seine Mails. Überflog einen winzigen Artikel, eher eine Notiz über einen Überfall in den Neunzigerjahren, der nie aufgeklärt wurde und in dessen Nachgang ein paar Studentinnen offenbar kurzzeitig ins Fadenkreuz der Polizei geraten waren.

»Sag mal, kann ich das bei dir ausdrucken? Auf dem Handymonitor kann ich das unmöglich alles lesen, ohne blind zu werden.«

Libuda ging in Matteos Büro, wo bereits der Drucker ratterte. Er nahm die ersten Blätter raus. Ganz vorne, er stutzte, wieso hatte Stoppek das geschickt? Ein Exposé für ein Haus ... *für Familie Buck* ... Libuda zupfte an seiner Unterlippe, dann legte er die Papiere in den Druckerausgangsschacht zurück. Da kam auch schon das letzte Blatt für ihn heraus. Ein kleiner Artikel mit der Stoppek'schen Bemerkung

Du hast ja gesagt/gefragt, ob kurz vor dem Beginn deines Auftrages etwas passiert sei, das vielleicht noch nicht aufgeklärt sei – mal abgesehen von Verkehrsdelikten. Et voilà.

GRAUSAME ENTDECKUNG

Mützenich. In einem alten Schacht der stillgelegten Grube Gouley auf dem abgesperrten Zechengelände wurde gestern von spielenden Kindern eine Leiche entdeckt.

Die Kinder hatten ein Loch im Zaun um das nur noch notdürftig gesicherte ehemalige Grubengelände genutzt, um dort zu spielen. Dabei stürzte der achtjährige Andreas M. aus Mützenich in einen seit Jahrzehnten stillgelegten Schacht. Wie durch ein Wunder wurde er nur leicht verletzt, als er durch die im Laufe der Zeit brüchig gewordene Abdeckung ca. fünf Meter tief stürzte. Seine Spielkameradin, die siebenjährige Lisa D., holte umgehend Hilfe herbei, und so konnte der Junge kurz darauf mit einer Fraktur im rechten Arm geborgen werden. Bei der Sicherung und Inaugenscheinnahme des Schachtes wurden menschliche Überreste gefunden, auf denen der Junge nach seinem Sturz gelandet war.

Die Identität der stark skelettierten Leiche ist noch nicht geklärt. Weder Geschlecht noch Alter sind zur Stunde bekannt. Auch liegt keine Vermisstenanzeige vor. Daher bittet die Polizei um Ihre Mithilfe. Bei der Leiche wurde zudem ein auffälliges Schmuckstück gefunden: ein delfinähnliches Amulett aus Metall (siehe Foto im nebenstehenden Kasten). Wer etwas über dessen Herkunft oder die der aufgefundenen Leiche weiß, melde sich bitte bei der örtlichen Polizeidienststelle.

Libuda überflog den Einspalter und wollte ihn schon zum Altpapier unter Bucks Schreibtisch legen, um unter den anderen Ausdrucken nachzusehen, ob Stoppek nicht vielleicht wirklich noch etwas anderes gefunden hatte, aber dann stutzte er. Der Artikel stammte vom 29. Juli.

Da waren Kinder also zufällig auf ein Skelett gestoßen.

Mithin eine sehr alte Leiche, die zuvor ein sehr lebendiger Mensch gewesen sein musste. Und nun lag sie in einer Grube, einem verlassenen Schacht, offenbar seit Jahren. Es war fast nichts mehr übrig außer Knochen. Und einem Amulett. Das hatte sie offenbar in der Hand gehalten. Warum? Hatte sie noch gelebt, als sie unten ankam? Und hatte sie es zum Trost umklammert? Als Glücksbringer? Oder hatte sie es jemandem vom Hals gerissen? Und mit in ihr Grab genommen? Als stumme Anklage. Falls ja – ob der eigentliche Besitzer versucht hatte, es wiederzubekommen? Aber der Schacht war zu tief, zu morsch, zu instabil, zu gefährlich. Nachher hätte derjenige noch zusammen mit dieser Kreatur da unten gelegen. Aber mit der Zeit, er hatte anfangs jede Nacht Albträume, in denen er stürzte oder eine Hand nach ihm griff, wurde er ruhiger. Niemand fand die Leiche. Niemand suchte den Menschen. Er konnte mittlerweile wieder schlafen, ohne schweißgebadet hochzuschrecken.

Bis jetzt. Jetzt hatte man die Leiche gefunden. Ohne offensichtlich zu wissen, wer sie war. Wer dieser Mensch war, als er noch lebte. Vielleicht waren mittlerweile alle Angehörigen gestorben? Niemand vermisste diesen Menschen mehr. Niemand kannte ihn, diesen Menschen. Ihn, den Mörder, schon gar nicht. Nur dieses Amulett.

Vielleicht hatte man es dem Toten auch danach mit ins Grab gegeben. Vielleicht lebte dieser Mensch da noch. Und es war wie ein rituelles Opfer. Vielleicht hatte eine geheime Sekte dort gelebt. In der Eifel war doch alles möglich …

Libuda drehte sich eine Zigarette und ging damit auf die Terrasse. Matteo saß dort schon, bequem die Füße auf einen Teak-Stuhl gelegt, in der Linken ein Bier, in der Rechten eine Zigarette.

»Was hältst du davon?« Damit legte Libuda ihm einen Stapel der ausgedruckten Papiere auf die Beine.

Buck las den kurzen Artikel mit der Entdeckung der Leiche im Schacht, runzelte die Stirn und schaute Libuda fragend an. »Kennst du die Leiche? Oder die Kinder?«

Libuda zuckte mit den Schultern. »Das frage ich mich auch gerade. Vermisst du zufällig seit Jahren jemand?« Dabei ließ er seinen Freund nicht aus den Augen, denn der hatte weitergeblättert und hielt jetzt das Exposé in der Hand und wollte es gerade wieder in dem Papierwust verschwinden lassen.

»Und was ist das denn, mein Alter? Das frage ich mich auch.«

»Was?« Buck schaute kurz auf, merkte aber, dass seine Unschuldsmiene so wirkte wie ein Hut, der einfach zu groß für den Kopf ist und über die Ohren rutscht.

»Du brauchst es nicht zu verstecken.« Libuda lächelte leichthin. »Sicher wolltest du doch mit deinem besten Freund darüber sprechen, oder?«

»Ach, das … mit dem Haus …« Buck lachte und hustete zugleich. »Das ist ja nur eine Idee … von Frauke«, fügte er schnell hinzu. »Frauen wollen ja immer ein Nest bauen.« Er lachte. »Oder kaufen.«

»Habt ihr im Lotto gewonnen?«

»Nein, nein«, beeilte sich Buck zu sagen, »ich habe gezockt, im Internet.«

»Du? Du hast doch immer gesagt: Das ist das Letzte, und man soll sein Geld ehrlich verdienen. Ehrlich währt am längsten, sagst du doch immer deinen Azubis. Waren das nicht deine Worte?«

»Ewig währt am längsten, habe ich gesagt.« Buck verschüttete etwas Bier, als er aufstand. »Und wer die Gelegenheit verstreichen lässt, ist selber schuld.« Er ging auf und ab, ganz der Lehrer beim Frontalunterricht. »Außerdem habe ich ja niemanden betrogen.«

»Aber irgendwer hat doch verloren, damit du gewinnen konntest, oder?«

»Mensch, Kai, bist du jetzt Sozialarbeiter, oder was?« Er wanderte weiter. »Du redest ja wie Frauke. Die hat auch gesagt, ich soll jetzt sofort etwas Vernünftiges mit dem Geld machen oder sie erzählt es überall rum.«

»Und jetzt spendet ihr alles an Greenpeace oder Unicef?«

»Nein, aber wir machen wenigstens ein Kind auf der Welt glücklich. Wir spendieren uns ein Haus.«

Libuda starrte seinen Freund mit offenem Mund an. »Und das ist … das ist dein Wunsch?«

Buck wanderte wieder los mit seinem Bier in der Hand und einer Zigarette im Mundwinkel.

»Ich meine, du hast doch immer mein freies Leben haben wollen. Und jetzt kaufst du ein Haus und wirst sesshaft? Hast du denn so viel Geld, dass du keinen Kredit …«

»Ach, Scheiße! Natürlich nicht! Es reicht, um überhaupt kreditwürdig zu sein für die Bank. Ich mit meinen verfluchten Jahresverträgen und Frauke mit ihrer wahnsinnig lukrativen Selbstständigkeit.«

»Und wie lange darfst du abzahlen? Bis zur Rente? Wenn du überhaupt eine bekommst.« Libuda brach seiner Zigarette im Aschenbecher das Genick. »Ist es das, was du immer wolltest?«

»Alter, wir haben ein Kind.«

»Und darum machst du alles mit?«

»Ich mache mit, weil ich dabeibleiben möchte, verstehst du das? Ich habe nach einem Sinn gesucht, nach meinem persönlichen Lebenssinn. Darum habe ich mal Philosophie studiert, Sie erinnern sich, cand. phil.? Im Gegensatz zu dir habe ich es sogar durchgezogen. Auch wenn ich den Sinn dadurch nicht gefunden habe.«

»Aber diese kleine Schülerin hast du gefunden. Die dich angebetet hat und die dich für einen tollen Hecht hielt.«

»Ach, hör auf!« Buck machte eine wegwerfende Handbewegung.

»Aber Frauke war doch sicher der Traum jedes Junglehrers oder Referendars, und wenn sie in der ersten Reihe saß und du abwechselnd in ihre blauen Augen und ihren Ausschnitt geguckt hast, hattest du doch deinen Sinn gefunden.«

Buck stierte in den Nachthimmel, dann setzte er die Flasche wieder an den Hals. Er nahm einen langen Zug. Dann inhalierte er direkt noch von der anderen legalen Droge und murmelte beim Ausatmen in den Rauch: »Der Sinn kam mit Maries Geburt.«

»Und darum machst du das alles?« Libuda sah seinen Freund mit einer gewissen Rührung an.

»Und darum bin ich noch hier«, murmelte der, bevor er die Kippe ausdrückte. »Und du?«, er sah Libuda etwas glasig in die Augen, »du bist der Patenonkel, und wenn ich mal nicht mehr ...«, er hustete bellend. »Du hast geschworen, dich um sie zu kümmern.«

»Hey, mein Lieber, das ist doch mehr so eine Floskel, ein Ritual, das ist doch nicht so gemeint. Ich meine, du bist doch nicht weg oder ... oder was hast du vor, du Idiot?«

Libuda zog Buck am Arm, damit der ihn ansah. »Hey, sag mir, dass du keinen Scheiß baust! Oder schon gebaut hast.«

Der schnaubte nur verächtlich.

»Hey, was ist los, Mann?«

Libuda versuchte, Bucks Arm zu drehen, doch der wand sich geschickt heraus und steckte sich stattdessen eine neue Zigarette ins Gesicht. Doch bevor er sie anstecken konnte, hielt ihm Libuda den Artikel vor das Gesicht. »Und was sagst du dazu?«

»Schlimm. Wenn einen jahrelang keiner vermisst.« Buck gab sich Feuer. »Und dann wirst du gefunden, also das, was von dir übrig ist, und dann ist es auch wieder allen egal, weil keiner dich mehr kennt, geschweige denn wiedererkennt … oder vermisst.«

Buck hielt ihm ein neues Bier hin, aber Libuda schüttelte den Kopf. »Sonst fällt dir nichts ein zu diesem Zeitungsartikel?«

»Was soll mir dazu einfallen? Außer dass es mich nicht wundert, dass man in der Eifel oder im Venn einfach irgendwo verschwinden kann. Es tauchen doch auch plötzlich immer welche aus dem Moor auf. Oder eben nie mehr …« Buck schien einen Moment nachzudenken. »Letztens haben sie doch einen Wagen auf einem Parkplatz gefunden. Der Halter ist, glaube ich, bis heute verschwunden. War doch ein Lehrer, oder? Hatte alles verzockt.« Buck zupfte an seinem Bart. »Der hatte auch 'ne Frau und 'ne Tochter, und die müssen jetzt gucken, wie sie alleine … ohne den sauberen Beamten … Ich weiß nicht, wird die Pension auch an die Witwe ausgezahlt, wenn es Selbstmord war oder es gar keine Leiche gibt?« Buck sah Libuda direkt an. »Vielleicht ist der auch einfach abgehauen? Hatte die Schnauze voll von der immer gleichen Sinnlosigkeit jeden Tag … von dem ewigen Gemecker der Frau, den unerfüllbaren Wünschen der Tochter …«

»Herr Buck! Mon dieu, Matteo! Es geht nicht um deinen Lehrerkollegen.«

»Pah! Kollegen! Von wegen! Der war Beamter! Und immer noch nicht zufrieden.«

»Stopp! Es geht um diesen Menschen in dem Schacht, der vor einer halben Ewigkeit dort zu Tode kam.«

»Ja und? Jetzt soll ich sagen: wow? Das ist ja mein Amulett, das ich seit meinem achtzehnten Geburtstag vermisse! Wo kann ich es abholen? So in etwa?« Buck schüttelte den Kopf und wanderte wieder durch den dunklen Garten.

Libuda zuckte mit den Schultern und murmelte: »Ich weiß auch nicht, was ich mir davon versprochen habe. Vielleicht ein wenig Erleuchtung.« Er schlug klatschend mit der rechten Faust in die geöffnete linke Hand. »Ich drehe mich einfach wieder im Kreis. Von irgendwoher werden mir Fäden zugesteckt, die ich miteinander zu verbinden suche, aber durch das ewige Drehen wickle ich mich selbst nur ein und warte darauf, dass ich auf dem Rücken liege, eingesponnen in einen Kokon aus ungeklärten Fragen, Fakten und Fehlern.«

»Und dann fliegst du als Schmetterling in den Sonnenaufgang.« Buck prostete Libuda zu. »Oder wie Bert Brecht sagte, frei nach Marcel Reich-Ranicki: »Und so sehen wir betroffen | den Vorhang zu | und alle Fragen offen.«

KAPITEL 50

»Ich muss los«, murmelte Libuda.

Buck setzte sein Glas ab und sah ihn mit zusammengekniffenen Augen an. »Ich muss los«, wiederholte er nur. »Und wohin?«

»Wenn ich das wüsste.« Libuda schwang seinen Seesack über die Schulter. »Wenn ich erst mal in Bewegung bin, bewegt sich auch was in der Welt … oder zumindest in meinem Kopf.« Damit öffnete er die Tür, salutierte mit erhobener Faust. »Hasta siempre, comandante!« Buck tat es ihm gleich und erwiderte den Gruß, dann zog Libuda die Tür hinter sich zu.

Er ging los, erst zögernd, beinahe schlendernd, dann immer zügiger. Er überquerte spärlich beleuchtete Straßen, bog um Ecken, sah nur auf den Boden, bis er mit einem Mal wieder vor der Tür stand, hinter der alles begonnen hatte.

M. SCHORNSTEIN stand auf dem Klingelschild. Immer noch.

Wenig später saß Libuda auf Maries Dachterrasse und sah sich um. Er konnte gut gegenüber in die Wohnungen schauen, da, wo Dr. Klawitter wohnte. Auch die Dächer konnte er gut einsehen. Und als er über die Brüstung lugte, ganz vorsichtig – und sofort stolperte sein Herz los –, da bekam er kurz einen Eindruck davon, was einem angstfreien Menschen hier geboten wurde: das reinste Eldorado für Kletterer. Er hätte problemlos bis zur nächsten Kreuzung gehen können. Im dritten bis vierten Stock.

Er musste unbedingt noch einmal einen Blick auf die Dächer bei den Herzkreis-Frauen, speziell den Sterntalerinnen, werfen.

Und da er eben auf das Klingelschild mit *M. SCHORNSTEIN* gestarrt hatte, fiel ihm auf, dass er vielleicht auch mal einen Blick auf den anderen Schornstein und dessen Basislager werfen sollte.

Und da fiel ihm glatt noch etwas ein. Er kramte in seinem Seesack, und dann fühlte er es: das kleine Notizbuch von Klawitter. Libuda setzte sich in einen der Sessel auf Maries Dachterrasse, legte das Buch auf den kleinen Teak-Tisch neben den sauberen Aschenbecher und drehte sich eine Zigarette. Nach dem ersten Zug klappte er das Buch auf und blies den Rauch in den Aachener Himmel.

Der alte Mann hatte eine akkurate, wenn auch leicht verwackelte Handschrift, und offenbar notierte er alles. War es Voyeurismus oder Alzheimer? Klawitter traute offensichtlich seinem Gedächtnis nicht mehr. Wer schreibt, der bleibt. Datum. Uhrzeit. Alles exakt am Rand festgehalten. Dann die Beobachtung.

Bärtiger Mann taucht auf DT bei MS auf. Kopf kurz, aber deutlich zu erkennen. Verschwindet dann. Unmittelbar darauf: Rauchwolken steigen auf. Raucht dieser Mensch dort? Wie ist er auf die DT gelangt? Ist er ein Gast? Von MS weiterhin nichts zu sehen? Muss sie verständigen, dass Fremder dort verkehrt in ihrer Abwesenheit. Mit ihr abgestimmt? (…)

Libuda schaute auf, gleichwohl ohne etwas wahrzunehmen. Dieser bärtige Mann … Wer zum Teufel schlich hier heimlich herum (so wie er selbst gerade)? Ein Verehrer, der ihre Blumen goss, hier oben rauchte und dann den Aschenbecher spülte? Wie kam der hier hoch beziehungsweise rein? Wusste Marie davon? Wieso zum Donner war sie dann weg? Oder war sie genau deshalb weg? Und wieso, in Dreiteufelsnamen, mussten eigentlich alle Männer einen Vollbart in ihrem Gesicht wuchern lassen? War das vielleicht schön? Nein. War das ein Zeichen von Individualität? Nein. War er selbst gut rasiert? Nein. War er auf einer Spur? Nein. Und es war nicht mal mehr nur eine Spur, die ihm fehlte.

Es waren eigentlich mittlerweile drei – oder schon vier? –, hinter denen er her war. Und es waren mehr Fragen als Spuren. Er klappte sein kleines schwarzes Büchlein auf und zückte den Stift.

Frage eins: die Spur zur Zielperson, dem Auftrag in der Gegenwart: Marie Schornstein. – Aktueller Stand: Zielperson verschwunden (erneut), Aufenthaltsort sowie Zustand derselben unbekannt.

Frage zwei: die Spur zum Sterntaler-Räuber. – Aktueller Stand: eine Sterntalerin ausgeraubt und zudem fast umgekommen. Täter/Verursacher weiter unbekannt plus verschwunden.

Frage drei: die Spur zum Bandenmitglied aus der Vergangenheit: Marta. – Aktueller Stand: weiterhin verschwunden, Aufenthaltsort sowie Zustand derselben unbekannt.

Frage vier: die Spur zum Geld aus einer wahrscheinlich illegalen/kriminellen Geschichte vor circa zwanzig Jahren. – Aktueller Stand: Tappen im Dunkeln.

Frage fünf: die Spur zu einer Familiengeschichte in noch weiterer Vergangenheit, nämlich vor circa fünfundsiebzig Jahren, zum Kriegsende auf Texel und einem Massaker zwischen Deutschen und Georgiern und die Frage, was das alles mit Spur eins, nämlich der Gegenwart, zu tun hat. – Aktueller Stand: Fragezeichen. Fragezeichen. Fragezeichen.

Libuda klickte die Mine rein, raus … rein, raus …

Wo also konnte sich Marie Schornstein diesmal aufhalten?

Bei sich zu Hause schon mal nicht, das konnte er ausschließen. Bei einer Freundin? Die waren alle irgendwie außer Gefecht … außer … Was war eigentlich mit der Kollegin aus der Werbeagentur, die neulich im Urlaub war?

Libuda fuhr zum Drehturm auf dem Lousberg hoch. Er hatte wenig Hoffnung, aber er konnte nicht mehr dasitzen und nichts tun.

Als er die schmalen Kurven nach oben fuhr, sah er schon, dass oben noch Licht brannte. Werber schlafen eben auch nie und haben auch stets eine Mission und vielleicht auch stimulierende Substanzen und nicht nur schwarzen Kaffee mit Zucker.

Libuda wollte die Eingangstür aufdrücken, aber es war abgeschlossen. Ganz so offen waren die Kreativen also doch nicht. Er lehnte sich auf die Klingel, und es brauchte nur wenige Sätze und weniger als drei Gesprächspartner, bis ihm die Chefin selbst Einlass gewährte.

»Herr Libuda, Sie sind jetzt aber nicht mit einem Spionageauftrag unterwegs, oder?«

»Mein Auftrag, das versichere ich Ihnen, Gnädigste, ist nach wie vor der gleiche. Ich suche nach wie vor Madame Schornstein.«

»Wegen der Erbschaft.«

»Exactement, Madame.« Libuda strahlte, und es wurde zurückgestrahlt.

»Aber sie ist immer noch nicht zurückgekehrt.«

»Aber vielleicht ihre Freundin und Kollegin. Wie hieß sie noch gleich?« Er blätterte in seinem Büchlein. »Wo habe ich es nur?«

»Sie meinen Klara? Klara Sieben?« Sie tippte Libuda an die Schulter und dirigierte ihn durch die Räume der Agentur, bis sie vor einer Tür innehielt. Sie hob mahnend einen Zeigefinger. »Höchstens fünfzehn Minuten. Wir stecken mitten in einem Wettbewerb, und die Deadline rast auf uns zu.« Sie hob erneut den Zeigefinger. »FÜNFZEHN.«

Libuda führte die Hände zusammen und legte die Handflächen aufeinander, wobei er sich verbeugte. Die Agenturchefin verbeugte sich ebenfalls leicht und anmutig, klopfte dann vorsichtig an die Tür und wartete ab. Es dauerte einen Moment, dann ging die Tür auf und ein Kopf mit abstehenden Haaren erschien.

Die Chefin flüsterte der Frau etwas ins Ohr und schaute sie fragend an. Diese nickte fast unmerklich und scannte Libuda ungeniert an. Zwei Aquamarine leuchteten Libuda entgegen. Derart hell und strahlend, dass er unwillkürlich die Augen ein wenig zusammenkniff. Für einen Wimpernschlag glaubte er seltsamerweise, dies müsse Marta sein. So jedenfalls hatte er sie sich vorgestellt, ohne dass er dies gewusst hatte.

Sie nickte nun leicht mit dem Kopf zur Seite, was offenbar einer Einladung in ihr Büro gleichkam. Drinnen hangelten sich Leinen von einer Wand zur anderen. Kreuz und quer durcheinander. Daran mit kleinen Klammern Bilder, Zeichnungen, Skizzen. Er warf einen Blick darauf, runzelte unwillkürlich die Stirn.

»Das ist nur für die Chefin«, ertönte da ihre Stimme in seinem Nacken, tief, fast wie ein Bass. »Die Menschen müssen immer etwas sehen, sonst haben sie Panik, weil sie nicht in ihrem Kopf leben können. Immer nur in der Außenwelt.« Die Frau lachte kehlig. »Sie wollen beachtet werden. Esse est percipi … Sein ist Wahrgenommenwerden.«

»Lao-Tse«, Libuda lachte kurz auf, »Lao-Tse wäre da anderer Meinung gewesen.«

»Und du?« Sie fixierte ihn mit ihren blauen Neonstrahlern. Für einen Moment hatte Libuda das Gefühl, sie sehe ihn gar nicht. Er fühlte sich in der Tat auch etwas unwirklich. Geradezu surreal.

»Ich?«

»Wie stehst du dazu?«

»Ich stehe eigentlich hier, weil ich einen Auftrag habe.«

»Du bist also mit einer Mission gesegnet. Das hätte doch jeder gern.«

»Ja, und ich hätte gern etwas über Marie gewusst.«

»Marie.«

»Ja, Marie.« Er versuchte, sich von diesen Augen zu lösen. »Ich muss wissen, wo sie ist. Es geht um …«

»Es geht um Marie. Es geht immer um Marie – oder?«

Libuda riss sich los, indem er einen Schritt zur Seite machte und damit begann, auf und ab zu gehen. »Wo ist sie? Wissen Sie das? Können Sie mir helfen? Wollen Sie mir helfen?«

»Wie viele Antworten möchtest du hören?« Sie fixierte ihn wieder. »Wie viele Antworten kannst du vertragen?«

»Wo ist sie? Bitte!« Libuda faltete die Hände und schloss die Augen. Er flüsterte jetzt fast. »Ich mache mir große Sorgen.«

»Um deinen Auftrag … oder um Marie?«

Libuda hielt die Augen geschlossen, machte aber einen Schritt nach hinten, ging leicht in die Knie und hob die Arme mit nach oben weisenden Fingerspitzen und offenen Händen zu einer makellosen Abwehrposition aus dem Shaolin King Fu. Dergestalt verharrte er und atmete tief ein. Verharrte reglos. Und aus. Verharrte. Und ein. Verharrte. Und aus.

Sie ließ ihn nicht aus den Augen, bis ein sanftes Lächeln ihre Mundwinkel nach oben zog. »Warte einen Moment draußen, okay?«

Libuda verbeugte sich und war schon aus der Tür.

Er hörte das geschäftige Treiben rings um sich in der Agentur. Menschen huschten über die Flure, verschwanden hinter

Türen, aus denen kurz Musik plätscherte. Da ging die Tür neben Libuda schon wieder auf.

»Sie will dich treffen.«

Libuda riss die Augen auf, die mit einem Mal glänzten.

KAPITEL 51

Bachstraße, ehemalige Tuchfabrik Thierron

Die Bachstraße lag verwaist da. Leichter Nebel waberte unter dem Viadukt, auf dem ein nächtlicher Zug auf die Einfahrt in den Hauptbahnhof wartete. Hinter den erleuchteten Fenstern der Abteile war kein Mensch zu sehen. Libudas Schritte hallten von den Mauern der alten Häuser zurück.

Libuda drückte die Klinke der Tür in dem großen, alten metallenen Werkstor herunter. Die Tür bewegte sich keinen Millimeter. Er kramte in der Tasche nach dem Schlüsselbund und steckte den erstbesten in das Schloss. Erstaunlich leicht drehte er sich, und die Tür schwang ohne jedes Quietschen auf. Er versuchte, sich lautlos zu bewegen, aber seine Sohlen knallten auf dem kopfsteingepflasterten Innenhof, als er auf die mit Knöterich bewachsenen düsteren Hallen zuging. Hinter den Scheiben der unteren Etage war es stockdunkel. Oben glaubte er einen Lichtschimmer ausmachen zu können.

Er fand eine weitere Tür, drückte auf die kalte metallene Klinke, und sie öffnete sich lautlos wie eine zu Boden sinkende Feder. Er trat ein, und vollkommene Schwärze empfing ihn. Er widerstand dem Drang, sofort zurück in den Hof und das neblige Dämmerlicht zu fliehen, gleichwohl hielt ihn etwas davon ab, sein Handy zu zücken und mit der Taschenlampe alles auszuleuchten. Stattdessen verharrte er wenige Schritte hinter der Tür in dem Raum. Er lauschte, hörte irgendwo ein Tropfen, ein Knacken hier und dort. Nichts aber deutete darauf hin, dass er nicht allein hier war.

Allmählich gewöhnten sich seine Augen an das fehlende Licht, und er erkannte, dass die Scheiben von innen abgeklebt waren. Runenartige Zeichen und Fratzen oder Tiere waren darauf zu erkennen, womöglich Skizzen oder Pläne für künstlerische Ideen, Pläne, Luftschlösser.

Libuda machte zwei Schritte und verharrte. Er hörte immer noch keine Geräusche, die auf die Anwesenheit eines anderen Menschen schließen ließen. Aber er sah einen schwachen Lichtschein, der durch eine offen stehende Tür ein paar Meter vis-à-vis kam. Offensichtlich führte die in einen Flur, und er meinte, Treppenhausstufen auszumachen. Er schlich darauf zu, und als er durch die Tür ging und sich zur Treppe drehte, spürte er einen Luftzug im Rücken. Instinktiv tauchte er zur Seite weg, duckte sich und kreuzte zur Abwehr die Arme vor dem Kopf. Da krachte auch schon ein länglicher, sehr harter Gegenstand auf seine Unterarme, und Libuda knallte mit der linken Schulter gegen eine Wand. Er sah, wie der längliche Gegenstand, er vermutete, eine Holzstange, wieder in die Höhe ging und dort einen Wimpernschlag verharrte, vielleicht um ihn genau ins Visier zu nehmen für den finalen Schlag.

»Marie ...«, krächzte er mit eingeschnürter Kehle. Der Schlag kam im gleichen Moment, drehte aber im letzten Augenblick ab, Libuda schloss die Augen, drehte sich zur Seite, und schon traf der Schlag mit einem Knall die Wand neben ihm. Jetzt hörte er stoßweises Atmen gegenüber, das langsam auf ihn zukam.

»Was schleichst du hier rum? Idiot!«

Maries Gesicht tauchte aus dem Halbdunkel hinter der Tür auf. Sie hielt ihm eine Hand hin, um ihm aufzuhelfen. In der anderen hielt sie noch den Hockeyschläger.

»Zivilisierte Menschen betätigen den Klingelknopf, bevor sie fremde Häuser betreten. Vor allem des Nachts.«

»Eben«, krächzte Libuda und rieb sich das getroffene Handgelenk, »des Nachts sieht man schlecht, und ich habe keinerlei Klingel ausmachen können.«

»Pardon, Menheer, tut es sehr weh?« Mit einem Mal war sie ganz nah bei ihm. So nah, dass Libuda auf der Stelle schmerzfrei war.

»Alles ist gut«, gurrte er und streckte die Hand nach Maries Gesicht aus, das plötzlich wieder zurückwich.

»Wieso bist du überhaupt reingekommen?«

»Ich habe dich gesucht, und deine Kollegin Klara aus der Agentur hat doch …«

»Das meine ich nicht.« Damit sprang sie auf und eilte Richtung Eingangstür. Wenig später hörte Libuda erst einen Fluch, dann klimperte etwas, und schließlich hörte er, wie ein Schlüssel in einem Schloss mehrfach gedreht wurde.

Libuda wartete, bis sie wieder zurück war und den dicken Schlüsselbund in ihrer Hose verschwinden ließ.

»Was ist eigentlich los? Vor wem oder was versteckst du dich?« Und als sie nichts sagte, sondern nur auf ihre Füße starrte, von denen der eine auf und ab wippte, fuhr Libuda fort, wobei seine Stimme kaum mehr als ein Hauch war: »Wer ist hinter dir her?«

»Wenn ich das wüsste.« Sie seufzte. »Ich weiß gar nichts mehr. Wem kann ich überhaupt noch trauen?« Sie sah Libuda seltsam von der Seite an, aber der tat, als merke er das nicht.

»Aber seit wann fühlst du dich verfolgt?«

»Ich fühle mich nicht verfolgt!«, fuhr sie ihn an. »Ich werde verfolgt!« Und ihre Augen funkelten ihn an. »Oder warst du nicht dabei auf Texel? War das dein Zwilling oder eine Illusion?«

»Schon gut.«

»Gar nichts ist gut!«, und dann setzte sie, fast geflüstert hinzu: »Seit meine Mutter tot ist.«

»Mein Beileid«, murmelte Libuda.

»Danke. Aber du kanntest sie doch gar nicht.«

»Das stimmt. Aber ich kann mir vorstellen, wie das ist.«

»Wie was ist?«

»Du bist jetzt Vollwaise, oder?«

Sie sah ihn erstaunt an. Ihre Augen begannen zu glänzen.

»Ich auch.« Libuda sah auf den Boden.

»Mein Beileid«, murmelte Marie. »Wann sind denn deine Eltern gestorben? Auch grade erst?«

»Nein. Ich war noch ein Kind. Es war ein Unfall, heißt es. Ich kann mich kaum an sie erinnern.« Libuda machte eine Pause.

Marie blickte ihn unverwandt an.

Jetzt sah er wieder hoch. »Und meine Adoptiveltern sind vor Brasilien abgestürzt. Auch ein Unfall, heißt es.«

»Mon dieu«, seufzte Marie und nahm Libuda in den Arm. Ein, zwei Minuten standen sie da wie eine Statue, dann hob Libuda seine Arme und legte sie sanft um Marie. »Mit Trauer kennen wir uns also aus.«

Marie löste sich sanft aus der Umarmung und sah Libuda in die Augen. »Kennst du dich auch mit Fragen der Ethik aus?«

Libuda zog die Augenbrauen hoch und ließ seine Arme sinken.

»Nehmen wir mal an: Es gibt da etwas, das lange verborgen war, ein Geheimnis. Du erfährst davon und auch davon, dass es wahrscheinlich nicht ganz koscher ist.« Sie saugte lautstark die Luft ein.

Libuda starrte sie an.

»Okay, ich fange mal anders an: Es gibt da etwas, das jemand anderem gehörte, bevor es diesem geraubt wurde. Beide, der Räuber und der Beraubte, sind schon lange tot. Du weißt auch nicht, wer genau sie waren, okay?«

Libuda nickte, obgleich fern des Verstehens. »Okay.«

»Und jetzt erfährst du, wo sich das Geraubte befindet oder vielleicht befinden könnte.« Sie sah ihn durchdringend an. »Was tust du?«

»Ich hole es und gebe es den Nachkommen, den Erben oder wem immer zurück?«

»Du kennst niemanden, der damals dabei war.«

»Weil die einen wieder in Georgien sind?«

»Georgien?« Marie sah ihn überrascht an.

»Ich war im Haus deiner Eltern. Ich erwähnte es, glaube ich.«

Marie starrte ihn an und ballte die Fäuste. Ihr Gesicht verhärtete sich.

»Ich habe einen Auftrag. Ich bin Detektiv, schon vergessen?«

Marie biss sich noch immer auf die Lippen, hatte aber die Fäuste wieder gesenkt. Ihre nächsten Worte flüsterte sie beinahe: »Was weißt du von den Georgiern?«

»Gar nichts. Erzähl du es mir. Warum hatten deine Eltern ein Bild von einem Mann in georgischer Uniform und mit Akkordeon an der Wand?«

Libuda holte sein Handy heraus, und wenig später zeigte das Display das abfotografierte alte Foto.

Marie starrte das Bild eine Weile an, dann schien ihr Blick nach innen zu gehen, als wöge sie ab, was passieren könnte. Schließlich stand sie auf, verschwand eine Weile und kam dann zurück. In ihren Händen ein offenbar altes Buch. Es schimmerte orange.

Sie sah Libuda ernst an. Scheinbar eine Ewigkeit. Der hielt ihrem Blick stand, sich dessen bewusst, dass jetzt in diesem Augenblick eine Entscheidung fiel, die ihrer beider Leben vielleicht in eine andere Richtung schwingen lassen konnte.

Marie sah ihn weiter unverwandt an, während sie sich langsam in Bewegung setzte und ihm bedeutete, ihr die Treppen hinauf zu folgen. Sie betraten das Atelier mitsamt Wohnung von Klara Sieben, einen riesigen Raum, der mit Staffeleien vollgestellt war, dazwischen hingen lange Leinen, an denen wiederum Fotos befestigt waren.

Marie ließ sich auf ein geblümtes Sofa sinken, die Knie hochgezogen. Libuda nahm neben ihr Platz. Sie drehte sich ein wenig zu ihm, klappte das orangefarbene Buch vorsichtig auf. Zielsicher blätterte sie ein paar Seiten weiter, stoppte dann und sah auf die handgeschriebenen blassblauen Zeilen hinab. Ihr Zeigefinger strich fast unmerklich darüber, wie bei einer Großmutter, die ihrem Enkel vorliest, bevor sie wieder den Blick zu Libuda hob.

»Ich werde dir etwas vorlesen.«

Und dann, als hätte sie Libudas Gedanken gelesen, mit deren Profanität er diesen magischen Moment nicht zu unterbrechen wagte, fügte sie hinzu: »Das ist das Tagebuch meiner Großmutter … die Mutter meiner Mutter.« Sie atmete noch einmal tief ein. Dann begann sie zu lesen.

»Ich weiß nicht, ob es wahr ist oder ob sie mir einen Bären aufgebunden haben, aber sie haben mir erzählt, dass sie einen Beutel gefunden haben. Ich glaube allerdings eher, in dem ganzen entsetzlichen Trubel am Ende haben sie ihn gestohlen, vielleicht als Entschädigung für all das Leid und die Lügen um sie herum.«

Marie räusperte sich. »Sie war damals noch ein junges Mädchen, eine junge Frau eher, und sie hatte ein Problem.« Sie hielt einen Moment inne. »Sie hatte ein Problem, weil zwei Männer sie liebten. Und sie liebte sie auch. Beide. Und eine Dreierbeziehung ist ja immer eine Herausforderung, zu allen Zeiten. Aber zu ihrer Zeit, zur Zeit meiner Großmutter – sie hieß übrigens ebenfalls Marie, hatte ich das schon erwähnt? –, zu ihrer Zeit war Krieg. Und sie liebte einen Besatzer, einen Deutschen, einen Feind. Und das als Holländerin. Eine Holländerin und ein Deutscher, ein Moffe, ein Nazi ...« Marie verstummte erneut.

»Und der andere? Der Dritte im Bunde?«

»Ja, der.« Marie seufzte. »Der machte diese Liebe vollends unmöglich. Er war nämlich Georgier.«

»Auf der Seite der Deutschen?«, hakte Libuda nach.

»Ja und nein.« Marie schüttelte heftig den Kopf. »Ich denke, damals konnte jeder nur auf seiner eigenen Seite sein.« Wie aus Trotz oder zum Beweis klatschte sie mit der flachen Hand auf das Buch und blätterte danach umso vorsichtiger ein paar Seiten um.

Sie verharrte schließlich. Ihre Hände hielten das kostbare Werk sanft am Rand, ihre Augen flackerten noch ein wenig über die Zeilen.

»Ich beginne erst mal ganz vorne. Mit den ersten Zeilen meiner Großmutter Marie, okay?«

Sie sah Libuda aus glänzenden Augen an. Der nickte unmerklich. Dann begann Marie zu lesen: »*Mijn lieve kind ... ich schreibe diese Zeilen für Dich auf, weil ich nicht weiß, ob ich es Dir eines Tages erzählen kann. Es ist alles derart unsicher. Was mit uns wird, aus uns wird, aus Dir wird. Noch leben wir alle ... Womit fange ich an? Womit es alles anfing ...*« Marie schaute kurz auf, aber Libudas Augen hingen an ihren Lippen.

»*Es war der 10. Januar 1945. Es war ein Mittwoch. An dem Tag sind die neuen Hilfstruppen angekommen: Georgier.*« Marie brach ab, räusperte sich kurz. »Das kennst du ja quasi schon.«

Sie überflog ein paar Zeilen, bevor sie fortfuhr. »*Ich war neunzehn Jahre alt, und es hieß, der Krieg sei bald zu Ende. Auf unserer Insel hatten wir nicht allzu viel davon mitbekommen.*«

Marie unterbrach wieder kurz und schaute Libuda an. Der glaubte, den Anflug eines Lächelns in ihrem Gesicht zu sehen. Da senkte sie wieder den Blick auf das Tagebuch.

»Das ist der Anfang. Ich springe jetzt und komme zur für uns relevanten Zeit, also den Ereignissen, die offensichtlich unsere Gegenwart beeinflussen.«

Erneut räusperte sie sich, blätterte zu der Stelle, in der sie schon die ganze Zeit einen Finger als Lesezeichen platziert hatte.

»Es war diese schreckliche Nacht, die Nacht zum 6. April 1945, als die Georgier die Deutschen nachts angriffen – lautlos und mit Messern, die sie sonst zum Rasieren benutzten. Warum sie das taten? Es war der Befehl gekommen, dass sie auf dem Festland gegen die Alliierten kämpfen sollten, also vielleicht auch gegen Stalins Rote Armee. Aber nur ein Teil von ihnen, der andere Teil sollte auf Texel bleiben – aber als Geisel. Denn wenn die anderen nicht kämpften, würden ihre Kameraden auf Texel getötet. Da schlugen die Georgier zu, denn sie konnten bei diesem Einsatz nur verlieren. Also machten sie Jagd auf die Deutschen.

Und Hannes, mein deutscher Freund, war gerade in dieser schrecklichen, blutigen Nacht bei mir, und als er hörte, dass jemand ins Haus stürmte, versteckte er sich in meinem Kleiderschrank. Ausgerechnet Jewgeni stürzte in mein Zimmer. Er sah die Stiefel auf dem Boden stehen und riss die Schranktür auf. Hannes starrte ihn an. ›Alstublieft! Bitte!‹, flehte ich ihn an. ›Bitte lass ihn. Ihr seid doch beide …‹ Jewgeni riss die Pistole hoch und zielte auf das Herz von Hannes. Hannes hob langsam die Hände. Seine Hose rutschte an seinen Knien runter. Er starrte den Georgier an, der zu einem Freund geworden war – bis zu diesem schrecklichen Tag.

›Hannes‹, murmelte Jewgeni erstaunt.

›Tut mir leid.‹ Hannes' Stimme zitterte so wie er selbst.

Jewgeni ließ die Waffe langsam sinken. ›Nimm Hände runter‹, befahl er. ›Zieh Hose hoch und komm aus Schrank.‹

›Spassiba.‹

›Du hast mir auch Leben gerettet. Jetzt unentschieden.‹

Jewgeni drehte sich um und sah mich an. ›Geh jetzt‹, zischte er, ›bevor ich anders überlege …‹

In dem Moment, als Hannes verstand, dass Jewgeni ihm das Leben schenkte und ihn nicht bei seinen Waffenbrüdern verriet, legte er seine rechte Hand auf sein Herz, während er sich leicht verbeugte, dann griff er mit der Rechten in seine Hosentasche und zog einen kleinen Beutel daraus hervor. Er öffnete ihn behutsam, kippte ihn dann und schüttete etwas von dem Inhalt in seine offene Linke.

Es blinkte und funkelte.

Jewgeni und ich standen mit offenem Mund da und starrten auf das Häufchen Diamanten. Denn um nichts anderes handelte es sich. (Das aber wurde mir erst viel später klar.)

Hannes schüttete die Edelsteine wieder vorsichtig zurück in das Säckchen und überreichte es Jewgeni mit einer Verbeugung.

Der schüttelte den Kopf. ›Woher?‹, fragte er.

›Ich habe es aus dem Büro von Breitner, dem Kommandeur.‹ Hannes atmete schwer. ›Es ging alles drunter und drüber. Ich wollte Meldung machen, aber die hohen Herren hatten sich verkrochen, brachten wahrscheinlich ihre Kriegsbeute in Sicherheit. Da habe ich gedacht: Das gehört denen garantiert nicht. Und die, denen es gehörte, sind mit Sicherheit tot. Da sollen es deren Mörder auch

nicht behalten. Da habe ich es eingesteckt. Wenn ich schon sterbe – dann zumindest reich.‹

Jewgeni nahm das Säckchen vorsichtig in die Hand, wie um es abzuwiegen.

›Verstecken‹, murmelte er.

›Wenn alles vorbei ist, wir teilen. Wir drei.‹

Er sah uns beide an. Wir nickten feierlich.

›Du versteckst.‹ Er gab es mir.

Ich schüttelte den Kopf, aber meine beiden Männer nickten. Ernst, feierlich und einig.

Und dann nickte ich auch.

›Bei den Schafen sucht es niemand. Inmitten der Scheiße …‹

›Unter Schafen, geborgen im Stall‹, murmelte Hannes.

Und der, der all das überlebte – oder die –, sollte es dann später holen, wenn alles vorbei war und wenn die Schafe wieder als einzige Lebewesen Zuflucht in ihren Ställen suchten.

Ich war froh, dass der Beutel derart klein war, denn er passte grade noch in das Geheimfach, das ich im Klavier für mein Tagebuch, dieses Buch hier, angelegt hatte.

Sicher war es dort auch, weil niemand auf die Idee käme, ein Klavier zu stehlen oder als Kriegsbeute zu annektieren. Natürlich konnte ein Klavier brennen, aber wenn das Klavier brannte, dachte ich, war es um uns sowieso geschehen. Dann wäre es auch schon egal.

Eines Abends jedenfalls, es dämmerte bereits, schlich ich in einen der Schafställe und begrub den kleinen Beutel, den ich zuvor in eine Blechkiste gesteckt und darin abgedichtet hatte, einen Spaten tief in einer Ecke.

Vorher schaufelte ich die Schafscheiße zur Seite, danach häufte ich sie wieder darüber an.

Ich brachte keinerlei Markierung an, denn ich wusste, wo es lag, und ich weiß es noch immer.

Die Ställe sind sehr haltbar, und es heißt, wegen ihrer dem rauen Inselklima angepassten Bauweise halten sie ewig. Sollte ewig nicht ausreichen und der Stall ist nicht mehr da – dann soll es wohl so sein. Oder eben nicht sein.

Es war und ist jedenfalls Hollerbeeks westlichster Stall. Ich sehe ihn deutlich vor mir, vor dem Auge der Erinnerung. Links neben dem Eingang hat er dieses Loch, wo damals der Bock mit seinem sturen Kopf reingedonnert ist. Sein letztes Stündchen hatte geschlagen. Hansen hatte schon die Messer gewetzt, aber der Bock büxte immer wieder aus, bis er Hansen aufs Korn nahm, der direkt vor dem Stall stand und im letzten Augenblick mit einem Sprung zur Seite sein Leben rettete und dem des Bocks dadurch quasi ein Ende setzte, denn danach kam der nicht mehr wirklich auf die Beine, und Hansen hatte leichtes Spiel.«

Marie hielt inne, verstummte. Libuda sah sie fragend an.

»Hollerbeeks westlichster Stall … das … hm, ist das ein wirklicher Anhaltspunkt?«

»Ich war ja auf Texel und habe nachgeforscht«, nahm Marie den Faden wieder auf. »Natürlich ist das Land neu aufgeteilt, die Weiden haben die Besitzer gewechselt, sind vererbt und verkauft worden. Die Menschen von damals, 1945, leben nicht mehr oder jedenfalls nicht mehr da, wo sie gegen Kriegsende gelebt haben.«

»Glaubst du denn im Ernst, dass es diese Juwelen jemals gegeben hat oder dass es sie jetzt nach über fünfundsiebzig Jahren noch gibt?«

»Ich weiß nicht mehr, was ich glauben soll. Jedenfalls scheint irgendjemand hinter ihnen her zu sein.« Sie hob die

Hand, um Libudas Erwiderung zu ersticken. »Aber das ist es auch nicht. Ich lasse mich nicht vor einen fremden Karren spannen. Aber wenn ich nichts mache, ist das Vermächtnis meiner Oma für immer verschwunden, vergessen, Geschichte. Oder wie mein früherer Lehrer immer sagte: Ein Nein hast du schon – ein Ja kannst du bekommen. Aber dafür musst du was tun, verstehst du?«

Wie sie jetzt aussah. Libuda hätte sie am liebsten sofort geküsst. Hätte die Juwelen gelassen, wo immer sie waren oder nie waren, und stattdessen diese glühenden Wangen berührt.

»Und … nur mal angenommen, es gibt sie, es gibt sie noch immer, und du findest sie. Was dann? Was machst du damit? Du wärst dann sehr reich und könntest …«

»Zurückgeben«, unterbrach ihn Maries Stimme, die mit einem Mal heiser klang. »Ich gebe alles zurück. Die Juwelen sind das letzte Glied in der Kette.«

»Was für eine Kette?«

»Das ist eine lange Geschichte.«

»Ich habe sehr viel Zeit.«

»Ich aber im Moment gar nicht.«

»Okay, du brauchst, denke ich, noch einen letzten Beweis, dass du mir vertrauen kannst, ja?«

Libuda legte seine Hände vorsichtig auf Maries Schultern, die sich augenblicklich anspannten, und drehte sie sanft zu sich, sodass sie ihn ansehen musste.

»Ich habe dir ja, glaube ich, schon gesagt, wer mein Auftraggeber ist, etwas, das ein Ermittler für gewöhnlich nicht verrät.« Ihre Augenbrauen zogen sich zusammen, und gleichzeitig umklammerte sie mit einem Mal seinen Unterarm. Gerade wollte Libuda zu reden ansetzen, da rumste es direkt über ihren Köpfen.

»Ist noch jemand hier?«, flüsterte Libuda.

Marie schüttelte fast unmerklich den Kopf und starrte nach oben.

Libuda hielt den Zeigefinger vor den Mund und zückte sein Handy. Er tippte eine Weile darauf herum. Oben hörte man leise Schritte. Am anderen Ende der Leitung hob jemand ab: »Ja?« Libuda lauschte nur hinein. »Hallo?«, rief die Stimme, im Hintergrund waren Autos oder Bahnverkehr zu hören. »Sehr witzig«, blaffte die Stimme, dann drückte sie das Gespräch weg.

»Also mein Auftraggeber ist es nicht«, murmelte Libuda.

»Was?«, setzte Marie an, aber Libuda legte ihr einen Finger auf die Lippen und flüsterte: »Lass uns das Licht löschen, okay?«

Sie sah ihn fragend an.

»Du kennst dich doch hier besser aus als unser Besucher, oder?«

Mit einem Satz war Marie am nächsten Schalter, und das Licht im Raum erlosch.

Ein schwarzes Tuch legte sich über alles im Raum, auch über Libudas Seele, so schien es ihm für einen Moment. Oben hörte er erneut leise Schritte.

»Ich dachte eigentlich eher an«, er beugte sich nahe an Maries Ohr, »vollkommene, allumfassende Dunkelheit.« Sie sah ihn erneut fragend an. »Gibt es keine Hauptsicherung?«, flüsterte er.

Wie eine Katze schlich Marie davon. Libuda hielt den Atem an. In dem Moment, als er wieder Luft holte, ertönte ein Knacken, als Marie den Schalter umlegte, und kurz darauf polterte es von oben, etwas fiel lautstark um, und ein unterdrückter Fluch war zu hören. Oben tappte jemand im Stockfinstern umher, offenbar ohne Taschenlampe oder Handylicht und daher nahezu blind. Schritte bahnten sich ihren

Weg, und ständig fiel etwas um oder tönte dumpf, wenn es angestoßen wurde. Mit einem Mal ein dröhnender Aufprall, als habe jemand die Pauke geschlagen – und ein kaum unterdrückter Aufschrei. Die Bewegung oben war zum Stillstand gekommen.

Marie bedeutete Libuda, ihr zu folgen, und schlich mit ihm nach oben. Auf dem Weg wollte sie die Sicherung wieder einschalten, aber Libuda hielt ihre Hand fest und schüttelte den Kopf. Stattdessen schaltete er die Lampe am Handy ein und übernahm die Führung. Oben angekommen, ließ er den Kegel der kleinen Lampe über den Boden huschen. Allerlei Gegenstände säumten umgekippt den Weg des Eindringlings, der nun aufgehört hatte zu stöhnen. Libudas Lampe erfasste ein erschrockenes Gesicht, das die Augen zusammenkniff und zum Schutz gegen das Blenden eine Hand davor hielt. Sie steckte in einem schwarzen Handschuh.

»Wer sind Sie? Wieso brechen Sie hier ein?«, herrschte Libuda den Eindringling an, der mit einem Mal alles Bedrohliche verloren hatte und einen eher bemitleidenswerten Eindruck machte.

»Ich hab mir das Bein gebrochen«, jammerte es aus einem dichten schwarzen Vollbart heraus, die andere Hand umklammerte sein Knie.

»Das tut mir aber leid«, höhnte Libuda. »Also noch mal: Wieso brechen Sie hier ein?«

»Das hat nichts mit Ihnen zu tun.« Der Mann hielt noch immer die Hand vor Augen. »Können Sie nicht die verdammte Lampe ausmachen?«

»Die Fragen hier stelle ich!«, herrschte Libuda ihn an. Diesen Satz hatte er immer mal sagen wollen. »Also zum dritten und letzten Mal!«

»Ich brauche einen Arzt.«

»Der kommt, wenn meine Fragen beantwortet sind.«

Der Mann schloss die Augen, rieb sein Knie vorsichtig und wiegte sich hin und her.

»Jetzt ist es eh zu spät«, murmelte er in seinen Bart. »Es ist wegen der Frau. Und wegen meinem Vater.« Unter seinen Augen glänzte es mit einem Mal.

»Ihr Vater?«

Marie seufzte in diesem Moment neben Libuda sehr laut auf.

»Sie weiß Bescheid.«

Und dann erzählte der Mann seine Geschichte.

Oder eher die seines Vaters. Erst stockend, dann immer fließender, als müsse sie endlich heraus und sich ihren Weg freispülen wie ein Wasserfall. Die Geschichte eines einfachen Angestellten, die vor über zwanzig Jahren einen jähen Knacks bekommen hatte, als nämlich …

Als nämlich sein Vater Ernst Freyaldenhoven am Boxgraben wie jeden Tag zum Feierabend lange nach Ladenschluss die Tageseinnahmen des PLUS-Marktes bei der Stadtsparkasse an der Seite in den Kasten für die Geldbomben einwerfen wollte.

Es war ein trüber Tag gewesen. Es hatte immer wieder geregnet, und man hatte Angst, es könne diesmal vielleicht nie wieder aufhören. Ein ganz normaler Tag in Aachen. Kaum ein Mensch trieb sich freiwillig in den Straßen rum. Alle hatten längst ihre Einkäufe verstaut und teilweise bereits wieder zubereitet und verspeist, und Ernst Freyaldenhoven freute sich auf seine Familie und einen gemütlichen Abend vor dem Fernseher mit ein oder zwei Bierchen, vielleicht planten sie auch den Sommerurlaub oder eine Wanderung am Wochenende bei Baraque Michel und leckeren belgischen Fritten zur Krönung. Damals jedenfalls blieb er vor der unscheinbaren

Klappe in der Seitenwand der Sparkasse stehen und beugte sich gerade hinunter zu der Tasche, in der die Tageseinnahmen schlummerten – da sprang etwas von rechts auf ihn zu und griff ebenfalls nach der Tasche. Mit dem Instinkt des loyalen Angestellten griff er ebenso beherzt zu, keinesfalls bereit, das Eigentum seines Arbeitgebers fremden Händen zu überlassen. Er kam jedoch leicht nach rechts ins Straucheln, und als ihn jemand von hinten stieß, stolperte er nach vorne, ließ die Tasche los und versuchte sich mit der nun freien Hand abzufangen, was allerdings misslang, denn er bremste seinen Aufprall hauptsächlich mit seinem Kopf, genauer mit der Schläfe an der Wand des Geldinstitutes ab.

Aus dem Augenwinkel sah er nur noch verschwommen, wie die Tasche hoch in die Luft gehoben wurde und eine dunkle Gestalt kurz vor ihm auftauchte und dann verschwand … und dann noch eine … oder sogar noch eine?

Da aber schwanden ihm bereits die Sinne …

Später im Luisenhospital, als die Polizei ihn befragte, erinnerte er sich zuerst an rein gar nichts, wusste nicht einmal, wieso er dalag. Mit bandagiertem Kopf und rasenden Schmerzen darin.

Posttraumatische Amnesie nannten die Ärzte es wohl. Seine Frau, Annemie, und seine Kinder waren einfach nur froh, dass er lebte. Dass er sie erkannte. Selbst das sei nicht selbstverständlich, hatten die Ärzte gesagt.

Und erst später, wieder zu Hause in seiner Wohnung in der Südstraße, kamen die Erinnerungen langsam zurück, und er erzählte sie während seiner Krankschreibung seinem Sohn Ralf, der nun über zwanzig Jahre später seufzte und schwieg und sich den Knöchel und das Knie massierte.

»Und mit den Erinnerungen kam plötzlich ein Umschlag an bei meinem Vater. Ich weiß es noch genau, denn ich holte ihn aus dem Briefkasten unten im Hausflur«, fügte Ralf Freyaldenhoven, der Sohn, nun hinzu.

»Geld. Deutsche Mark am Anfang. Es waren immer mehrere Scheine drin.« Er sah Marie mit einem Mal an. »Nie sehr viel, aber jeden Monat. So als wolle jemand Schulden zurückzahlen.« Er blickte hinunter auf seine Beine.

»Mein Vater ist nie mehr der Alte gewesen. Vorher war er mutig, hat Sachen mit mir unternommen. Ist mit mir geklettert, Rad gefahren, jedes Jahr auf dem ›Öcher Bend‹ in der Achterbahn hat er gelacht, während ich mich an ihn geklammert habe, als wir in die Tiefe stürzten.« Freyaldenhoven Junior stöhnte. »Seitdem war er ein gebrochener Mann. Er hatte vor allem Angst. Sogar vor seinem eigenen Schatten. Und ich habe immer gedacht: Wer war das? Wenn ich den Drecksack in die Finger kriege! Die ganzen Jahre! Und dann … vor ein paar Wochen, da bekam ich einen Tipp.«

Marie seufzte. Dann hob sie den Kopf, sah ihm in die Augen, kaute kurz auf ihrer Unterlippe, bevor sie murmelte: »Das Geld war plötzlich weg. Sonst hätte ich es zurückgegeben, ehrlich. Es war der größte Fehler meines Lebens.« Sie ballte eine Faust. »Wir … wir wollten das nicht, dass Ihrem Vater was passiert.«

»Aber Sie haben ihn liegen gelassen.«

Marie nickte stumm.

»Aber jemand hat einen Krankenwagen gerufen. Anonym. Wohl von einer Telefonzelle aus, hat die Polizei gesagt. Sonst wäre es viel schlimmer gekommen. Noch viel schlimmer.«

Libuda räusperte sich.

»Wir müssen jetzt auch einen Krankenwagen rufen. Ihr Bein sieht nicht gut aus.«

»Aber ich bin hier eingebrochen«, entgegnete Ralf Freyaldenhoven.

»Sie sind gestürzt. Von etwas anderem weiß ich nichts«, bot Libuda an.

»Okay«, murmelte Freyaldenhoven, »und mit dem Überfall, das ist ja jetzt …« Er verstummte und schien nachzudenken, er hörte sogar auf, sein Knie zu massieren. »Das Gefühl hat sich gerade geändert.« Er sah Marie an. »Ich hatte mir geschworen, wenn ich den erwische, der meinem Vater das angetan hat, dann …« Er zupfte an seinem Kinn. »Ich weiß nicht mal, was ich ihm genau antun, wie ich mich rächen wollte. Ich hätte es irgendwie getan.« Er stöhnte. »Aber irgendwie war da dieser Satz in meinem Kopf. Immer wieder. Du bist zu weit gegangen. Du bist auch nicht besser. Irgendwie hatte ich wohl nicht damit gerechnet, dass es eine Frau …« Er zog die Augenbrauen zusammen. »Haben Sie nicht gesagt: *Wir* wollten das nicht?«

Marie nickte wild. »Ja! Ja! Ja! Ich bin so erleichtert, dass es endlich raus ist. All die Jahre!« Sie atmete heftig. »Ich, ich möchte mich … entschuldigen. Ich weiß, man kann das nicht entschuldigen, was wir gemacht haben, aber wir waren jung und dachten, wir sind superschlau und schlauer als alle anderen und wir könnten den Konzernen was wegnehmen.« Sie lachte bitter auf. »Wir hielten uns sogar für politisch, weil wir's ja den Reichen nahmen. Wie Robin Hood. Keiner sollte geschädigt werden, nur die Versicherungen.«

»Die Versicherungen!«, zischte der Mann am Boden, und ein Ruck schien durch seinen Körper zu gehen, als wolle er aufspringen. »Die haben den Schaden bezahlt – aber nur den Schaden der Firma: das Geld. Und wir, wir mussten kämpfen und einen Anwalt bezahlen, damit es ein Arbeitsunfall war.« Er versuchte aufzustehen, schrie kurz auf und ließ sich wieder fallen.

»Ich rufe jetzt den Krankenwagen«, schlug Libuda vor.

»Aber die Polizei wird wissen wollen, wie das hier …« Er zuckte mit den Achseln.

»Wieso sollte die Polizei das interessieren, wenn wir nicht sagen, dass Sie hier eingebrochen sind?«, fragte Marie. »Wieso haben Sie Angst vor der Polizei? Sie könnten denen doch was ganz anderes erzählen, oder?«

Beide Männer sahen Marie an. Der Mann am Boden schwieg und senkte den Blick, massierte scheinbar sein Knie.

»Seit wann sind Sie eigentlich schon hinter uns her?« Libudas Stimme klang rau.

Mit einem Mal verhärteten sich Freyaldenhovens Gesichtszüge. Er strich sich mit einer Hand die wirr abstehenden Locken aus der Stirn. Seine Augen glotzten starr. »Ich brauche einen Arzt«, knurrte er.

Marie tippte eine Nummer in das Handy.

»Kann es sein, dass wir uns vorher schon mal begegnet sind?«, setzte Libuda nach und starrte den Mann nun seinerseits an.

Ein Stöhnen war die Antwort, als der Mann erneut versuchte aufzustehen, die Locken fielen ihm wieder ins verschwitzte Gesicht.

»Kann es sein, dass wir uns schon mal auf einem Friedhof getroffen haben? Sehr kurz getroffen. Und zwar auf meinen Kopf.«

»Ich kenn keinen Friedhof!«, knurrte er.

»Es ist ja auch kein normaler Friedhof. Aber dass Sie auf Texel waren, daran erinnern Sie sich schon?« Libuda hockte sich vor den Mann und sah ihm in die Augen. Mit einer schnellen Bewegung griff er an dessen Knie, ohne ihn dabei aus den Augen zu lassen, und drückte kurz zu.

»Aaah!«

»Kannst du dich jetzt erinnern?«, zischte Libuda ihn fast unhörbar an.

Freyaldenhoven schrie erneut auf.

»Ich meine nämlich, dich kurz gesehen zu haben, jedenfalls deinen Lockenkopf. Ich dachte, es sei Marie, bevor bei mir die Lichter ausgingen.«

Marie sah ihn erstaunt an. Freyaldenhoven biss sich auf die Lippen. Libuda setzte nach. Er hatte den Gegner jetzt in der Ecke.

»Und der Angriff vor dem Spar-Markt mit dem Auto? Mit dem weißen Bulli?«

»Ich habe einen alten Golf!« Er stöhnte auf und fügte dann sehr leise hinzu: »Und der ist grün.«

»Und was war auf der Burg?«

»Was denn jetzt noch? Ich kenne keine Burg!«

Libuda griff ihm etwas fester an das Knie.

Freyaldenhoven knurrte mit zusammengebissenen Zähnen: »Auf dem Friedhof, okay.« Er stöhnte. »Er hat mir gesagt, ich soll Ihnen folgen. Sie führen mich zum Ziel. Und dann sollte ich Sie erst mal ausschalten, und er würde es mir dann sagen, wer damals …«

»Sagen? Wer würde dir was sagen?«

»Er war immer nur am Telefon«, er griff sich an den Kopf, flüsterte jetzt fast, »und dann war auch mal was im Briefkasten.«

»Wer verdammt?«

Libuda drückte noch einmal kurz zu – da kniff der am Boden die Augen zusammen und sackte nach vorne.

»Merde«, murmelte Libuda und tätschelte ihm unbeholfen die Wange.

Freyaldenhoven hatte noch zweimal ausgesehen, als wolle er doch etwas sagen, hatte Libuda angesehen und schon den Mund geöffnet, aber dann war sein Blick wieder verschwommen, und er hatte schwer geatmet, geschwiegen und war in sich zusammengesunken.

Libuda hatte das Gefühl, kurz vor der Lösung einiger wichtiger Fragen zu stehen, aber stets, wenn er die Tür zur Erleuchtung öffnen wollte, schon die Klinke gedrückt und die Tür ein wenig aufgeschoben hatte, wurde sie wieder zugedrückt, als befinde sich eine Kraft dahinter, gegen die er machtlos war.

»Was war das mit dem Friedhof? Und mit der Burg?«, funkelte ihn Marie nun an.

Nun seufzte Libuda. »Und was war das mit dem Vater Freyaldenhoven?«

»Und warum interessiert dich das alles derart brennend?«

»Hallo?«

Eine Stimme kam aus dem Treppenhaus. Für einen Moment sahen sich die Menschen im ersten Stock der alten Fabrikhalle in der Bachstraße erstaunt an, als erwachten sie aus einem Traum und hätten Schwierigkeiten, in die real existierende Welt zurückzufinden.

»Hier oben!«, rief Marie dann und räusperte sich mehrfach.

Man hörte schwere Schritte, welche die Treppen hochstapften, und schon standen zwei Sanitäter, ein kleiner und ein gewaltiger, in ihrer leuchtenden Dienstuniform im Raum und stellten eine Trage ab.

»Was ist passiert?«

»Ein Unfall«, ächzte Freyaldenhoven kaum hörbar mit Leidensmiene und griff sich ans Knie.

Der kleinere Sanitäter betrachtete den Weg der Verwüstung, der hinter dem Patienten lag.

»Das Licht war kurz ausgefallen«, erklärte Libuda.

»Alles klar«, meinte der Sanitäter. »Dann wollen wir mal.« Damit hockte er sich neben Freyaldenhoven.

»Und jetzt?«

Marie sah Libuda fragend an, als die Sanitäter mit dem Verletzten ab in die Nacht gefahren waren. Zur Notaufnahme im Luisenhospital, wie damals sein Vater.

Marie sah mit einem Mal vollkommen erschöpft aus. Ihre Schultern hingen, und sie schien auch geschrumpft zu sein.

»Ich kann nicht mehr …«

»Es ist ja auch spät, sehr spät. Ich denke, wir sollten uns mal in Ruhe unterhalten.«

»Aber heute nicht mehr!«

»Okay.« Er atmete tief durch und berührte sie fast unmerklich an der Schulter. »Morgen … und vielleicht irgendwo, wo niemand uns unterbricht?«

»Hast du eine Idee? Sag schon.« Ihre Lider hingen tief, und ihre Augen hatten jeden Glanz verloren.

»Komm einfach mit.«

NEUNTER TAG

KAPITEL 52

Dienstag
Belgien, hinter der deutsch-belgischen Grenze,
Campingplatz, Libudas Caravan

Das Wasser floss wie immer in seinem Bett. Die Bäume spendeten Schatten und wiegten sich unmerklich im allmählich aufziehenden Wind. Jemand zog die Nase hoch. Tee dampfte aus den Tassen.

Marie hob einen Fuß aus dem Wasser, als Libuda aus dem Caravan über die hölzernen Stufen zu ihr hinunterstieg, eine blaue Mappe unter dem Arm.

»Das habe ich recherchiert«, er lächelte leicht. »Na ja, jemand hat das für mich aus dem Archiv des Zeitungsverlages herausgezaubert.« Er legte ihr die Mappe auf die Beine und klappte sie auf. »Du wirst darin quasi zwei Abteilungen finden. Zwei Vergangenheiten. Eine, die schon circa zwanzig Jahre zurückliegt, und eine, die bereits über fünfundsiebzig Jahre zurückliegt. Und vielleicht kannst du mir helfen, die beiden zusammenzubringen.«

Libuda klopfte mit der flachen Hand auf die Papiere. »Wie geht das zusammen? Wo ist die Verbindung? Ich kapier's nicht.«

Marie atmete tief durch.

»Vielleicht erklärst du mir erst mal, wieso dich das alles derartig interessiert?« Ihre Augen funkelten ihn an. »Du bist damals, in noch nicht allzu ferner Vergangenheit, auf dieser

Insel aufgetaucht, und ich habe gedacht, das ist alles Zufall, aber …« Ihre Stimme brauste immer mehr auf wie die Wellen beim Tidenhub auf Texel.

»Das war es auch«, versuchte Libuda zu beschwichtigen.

»Du bist da aufgetaucht, genau als es mir grade … also jedenfalls brauchte ich grade jemand. Und jetzt hast du da all dieses Zeug aus meinem Leben.«

»Aus deinem Leben?«, unterbrach Libuda sie sanft und legte vorsichtig eine Hand auf ihre Schulter. »Es war nicht meine Idee.« Er zog die Hand unauffällig zurück. »Es war wohl mehr der Zufall, der seine Hand im Spiel hatte, obwohl es ja heißt, Zufall ist das, was fällig ist.«

Libuda sah für einen Moment in den Bach, der unablässig und doch nie gleich zwischen den bemoosten Steinen hindurchmäanderte. Marie zog die Nase hoch.

Libuda räusperte sich und nahm den Faden wieder auf. »Dass wir uns damals auf Texel getroffen haben, war wirklich Zufall.«

»Also, ich wollte dich treffen«, unterbrach ihn Marie. »Nach deiner ritterlichen Rettung dieser Puppe vor der Möwe wollte ich unbedingt wissen, was für ein Mann dahintersteckt. Vielleicht brauchte ich auch einen Ritter.«

Nun versiegte ihr Redefluss, und ihr Blick verlor sich im Bach.

»Also hat uns eigentlich diese Möwe zusammengeführt.«

»Oder dein Freund, der unbedingt mit dieser Frau zusammenkommen wollte und woraus dann die kleine Marie wurde. Oder seine Eltern oder ihre Eltern und so fort bis zu Adam und Eva oder den Affen, die von den Bäumen gestiegen sind oder den ersten Lebewesen, die aus dem Wasser an Land gingen.«

»Okay, ich habe verstanden: Schluss mit Romantik. Es lebe die Kausalität.«

Libuda drehte eine Zigarette, wendete sie hin und her, drückte hier, drückte dort und legte sie schließlich neben seine Tasse auf einen flachen Stein am Ufer.

»Ich bin jedenfalls damals einfach so auf der Insel gewesen. Und es war von meiner Seite aus Zufall, dich dort zu treffen.« Libuda nahm die Zigarette wieder zwischen die Finger und drehte sie vorsichtig. »Leider musste ich dann zurück, hatte noch einen Auftrag und zudem einen Filmriss von deinen sehr speziellen Drinks. Und dann stand ich da, hatte keine Hose mehr.« Libuda schüttelte sich leicht, und Marie runzelte die Stirn und starrte ihn an. »Aber das ist … das ist eine andere Geschichte. Jedenfalls stand ich da, musste abreisen und hatte keine Telefonnummer oder sonst was von dir.« Libuda zündete endlich die Zigarette an. Er inhalierte tief. »Und dann bekam ich diesen neuen Auftrag.«

»Was für einen Auftrag?«

»Dich zu suchen. Dich zu finden.«

Sie sah ihn fragend an.

»Na, von deinem Bruder. Du erinnerst dich?«

Marie starrte Libuda weiter an, und ihr offener Mund schien eingefroren.

»Til Schornstein. Das ist doch dein Bruder. Oder?«

Marie nickte fast unmerklich.

»Wegen der Nichte, hat er gesagt.«

Marie runzelte die Augenbrauen und kniff die Lippen aufeinander.

»Ich habe ja wie gesagt mir schon bald gedacht, dass es in Wahrheit um eine Erbschaft geht.«

»Das hatten wir doch schon. Was sollen die denn vererbt haben?« Marie warf einen kleinen Stein ins Wasser. »Den alten Kasten mit der Kneipe oder was?«

»Sieht in der Tat ziemlich fertig aus.«

Marie schmiss einen weiteren Stein ins Wasser. »Meine Eltern hatten am Ende gar nichts mehr«, murmelte sie. »Aber das war ihm immer scheißegal.«

Marie schmiss den nächsten Stein.

»War er denn immer so? Euer Verhältnis von Schwester zu Bruder war also eher schlecht. Schon immer?«

»Nein, nein, am Anfang war er einfach mein süßer kleiner Bruder, und ich war ganz stolz auf ihn und habe ihn überallhin mitgeschleppt, ob er wollte oder nicht.«

»Ich meine, ich habe auch eine Schwester, und irgendwann passiert manchmal etwas, und dann …«

»Irgendwann war ihm plötzlich alles egal. Ich weiß nicht, was passiert ist. Vorher war er ja oft dabei. Aber er war ja jünger, manchmal eben ›der Kleine‹, und wir haben ihn oft aufgezogen damit, dass er manchmal so naiv war. Und irgendwas war da auch, irgendetwas verbarg er. Er war immer gut darin, Geheimnisse zu haben. Irgendwann jedenfalls interessierte ihn nur noch, wie er zu Geld kommen konnte, und dann sein spießiges Hotel und … Und wenn er mal nicht in seinem Hotel den Direktor spielte oder seiner Rita eine Vernissage spendierte, dann kletterte er irgendwo in der Eifel oder sonst wo. Das hat er eigentlich schon immer gemacht.«

»Und warum rufst du ihn nicht an? Vielleicht gibt es doch noch etwas zu vererben, und er möchte es mit dir teilen.«

Marie stieß verächtlich die Luft aus. »Das Wort existiert nicht für ihn. Til und Teilen. Fängt beides mit T an – aber das ist auch die einzige Gemeinsamkeit.«

»Und ich habe da noch etwas.« Libuda kramte in der Mappe. »Da gibt es einen Artikel vom, ich glaube, 29. Juli. Wo ist er denn? Da geht es um einen Fund in der Eifel. Voilà.« Er legte ihn Marie auf die Beine.

Die schaute darauf, las … und mit einem Mal weiteten sich ihre grünen Augen, und sie erstarrte gleichzeitig.

»Alles okay?« Libuda legte Marie besorgt die Hand auf die Schulter. Marie riss sich mit den Augen los von dem Artikel und lächelte etwas verkrampft.

»Alles gut … Ich musste nur grade an etwas denken.«

»An was denn?«

»Ach nichts, das war …« Sie warf einen kleinen Stein in Richtung Bach, verfehlte ihn aber. Der Stein kullerte ins Gras und verschwand. »Blinder Alarm«, murmelte sie und stand auf. »Kann man hier auch duschen?«

»Ja, vorne, kurz vor der Rezeption. Ich zeig es dir.« Libuda wollte auch aufstehen, aber Marie drückte ihn sanft auf den Boden zurück.

»Lass mal, ich finde das schon. Ich brauche mal einen Moment für mich, okay?«

»Klar, Handtücher sind in dem kleinen Schrank im Caravan, direkt unter der Spüle.«

»Merci.« Mit einem Mal beugte sie sich zu ihm hinunter, fixierte ihn mit ihren grünen Augen und küsste ihn. Dann drehte sie sich um und stieg die Stufen zum Caravan hoch. In diesem Moment ging Libudas Handy.

»Ja?«

Ein Wortschwall prasselte in Libudas Ohr.

»Frauke … was ist? … Beruhige dich doch… Nein, ich bin sicher, dass Matteo keine andere …« Libuda atmete schwer aus, lauschte und versuchte dazwischenzugrätschen, vergeblich. »Ja, sicher bin ich sein bester Freund … Nein … was für eine Wohnung?... Am Bahnhof? … Nein, von einer anderen Wohnung … Nein, ich habe wirklich nichts gewusst … Frauke, bitte … das kann doch einen ganz einfachen Grund haben … vielleicht brauchte er einfach … nein, es geht uns

Männern nicht immer nur um … ach, Frauke … ja gut … ja, ich bin Detektiv, und ja, ich werde auch deinen Mann finden.«

Libuda lauschte in den Hörer. Frauke hatte bereits aufgelegt. Er hatte quasi einen neuen Auftrag. Jetzt war auch noch Matteo verschwunden. Und Matteo hatte eine Wohnung, eine geheime Wohnung. Am Bahnhof. Was wollte er nur damit? Hatte Matteo nicht mal gesagt, eine Geliebte sei ihm zu anstrengend, allein schon das Gelüge? Für zwei Leben reiche seine Kapazität einfach nicht. Aber eine geheime Wohnung. Für was? Und woher hatte Matteo das Geld für die Miete?

Libuda knetete seine Unterlippe, da strich etwas um seine Beine. Er beugte sich nach unten und kraulte das warme Fell unter sich. Orca schmiegte sich noch enger an ihn und sah Libuda in die Augen. Dann maunzte er und machte einen malerischen Buckel. Libuda nahm ihn hoch in seine Arme, legte ihn auf den Rücken wie ein Baby und kraulte seinen weißen Bauch. Gemeinsam schauten sie auf den Bach. Rauschen und Schnurren. Sonst nichts.

»Da muss ich wohl wieder los«, murmelte Libuda, und Orca legte seine Vorderpfoten auf Libudas Hand. »Ja, ich würde auch lieber hierbleiben bei dir. Im nächsten Leben, mein Alter, da werde ich ein Kater, und wir beide liegen hier am Ufer nebeneinander in der Sonne.«

Er sah nach oben, denn eine dicke Wolke hatte sich in diesem Moment vor die Sonne geschoben. Der Himmel zog allmählich den Vorhang zu. Morgengrauen.

TIL – 1996. Herbst. 1. November. Freitag.

Das war sie ihm schuldig, hatte er gesagt.

Das zog immer. Zog an ihrem schlechten Gewissen, das keine Ruhe mehr geben durfte nach dem, was sie ihm angetan hatte.

Außerdem hatte er Geburtstag. Gehabt. Den sie vergessen hatte.

Seine Schwester immerhin war gekommen. Am Tag seines richtigen Geburtstags. Hatte ihn überrascht. Sie war aufgeregt gewesen. Wir sind doch eine Familie, hatte sie gesagt, und wenn mal was passiert. Was soll denn passieren?, hatte er gefragt. Dabei hatte er es in dem Moment gewusst. Sie machten es also. Nichts, nur so, hatte sie da gesagt und unecht gelacht. Wie er das hasste, wenn sie ihn für blöd hielt. Wenn sie ihn für blöd hielten. Ihn, den Kleinen. Da hatte sie ihn umarmt, was er hasste, und dann hatte sie ihm etwas um den Hals gehängt. Dieses Amulett, das sie seit dem Tag auch hatte. Damit alle sehen, dass wir zusammengehören. Erzählt hatte sie ihm aber nichts von ihrem Plan. Musste sie auch nicht. Er war ja nicht blöd. Und konnte eins und eins zusammenzählen.

Und jetzt also kam sie. Die andere Lügnerin. Die größte Lügnerin unter der Sonne. Marta.

Und bringt alles mit. Ich denke, ich habe auch meinen Anteil verdient. Schließlich ist es mein Rucksack. Und mein Auto.

»Warum müssen wir uns hier draußen treffen?«

»Meinst du, wir erledigen das in meiner Kneipe?«

»Ich dachte, die gehört deinen Eltern?«

»Immer noch ganz die Alte, die scharfzüngige Marta.«

»Man soll doch immer die Wahrheit sagen, oder?«

»Die Wahrheit!«, blaffte er. »Aus deinem Mund!« Er lachte heiser. »Deinen Humor muss man einfach lieben, sonst ...« Er schüttelte den Kopf und stapfte dann los. »Komm einfach mit. Vertrau mir. So wie ich immer dir vertraut habe, früher. Marta.« Er sprach ihren Namen seltsam langsam und noch heiserer als sonst aus. »Früher ...« Er zog die Nase hoch. »Immer wie du es wolltest. Eine Liebe im Verborgenen«, äffte er sie theatralisch nach. »Schön im Geheimen, damit es prickelnd für Madame war.«

»Ach, fang doch nicht davon wieder an, bitte!«

»Oh«, er blieb stehen und drehte sich um. »Kommt jetzt wieder dieser Marta-Blick?« Er grinste sie unter seiner Kapuze finster an. »Dafür habe ich früher alles getan.« Dann stapfte er wieder los.

»Muss der Rucksack wirklich mit?« Sie stöhnte. »Ich habe Angst, dass ich mir die Beine breche in der verfluchten Dunkelheit.« Sie blieb stehen und fluchte entnervt, während sie die Augen zusammenkniff.

»Du kannst mir den Rucksack geben.« Schon hantierte er an dem unhandlichen Teil und schwang es sich auf den Rücken, worüber sie erleichtert seufzte. »Ich habe eine extra dafür konzipierte Lampe«, fuhr er fort, »die rote Laterne.«

Und mit einem Mal leuchtete vor ihr ein gut sichtbares Licht. Ein Rücklicht.

»Jetzt kannst du einmal mir folgen. Einmal in deinem Leben. Ein einziges Mal, versprochen.« Er schritt zügig aus, und sie hatte, trotz der Erleichterung, keine Zeit für Fragen. Sie sah nichts. Nur dieses blendend rote Licht vor sich. Wenn ihr jemand gesagt hätte, sie sei hier auf dem Mond und nicht im Hohen Venn, sie hätte ihm geglaubt. Nur einmal gingen sie über Stege, und sie versuchte, sich zu orientieren, gab aber wieder auf. Sie war erschöpft, gleichzeitig spielte sich noch einmal, wie in einem Kino, der Abend in ihrer Erinnerung ab ... Quälend langsam sank der Mann zu Boden, segelte vor die Wand, sank weiter und weiter, immer weiter, versank um ein Haar in der Pfütze ... ertrank am Ende gar darin ... die Tasche mit dem Geld zog sie nach unten, zu ihm, in den See ... den tiefschwarzen, der sich vor ihr auftut ... es kracht ... die Erde tut sich auf ... das rote Licht schwindet ... für einen Wimpernschlag ...

Sie reißt die Augen auf, während ihre Füße ins Nichts treten, wirft sich an seinen Hals, klammert sich an ihn, krallt sich in sein Hemd, er tritt ihr in den Unterleib, sie krümmt sich, reißt noch einmal an ihm, bekommt etwas mit den Fingern zu fassen ... ihre Füße aber nicht mehr ... wie ein Fahrstuhl, dessen Seile reißen ... Bruchteile von Sekunden nur.

Dann ist sie unten.

Ganz unten. Auf der Sohle.

Kein Gefühl. Kein Blick. Kein Ton.

Sie will schreien.

Seinen Namen rufen.

Ihr Mund verloren.

Ihre Lippen starr.

Ihre Stimmbänder stumm.

Sie versucht, den Kopf zu drehen.

Etwas knackt. Da, noch einmal ... etwas fällt auf ihre Schläfe. Es tut nicht mal weh. Sie will die Augen schließen. Sie weiß nicht, ob sie geschlossen sind. Sie gehorchen nicht. Nichts gehorcht.

Sie horcht. Ein Schniefen. Weit weg. Jemand zieht die Nase hoch.

Dann verebbt auch dies.
Stille.
Schwärze.
Nichts.

Jetzt ist Hängen im Schacht, murmelte er heiser, nachdem er noch ein paar Erdklumpen und etwas Proviant für die Ratten, Mäuse und Würmer in die Tiefe geworfen hatte.

Dann schulterte er erneut den Rucksack und stapfte zurück ins Helle, ins Warme.

KAPITEL 53

Belgien, hinter der deutsch-belgischen Grenze,
Campingplatz, Libudas Caravan

Libuda hatte im Caravan nachgesehen, er hatte in der Dusche nachgesehen. Marie war nicht zu sehen. Er ging nach vorne zur Rezeption.

»Wie, du bist noch hier? Eben ist jedenfalls dein Wagen weggefahren.«

Libuda stapfte schnaufend zurück. Da hatte sie ihn schön reingelegt. Schon wieder. Weg war sie. Aber wohin? Libuda kramte in der Mappe nach dem Artikel, den er Marie zuletzt gezeigt hatte, bevor Frauke angerufen hatte. Der Artikel war nicht mehr da.

Dafür traf ihn der erste Tropfen von oben. Noch ganz warm auf der Haut.

KAPITEL 54

Aachen, Nähe Hauptbahnhof

Es machte leise Klick, und Libuda drückte die Tür vorsichtig auf, huschte hinein und schloss die Tür leise hinter sich. Er lauschte. Ein leichtes Dröhnen schwang in der Luft, das sich langsam entfernte. Libuda schaute sich um. Er stand in einem winzigen Flur, vielleicht auch der Küche, denn linker Hand auf einem Kühlschrank stand eine zweiflammige Herdplatte. Daneben ein Waschbecken und ein kleines Fenster mit Milchglas. Geradeaus ging der Blick aus einem großen Fenster direkt auf das Bahngelände. Auf einem Gleis rauschte soeben ein ICE vorbei, nur wenige Gesichter schauten aus den Fenstern.

In dem Raum selbst gab es nicht viel zu sehen. Vor dem Fenster ein großer Tisch oder sogar zwei nebeneinander, die fast die komplette Wand vor dem Fenster einnahmen. Über und über bedeckt mit Unterlagen. Ordentlich gestapelt türmten sich da Papiere. Mit gedruckten Buchstaben oder mit handschriftlichen Notizen übersät. Blätter, Blätter, Blätter. Ein einziger Blättertisch. Mittendrin ragte ein Bildschirm auf. Davor lag eine Tastatur. Kabel führten unter dem Tisch zu einem PC-Tower, daneben versteckte sich ein schwarzer Drucker.

Die Wände kahl. Bis auf einen kleinen Rahmen, in dem ein Lottoschein thronte. Libuda runzelte die Stirn und zupfte an seinem Kinn. Das alles ergab keinen Sinn. Noch nicht. Er sah sich weiter um.

Auf dem Fensterbrett, ordentlich in Reih und Glied, wie es seinem Freund Matteo ähnlich sah, reihten sich einige Bücher aneinander. Libuda legte den Kopf schräg und studierte die Titel. *Wort für Wort | Der Mann, der den Zügen nachsah | Aufzucht und Pflege eines Romans | Ein Roman in einem Jahr | Literatur in 5 Minuten | Das zweite Leben des Herrn Roos.*

Ein lautes Geräusch ließ Libuda zusammenzucken. Aber es war nur eine Durchsage vom Bahnsteig. Kurz darauf vibrierte der Boden ein wenig, und ein Quietschen kündete von der Einfahrt eines weiteren Zuges.

Libuda drückte auf die Power-Taste am PC. Ein mattes Leuchten flammte am Bildschirm auf. Mühsam rappelten sich die Programme auf. Kein Kennwort wurde verlangt, typisch Matteo, dachte Libuda. Nur wenige Dateien waren abgespeichert. Alles offenbar in Word. Libuda klickte die aktuellste an. Auf dem Bildschirm erschien ein weißes Blatt. Darauf nur wenige Buchstaben, nämlich Matteos Name und der offensichtliche Titel: *Bestseller, der mich, meine Familie und die Welt rettet,* darunter *Roman. Aachen 2019.* Libuda ließ den Cursor ein wenig am Rand nach unten laufen, bis er das Ende erreichte, und bekam immerhin zweihundertsechsundsechzig Seiten angezeigt. Matteo war fleißig gewesen. Wann immer er hier war, hatte er offenbar geschrieben. Libuda schaute sich um. Es gab einen Stuhl an dem Arbeitstisch vor dem Fenster, an der Wand stand noch ein alter Sessel, der dem Sperrmüll vom Lkw gefallen sein musste. Daneben ein ebenso betagtes Tischchen mit einem Notizblock und ein paar Stiften. Ansonsten nichts. Kein Bett. Kein Sofa. Ein Liebesnest sah anders aus, dachte Libuda, auch wenn er nicht sicher war, ob es auch dafür Vorschriften oder Regeln gab. Man musste das beizeiten mal im Internet recherchieren. Matteo jedenfalls hatte in diesem Zimmer beziehungsweise auf seinem PC keine Verbindung zur Welt. Er war hier von der störenden Welt abgeschnitten, jedenfalls von der digitalen, die er jahrelang verteufelt, ignoriert und gemieden hatte, bis er sich immerhin, das sei seine Pflicht als Vater, zu einem spartanischen Handy hatte überreden lassen.

Libuda zückte sein Handy, schrieb seinem Freund eine SMS, dass er in seiner Schreibstube am Bahnhof sei, dass auch Frauke davon wisse. Er versuchte ihn anzurufen. Keine Reaktion. Niemand hob ab.

Libuda zupfte an seinen Bartstoppeln am Kinn. Wo war Marie hin, zumal mit seinem Volvo? Wieso war sie wieder weg? Zum wievielten Mal eigentlich? Wer konnte ihm helfen, sie zu finden? Matteo fiel aus – war auch verschwunden. Ani Tram ebenso – flog wieder um die Welt, also aktuell auch keine Hilfe. Stoppek – war gerade bei der Zeitung unabkömmlich. Die verbliebenen Damen aus dem Herzkreis kontaktieren? Vielleicht war Marie ja bei einer von ihnen oder sie hatten zumindest eine Ahnung, wo sie sein konnte. Aber ob sie ihm das sagten, wenn sie eben bei ihm ohne ein Wort abgehauen war? Irgendwie hing doch alles mit diesem Zeitungsartikel zusammen. Sonst hätte sie den ja nicht mitgenommen, oder? Warum war sie bei der Lektüre plötzlich erstarrt? Sie hatte es geleugnet, und er war darauf reingefallen. Was also hatte sie derart erschreckt? Die skelettierte Leiche? Dass ein Kind darauf gelandet war? Kannte sie die Kinder? Sie hatte doch da früher gewohnt in der Ecke. War sie dahin abgehauen? Kannte sie die Leiche, als sie noch ein lebendiger Mensch gewesen war?

Libuda lauschte dem Rangieren der Züge auf den Gleisen, dem Donnern, wenn sie in den Bahnhof einfuhren. Das erinnerte ihn an … was? Den Viadukt in der Bachstraße. Das war der gleiche Donner, wenn ein Zug darüberfuhr. Vielleicht war Marie wieder in diesem Atelier bei ihrer Kollegin. Sieben. Klara Sieben …

Er zückte sein Telefon, rief in der Agentur an. Nein, Frau Sieben war nicht zu sprechen, da nicht vor Ort. Libuda beschloss, dem Atelier einen Besuch abzustatten, schließlich war er ja in Bahnhofsnähe.

KAPITEL 55

Ich muss dich sehen!«

»Du?« Einen Moment rauschte es in der Leitung. »Gut, dass du dich auch mal meldest, Marie. Du möchtest also deinen Bruder sehen?«

»Ob das gut ist, wird sich zeigen. Ich muss dir nämlich etwas zeigen, was ich gefunden habe.«

»Gut, ich habe auch etwas … gefunden, das ich dir zeigen muss.«

»Was denn?«

»Gut Ding will Weile haben.«

»Sag schon!«

»Gut, aber nur so viel: Es ist etwas aus der Vergangenheit.« Dann rauschte es wieder in der Leitung.

»Wo bist du? Wo sehen wir uns?«

»Jetzt hast du es aber plötzlich eilig. Vorher hat es dich doch auch nicht interessiert.«

»Sag schon! Wo?«

»Gib mir ein bisschen Zeit. Ich schicke dir meinen Standort.«

»Wann?«

»Exakt zwölf Uhr. Pünktlich. Das war ja noch nie deine Stärke.«

Dann brach die Verbindung ab.

KAPITEL 56

11:20 Uhr

Libudas Füße schlugen, er wusste nicht, warum, einen anderen Weg als den geplanten ein, den leichten Regen bemerkte er nicht wirklich, und mit einem Mal stand er erneut vor dem Klingelschild *M. SCHORNSTEIN*. Er schüttelte unmerklich den Kopf, wollte gerade klingeln, da merkte er, dass die Haustür nur angelehnt war. Er schlich nach oben, und sofort sah er: An der Wohnungstür baumelte nicht mehr die Werbung. Jemand musste sie abgenommen haben. Warum gerade jetzt? War Marie hier? Libuda drückte gegen die Tür. Sie war geschlossen, also musste er kurz sein Werkzeug zücken, und schon stand er im Flur und zog lautlos die Tür hinter sich zu.

Sofort roch er es. Jemand hatte geraucht. Tat es vielleicht sogar noch gerade in diesem Moment. Libuda schlich durch die Wohnung, die Arme dabei im Verteidigungsmodus sichernd vorgestreckt, da sah er, dass ein Fenster in der Küche offen stand. Ebenso die Tür zur Dachterrasse. Und dort saß ein bärtiger Mann, der ihn rauchend anstrahlte. Dann hob er beide Hände, die Kippe zwischen den Lippen.

»Bitte nicht schießen, Mister Marlowe!«

»Wer zum …«

»Aber Herr Libuda! Erkennen Sie mich denn nicht? Und waren wir nicht auch schon beim Du nach dem dritten Glas nach der Emmaburg gewesen?«

»Kaminski?« Libuda entspannte sich. »Boris Kaminski, mein rettender Engel.«

Der strahlte ihn umso breiter an und pustete Rauch über die Terrasse.

»Wieso bist du hier? Wie kommst du hier überhaupt rein?«

Boris hob erneut abwehrend die Hände. »Das ist eine lange Geschichte, und ich hatte es schon mal versucht zu erklären, aber da standst du sehr neben dir wegen Patty.« Er stöhnte. »Also noch mal: Ich beobachte gerne Menschen, und ich interessiere mich für deren Leben und vor allem Probleme. Und dann versuche ich, deren Engel zu sein. Manchmal heißt das einfach, deren Pflanzen zu gießen, also zu retten. Und ich kann gut klettern.« Er hob entschuldigend die Hände. »Jeder sucht doch seinen Sinn, oder?«

Libuda hatte gerade eine Million Fragen – aber da meldete sich sein Handy. Er hatte etwas geschickt bekommen. Von Marie. Einen Standort.

Libuda starrte auf das Display und kaute auf seiner Unterlippe.

»Was zum Donner…«

»Können wir jemand retten?« Kaminski stand schon neben ihm. »Meine Heckflosse wartet gleich um die Ecke.«

Und schon stürmten sie die Treppen runter.

11:50 Uhr

Bachstraße, ehemalige Tuchfabrik Thierron

Maries Schritte hallten, als sie das Tor hinter sich schloss und den Hof betrat. Schritt für Schritt schlich sie über das glänzende, nasse Kopfsteinpflaster und verharrte immer wieder witternd wie ein Waldtier auf der Lichtung. Der Schornstein ragte mahnend in den grauen Himmel. Das alte Gebäude daneben kauerte düster vier Stockwerke hoch auf dem Hof.

Marie sah sich um. Niemand war zu sehen. Oben rollte gerade ein Zug über den Viadukt, und sie nutzte das Dröhnen, um schnell über den Hof zu laufen. Sie lehnte sich an das kühle Mauerwerk und atmete durch. Gleich würde sie ihn treffen. Endlich. Aber wo zum Teufel war er?

Da kam ein Ton von ihrem Handy. Sie schaute auf das Display.

Nach oben, stand da. Sie schaute an der Fassade hoch, dem Efeu nach, das ganz oben im Himmel zu verschwinden schien, in grauen Regenwolken. Sie schaute sich noch einmal um. Noch immer war niemand auf dem Hof zu sehen. Mit einem energischen Ruck öffnete sie die Tür zum Gebäude und durchschritt es mit schnellen Schritten. An der Treppe hielt sie inne, lauschte, witterte. Niemand schien im Gebäude zu sein. Nur sie. Sie atmete dreimal tief ein. Und aus. Dann ballte sie die Fäuste und eilte die Stufen hinauf. Bis ganz nach oben.

Vierter Stock. Sie hatte gar nicht gewusst, dass das Gebäude derart hoch war. Auch hier war niemand zu sehen. Marie verharrte. Ihre Augen scannten den großen Raum.

Da meldete sich erneut ihr Handy.

Ganz oben.

Sie hatte es befürchtet. Er wollte schon immer der Größte sein. Ganz oben stehen. Über allen. Über allem.

Sie schaute sich um. Eine schmale Treppe hing aus der Decke, die offenbar zu einem Speicher führte. Es knarrte, als sie die Holzstufen hochstieg und ihre Finger das schmale Geländer umklammerten. Oben angekommen, blendete sie diffuses Licht, das durch eine Dachluke hereinströmte. Sie stieß sich den Kopf an einem Dachbalken und ging gebückt auf das Licht zu. Darunter stand ein kleiner Hocker.

11:58 Uhr

Marie atmete schwer durch, bevor sie auf den Hocker stieg. Der wackelte, als sie den Kopf durch die Luke steckte. Einen Moment war sie wie erstarrt, als der Regen in ihre Augen und auf ihr Gesicht klatschte, dann sah sie die Spitze des alten Schornsteins vor sich aufragen, zum Greifen nahe. Darüber schwarze Wolken.

Da sprang sie eine Stimme im Rücken an. »Hier bin ich, Marie.« Heiser wie immer. Und hoch. Wie immer, wenn er aufgeregt war. In der Pubertät war es ganz schlimm gewesen. Da war er beinahe verstummt. Sie räusperte sich und drehte sich zu ihm um, während ihre Füße das schräge, rutschig-nasse Dach betraten. Einen Moment bleib sie in der Hocke. Dann richtete sie sich auf. Versuchte, ihm in die Augen zu sehen, aber er trug eine sonderbare, getönte Brille. Sie räusperte sich erneut.

»Du suchst mich also. Da bin ich.«

Er sagte nichts. Grinste nur.

»Du hast aber doch mich angerufen«, krochen nun doch Worte aus seinem Mund. »Du wolltest mir doch etwas zeigen.«

»Sag mir erst, warum du mich suchst!« Marie stampfte auf den glänzenden Boden, und sofort löste sich unter ihr eine Dachpfanne. Marie schwankte, fing sich aber sofort wieder. »Weshalb also? Wegen des Erbes?« Sie schnaufte verächtlich. »Wusste gar nicht, dass da noch was zu holen war, aber da hattest du ja immer ein Händchen für.«

»Ich habe noch etwas gefunden, von damals. Du hast wohl nicht gründlich genug gesucht, Schwesterherz.«

Marie regte sich nicht mehr. Ihr Mund stand leicht geöffnet. »Etwas … etwas von Oma?« Ihr Mund war mit einem Mal ausgetrocknet.

»Das könnte man sagen. Ich zeige es dir. Komm mal zu mir.« Er griff in seine Jackentasche, und Marie ging vorsichtig schwankend auf ihn zu.

»Ich habe das hier ...«, er zog jetzt langsam seine Hand aus der Tasche, »gefunden.« Und damit richtete er eine Pistole auf Marie.

Die erstarrte in der Bewegung. »Ich habe auch etwas ...«, krächzte sie.

»Ach ja? Lass mal sehen!«, herrschte er sie an, die Waffe weiter auf sie gerichtet.

Marie holte ein Blatt aus ihrer Jacke, das sie langsam entfaltete und ihm dann hinhielt.

»Lies vor!«, befahl er.

»Grausame Entdeckung«, begann sie mit wispernder Stimme. »In einem alten Schacht ...«

Damit riss er ihr das Blatt aus der Hand, zerknüllte es leichthin. »Darum sind wir hier. Den verdammten Artikel habe ich schon gelesen. Gleich als er rauskam.« Er schnaubte höhnisch. »Du und dein blödes Amulett! Das musstest du mir ja unbedingt zum Geburtstag schenken, am Abend vorher, als du so sentimental warst vor eurem großen Coup.« Er schnaubte. »Da bist du erstaunt, was? Aber der Kleine wusste immer Bescheid. Marta, diese Schlampe, schuldete mir noch was.« Er griff sich unvermittelt an den Hals. »Und ich dachte immer, ich hab' es im Wald verloren. Bis es in der Zeitung stand. Mit Bild. Sie muss es mir abgerissen haben, das Miststück!«

Er warf den Zeitungsartikel vom Dach. Er segelte befreit und einige Sekunden lang, bis er unten auf das Kopfsteinpflaster traf.

»Und jetzt springst du hinterher«, sagte er mit leiser, eisiger Stimme. »Sonst müsste ich meinen Fund ...«, und damit hob er beinahe zärtlich die alte Weltkriegswaffe, »an dir auszuprobieren. Und du bist doch immerhin meine Schwester. Also hast du die Wahl …«

Marie schaute nach unten. Winzig klein stand ein einsames Auto da unten. Kein Mensch ließ sich blicken.

»DAS REICHT!« Mit einem Mal tauchte Ralf Freyaldenhoven auf dem Dach auf, das eine Bein leicht nachziehend. Marie atmete heftig aus.

»Was zum Teufel machen Sie hier?« Schornstein richtete augenblicklich die Waffe auf seinen ehemaligen Handlanger.

»Ich habe einen großen Fehler gemacht«, murmelte der und kam humpelnd näher, während sich Marie nervös umschaute.

»Sie … haben …«, presste Freyaldenhoven stoßartig hervor, »mich … benutzt«, während er auf die Schornsteins zukam.

Til Schornstein zielte auf Freyaldenhovens Brust, krümmte bereits den Finger – da warf sich Marie dazwischen. »Nein! Nicht er!« Da krachte ein Schuss mitten in ihr Plädoyer. Sie erstarrte, sah erstaunt an sich herunter, sah etwas Dunkles aus sich quellen und fiel nach hinten. Auf Freyaldenhovens Knie, der kurz aufschrie, dann wie ein gefällter Baum zu Boden ging und mit dem Hinterkopf eine Dachpfanne zertrümmerte.

12:00 Uhr

Stille.

Nichts regte sich mehr.

Lautlos landete eine Taube auf dem schmutzig-orange schimmernden Schornstein der ehemaligen Tuchfabrik.

Libuda enterte die kleine Luke. Er setzte vorsichtig einen Fuß auf das Dach, auf eine schwarze, glänzende Dachpfanne – und augenblicklich begann sein Fuß zu zittern, und das Zittern wanderte Zentimeter um Zentimeter höher, über seine Waden in die Knie, bis seine Oberschenkel derart wackelten, dass er sich kaum noch halten konnte. Er glaubte, es würde nachlassen, so wie früher bei seinen ersten Versuchen auf einem Surfbrett oder einem Stand-up-Paddle-Board – aber es kroch stattdessen hoch in die Hüfte, die nun unmotiviert schlackerte, als habe er einen Treffer abbekommen.

Er ließ sich auf den Boden gleiten und hockte nun auf allen vieren. Dabei ging sein Blick nach vorne … und damit nach unten … vier Stockwerke tiefer … zehn, zwölf Meter Minimum. Eine Windböe wehte Libudas Haare hoch, und er klammerte sich an die Luke, als würde er fortgetragen wie ein Blatt im Herbststurm.

Donner krachte hinter ihm, als sei ein Zug vom Viadukt gestürzt.

Libuda zuckte zusammen. Es ist lächerlich, hämmerte er sich ein. Meine Angst wird mir nicht mein Leben diktieren. Im Traum kann ich auch immer fliegen. Jedenfalls wenn es drauf ankommt. Und jetzt kommt es drauf an! Ein paar Meter schräg links vor sich sah er nämlich einen Mann am Rand des Daches. Und der beugte sich über zwei Körper. Einen hatte er offenbar gerade bis zur Kante gezogen. Jetzt hockte er sich neben den anderen, drehte dessen Kopf und schaute geradewegs in die Augen unterhalb der dunklen Locken. Er schien etwas zu murmeln. Seine Lippen bewegten sich, aber Libuda konnte nichts verstehen. Zu stark pumpte und dröhnte das Blut in seinem Schädel. Der Mann packte jetzt den leblosen Körper von Marie und hob ihn leicht Richtung Dachkante.

»SCHORNSTEIN!«, brüllte Libuda, und der Mann erstarrte kurz, bevor er nach hinten herumwirbelte, dabei den Körper losließ, um augenblicklich die Waffe in der Hand zu halten.

»Der Herr Ermittler«, krächzte er heiser. »Wieder mal zu spät, aber dafür sind Sie ja bekannt.«

Federnd kam er auf die Beine und sofort näher, alle Trümpfe in der Hand. Der Regen perlte an seiner Jack-Wolfskin-Jacke ab. Libuda hatte kein Ass im Ärmel. Das Zittern wurde wieder stärker. Dabei war er schon auf allen vieren.

Schornstein wies mit dem Kopf zur Kante. »Springen Sie. Vielleicht rettet die Taube Sie ja.« Er hob die Waffe, zielte auf Libudas Herz und begann zu grinsen. Libuda richtete sich wankend auf und taumelte einen Schritt zur Seite. Vielleicht war es das Letzte, was er tat, das wollte er auskosten, jede Sekunde, jede Bewegung, die ihm blieb, jeder Zentimeter, jeder Atemzug. Seine Schläfen wurden eiskalt. Jetzt bloß keine Panikattacke, dachte er. Diese würde er nicht überleben.

»HEY! ARSCHLOCH!« Schornstein wirbelte herum. »Hier spielt die Musik.« Und da stand er. Kaminski, der Fassadenkletterer.

Es war, als sei der Startschuss gefallen. Bei Libuda schaltete von einer Sekunde auf die andere alles in den Shaolin-Modus, und er flog auf Schornstein zu. Mit einem Fußtritt pfefferte er ihm die Waffe aus der Hand, die krachend fünf Meter weiter auf die Dachpfannen schlug. Dann hagelten in Abständen von Millisekunden brachiale Batterien von Kettenschlägen mit den Fäusten auf Schornstein ein. Immer auf die Rippen. Es knackte fürchterlich, und der Mörder krümmte sich, ging zu Boden und wand sich dort wie ein Fisch an Land.

Libuda öffnete langsam seine Fäuste, stand weiter über Schornstein gebeugt da und atmete tief in den Bauch. Es wäre jetzt ein Leichtes …

»Ruhig, Brauner, ruhig.« Kaminski legte ihm beruhigend eine Hand auf die Schulter. »Mega Performance. Mon dieu!«

Libuda riss sich los und stürzte zu den beiden leblosen Körpern an der Dachkante. Er strich unendlich vorsichtig eine nasse Strähne aus ihrem kalkweißen Gesicht. Ihre grünen Augen starrten ins Nichts. »Marie …«, murmelte er und biss sich auf die Lippe, bis sie blutete.

Kaminski hockte sich neben die beiden Körper und fühlte am Hals nach dem Puls.

Derweil schrie Schornstein: »Meine Rippen!« Er stöhnte, berührte sie leicht mit der Hand und schrie wieder. Libuda stürzte zu ihm und beugte sich mit verzerrtem Gesicht über ihn.

»Ich ruf mal an«, murmelte Kaminski.

»Warte noch«, stoppte ihn Libuda.

»Bist du noch nicht fertig?«, grinste der Bärtige und steckte das Handy weit weg.

»Noch nicht wirklich.« Libuda beugte sich hinunter zu dem gekrümmten Körper zu seinen Füßen. Er zischte die Silben hinaus. »Ein paar Fragen sind da noch offen. Zum Beispiel die unter der Überschrift: ›Der Schacht, die Leiche und das Amulett!‹« Er spuckte neben den Mann am Boden.

»Das wissen Sie doch längst, oder?« Schornstein presste die Worte durch seine Zähne.

»Ich möchte es aber gerne aus erster Hand hören. Und unter Zeugen.«

Als Antwort kniff Schornstein den Mund zusammen.

»Gut, dann werde ich es selbst beantworten. Sie haben damals Marta Knopp … Ich bin sicher, es ist ihre Leiche oder das, was von ihr nach über zwanzig Jahren übrig geblieben ist. Sie jedenfalls, Schornstein, haben Marta in den Schacht geworfen, sie vielleicht vorher getötet.« Schornstein ruckte kurz mit dem Kopf und grummelte etwas Unverständliches, sah Libuda aber nicht an.

»Oder wollen Sie mir erklären, Marta ist von allein da reingefallen oder hatte einen Herzinfarkt?« Libuda starrte den Mann am Boden an und ballte die Fäuste. Sofort schoss ihm der Schmerz in die Knöchel, und er sah erst jetzt, dass sie bluteten. »Dann hätten Sie ihr ja helfen können, oder?« Er atmete schwer. »Irgendwie sind Sie ja dagewesen, oder wie kam das ominöse Amulett in den Schacht? Das war doch von Ihnen? War das eine Grabbeigabe?«

Libudas Blick wanderte hinüber zu Maries reglosem Körper neben dem von Freyaldenhoven.

Schornstein stöhnte und versuchte sich aufzurichten, sackte aber mit einem Aufschrei zusammen.

»Und irgendwer wusste von dem Amulett und dass es Ihres ist, oder?« Libuda sprach mehr zu sich selbst, knetete seine Unterlippe und begann auf und ab zu gehen. »Aber jetzt erst wurde die Leiche gefunden. Und das Amulett. Und darum ging es eigentlich, oder? Darum sind wir hier! Keine todkranke Nichte! Ein Zeuge! Jemand wusste zu viel.« Libuda klopfte auf seine Lippen und blieb stehen. »Es ging um … Es geht …«

Schornstein schnaufte verächtlich und bekam ein verzerrtes Grinsen hin, während er zu dem leblosen Körper seiner Schwester sah.

Und mit einem Mal war da dieser Satz in Libudas Schädel: Wo kein Kläger, da kein Richter. Libuda atmete schwer aus, seine Lunge schien sich nicht wieder füllen zu können. Er wagte es nicht, Schornstein anzusehen. Er schloss die Augen und sah sein Kartenhaus aus Indizien in Zeitlupe zusammenfallen.

Da kam, fast unhörbar, ein Laut aus Maries Kehle.

Im gleichen Wimpernschlag war Libuda bei ihr, und Kaminski hatte das Telefon im Anschlag.

ZEHNTER TAG

KAPITEL 57

Mittwoch
Belgien, hinter der deutsch-belgischen Grenze,
Campingplatz, Libudas Caravan

Zur Begrüßung hängte Boris Kaminski wortlos einen Werbezettel des Imbisses Bin Jib an die Türklinke von Libudas Caravan.

Libuda sah ihn einen Augenblick an, nickte dann und lächelte ein wenig. Ebenso wortlos drückte er ihm einen Becher in die Hand. Matteo D. Buck stand daneben und sperrte die Augen auf. »Das hing auch bei mir an meinem … Bau. Verstehe.« Buck stierte weiter auf die Klinke. »Du warst das also mit dem Zettel auf meinem Schreibtisch. War ein guter Denkanstoß.« Buck wippte mit dem Kopf auf und ab, als gehe er wieder sein Manuskript durch. »Verstehe«, murmelte er.

»Wirklich?«, fragte Libuda.

»Wie konntest du übrigens wieder so schnell auf die Beine kommen?«, fragte er Ralf Freyaldenhoven. Der grinste ein wenig und tätschelte sein Bein, was ihm ein Stöhnen entlockte. »Warum heißt das Bewegungsapparat, hat Franz, mein Arzt, gefragt. Weil es sich bewegen muss, hat er mir dann erklärt. Kannst du auftreten? Kannst du gehen? Siehst du, also runter mit der Schiene und dem Verband!« Er schaute einen Moment in den Bach, bevor er fortfuhr: »Und mit der Wunderheilung kam plötzlich die Nachricht mit dem Standort.«

»Dir hat sie es also auch geschickt.« Libuda schüttelte unmerklich den Kopf. »Eine echte Teamplayerin, unsere Marie.« Er seufzte und biss sich auf die Lippen.

Libuda hatte auch noch einige Fragen, vor allem in puncto Familie Schornstein. Zum Beispiel, was Til Schornstein mit Patrizia Mangold, der Buchhändlerin, vorgehabt hatte. Freyaldenhoven Junior hatte beim Leben seines Vaters geschworen, dass er damit nichts zu tun hatte. Hatte Schornstein sie gefoltert, um aus ihr herauszukitzeln, wo sich Marie aufhielt, die für ihn gefährliche Zeugin? Und dann hatte er es Libuda in die Schuhe schieben wollen?

Aber der letzte männliche Vertreter der Familie Schornstein saß aktuell hinter Gittern und würde nicht mit ihm sprechen. Schon gar nicht bei seinen gebrochenen Rippen, die selbst das Atmen zur Tortur machten.

Und die letzte weibliche Vertreterin konnte nicht sprechen.

Nie mehr?

Noch nicht, sagten die Ärzte.

Aber sie hatte den Dienstag überstanden.

Sie hatte den Mittwoch erreicht.

Mittwoch. Ihr Tag.

Man musste abwarten.

Libuda hatte bei der Kapelle Caterina von Siena gleich nach seiner Rückkehr alle Kerzen angezündet.

Etwa eine Stunde dort verharrt. Gehofft.

»Auch auf die Gefahr hin, jetzt sehr profan rüberzukommen«, meldete sich Kaminski zu Wort. »Was hat die Polizei eigentlich verlauten lassen?«

»Wieso? Schornstein wird so schnell sicher nicht rauskommen«, begann Libuda.

»Schon klar«, insistierte Kaminski. »Aber das Geld. Du weißt schon, da war doch viel Geld im Spiel bei diesem ... äh, diesem ...«

»Herzkreis?«, sprang ihm Libuda bei.

»Exactement!« Kaminski schlug sich vor die Stirn. »Und da ist doch eine Dame, die Sterntalerin, nachts um all die schönen Scheinchen erleichtert worden, nicht wahr?«

»Ja, bei Patrizia Mangold ist jemand eingestiegen.« Libuda sah Kaminski seltsam an.

Der hob entschuldigend die Hände. »Genau das meine ich. Ich kann klettern. Aber ich war das nicht! Außerdem kenne ich Patty ... von früher ... wir waren mal ...« Er seufzte. »Aber sie wollte dann nicht mehr, wollte Kinder, ich hörte davon.«

Libuda kratzte sich am Bart, und Kaminski sah ihn erstaunt an.

»Aber, Boris, zu deiner Beruhigung, ich habe gehört, Schornstein bietet in seinem Hotel sogar Kletterkurse an. Er scheint auch gerne über Dächer zu laufen. Höhenangst hat der jedenfalls keine.« Libuda nickte leicht mit dem Kopf. »Und die Polizei hat etwas gefunden. Bei Til Schornstein zu Hause. In seinem Hotel, das eigentlich seiner Frau gehört. Etliche Scheine hat die Polizei gefunden.«

»Woher weißt du denn das? Das sind doch laufende Ermittlungen«, unterbrach Freyaldenhoven.

»Ich habe da meine Quellen.«

»Du hast florierende Kontakte zur Polizei?«

»Sagen wir: Jemand ... schuldet mir etwas.« Libuda warf einen Stein in den Bach, dass es platschte.

»Und die Scheine hatten seltsame Knicke und akkurate Faltungen, und damit sind die Herkunft und der Verbleib des Geldes aus der letzten, der aktuellen Schenkung zumindest geklärt.« Ein paar gefaltete Scheine habe ich ja selbst gefunden, dachte er für sich. Er schüttelte sich ein wenig und warf erneut einen Stein.

»Ich bin also raus aus der Nummer.« Kaminski atmete erleichtert auf und nahm einen Schluck.

»Bevor die Stimmung gänzlich den Bach runtergeht ...«, setzte Buck an. »Erinnert sich noch jemand an Olga?« Libuda riss die Augen auf, als kehre er aus einem Albtraum zurück.

»Also, unsere kleine Olga aus Belarus, also, sie ist ...« Buck raufte sich den Bart.

»Sag nicht, sie ist auch tot, Alter, ich werd noch verrückt!« Libuda sprang auf.

»Njet, sie ... ach, Olga ... die hat einen neuen Lover, ein Georgier übrigens oder ...«, Buck wuselte erneut durch seinen Rauschebart, »oder Ukrainer und ist einfach nicht mehr aus dem Bett gekommen, weil er ihr so wunderbar Gedichte vorliest – im Original, hat sie gesagt.«

ELFTER TAG

KAPITEL 58

Donnerstag
Aachen, Luisenhospital, Boxgraben

Hoffnung ist eben nicht Optimismus.
Es ist nicht die Überzeugung,
dass etwas gut ausgeht,
sondern die Gewissheit,
dass es Sinn hat – ohne Rücksicht darauf,
wie es ausgeht.

Fernando Pessoa

Die Sonne schien von der Bahnhofsseite herein. Über allem lag Ruhe.

Nur ab und zu piepste etwas. Kleine Lichter leuchteten und blinkten an den Apparaten links vom Bett.

Libudas Kopf lag halb auf dem aufgeschlagenen Buch, halb auf dem Plumeau. Er schnarchte leise.

Seine linke Hand, weiterhin bandagiert, hielt immer noch ihre rechte.

Endlich hatte er zu ihr gedurft. Die OP hatte eine Ewigkeit gedauert.

Sie hatte wirklich alles gegeben. Sogar ihr Leben hatte sie angeboten. In Libudas Augen hatte sie genug gesühnt.

Sie wollte etwas wiedergutmachen. Sie hatte für ihre Tat bezahlt.

Die Sonne schien nun geradewegs auf das Bett.
In Maries Augen.
Sie leuchteten.

Nichts ist unerklärlich.
Alles ist ein Geheimnis.

CREDITS

Danke. Bedankt. Merci. Obrigado.

Quellen:

Cohen, Leonard: *Poem*. In: *Blumen für Hitler. Gedichte und Lieder*. 1982. Berlin und Schlechtenwegen.

Van Reeuwijk, Dick: *Sondermeldung Texel. Aufstand der Georgier*. 2008. Ausgabe Buchhandling Het open boek Texel, Den Burg.

Dittrich, Volker: *Lola Langeland*. 1990. Köln.

Der Geburtstag des Todes. SPIEGEL 20/1995.

Gunkel, Christoph: *Blutbad im Dünenparadies*. SPIEGEL ONLINE. 18. Mai 2010.

Diese Quellen haben mir sehr geholfen; sollte trotzdem etwas falsch sein – dies ist allein mir anzukreiden.

* * *

Wie schon vorab gesagt: Einige der hier zitierten Orte sind nicht immer derart, wie ich sie beschreibe. Und die zitierte Grube Gouley erst recht. Sie liegt eigentlich bei Würselen.

Und in der viel zitierten Wirklichkeit gibt es natürlich keine derartig schlecht gesicherten Grubenanlagen. Dafür sorgen die deutschen Bergbehörden.

Ich kann das sagen, denn ich kenne da jemand. Glückauf, Papa!

* * *

Und last but not least danke ich meiner großartigen Lektorin Nicola Härms, ohne die dieses Buch eben nicht dieses Buch wäre.

Andrea Revers

KOMM GUT HEIM

Taschenbuch, 312 Seiten
ISBN 978-3-95441-578-6
13,00 EURO

Der Tod geht durchs Dorf –
Ein neuer Fall für die Eifeler Miss Marple

»Ich fresse einen Besen, wenn das ein natürlicher Tod ist!« – Während Doktor Hoffmann bei der toten Martha Bethmann auf Herzinfarkt tippt, ist sich Frederike Suttner sofort sicher: Hier hat irgendjemand nachgeholfen.

Mit ihrem Mordverdacht sorgt die pensionierte Kriminalkommissarin in dem beschaulichen Eifeldorf für erhebliche Aufregung. Eigentlich wollte sie gemeinsam mit Kater Hannelore in Ruhe ihre Rente genießen, doch plötzlich stolpert sie über mehrere »natürliche« Todesfälle. Ihr Misstrauen ist geweckt.

Geht es hier wirklich mit rechten Dingen zu? Wer hat Martha auf dem Gewissen? Und was ist mit den anderen Toten? Unterstützt von ihrer Freundin Klara versucht Frederike, dem Mörder auf die Spur zu kommen. Und das hat für sie fatale Folgen ...

»... dass das Lesen von ›Schlaf schön‹ den ein oder anderen Einblick in die Psychologie verschafft, für spannende Unterhaltung sorgt und gute Laune macht (...) Garantiert!«
(Trierischer Volksfreund zu »Schlaf schön«)

KBV KRIMINALROMAN

KBV KRIMINALROMAN

Carola Clasen

LEICHENSTILLE

Taschenbuch, 256 Seiten
ISBN 978-3-95441-520-5
12,00 EURO

Die Exkommissarin und der Enkeltrick
Sonja Sengers zwölfter Fall

Sonja Senger erhält einen ungewöhnlichen Telefonanruf: ein Junge, der sich als ihr Enkel ausgibt, braucht dringend Geld. Die pensionierte Kommissarin, ein Leben lang ledig und kinderlos, lässt sich auf das Spiel ein. Sie bestellt ihn in ihr Forsthaus am Ende der Stromleitung in Wolfgarten und baut behutsam Vertrauen zu ihm auf. Wie nicht anders zu erwarten, agiert der Junge nicht allein, sondern ist Mitglied einer Gang.

Unterdessen wird Sonjas Nachfolgerin Frieda Stein von der Kripo Euskirchen mit dem Mord an einer Frau konfrontiert, die an einem Malkurs in Blankenheim teilgenommen hat. Noch während Frieda und ihre Kollegen die Hintergründe der Tat rekonstruieren, geschieht ein weiterer Mord: Eine Frau, die ein Heilfasten-Seminar in Heimbach besuchte. Und bei diesen beiden Toten wird es nicht bleiben.

»Die Crime-Lady unter den Eifelkrimiautoren«
(Trierischer Volksfreund)

Paul Kemen

ABER HERR WACHTMEISTER, ICH WOLLT' DOCH NUR ...

Hardcover, 136 Seiten
ISBN 978-3-95441-510-6
15,00 EURO

Aber Herr Wachtmeister, ich wollt' doch nur ...

20 Jahre lang war Paul Kemen Pressesprecher der Aachener Polizei. Bekannt wurde er dabei über die Grenzen der Städteregion hinaus durch seine oft überaus humorvoll abgefassten Pressemeldungen, in denen er es immer schaffte, den meist nüchternen Sachverhalten noch eine heitere Seite abzugewinnen.

Kuriose Verkehrsunfälle, misslungene Straftaten, turbulente Fahndungen ... Die vorliegende Auswahl bietet eine bunte Palette heiterer, turbulenter und auch anrührender Episoden aus dem Polizeialltag, niedergeschrieben in Kemens unverwechselbarem Stil.

»Der 62-Jährige (...) hat vielmehr Kuriositäten gesammelt: Geschichten, die das Leben schreibt und die einem mitunter Tränen in die Augen treiben – vor Lachen und manchmal vor Rührung. Begebenheiten, die so abstrus sind, dass man nur den Kopf schütteln kann. Und Ereignisse, die einen sprachlos machen.« (Aachener Nachrichten)